Stadtplan Bern

Dritte Stadterweiterung
Äussere Neuenstadt ab 1344

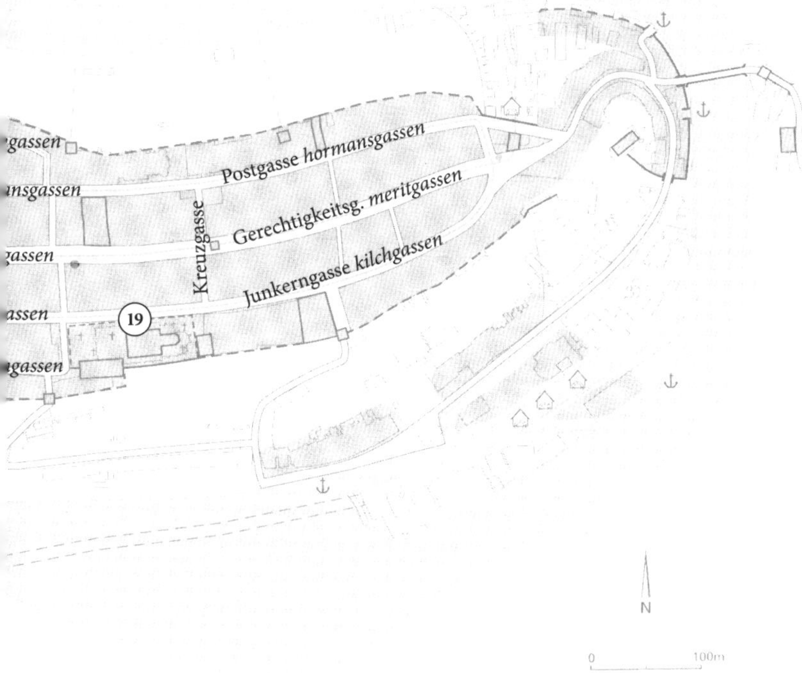

13 Predigerkirche u. -kloster (Dominikaner/=Franz. Kirche)
14 Inselkloster
15 Ringmauer
16 Marzilitor
17 Gefängnisturm (=Zytglogge)
18 Barfüsserkloster (Franziskaner)
19 Leutkirche (heute: Münster)
20 Niederes Spital (1339 vor Untertor verlegt)
21 Nydeggkapelle
22 Untertorbrücke

Therese Bichsel

Anna Seilerin

Autorin und Verlag danken für den Druckkostenbeitrag:

SWISSLOS
Kultur Kanton Bern

Kultur
Stadt Bern

Burgergemeinde
Bern

INSELGRUPPE

Der Zytglogge Verlag wird vom Bundesamt für Kultur mit einem Strukturbeitrag für die Jahre 2016 – 2020 unterstützt.

MIX
Papier aus verantwortungsvollen Quellen
FSC® C083411
FSC www.fsc.org

2. Auflage 2021

Lektorat: Thomas Gierl
Covergestaltung: BlesseD'Signs
Vorsatz: Stadtplan Bern, dritte Stadterweiterung, Äußere Neuenstadt ab 1344, bearb. von Therese Bichsel auf Grundlage folgender Quelle: Armand Baeriswyl, Stadt, Vorstadt und Stadterweiterung im Mittelalter. Archäologische und historische Studien zum Wachstum der drei Zähringerstädte Burgdorf, Bern und Freiburg im Breisgau. Schweizer Beiträge zur Kulturgeschichte und Archäologie des Mittelalters 30. Basel 2003.
Layout/Satz: 3w+p, Rimpar
Druck: CPI books GmbH, Leck

ISBN: 978-3-7296-5046-6

www.zytglogge.ch

Therese Bichsel

Anna Seilerin

Stifterin des Inselspitals

Roman

ZYTGLOGGE

Für mutige Frauen gestern und heute

Inhalt

«Ohne die Frau könnte der Mann nicht Mann heißen,
ohne Mann könnte die Frau nicht Frau genannt werden.»

*Hildegard von Bingen, 1098–1179, deutsche Mystikerin,
Äbtissin und Naturwissenschaftlerin, katholische Heilige*

« nüt gewissers ist, denne der tode, und aber nüt
ungewisser, denne die stunde des todes »

Stiftungsurkunde Anna-Seilerin-Spital, 29. November 1354

Vorwort

Anna Seiler – man kennt sie in Bern. Da ist der Brunnen unterhalb des Käfigturms. Die Brunnenfigur trägt ihren Namen, obwohl sie vom Bildhauer Hans Gieng erst Mitte des 16. Jahrhunderts geschaffen wurde und eher die Tugend der Mäßigung verkörpert. Und da ist das Anna-Seiler-Haus, Teil des großen Inselspitals in Bern. Im Jubiläumsjahr 1954 (600 Jahre Inselspital) gab man einem der Spitalgebäude ihren Namen.

Als ich im Anna-Seiler-Haus einen Patienten besuchte, traf ich zum ersten Mal auf diesen Namen. Nie hätte ich gedacht, dass die Gründung des Inselspitals so weit zurückliegt, dass eine Frau dieses wichtige Spital im Spätmittelalter stiftete. Anna ab Berg muss ein besonderes Mädchen gewesen sein. Durch ihre Heirat wurde sie zu Anna Seiler bzw. im damaligen Sprachgebrauch zu Anna Seilerin. Als Witwe, wohl um die vierzig, gründete sie ihr «Seilerin-Spital» – so ist es in den Quellen benannt.

Man kennt ein paar Fakten: Anna Seilerin war die Tochter des Kaufmanns Peter ab Berg. Ihr Mann war der Kaufmann und Spitalvogt Heinrich Seiler; Anna überlebte ihn um viele Jahre. In Dokumenten hinterließ sie Spuren: 1348 stiftete sie eine Kapelle im Barfüßerkloster. 1354 verfasste sie ihr Testament und bedachte eine Vielzahl von Leuten und Institutionen mit Geld und Gütern. Das Seilerin-Spital für 13 bettlägerige und bedürftige Personen, ihr Lebenswerk und Vermächtnis, sicherte sie 1354 in einer ausführlichen Urkunde ab. Mit Erfolg: Das Seilerin-Spital wurde nach der Reformation ins ehemalige Inselkloster verlegt und wuchs über die Jahrhunderte zum heutigen Inselspital heran.

Wer war Anna Seilerin? Ich stieß auf die erwähnten Fakten und Dokumente – mehr weiß man nicht. Die Recherchen ließen ein facettenreiches Jahrhundert vor mir aufleben, das ich bereits von meinem Buch ‹Die Walserin› kannte. Die verheerende Pest von 1348/49, eine weltweite Pandemie, prägte die Zeit. Anna Seilerin öffnete ihr Haus uneigennützig als Spital, um die Not der Armen zu lindern.

Dem Leben dieser außergewöhnlichen Frau, wie es gewesen sein könnte, spüre ich im vorliegenden Buch nach – eine Annäherung durch eine Frau von heute.

Therese Bichsel

Liste der wichtigen Personen

Agnes von Seedorf*, Meisterin obere Beginengemeinschaft
Anna Seilerin*, Stifterin Anna-Seilerin-Spital
Anna von Kiental*, Base/Cousine von Anna Seilerin
Burkhard von Bennenwil*, 1336 Mitkäufer Herrschaft Spiez
Conrad*, Mönch bei den Barfüssern/Franziskanern
Diebold Baselwind*, Leutpriester von Bern, Deutschordensbruder
Elli Dorfman*, Krankenschwester/Begine
Elsa Reber*, Krankenschwester/Begine
Greda*, Magd von Anna Seilerin
Grit, Magd von Anna Seilerin
Heinrich Seiler*, Kaufmann, Kleinrat, Spitalvogt, Ehemann von Anna Seilerin
Heinrich von Strättligen* (V), Verkäufer Herrschaft Spiez
Hemma ab Berg, Tante von Anna Seilerin
Ienni*, Knecht von Anna Seilerin
Ita, Magd von Anna Seilerin
Johann von Bubenberg* (II), Schultheiss von Bern, 1338 Käufer Herrschaft Spiez
Johanna von Kiental, Tante von Anna Seilerin
Johannes von Kien*, Sohn von Philipp von Kien
Johannes von Strättligen* (IV), Verkäufer Herrschaft Spiez
Laurenz Münzer*, 1336 Mitkäufer Herrschaft Spiez
Mia*, Krankenschwester/Begine
Niklaus von Muhleren*, Kleinrat, Vogt von Anna Seilerin
Peter ab Berg*, Kaufmann, Kleinrat, Vater von Anna Seilerin
Philipp von Kien*, Schultheiss von Bern
Stina, Magd von Anna Seilerin
Ulrich Bröwo*, Deutschordensbruder

Ulrich von Bubenberg* (II), Sohn von Johann von Bubenberg (II)
Verena ab Berg, Mutter von Anna Seilerin
Werner Cauwersi*, Geldhändler
Werner Münzer* (IV), 1336 Mitkäufer Herrschaft Spiez

* Personen, die historisch bezeugt resp. in Anna Seilers Testament erwähnt sind

Prolog

Bern, Februar 1360

Ihr Kopf brummt, als ob er mit Hummeln gefüllt wäre. Ihre Glieder sind kalt und steif. Es ist Winter – da sind keine Hummeln. Nur schwaches Licht dringt durch die grünlichen Scheibchen des Fensters. Immerhin kann sie erkennen, dass es Tag ist.

Auf einmal ist alles wieder da: Auf einem kleinen Stück Eis vor dem Haus ist sie ausgerutscht und gestürzt. Benommen lag sie am Boden, hat an der Predigerkirche hochgeschaut, die sich mächtig über ihr erhob. Hinter der Klostermauer regte sich nichts. Sie hat das Hufgeklapper eines Pferdes gehört, das lauter wurde, das Knarren von Rädern. Kopf und Rücken schmerzten – unmöglich, sich aufzurichten, um sich bemerkbar zu machen. Starr blieb sie liegen. Sie hat nach dem Rosenkranz getastet, die Kügelchen ließen sich aber nicht finden. «Gegrüßet seist du, Maria, voll der Gnade ... bitte für uns Sünder jetzt und in der Stunde unseres Todes.» Stoßweise ist das Ave Maria über ihre Lippen gekommen. Dieses Ende war so unerwartet. Aber wusste sie es denn nicht seit langem? Der Tod ist gewiss – nur seine Stunde nicht.

«Brrr.» Das Hufgetrappel und Knarren der Räder erstarb vor ihrem Kopf. «Was zum Teufel ist mit diesem Weib – mitten auf der Straße liegt sie.»

Sie hat ein Gesicht vor sich gesehen, fratzenähnlich, tiefe Linien eingegraben, drei schwarze Zähne im Mund. Die Höllenfratze verschwand, Gepolter an der Tür.

«Da liegt eine, wollte wohl ins Spital, hat es nicht mehr bis zur Tür geschafft.» Stampfende Schritte näherten sich, ein erschrockener Ausruf. Das Gesicht ihres Knechts Ienni, weißblondes Haar wie ein Heiligenschein um den Kopf.

«Das ist nicht irgendein Weib», hat er den Fratzenmann zurechtgewiesen, «das ist unsere Meisterin.»

«Die Seilerin? Das ist etwas anderes. Gut, dass ich sie nicht totgefahren habe – mein Bruder war auch schon in ihrem Spital.»

Ienni hat nicht geantwortet, sorgfältig hat er sie auf seine Arme gehoben. Trotzdem ist ihr ein Schmerzensschrei entfahren. Er hat sie die Treppe hochgetragen und auf ihr Bett gelegt.

Zwei weibliche Gestalten beugten sich über sie. Unter der weißen Haube Schwester Elsas Gesicht, zerknittert, besorgt. Ihre Hände glitten über Annas Körper, verweilten hier, drückten dort. Zum ersten Mal sah sie Elsa nicht zu, wie sie jemanden untersuchte, sondern spürte die sanfte Kraft ihrer Hände auf dem eigenen Körper. Nie hatte sie diese Hände für sich in Anspruch genommen – sie arbeiteten für andere. Sie hat abgewehrt, als Elsa ihren Rücken untersuchen wollte. «Ich glaube nicht, dass etwas gebrochen ist – der Schmerz steckt in Kopf und Nacken.»

Elsas klare, blaue Augen blickten besorgt. «Wir sollten einen Medicus holen.»

Anna lehnte strikt ab.

Elsa sprach mit Greda, dann entfernten sich ihre Schritte. Gredas junges Gesicht war über ihr, rote Strähnen schauten unter ihrer Haube hervor. Sorgfältig legte sie ein nasses, kaltes Tuch auf Annas Stirn. Und sie, die sich sonst immer nach Wärme sehnte, war glücklich mit diesem kalten Tuch, diesem Wintertuch, das ihren heißen Kopf kühlte.

In der vergangenen Nacht haben Elsa und Greda abwechselnd bei ihr gewacht – Elsa hatte es so bestimmt. Mit gerader Haltung saß Elsa an ihrem Bett, die Hände bewegten den Rosenkranz, leise murmelte sie Gebete, wobei sie den Blick nicht von Anna ließ. Das Talglicht flackerte in der Schale, Gredas Rock raschelte, als sie hereinkam und Elsa ablöste. Bald sank Greda in sich zusammen, ihr Oberkörper faltete sich über das Bett, sie schlief ein mit offenem Mund, holte seufzend Atem. Wie stark sie Grit, ihrer früheren Magd, in der Dunkelheit ähnelte ... Für einmal war Anna nicht allein in diesem Raum. Sie war versucht, Gredas Wange zu streicheln, wurde aber vom Schlaf übermannt.

Und jetzt liegt sie da im bleichen Licht des Wintertages. Sie versucht, sich auf die Ellenbogen aufzustützen, ihr Nacken schmerzt aber zu sehr, sie lässt sich fallen. Zu wenig Licht. Der Schmerz. Wozu sich beklagen? Bräunliche Flecken zieren ihre Hände. Sie ist alt, sechsundvierzig, hat sich schon länger auf die Ewigkeit vorbereitet.

Vielleicht erholt sie sich wieder, kann tätig sein. Das Spital verwalten. Entscheiden, wer kräftig genug ist, es zu verlassen, um einem anderen Bedürftigen Platz zu machen. Sie pflegt nicht – das können die Schwestern Elsa, Elli und Mia viel besser, und auch Greda, die sie angelernt haben, schaut nach den Kranken. Manchmal setzt sich Anna an ein Bett, nimmt eine Hand in die ihre – auch die eines Mannes. Nur selten entzieht ihr jemand seine Hand.

Vor einer Woche hat sie am Bett von Willi, dem alten Torwächter, gesessen. Er hatte kaum mehr die Treppe hochsteigen können, als er zu ihnen kam, seine Beine waren mit eitrigen Beulen überzogen. Die Wunden sind durch die Umschläge verheilt. Seine Tochter war bereit, ihn aufzunehmen. Sorgsam setzte Willi Fuß vor Fuß auf der Treppe, stützte sich mit seinem Stock ab, unten nahm ihn die Tochter in Empfang. Ohne einen Blick zurück ging er an ihrem Arm davon, das Klacken seines Stocks wurde leiser und löste sich auf.

Einen Tag später war das frei gewordene Bett in der Männerkammer wieder belegt. Ein Fuhrmann, der vom Huf eines scheuenden Pferdes getroffen worden war, lag schmerzverkrümmt auf dem Bett.

Sechs Männer liegen zurzeit im Seilerin-Spital, im Raum gegenüber der Predigerkirche. Sieben Frauen belegen die Kammer auf der Gartenseite. Dieser Raum hat mehr Sonne. Man kann das Fenster öffnen, hört das Meckern der Ziegen, das Krähen des Hahns, das Scharren der Hühner, kann im Sommer beobachten, wie das Kraut im Garten in die Höhe schießt. Die Frauen hören das Leben, sehen es. Eine hat ihren Säugling neben sich. Jeder Bedürftige hat ein eigenes Bett mit Kissen, Leintuch, Decke. Wenn jemand das Spital verlässt, waschen die Schwestern die Leintücher, klopfen Kissen und Decken aus.

Das Spital ist das Wichtigste in Annas Leben. Es ist das, was bleibt. Wie froh sie ist, dass sie vor sechs Jahren alles beurkunden ließ. Sie hat auch ihr Testament verfasst, ja. Wichtiger aber ist die Stiftung des Spitals. Sie hat es abgesichert mit ihrem ausgedehnten Besitz in Gurzelen, Uetendorf, Kirchdorf, Hindelbank und all den anderen Orten, wo sie Land ihr Eigen nennt. Von der Alp Tärfeten im Diemtigtal werden Ziger und Anken geliefert, von den anderen Orten viele Säcke Dinkel sowie Brot, Fleisch und Geld. Ihre Häuser hat sie dem Spital verschrieben und sich abgesichert selbst gegen die Bürger von Bern: Sollten diese ihre Stiftung missachten, wird ihr Gut ähnlichen Spitälern in Basel, Freiburg, Thun und Burgdorf zufallen. Ihre Mundwickel zucken. Alles hat sie vorbereitet, es wird Bestand haben auch ohne sie. Ihr Grab wird auf dem Friedhof der Predigerkirche liegen, unweit ihres kleinen Engels.

Der Rosenkranz liegt in ihren Händen, die Kügelchen gleiten dahin, jedes von einem Gebet an die Jungfrau Maria begleitet. Ein Schrei aus dem Männerraum nebenan. Als sie sich wieder den Kügelchen zuwenden will, hört sie die kleine Glocke der Predigerkirche, die Stimmen der Mönche setzen ein. Damit sie Glocke und Gesang hören kann, hat sie diesen dunkleren Raum auf der Nordseite gewählt und nicht ihre frühere Kammer über dem Garten, wo jetzt die Schwestern Elsa, Mia und Elli schlafen. Der Gesang der Klosterbrüder füllt ihre Ohren.

Greda bringt eine Schale mit Glut herein, stellt sie neben Anna auf ein ehernes Dreibein. Wärme steigt aus der Schale auf und breitet sich über ihre Haut wie eine zusätzliche Decke. Wie hat sie es als Kind geliebt, wenn Hemma ihr an kalten Morgen eine Glutschale ans Bett brachte!

Dieses Licht, diese Wärme. Sie schließt die Augen.

Jugend

1

Bern, August 1324

Anna liegt auf den Knien in der Leutkirche. Die hellrot leuchtenden Holzstückchen in der Glutschale, die ihr Hemma am Morgen ans Bett gebracht hat zum Aufwärmen, glühen nur noch in ihrem Innern. Ihr ist kalt an diesem kühlen Spätsommertag, der Magen knurrt, sie hat die Augen geschlossen. Gemeinsam mit Hemma besucht sie die Morgenmesse.

Tante Hemma ist stolz, weil die Frühmesse von einer Frau gestiftet wurde, die den gleichen Vornamen trägt: Hemma Bernerin. «Hemma ist eine reiche Frau, hat ihr Geld aber nicht für sich behalten», erklärte sie. «Sie hat Geld gespendet, damit die Frühmesse in der Leutkirche täglich und bis in alle Ewigkeit begangen werden kann. Dann ist sie ins Kloster des Deutschen Ordens eingetreten und lebt jetzt als Nonne.»

Anna hört die dunkle Stimme des Leutpriesters, die Messgesänge in Latein, von denen sie kein Wort versteht. Das letzte gemurmelte Gebet, die Segnung durch den Priester; sie stehen auf, treten mit gebeugtem Kopf aus der Kirche ins Halbdunkel des beginnenden Tages. Gegen Abend, wenn sie oft wieder eine Messe besuchen, schwindet das Licht aus der St.-Vinzenz-Kirche. Dann werden Lichter angezündet, der Duft des Weihrauchs füllt das Kirchenschiff. Das ist Anna lieber, als im Winter morgens in der dunklen Leutkirche zu schlottern.

Zurück im Haus in der Kreuzgasse, schaut sie zu, wie Hemma das Mus rührt und ihr eine Kelle davon schöpft. Während sie mit Löffeln und Fingern das Mus in sich hineinstopft, beobachtet sie Hemma, wie diese die schwarzen Kochkessel schrubbt und sich dabei selbst einen schwarzen Strich ins Gesicht malt. Anna unterdrückt ein Kichern. Sie befeuchtet ein Tuch und wäscht der Tante sorgfältig den Streifen von der Wange. Hemma schaut zu ihr und sie zu Hemma. Der Vater ist immer unterwegs auf Reisen, er treibt Handel hier und dort. Hemma ist an ihrer Seite seit dem Tod der Mutter.

Anna schaut nach oben. Wenn die Decke und das Dach nicht wären, könnte sie vielleicht die Mutter sehen im Himmel. Gleich nach ihrer Geburt sei sie dorthin entschwunden, hat man ihr gesagt, der Herrgott habe sie zu sich geholt. Warum hat er ihr kleines Mädchen nicht auch gleich zu sich genommen? «Du fragst zu viel», meint Hemma tadelnd, wenn sie Fragen stellt, und der Vater fährt ihr strafend über den Mund.

Hemma ist fertig mit dem Putzen der Kochkessel und Töpfe. Sie hat einen Korb am Arm, winkt ihr, sie solle mitkommen auf den Markt. Anna geht gern mit – es gibt so viel zu sehen. Als Hemma die Tür aufstößt, flutet Licht ins dunkle Hausinnere, Anna blinzelt.

Der Fischgeruch ist stark in der Kreuzgasse. Hemma geht zu einem Stand, nimmt einen der Fische in der Auslage beim Schwanz, dreht ihn um und riecht daran.

«Ich will keinen stinkenden Fisch. Ist er auch frisch aus der Aare?»

Die Fischersfrau runzelt die Stirn, gibt aber geduldig Antwort, denn sie kennt die Dame aus dem vornehmen Haus. Man wird sich bei wenigen Pfennigen handelseinig, der Fisch wird in ein Tuch geschlagen und wandert in Hemmas Korb. Hühner baumeln, an den Füßen zusammengebunden, vom Gestänge, eine Bauersfrau, die eine lange Schürze umgebunden hat, verkauft Eier und Anken. Beim Anblick des Ankens läuft Anna das Wasser im Mund zusammen, Hemma geht aber ohne einen Blick am Stand vorbei und biegt in die Marktgasse ein.

Anna ist plötzlich von wild muhenden Kühen umgeben, fast wird sie von den schweren Leibern erdrückt. Ihre Tante kommt zurück, reicht ihr die Hand und scheucht die Tiere fort, obwohl der Bauer mit dem Finger droht: «Das ist der Viehmarkt, wir lassen uns nicht wegdrängen.» Hemma ist flink und schon einen Schritt weiter, sie tritt vor die Fleisch- und Brotstände über dem Stadtbach. Manchmal backt sie selbst Brot, jetzt aber bezieht sie einen dunklen Laib beim Pfister und steckt ihn in ihren Korb. Fleisch schwingt an Haken am Nachbarstand. Hemma mustert die roten Fleischseiten, auf denen Fliegen herumkriechen, verzichtet aber trotz der werbenden Sprüche des Metzgers in seinem blutbespritzten Schurz, da sie bereits Fisch gekauft hat. Gegenüber ist der Kornmarkt, golden schimmert das Getreide, dort kaufen sie aber nie ein, weil der Vater jeden Herbst viele Säcke Dinkel von seinen Bauern auf dem Land erhält, und davon gibt er dem Pfister ab, weshalb sie für das Brot nie bezahlen.

Ein Schweinchen rennt quietschend über die Gasse, es ist aus einem der Innenhöfe zwischen den Häusern ausgebrochen oder einem Bauern davongerannt. Lachend versuchen ein paar Burschen, es einzufangen. Weil sie der Schweinejagd zuschaut, achtet Anna nicht auf ihre Füße und tritt in knolligen Pferdemist. Hemma schimpft und wischt ihr mit ein paar Kohlblättern, die sie vom Boden aufgehoben hat, den Mist von den Bundschuhen. «Warum geht die Kleine nicht barfuß», höhnt ein Händler, der neben seinen tänzelnden Pferden steht, «ist wohl eine Vornehme oder tut so.» Anna zieht den Kopf ein, sie weiß, dass sie auffällt in der Gasse: Die Bauernkinder, die ihre Eltern auf den Markt begleiten, sind barfuß, ihre Zehen starren vor Dreck, sie machen sich sogar einen Spaß daraus, mit einem Sprung beidfüßig im Mist zu landen, so dass es ringsum spritzt.

Anna schaut zu den Häusern beidseits der Marktgasse, die meisten sind aus Holz gebaut, einige aus Stein, sie sind unterschiedlich hoch. Vor einigen der Häuser stehen Leute unter dem Laubenvordach, sie unterhalten sich und lachen – haben sie gesehen, wie dumm sie sich benommen hat? Ihre Bundschuhe sind von einem gelbbraunen Schmutzrand gezeichnet, sie glaubt, den Mist zu riechen. Sie schämt sich, setzt sich an den Stadtbach und steckt die Füße ins gurgelnde Wasser. Die Füße sind kalt, aber der Schmutzrand ist nicht mehr zu sehen, als sie aufsteht. Die Tante schüttelt den Kopf, nimmt sie an der Hand und zieht sie hinter sich her.

Hemma hat keinen Blick für die Berge von Äpfeln und Birnen, die sich, von einigen späten Wespen umkreist, auf einer Auslage häufen und hinunterzurollen drohen, weil ein Bub unbemerkt vom Standbesitzer einzelne Früchte herausklaubt. «Der kleine Dieb», schnauft Hemma und wendet sich ab, sie verrät den Buben im zerrissenen, schmutzigen Leinenröcklein nicht. «Komm jetzt», sagt sie barsch zu Anna und biegt um die Ecke wieder in die Kreuzgasse, sie hält den Korb in der einen Hand und zieht mit der anderen Anna die Treppe hinauf, setzt sie auf einen Schemel und löst die nassen Bundschuhe, reibt ihre kalten Füße zwischen den Händen. Das tut gut. Wärme steigt in Anna hoch.

Hemma und Anna sitzen am geöffneten Fenster der Stube, die auf die Marktgasse geht.

Erbsenschoten liegt zwischen ihnen. Anna wählt dicke Schoten, drückt mit den Fingern auf die Seitennaht, bis sie aufplatzt, lässt die Erbsen in den Topf kullern und wirft die leeren Schalen auf den Haufen. Immer noch ist der Lärm des Marktes zu hören, die Stimme eines Metzgers, der frische

Hammelstücke anpreist; Pferde wiehern, Kühe muhen, irgendwo quietscht das Schweinchen, das wohl noch immer frei herumläuft, eine Männerstimme flucht, eine Frau keift, Töne einer Laute schweben durch die Luft, ein Dudelsack mischt sich ein, wird leiser. Anna folgt mit den Augen dem Lichtviereck, das langsam über den Boden wandert – blendend hell ist es im Gegensatz zum Dunkel der Stube, Staub tanzt in den Lichtstrahlen. Sie haben nicht gut gewischt. Das darf nicht sein. Wenn der Vater von einer langen Reise zurückkommt, hat er ein scharfes Auge und tadelt oft. Hoffentlich kehrt er gesund zurück. Was würde aus Hemma und ihr werden ohne den Vater? Sie fröstelt.

Aus Vaters Erzählungen weiß sie, dass es nicht selbstverständlich ist, dass man heil von einer Reise zurückkommt. Vor einigen Jahren wurde er auf dem Weg an die Frankfurter Messe von einem Raubritter und seinem Gefolge überfallen. Die Berner Kaufleute konnten sich retten, der räuberische Ritter von Geroldseck wurde in die Flucht geschlagen. Anna hätte Angst, Bern zu verlassen. Die Stadtmauern schützen, die Tore sind gut bewacht von Wärtern mit Hellebarden – sie lassen keinen Räuber ein. Jenseits der Tore aber kann hinter jedem Gebüsch ein Wegelagerer lauern. Lieber bleibt sie innerhalb der sicheren Mauern.

Sie erstarrt. Die Haustür ist ins Schloss gefallen, Männerstimmen sind zu hören, schwere Schritte auf der Treppe. In der Stubentür tauchen zwei Männer auf, schwer beladen. Hinter ihnen steht ein dritter Mann, verdeckt. Vor Schreck wirft Anna den Topf um, die Erbsen rollen über den Tisch und ergießen sich auf den Boden.

Der Vater tritt hervor, ungläubig blickt er auf den Erbsenwasserfall. «Anna.» Er öffnet die Arme, geht auf sie zu, ihre Wange liegt einen Moment auf dem kühlen, metallenen Kreuz, das er um den Hals trägt, dann hält er sie auf Armeslänge von sich und mustert sie. «Du bist gewachsen seit dem Frühjahr, dein Gesicht ist aber immer noch klein und fein, die Haut zart. Wie eine Magd empfängst du mich, gießt mir Erbsen vor die Füße. Solche Tätigkeiten sind nichts für dich, du bist zu anderem geboren.» Er weist Hemma an, die Erbsen zusammenzukehren, was sie ohnehin von sich aus schon begonnen hat.

«Anna, hier ist etwas für dich aus südlichen Landen. Schließe die Augen.»

Sie tut es, und als sie die Augen wieder aufmacht, steht ein Gegenstand vor ihr auf dem Tisch, ein Wesen mit einem Tierkörper, aber einem Männerkopf. Sie fährt bewundernd mit der Hand über das tönerne Tier, klopft auf seinen Körper, streichelt ihm den Kopf.

«Das ist ein Aquamanile», erklärt der Vater. «Man füllt das Gefäß mit frischem Wasser, verschließt es. Wenn man es schräg hält, fließt aus dem Mund Trinkwasser, oder man wäscht sich die Hände. Das Gefäß ist eine Zierde, aber auch nützlich. Wenn ich nicht da bin, leistet dir das Aquamanile Gesellschaft.» Anna bedankt sich artig.

Der Vater winkt die beiden Knechte mit ihren großen Säcken heran. Er greift hinein, zieht aus dem einen Sack eine Handvoll grüne Körner hervor, aus dem anderen schwarze Körner. Er hält die eine Hand Hemma hin, sie riecht an den Körnern und zuckt zurück. «Ein scharfer Geruch, nicht wahr? Damit wirst du von jetzt an würzen. Dazu gibst du Salz vom Stöckchen in die Speisen wie immer. Das sind Pfefferkörner – schwarz oder grün. Du zerstößt sie im Mörser und würzt mit dem Pulver.» Hemma nickt, holt den Mörser, und der Vater gibt Körner hinein. «Diese Pfeffersäcke werde ich teuer verkaufen, Anna, damit mache ich viel Geld.» Der scharfe Geruch ist auch ihr in die Nase gestiegen. Sie nimmt das Aquamanile auf ihren Schoß und streichelt es wie ein Hündchen.

«Wir sehen uns beim Essen», sagt der Vater. Er verlässt mit den Knechten die Stube, sie rumoren in der Vorratskammer. Hemma und Anna kehren die restlichen Erbsen zusammen und waschen sie am Sodbrunnen im Hof. Dieser Brunnen gehört ihnen – Brunnen für jedermann gibt es an der nördlichen Stadtmauer in der Brunngasse.

Etwas später sitzen sie am Tisch – der Vater, Anna und Hemma am oberen Ende, die Knechte am unteren. Anna hat am Sodbrunnen das Aquamanile mit Wasser gefüllt. Sie waschen sich über einer Schüssel die Hände mit dem Wasser, das dem Manntier aus dem Mund fließt, und Anna gießt sich ihren Trinkbecher voll. Der Fisch, die Erbsen und Rüben und das Brot munden, der Vater ist froh, wieder am heimischen Tisch zu sitzen. Er erzählt von Mailand und Venedig, und Anna kann sich diese Städte nicht vorstellen. Die Leute dort reden eine andere Sprache, sagt er, die Sonne brennt ständig hernieder, und man muss noch mehr aufpassen als hier, dass einen die Händler im Süden nicht übers Ohr hauen, denn sie sind mit allen Wassern gewaschen.

Nach der Mahlzeit kehren die Knechte an ihre Arbeit zurück, Hemma trägt ab. Der Vater schaut Anna an. «Morgen kommt jemand, um dich im Lesen und Schreiben zu unterrichten. Vorhin ist mir der Stadtschreiber über den Weg gelaufen – er wird seinen Sohn schicken.»

Hemma lässt die Löffel fallen, Anna schnappt nach Luft.

«Na, jetzt tut nicht so – auch Mädchen können das lernen.»

«Ich freue mich», sagt Anna. Hemma klappert mit den Kesseln und Töpfen in der Küche. Will Peter das Mädchen ins Kloster geben? Nur Nonnen lernen lesen und schreiben.

Ehefrauen brauchen das nicht, der Mann hat das Sagen im Haus und ist zuständig für die Geschäfte. Anna ist klug – Hemma kann sie sich im Kloster vorstellen. Das Mädchen hat aber auch die Gabe, an andere zu denken. Wenn Hemma Schmerzen hat, kümmert sich Anna um sie, versucht zu lindern und liest ihr jeden Wunsch von den Augen ab.

Diesmal ist es jedoch Vater Peter, der Schmerzen hat, seine Backe ist geschwollen. «Ich muss zum Bader, mein Backenzahn schmerzt. Ein Bad wird mir guttun nach der langen Reise, und meine Haare brauchen einen neuen Schnitt.»

Anna will seine Backe befühlen, der Vater weist sie aber zurück, steht auf und ist schon weg. Sie weiß, wohin er seine Schritte lenken wird – zum Badergraben beim großen Turm, sie hat dort hinuntergeschaut und Leute in Zubern mit schwappendem Wasser entdeckt, Männer und Frauen. Selbstvergessen streichelt sie das Aquamanile. «Warum soll ich auf einmal lesen und schreiben lernen?»

«Ich weiß es nicht, Anna.» Hemma setzt sich neben Anna an den Tisch, eine ganze Weile bleiben sie sitzen, ohne zu sprechen.

Staub tanzt im Licht, das durch die Scheibchen fällt, die Peter ab Berg, der Neuem gegenüber aufgeschlossen ist, kürzlich in die Fenster hat einsetzen lassen. Anna folgt mit den Augen den irren Tänzchen, wendet sich dann zu Hemma. «Was würde meine Mutter dazu sagen?»

«Kind – du stellst Fragen. Mach einfach, was dein Vater sagt, es ist das Beste für dich.»

«Konnte meine Mutter lesen und schreiben?»

«Nein, das hätte dein Vater nicht gewollt. Er hat sie früh geheiratet, und ich bin zu ihnen gekommen, als deine Mutter in Erwartung war.»

«Bin ich schuld, dass meine Mutter nach der Geburt gestorben ist? Dass mein Vater jetzt nur eine Tochter hat und keinen Sohn?»

«Ganz sicher nicht, Anna. Es war der Herrgott, der deine Mutter Verena zu sich nahm – es gibt jetzt einen Engel mehr im Himmel.»

«Ein Engel mit Namen Verena?»

«Genau, deine Mutter hieß gleich wie die heilige Verena.»

Anna legt plötzlich den Kopf auf die Arme, ihre Schultern zucken. Hemma streicht ihr über das dunkle Haar. «Das wird wieder, Anna. Hörst du die Glocke? Sie ruft uns in die Leutkirche zur Messe.»

Anna hebt den Kopf und hört die Glocke jetzt auch, so vertraut ist sie, von morgens bis abends begleitet sie die Leute in Bern durch den Tag. In der Kirche werden mehr Talglichter brennen als am Morgen, es wird wärmer sein. Wenn sie den Priester nicht versteht, wird sie daran denken, dass der Vater heil nach Hause zurückgekehrt ist. Morgen wird er sie in die Messe begleiten.

Als sie am nächsten Tag ein Klopfen hört, hüpft Anna vor Freude. Ist das der vom Vater angekündigte Mann, der ihr das Lesen und Schreiben beibringen soll? Oder nur ein Hausierer, der ihnen Waren anbietet, die sie nicht brauchen?

Hemma öffnet und führt einen großgewachsenen jungen Mann herein.

«Das ist Conrad, dein Vater kennt seinen Vater. Conrad soll dich unterrichten.»

Conrad gibt ihr nicht die Hand, er schaut nicht einmal in ihr Gesicht. Sie ist ein Kind, uninteressant für ihn. Einzelne Bartstoppeln sprießen im Gesicht mit der gebogenen Nase. Conrad ist vielleicht sechzehn. Sie hat sich immer einen großen Bruder gewünscht – vielleicht wird er zu ihrem großen

Bruder? Es ist manchmal so langweilig, allein Kind zu sein. Der Vater hätte sich einen solchen Sohn gewünscht, da ist sie sicher.

Conrad knüpft die Rolle auf, die er mitgebracht hat. Auf dem Pergamentbogen sind kunstvolle Schriftzeichen, die alle ein bisschen anders aussehen. «Das sind die Buchstaben des Alphabets – wir werden sie zusammen durchgehen. Zu jedem Buchstaben nennst du mir Wörter, die mit diesem Buchstaben anfangen. Der erste Buchstabe ist das A.»

«A wie Anna», meint sie verlegen.

«Gut. Ist das dein Name? Den kann ich mir gut merken.» Conrad mustert sie von der Seite. Er zieht ein Kästchen aus seiner Tasche, verlangt nach Wasser. Anna schiebt ihm das Aquamanile hin. Er stutzt einen Moment, lässt etwas Wasser in eine Vertiefung im Kästchen laufen, rührt schwarze Farbe an, nimmt den Federkiel und malt ein Wort zuoberst auf das zweite, noch leere Pergamentblatt. «A – n – n – a, da steht dein Name schwarz auf weiß. Zum N kommen wir viel später – ich werde jede Woche vorsprechen. Jetzt weitere Wörter mit A. Ich warte.» Er dreht den Kiel zwischen den Fingern.

Anna lächelt: «Aquamanile».

«Ist das die Bezeichnung für das Manntier, das du mir hingeschoben hast? Dieses Wort schreibe ich nicht auf – ich müsste mir überlegen, wie man es schreibt. Solch schwierige Wörter habe ich mit meinem Lehrer nicht besprochen.»

«Wo hast du lesen gelernt?»

«Bei den Deutschordenspriestern. Mädchen unterrichten sie nicht.»

«Ich weiß.» Anna überlegt. «Aare.»

«Der Fluss, der um unsere Stadt fließt? Gut, Mädchen – ich staune.»

Es geht weiter mit A-Wörtern, dann kommen sie zum Buchstaben B. Hemma sitzt im Hintergrund und näht, sie hört ihnen zu.

«B wie Badergraben», sagt Anna, «da ist Vater gestern hingegangen.»

«Dieses Wort scheint mir gar lang», merkt Conrad an.

«Barfüßerkloster», wirft Anna ein.

«Dieses Wort ist noch länger, das geht nicht.»

Sie denkt an die Aare, von der sie gesprochen haben. Man kann den Fluss nur an einem Ort überqueren, auf einer Brücke jenseits des Nydegghügels. «Brücke», erwidert sie triumphierend. Beim Buchstaben C wählt sie seinen Namen: «Conrad».

Viel zu schnell steht Conrad auf, packt sein Kästchen ein, rollt den Pergamentbogen. «Soll ich nächste Woche wiederkommen?»

Anna nickt begeistert, sie streckt ihm die Hand hin, er nimmt sie kurz, bevor er die Treppe hinunterläuft und die Tür hinter ihm ins Schloss fällt. Sie stellt sich ans Fenster und schaut ihm nach, bis er unter den Lauben verschwunden ist.

Hemma sagt nichts. Es stört sie nicht, dass das Kind diesem jungen Mann hinterherblickt. Dass Anna sonst so viel am Fenster steht, manchmal bei unpassenden Gelegenheiten, stört sie viel mehr. Das Mädchen denkt, dass man es nicht sehen könne dort oben. Hemma blickt immer kurz von der Gasse hoch und nimmt stets das bleiche Gesicht, umrahmt von dunklen Haaren, im Fenster wahr. Sie schüttelt den Kopf, wenn sie weitergeht.

2

Bern, September 1324

An diesem schönen Frühherbsttag verlässt Hemma das Haus schon am Morgen, geht durch das Tor hinaus über die Brücke, den Stalden hinauf und Richtung Muri, um ihre Schwester Johanna zu besuchen. Sie hat bemerkt, dass der Richtstuhl aufgestellt ist an der Ecke von Kreuz- und Marktgasse, denkt aber, dass der Schultheiß ihn wohl erst einen Tag später besteigen wird, um über die Missetäter zu richten, für die man ihn aufgebaut hat.

Als sie das Stadttor am Nachmittag wieder passiert, sieht sie schon von weitem die riesige Traube von Leuten, die um den Richtplatz geschart ist. Und noch bevor sie dort angekommen ist, hört sie, wie ein Raunen durch die Menge geht, ein Hecheln, Grölen und dann ein Aufschrei. Sie weiß genau, was geschehen ist: Der Schultheiß hat ein Todesurteil gefällt, der Scharfrichter das Urteil vollzogen. Als sie sich durch die Menge nach vorn gedrängt hat, liegt die kopflose, erstaunlicherweise nobel gekleidete Gestalt über dem Richtbock, der Kopf mit starren Augen am Boden, ein Strom von Blut ergießt sich aus Hals und Rumpf. Der Scharfrichter wischt das Blut von seinem Schwert, der Schultheiß blickt nicht auf den kopflosen Mann, sondern über die Menge hinweg, der Gerichtsschreiber schiebt seine Papiere zusammen.

«Wer ist das – was ist geschehen?», fragt sie einen Handwerker, der eifrig klatscht.

«Walter Senn heißt der noble Herr», lacht der Schmied, der seinen Lederschurz nicht abgelegt hat. «Er war in den Tod unseres Berner Venners Regenhut verwickelt, der in Le Landeron hinterrücks gemeuchelt wurde. Der Gerichtsschreiber hat die üble Tat und das Urteil eben verlesen. Nichts als recht, dass dieser sogenannte Edelmann jetzt einen Kopf kürzer ist!»

Sie wendet sich ab. Ihr Blick bleibt an der Fensteröffnung im Eckhaus hängen. Ein Gesicht ist dort zu sehen – Anna! Hemma eilt zur Haustür und mit großen Schritten über die Treppe nach oben. Das Mädchen sitzt am Tisch, als sie den Raum betritt, sieht sie mit großen Augen an und schüttelt den Kopf, als Hemma fragt, ob sie das Geschehen verfolgt habe.

Hemma glaubt ihr nicht. Warum nimmt Anna alles in sich auf? Dieses Kind ist so ernsthaft und verschwiegen und viel zu viel allein. Man weiß nicht, was sich hinter seiner Stirn abspielt. Sie hat jedoch keine Zeit, darüber nachzugrübeln. Ihr ist der Haushalt anvertraut und dieses Kind. Es gibt so viel zu tun. Sie schaut auf ihre Hände mit den Schwielen und der roten, rauen Haut. Für Peter ist sie nicht viel mehr als eine Magd. Sie lässt es sich gefallen, weil der Bruder und sein Kind ihre Familie sind. Sie kann sich nicht vorstellen, eine Ehe einzugehen und sich mit einem Mann ins Bett zu legen. Vielleicht würde es ihr gleich ergehen wie Verena.

Sie ist zu Peter und Verena gekommen, als die Schwägerin hochschwanger war. Verena hat ohne Mühe geboren, das Kind war aber nur ein Mädchen – für Peter eine Enttäuschung. Verena gab das Kind nicht aus dem Arm, sie herzte es, ließ es bei sich liegen, strich endlos über das Köpfchen mit dem dunklen Haar, gab ihm selbst die Brust. Zwei Tage nach der Geburt erkrankte sie plötzlich, das Fieber stieg schnell an, ihr Gesicht war heiß und rot, der von Peter ans Bett gerufene Arzt konnte nichts tun, Hemma zog das Kissen zurecht und legte kühlende Umschläge auf, aber auch das half nichts. Ein paar Mal streichelte Verena noch das Köpfchen ihrer Tochter, die nun auch matt wirkte, weil die Milch der Mutter versiegt war. Dann verließ Verena diese Welt klaglos mit einem letzten Atemzug.

Peter hatte gleich gesagt, dass er nicht mehr heiraten werde, weil er so etwas nicht noch einmal erleben wolle. Er hatte den Verlust nur schwer verkraftet, hatte sich versündigt und Gott angezweifelt, der ihm seine Frau nahm und nur dieses kleine Würmchen ließ. Der Deutschordenspriester hatte ihm ins Gewissen geredet, vom Rad des Schicksals gesprochen, man sei einmal oben, einmal unten, Gott sei es, der das Rad drehe. Peter hatte den Kopf gesenkt. Er werde viel in fremde Gegenden reisen und Handel treiben, sagte er zu ihr. Sie, Hemma, könne seinen Haushalt führen und das Mädchen aufziehen. Der ältere Bruder bestimmte, wie immer. Sie war einverstanden mit diesem Weg, der von Gott so vorgezeichnet war.

Sie hatte sogleich eine Amme gesucht – die Frau des Bäckers war bereit, neben ihrem eigenen Kind auch die kleine Anna zu stillen. Manchmal hatte Hemma im dunklen Schopf der Kleinen Spuren weißen Mehls gefunden. Süß roch sie, nicht nur nach Ammenmilch, sondern nach Teig, Zucker, gestoßenen Nüssen. Die Kleine gedieh prächtig, auch wenn sie weit weniger Gewicht zulegte als der kräftige Pfisterbub.

Jahr um Jahr ist vorbeigegangen, die Kleine ist herangewachsen, schon zehnjährig jetzt. Sie will alles wissen, manchmal fragt sie Hemma Löcher in den Bauch. Und immer beobachtet sie, was vor sich geht vor dem Haus, in den Gassen.

Der Lärm schwillt jetzt von neuem an, man hört die dunkle Stimme des Schultheißen und das Gekreisch des Volkes, und Anna schaut zum Fensterspalt, der noch immer offen ist.

Hemma nimmt sie bei der Hand. «Komm, Anna – wir gehen in den Garten.»

Widerstrebend lässt sich das Mädchen mitziehen, es trägt sein Aquamanile unter dem Arm, Hemma eine hölzerne

Schüssel. Sie gehen die Treppe hinunter und treten hinaus in den Hinterhof, der sich zwischen den Häusern der Markt- und Kirchgasse erstreckt. Eng ans Haus geduckt steht das hölzerne Aborthäuschen, das Anna nur ungern aufsucht, wenn es kalt oder dunkel ist. Die Mitte des Hofes nimmt der Sodbrunnen ein, den der Vater errichten ließ, damit sie nicht das Wasser von den öffentlichen Brunnen nach Hause schleppen müssen. Und da steht auch der Apfelbaum, mit Früchten vollbehangen – die Hühner, die im Gras unter dem Baum scharren, rennen gackernd davon.

Anna macht sich los, sie läuft mit dem Aquamanile zum Brunnen, lässt den hölzernen Eimer hinunter, zieht ihn mit Wasser gefüllt herauf und füllt sorgfältig Wasser in das Manntier, lässt es auf dem Brunnenrand stehen. Sie blickt sich um und geht zum Ehgraben, der die Grundstücke unterteilt – von beiden Seiten werden die Nachttöpfe in diesen Graben geleert. Anna hält sich die Nase zu. Hemma winkt sie heran, das Mädchen dreht sich um und kommt zum Baum, der von Sonne übergossen im sonst schattigen Hinterhof steht; um einige heruntergefallene Früchte kreisen Wespen. Anna nimmt eine Frucht in die Hand. Der Apfel ist rötlichgrün und mit kleinen, weißen Tupfen gesprenkelt, die Haut glatt. Sie riecht an der Frucht. Sorgfältig löst sie den Apfel vom Ast, beißt hinein. «Mmh», meint sie, «der ist saftig, aber ein bisschen säuerlich.»

«Anna, wir sind hier zum Ernten, nicht zum Essen», mahnt Hemma.

Das Mädchen nickt, sein Übermut ist auf einmal vergangen, sorgfältig legt es einen Apfel nach dem anderen in die Schüssel. Dann aber fällt ihm eine der Früchte aus der Hand, weil man einen Aufschrei hört, auch hier im Innenhof, gefolgt vom Gejohle und Klatschen der Leute. Erschrocken blickt Anna zur Tante. Hemma tut, als ob sie nichts hören würde, streckt sich weiter nach den Äpfeln – die unteren Früchte überlässt sie dem Mädchen. Das Johlen und Kreischen hört nicht auf. Als der Apfelbaum immer mehr von Schatten überzogen wird, hat auch Hemma genug. «Komm, es reicht für heute», sagt sie zu Anna und bückt sich nach der Schüssel. Das Mädchen holt das Aquamanile am Brunnen und trägt es sorgsam nach oben.

Da sich die Stimmen in der Gasse noch immer überschlagen, will Hemma nicht im Haus bleiben, das zu nah am Geschehen ist. «Wir gehen in die Neuenstadt, ich brauche einen Hinterschinken für das Sonntagessen.»

Anna begleitet sie willig. In der Kreuzgasse bahnt sich die Tante so schnell einen Weg, dass Anna nur einen kurzen Blick erhascht: Da ist das große Kreuz, das diese Straßenkreuzung markiert, da der Richtstuhl, auf dem der Schultheiß sitzt, da der angeklagte Mann, in Ketten gelegt, im Hintergrund steht der Scharfrichter.

«Was hat der Mann getan?», fragt sie.

«Ich weiß es nicht.»

«Wird er ebenfalls mit dem Schwert hingerichtet?»

«Ich will es nicht wissen, Anna.» Hemma biegt um die Ecke. Klänge dringen auf einmal an ihr Ohr, Spielleute stehen neben den Ständen am Stadtbach. Sie fiedeln eine lustige Melodie, und ein paar Bauern, die bereits ihre Waren verkauft haben, wiegen sich im Tanz. Einer will nach Hemma fassen, sie weicht aus, verbirgt das Mädchen hinter ihrem Rücken und biegt in die Hormansgasse ab, wo es viel ruhiger ist. Sie überqueren den Badergraben auf der schmalen Steinbrücke, welche die Dominikanermönche gebaut haben, damit ihre Kirche besser erreichbar ist, und biegen in die Gasse vor den Predigern ein. Hemma hat die Stimmen der Mönche aus dem Chor der Predigerkirche gehört, die größer ist als die Leutkirche und die größte Kirche in Bern.

«Die Mönche feiern die Vesper», sagt Hemma und bleibt einen Moment stehen. Anna möchte die Kirche sehen, Hemma hat aber für ihre Bitte kein Gehör. Sie gehen am Stadtbach entlang, der auch durch die Gasse vor den Predigern plätschert. Anna mag die verschiedenen Stadtbäche viel lieber als die stinkenden Ehgräben in den Hinterhöfen. Allerdings hat ihr Hemma verraten, dass die Ehgräben zuunterst in der Stadt in den Stadtbach münden und alles zusammen in die Aare fließt. Anna möchte nicht in den Häusern dort unten wohnen, da muss man sich bestimmt die Nase zuhalten.

In der Gasse vor den Predigern stehen einige Häuser, dazwischen gibt es Lücken mit Obstgärten und Wiesen, auf denen meckernde Ziegen herumspringen. Sie gehen bis zur Stadtmauer oben an der Gasse. Anna weiß, dass Hemma mit ihr einen Umweg macht, weil die Tante nicht will, dass sie bei den Hinrichtungen zusieht. Sie schaut gar nicht gern zu, es ist schrecklich, was da geschieht. Aber sie kann nicht wegsehen, weil es sich vor ihrem Fenster abspielt und so viele Leute aus der Stadt und vom Land herbeiströmen, um dabei zu sein.

Tante und Nichte sind abgebogen und folgen der Stadtmauer. Hemma weist auf das Frauentor, und Anna vergisst zu fragen, wieso es Frauentor heißt und ob dieses Tor nur für Frauen ist. Aber das wäre auf jeden Fall eine dumme Frage gewesen, denn die Torwächter sind Männer mit strengen Mienen, und Männer passieren das Tor, jetzt sogar ein Ritter auf dem Pferd. Er zügelt das Tier nur leicht, winkt den Wächtern zu, trabt in die Stadt hinein, auf seiner Schulter sitzt ein Falke, dem mit einer Haube die Augen verschlossen sind.

Sie folgen dem Graben, Hemma zeigt auf den Holländerturm und das Gloggnertor. Von diesem Tor sieht man in die Neuenstadt – hier stehen die Häuser dichter als unter den

Predigern, der Markt hat sich mit Ständen bis hierher ausgebreitet.

Hemma schiebt Anna weiter, an der Mündung der Schinkengasse vorbei bis zum Judentor, obwohl sie doch in der Schinkengasse einkaufen wollte. Vor dem Judentor biegen sie in die Judengasse ein. Vor einiger Zeit hat Hemma ihr erklärt, dass Juden nicht an Jesus Christus glauben. Anna hält Ausschau nach den spitzen Hüten der Juden, sieht aber keinen.

«Warum sind keine Juden in der Judengasse?», fragt sie die Tante.

Hemma erklärt, sie seien vor einigen Jahren aus der Stadt gejagt oder sogar hingerichtet worden. Es sei die Rede gewesen, dass sie einen Christenbuben umgebracht hätten. Sie sei nicht sicher, ob das wirklich so geschehen sei. Es gebe nun wieder einige Juden in der Stadt, sie seien aber nicht von allen gern gesehen. Einige arbeiteten als Ärzte, andere seien im Geldgeschäft tätig.

Als Anna nachfragen will, erblickt sie ein solches Geldgeschäft. Die hölzernen Laden sind hochgeklappt, ein Mann sitzt an einem Tisch mit einem Buch vor sich, in das er hineinschreibt, vor sich hat er Türme mit Münzen aufgestapelt. Dieser Mann ist aber kein Jude, er hat schon beim Vater am Tisch gesessen: Dieser Mann heißt Münzer und stammt aus Bern, das weiß sie.

Die Tante zeigt auf den Friedhof auf der rechten Seite. «Das ist der Judenfriedhof.» Die Steine stehen schief. Anna fragt, wieso dem so sei, und Hemma meint, es seien nicht mehr viele Judenfamilien in der Stadt, viele Gräber seien verwaist und würden nicht mehr gepflegt. Das ist anders bei den Christengräbern bei der Prediger-, Barfüßer- und der Leutkirche, die Anna kennt. Dort stehen Blumen; an den Tagen der Jahrzeit, wenn der Todestag eines Gläubigen begangen wird, singen Frauen am Grab. Die Kreuze oder Steine stehen gerade und werden geputzt und unterhalten. Anna sieht die Ringmauer, die die Stadt gegen Fremde und Räuber schützt, die von der Aareseite eindringen könnten. Gut, dass es diese Mauer gegen Eindringlinge gibt. An den Toren stehen Wächter mit Hellebarden – sie fragen jeden, wohin er unterwegs sei, und lassen lange nicht alle in die Stadt hinein.

Hemma biegt nun doch noch in die Schinkengasse ab. Sie betritt mit Anna einen der Metzgerläden, wo rotes Fleisch und Würste ausgebreitet sind. Fliegen kreisen über der Ware. Der Metzger verscheucht sie mit der Hand, wenn sie auf dem Fleisch herumspazieren. Seine Schürze ist blutig, er wischt sein Messer daran ab, fragt Hemma nach ihren Wünschen. Diese mustert die ausgelegten Schinken und zeigt auf ein Stück, das hellrot ist, saftig aussieht und einen dicken Fettrand hat. Der Metzger nennt einen Preis, Hemma will zwei Pfennige weniger bezahlen. Der Metzger mustert sie entrüstet, ihm ist nicht ganz klar, ob er die herausgeputzte Magd einer vornehmen Familie oder eine einfach gekleidete, vornehme Dame vor sich hat. Die Frau kennt offensichtlich die Preise, es bleibt dem Metzger, der gegen Abend noch Geschäfte machen will, nichts anderes übrig, als ihr den Schinken zum gewünschten Preis zu verkaufen. Er schlägt den Schinken in ein Tuch; als er ihn Hemma übergibt, drücken bereits rote Flecken durch den Stoff. Anna hilft, den Schinken in den Korb zu heben, der nun schwer an Hemmas Arm hängt.

Sie nehmen die schmale Quergasse zurück zur Neuenstadt und betreten die Zugbrücke vor dem großen Turm. Auf dem Steinbrückchen gegenüber sehen sie Mönche in weißem Habit mit schwarzem Mantel – die Messe der Dominikaner ist beendet. Aus der Marktgasse kommen ihnen grölende Menschenmassen entgegen, ein Fiedler geht voran, spielt lachend seine Geige, ein Gaukler mit bemaltem Gesicht treibt

Späße mit den Zuschauern. Hemma weicht mit Anna in die Herrengasse aus. Dort sind die Kirche und der Konvent der Franziskaner, eben treten ein paar Mönche in ihren braunen Kutten heraus.

Von allen Orden mag Anna die Franziskaner am liebsten, sie reden mit den Leuten, tragen einfache, braune Kutten oder Kapuzenmäntel mit Strick um den Bauch und sind nicht streng. Braun ist die Farbe der Armen, hat Anna gelernt. Hemma sagt, die Franziskaner und die Dominikaner, die zu den Bettelorden gehören, würden nichts besitzen, das stehe so in ihrer Ordensregel. Die Franziskaner nennt man auch Barfüßer.

Ganz anders die Deutschordensherren, vor denen Anna Respekt hat: Sie sprengen manchmal auf ihren Pferden durch die Stadt, man muss ihnen ausweichen, sie nehmen keine Rücksicht auf die Leute in den Gassen. Die Deutschordenspriester in der Leutkirche tragen auch ein weißes Habit mit schwarzem Kreuz wie die Deutschordensritter, vor ihnen muss man aber keine Angst haben, sie sind nur streng. Als sie den Platz bei der Leutkirche überqueren, nickt ihnen der Leutpriester zu, der eben die Kirche verlässt, gefolgt von zwei Messdienern.

Endlich biegen Tante und Nichte wieder in die Kreuzgasse ein. Keine Leute sind mehr da, keine Stimmen überschlagen sich. Knechte des Schultheißen bauen den Richtstuhl ab und kehren den Abfall zusammen.

Hemma stellt den Korb mit dem Schinken in die Küche. «Deine Tante Johanna kommt morgen mit ihren Kindern Anna und Hans zu Besuch», verkündet sie. «Wir werden den Schinken auftischen.»

Annas Augen blitzen. Sie mag ihre Base Anna von Kiental. In der Familie nennt man sie die große Anna, weil sie drei Jahre älter ist als sie selbst, die kleine Anna ab Berg.

Johanna von Kiental nimmt das unter dem Kinn geknotete Gebende ab, ihre hübsche Kopfbedeckung mit gekraustem Rand. Sie setzt sich zusammen mit ihrer Tochter Anna an den Tisch, der kleine Hans kniet sich in eine Ecke und spielt mit Holzklötzchen. Wie immer bewundert Anna das dichte, weizenblonde Haar der Base Anna. Dreizehn ist Anna von Kiental, sie hat schönes Haar und regelmäßige Gesichtszüge. Sie selbst, die kleine Anna, ist noch ein Kind. Vorhin erspähte sie durch den Fensterflügel die beiden Besucherinnen, die durch die Gasse herankamen. Junge Herren pfiffen hinter der blonden Anna her, Mutter Johanna ging vor ihrer Tochter, um sie vor zudringlichen Blicken oder gar Handgreiflichkeiten zu schützen.

Muss das Hemma in ein paar Jahren auch tun, wenn sie mit ihr, der kleinen Anna, die nicht mehr so klein sein wird, durch die Stadt geht? Hemmas kleiner Spiegel liegt in der Truhe, und manchmal, wenn sie Besorgungen macht, nimmt Anna ihn hervor. Sie weiß, dass sie nie so schön sein wird wie die große Anna. Ihre Haare sind dunkel und gerade, die Augen braun und fragend, die Züge unscheinbar. Nichts Auffälliges ist an der kleinen Anna ab Berg. Die große Anna aber fällt auf, sie ist großgewachsen, hat gekraustes Blondhaar.

Hemma spricht mit ihrer Schwester über Geldsorgen. Falten sind in Johannas Gesicht gegraben, als sie erzählt, dass ihr Mann die hohen Zinsen des Geldgebers nicht zahlen könne.

Die große Anna hat mitgehört, ihr Gesicht rötet sich. Sie redet auf einmal laut, überdeckt mit ihrer Stimme jene ihrer Mutter am anderen Tischende, erzählt der kleinen Anna vom Unterricht in Lesen und Schreiben. Sie haben denselben Lehrer, stellt sich heraus.

«Conrad kommt zu mir nach Muri, es macht ihm nichts aus», sprudelt die große Anna hervor.

«Was hast du gelernt?»

«Die Texte, die Conrad mir aus der Bibel übersetzt, kann ich fließend lesen, und ich kann ziemlich gut schreiben. Jetzt will er mir Latein beibringen.»

«Du bist viel weiter als ich. Ich habe erst angefangen, kenne die meisten Buchstaben.»

«Ich bin älter als du. Vielleicht muss ich bald ohne Unterricht auskommen.» Die große Anna stellt sich ans Fenster, winkt die kleine Anna herbei, und gemeinsam schauen sie in die Gasse.

Mägde und einzelne Damen drängeln sich vor den Ständen mit Anken, Eiern und Ziger, Berge von Kohl, Äpfel und Birnen türmen sich, die Früchte von Wespen umkreist, Hühner gackern, in der Marktgasse muhen Rinder, es wimmelt von Leuten, Knechte tränken die Pferde im Stadtbach, Verkäufer preisen ihre Ware lautstark an, Bettlerkinder stecken blitzschnell heruntergefallene Früchte ein. Da ist das Getrappel von Pferdehufen, Herren und bewaffnete Ritter reiten durch die Gasse, Stimmengewirr dringt zu ihnen herauf, unentwirrbar, der Geruch von Fisch dringt in die Nase und jener von frischen Pferdeäpfeln und Kuhfladen.

Anna von Kiental beugt sich weit hinaus, nimmt alles auf. Sie wendet sich erst ab, als ein Gejohle anhebt: Zwei Knechte haben sie in der Fensteröffnung entdeckt, und jetzt sind auch zwei junge Herren aufmerksam geworden und winken.

«Weißt du, dass ich dich beneide? Ich möchte auch hier wohnen, mitten in der Stadt. Bei uns auf dem Land ziehen ein paar Bauern durch, die auf dem Weg zum Markt in Bern sind, ab und zu gibt es fahrende Musikanten, ein paar Hausierer und Bettler, manchmal trabt in der Ferne ein Ritter vorbei. Sonst ist da nichts. Die Vögel singen, eine Eule krächzt in der Nacht, ich helfe der Mutter in der Küche, seit sie die Magd entlassen hat, um Geld zu sparen. Wir haben kaum noch Besuch. Hänschen spielt gern für sich allein.

Mein Vater ist oft in der Stadt für seine Geschäfte. Du hast hier alles vor Augen, bist mittendrin.»

«Ich mag es, am Fenster zu stehen und zu beobachten. Kein Pferd kann nach mir ausschlagen, kein Bettler an meinem Kleid ziehen.»

Die Glocke der Leutkirche schlägt und verkündet den Mittag.

«Die Kirchen sind hier ganz nah und viel größer als unsere kleine Kirche in Muri, die dem Erzengel Michael gewidmet ist. Ihr habt die St.-Vinzenz-Leutkirche, die Barfüßerkirche weiter oben in der Stadt und die Predigerkirche in der Neuenstadt.» Sie überlegt. «Conrad spricht oft von euren großen Kirchen. Er erzählt viel aus der Stadt, vom Leben in den Gassen, vom Markt. Am meisten erzählt er aber von den Messen in den Kirchen, von den Predigern, die ihn beeindrucken.» Sie streicht sich eine Strähne aus dem Gesicht. «Zum Glück kommt er zu mir heraus aufs Land. Mein Vater hat ihn beauftragt. Vater ist immer unterwegs, mich nimmt er nicht mit, ich bleibe mit Mutter zurück.»

«Mein Vater ist ebenfalls oft auf Reisen, auch jetzt ist er fort.» Ihr Blick fällt auf das Aquamanile. «Das Wassergefäß hat er mir von der letzten Reise mitgebracht, ist es nicht schön?»

Anna von Kiental nimmt das Aquamanile bewundernd in die Hand. Die kleine Anna nimmt sie am Arm: «Komm, wir gehen in den Garten.» Johanna und Hemma sind immer noch in ihr Gespräch vertieft.

Im Hof ziehen sie Wasser aus dem Sodbrunnen nach oben, füllen das Aquamanile. Die große Anna nimmt das tönerne Wesen an sich, Wasser schwappt heraus, trifft die kleine Anna, die ihrer großen Base das Manntier wegnimmt, nun trifft das Wasser Anna von Kientals Kleid und nässt ihr blondes Haar. Die beiden rennen quer durch den Hof, verfolgen einander, bald hat die eine das tönerne Tier unter dem Arm, bald die andere. Wasser spritzt, nasse Flecken zeichnen sich auf den Röcken der Mädchen ab, die Basen haben es lustig miteinander, sind wie Schwestern, sie vergessen alles um sich herum.

Als Hemma kommt, um die beiden Annas zum Essen zu rufen, staunt sie über das helle Lachen der kleinen Anna. So unbeschwert hat sie das Kind noch nie erlebt. Sie unterlässt es, Anna wegen der nassen Kleider und der Haare zu tadeln, die in dunklen Strähnen um ihr Gesicht hängen.

3

Bern, April 1327

Hemma trägt die Glutschale in die Kammer und setzt sie vor dem Bett ab. Anna öffnet ein Auge, schließt es wieder. «Es ist Zeit, Anna. Bald ist Conrad da. Du willst ihn nicht warten lassen.»

Das hilft. Anna macht beide Augen auf, schlägt die Decke zurück, setzt sich an den Bettrand und hält die Hände über die Glutschale. Wie gut es tut, die Wärme in ihrem Handinnern zu spüren. Und wie schön ist das glühende Rot. Den ganzen Winter über verwöhnte Hemma sie jeden Morgen mit der Glutschale. Das Eckhaus mit den dicken Steinmauern speichert die Kälte, scheint ihr. Andererseits, wenn es dann einmal warm ist, behält es die Wärme auch. In den Holzhäusern, die häufiger sind in der Stadt, zieht der Wind durch die Ritzen, das hat sie bei Besuchen gemerkt. Und man muss in einem Holzhaus mehr aufpassen wegen der Feuergefahr, hat Hemma gesagt – dort müsste sie auf die wärmende Glut verzichten.

Anna schlüpft ins Unter- und Oberkleid. Hemma, die ihr dabei hilft, ist jedes Mal erstaunt, wie hochaufgeschossen das Mädchen jetzt ist. Ihr Körper ist schmal, die Schultern sind eckig, die Brustspitzen wie Knospen. Anna ist dreizehn – sie ist kein Kind mehr. Ihr Gesicht ist länglicher, die Nase hat sich ausgeformt, der Ausdruck ist bestimmter. Sie verzichten heute auf die Frühmesse, weil Conrad sich früh angekündigt hat.

Es klopft an der Haustür. Hastig löffelt Anna in der Küche ein bisschen Haferbrei, während Hemma Conrad begrüßt und in die Stube führt. Anna zieht ihre Stabelle nah zu seiner und setzt sich neben ihn. Gemeinsam beugen sie sich über den Text, den Conrad übersetzt hat. Zu Beginn ihrer Stunden hat er oft eigene Erlebnisse aufgeschrieben, die sie dann entziffert und gelesen hat. Die Texte waren angepasst an die Buchstaben, die sie übten. Das fand Anna sehr interessant. Jetzt sind es immer Bibelstellen, die er übersetzt. Auch diese Geschichten mag sie. Jene von Hiob zum Beispiel, oder von Jakob, von Rahel. Manchmal bringt er einen Text, den er schon mit der großen Anna gelesen hat – anderes übersetzt er nur für sie.

Sicher geht Conrad lieber zu ihrer Base – sie hat dieses schöne Blondhaar und ist ihm im Alter näher. Sie wagt ihn nie zu fragen, ob er auch gern zu ihr komme. So etwas fragt man nicht. Conrad wird für die Stunden vom Vater entlöhnt. «Er ist achtzehn und kann das Geld sicher gut brauchen», meinte der Vater einmal, nachdem er Conrad die Münzen in die Hand gedrückt hatte und dieser gegangen war. «Er wird mit Freunden dem Gewürzwein zusprechen. Und es gibt noch andere Vergnügen für junge Männer, die auch kosten.» Hemma war im Gesicht ganz rot geworden, der Vater hatte gelacht. Anna kann sich das Leben eines jungen Mannes schlecht vorstellen – es ist so anders als das einer jungen Frau. Er zieht allein durch die Gassen. Er trifft sich mit Freunden. Er tut, was er will, hilft nicht in Haus und Garten. Er erlernt einen Beruf – meist den seines Vaters –, geht vielleicht auf Wanderjahre, übernimmt die Werkstatt oder das Kabinett des Vaters und gründet eine Familie. Er entscheidet selbst, wie er sein Leben führt, ist aber seinen Eltern verpflichtet.

«Diesen Text habe ich nur für dich übersetzt», sagt Conrad in ihre Gedanken hinein und schiebt ihr den Pergamentbogen hin, den er mit seinen schön gemalten Buchstaben überzogen hat. Anna beginnt sofort zu lesen, sie fährt nicht mehr mit dem Finger der Zeile nach wie am Anfang ihrer

Lektionen. «Zu der Zeit, als die Richter richteten, entstand eine Hungersnot im Lande. Und ein Mann von Bethlehem in Juda zog aus ins Land der Moabiter, um dort als Fremder zu wohnen, mit seiner Frau und seinen beiden Söhnen.» Sie schaut auf. «Wir haben Glück, dass wir genug zu essen haben und nicht in ein fremdes Land ziehen müssen.»

«Es gibt auch bei uns Leute, die hungern.»

Anna kennt niemanden, der hungert. Es gibt aber Bettlerkinder, die Abfälle zusammenlesen und gierig in einen faulen Apfel beißen. Sie hat kranke und alte Leute gesehen, die ausgemergelt waren. «Aber die Kirche schaut doch, dass die Armen genug Essen bekommen – und wir spenden fleißig Almosen?»

Conrad wirft einen Blick über die Schulter, als ob irgendwo ein Verräter in einem Winkel der Stube lauern würde – da sitzt aber nur Hemma auf der Bank, die Strümpfe flickt. «Die Kirche verwendet nicht alles gespendete Geld für die Armen. Einige Klosterleute leben allzu gut, sie kaufen teure Gewänder und ebensolche Speisen. Der heilige Franziskus machte es anders: Er lebte in Armut, gab alles hin.»

Anna blinzelt, sie überlegt. So hat Conrad noch nie zu ihr geredet. Armut. Sie schaut ihn an. Er ist ein junger Mann, Barthaare überziehen sein Gesicht, sein Blick ist ernst. Gekleidet ist er wie immer, trägt einen Unterrock und gegürteten Überrock und rote Beinlinge, vorhin hat er seinen grünen Mantel aufgehängt.

Conrad ist plötzlich ungeduldig. «Nun lies schon. Ich habe nicht viel Zeit heute.»

Sie liest weiter aus dem Buch Rut, von Noomi, deren Söhne sich im fremden Land mit Rut und Orpa verheiraten. Aber das Glück bleibt nicht bei Noomi, sie verliert den Mann und die Söhne und beschließt, in ihr Heimatland Juda zurückzukehren. Den Schwiegertöchtern befiehlt sie, in ihrem eigenen Land zu bleiben, Rut aber ist hartnäckig und begleitet ihre Schwiegermutter nach Juda. Anna schaut hoch. «Habe ich gut gelesen?»

Conrad nickt. «Alles gut, Anna. Ich kann dir nichts mehr beibringen. Du liest und schreibst flüssig. Das Alphabet kennst du in- und auswendig.»

Sie lächelt. «Weißt du noch, wie wir angefangen haben? A wie Anna, B wie Brücke, C wie Conrad. Und wie geht es jetzt weiter? Müsste ich doch noch Latein lernen?» Conrad wird ihr wie immer das Latein schmackhaft machen, das er Anna von Kiental beibringt, und sie wird Nein sagen. Oder überzeugt er sie diesmal?

«Vielleicht solltest du Latein lernen. Du weißt nicht, welcher Lebensweg für dich vorgesehen ist. Aber ich kann nicht dein Lateinlehrer sein.»

Sie horcht auf. «Du hast doch immer auf dem Latein bestanden ...»

«Ich weiß, ich weiß. Alles ist jetzt anders. Das ist unsere letzte gemeinsame Stunde. Ich werde nicht mehr unterrichten.»

Anna erschrickt, sie versteht nichts mehr. «Bin ich zu wenig gut? Nur mich wirst du nicht mehr unterrichten, Anna von Kiental aber schon?»

«Ich gebe niemandem mehr Unterricht. In einer Woche trete ich ins Kloster ein – bei den Franziskanern. An Ostern habe ich meinen Entschluss getroffen.»

«Du – ins Kloster?» Es ist, wie wenn ihr der Boden unter den Füßen weggezogen würde. Conrad war ihr großer Bruder in den vergangenen zweieinhalb Jahren, mit ihm hat sie anhand der Texte über so vieles gesprochen. Und jetzt wird er ein Klosterbruder?

«Ich werde alles ablegen – die noblen Kleider bedeuten mir nichts. Meine Bücher werde ich mitnehmen ins Kloster

– alle werden sie lesen können, nicht nur ich allein. Ich brauche nichts mehr als den einfachen, braunen Habit der Franziskaner, mit einem Strick gegürtet. Ich will ein Leben führen in Armut und Demut.»

Sie sitzt da, als ob Conrad kaltes Wasser über sie ausgegossen hätte. Hemmas Flickarbeit ruht auf ihrem Schoß, auch sie ist sprachlos. Licht fällt durch das Fenster auf Annas Gesicht und Hände, während Conrad im Dunkeln sitzt – ihr Kopf ist gesenkt, sie knetet die Hände.

Conrad scheint ihre Verzweiflung zu spüren. «Ich bleibe in Bern. Ich trete den Franziskanern als Novize bei. Dann wird man sehen, welche Aufgabe mir vom Guardian, dem Klostervorsteher, zugewiesen wird. Vielleicht werde ich Prediger, und du kommst in meine Messe. Oder du suchst mich auf, wenn du ein Anliegen hast. Wir Franziskaner haben immer ein offenes Ohr für unsere Mitmenschen. Wir selbst bedeuten nichts, sind nur Gottes Werkzeug.»

Annas Hände ruhen jetzt, sie schaut Conrad mit großen Augen an und nickt.

Er erhebt sich, rollt das Pergament ein, schlüpft in den grünen Mantel. «Ich wünsche dir alles Gute auf deinem Weg, Anna ab Berg, und Gottes Segen.» Er verbeugt sich, auch in Hemmas Richtung, und verlässt die Stube, sie hören seine Schritte auf der Treppe, das Öffnen und Schließen der Haustür.

Anna starrt auf ihre Hände, wie wenn dort die Lösung zu finden wäre.

Die Tante setzt sich neben sie auf die Stabelle, auf der eben noch Conrad saß. «Nimm es nicht so schwer. Conrad geht seinen Weg, der ihm vorbestimmt ist.»

Ihre Nichte schweigt.

Hemma legt Anna die Hand auf die Schulter. «Ich muss dir etwas sagen. Du weißt, vor zwei Tagen war ich bei Johanna draußen in Muri. Ihre Tochter Anna geht auch ins Kloster.»

«Was sagst du da? Verlassen mich denn alle?» Anna legt den Kopf auf ihre verschränkten Arme, ihre Schultern zucken.

Die Tante streicht ihr über die verkrampften Schultern. «Conrad und Anna sind in einem Alter, wo sich ihre Zukunft entscheidet. Nicht zufällig wählen sie diesen Weg – Gott will es so. Bei Conrad ist es eine Berufung. Bei Anna von Kiental hat ihr Vater die Entscheidung gefällt. Er kann sich nicht aus seinen Schulden lösen und will, dass ihre Zukunft gesichert ist. Er kann ihr keine Mitgift geben, das macht eine standesgemäße Ehe unmöglich. Auch das Kloster verlangt Geld, aber weniger. Johanna wird zwei Truhen aus ihrem Besitz verkaufen, Anna ihre Kleider veräußern, die sie nicht mehr braucht. Das sollte genug ergeben für den Eintritt ins Kloster Fraubrunnen.»

Anna hebt den Kopf, dreht der Tante ihr verweintes Gesicht zu. «Ich werde auch ins Kloster eintreten. Fraubrunnen – wieso nicht? Ich weiß nicht, wo das ist. So bleibe ich Anna nah.»

«Verwandtschaftliche Beziehungen zählen nicht im Kloster. Die Äbtissin bestimmt über die Nonnen. Sie legt Rechenschaft gegenüber dem Vorsteher des Männerklosters ab, das ihnen übergeordnet ist. Die Regeln sind streng, der Tagesablauf ist durch das Stundengebet vorgegeben, von der Matutin am frühen Morgen bis zur Komplet in der Nacht.» Sie mustert das bleiche Gesicht der Nichte liebevoll. «Ich weiß nicht, was Gott für dich bestimmt hat. Dein Vater wird entscheiden, aber nur das ausführen, was Gott ihm eingegeben hat.»

«Ich bin allein auf der Welt.»

«Du hast deinen Vater, ich bin an deiner Seite. Hab Gottvertrauen, Anna – es wird kommen, wie es kommen muss.»

Drei Tage später sind Hemma und Anna beim Nähen, als sie Schritte auf der Treppe hören, die Anna sofort erkennt. Sie springt auf, und schon steht der Vater unter der Tür. Er klopft ihr auf die Schulter, grüßt seine Schwester und lässt sich auf die Bank fallen.

«Reisen ist so anstrengend. Man wird durchgeschüttelt, wenn man mit dem Wagen reist, und spürt jeden Knochen, wenn man das Pferd wählt. Verschiedene Wege waren schneebedeckt, wir sind nur langsam vorangekommen. Aber die Geschäfte sind gut gelaufen, Genf ist immer eine Reise wert. Der Rhone entlang gelangen wichtige Güter in unsere Gegenden.» Er wischt sich über die Stirn, greift in seine Manteltasche. «Da, Anna, wie immer sollst du etwas haben und nicht umsonst auf mich gewartet haben.»

Sie staunt. In ihrer Hand liegt ein Rosenkranz mit hellroten Perlen und einem goldenen Kreuz.

«Diesen Rosenkranz ließ ich für dich segnen. Die Perlen sind aus Korallen – die wachsen in warmen Meeren.»

Anna lässt den Rosenkranz ehrfürchtig durch die Hand gleiten. Plötzlich hält sie inne. Alle Nonnen und Mönche haben Paternoster, wie man die Rosenkränze auch nennt – sie hat solch kostbare Kränze oft in ihren Händen gesehen. Sie schaut den Vater an. «Ist das ein Rosenkranz, den ich ins Kloster mitnehmen werde?»

Der Vater ist erstaunt. «Wer sagt, dass du ins Kloster gehst? Das ist meine Entscheidung.»

«Meine Base Anna von Kiental geht ins Kloster. Conrad hat mir heute eröffnet, dass er das letzte Mal bei mir war – er wird Franziskanermönch.»

«Davon wusste ich nichts. Es mag gute Gründe geben, dass die beiden in ein Konvent eintreten. Ich habe noch nicht entschieden. Freust du dich nicht über den Rosenkranz? Er ist kostbar und wird sich in deiner Hand gut ausnehmen.»

«Ich freue mich, Vater, danke.»

Er mustert sie in ihrem grünen, bescheidenen Kleid, zu dem die roten Perlen in ihrem Schoß einen interessanten Kontrast bilden. «Du wirst nicht ins Kloster gehen. Du bist mein einziges Kind. Ein Sohn könnte meine Geschäfte weiterführen – als Tochter kannst du das nicht. Aber du kannst mich begleiten bei Geschäften, du kannst lesen und schreiben, kannst dich nützlich machen. Ich habe Vermögen, Anna. Dir oder deinem Mann wird es zufallen. Die Klöster haben genug Geld – meines müssen sie nicht auch noch bekommen.» Er erhebt sich. «Ich will mir die Hände waschen.»

Sie nimmt das Aquamanile und eine Schüssel, gießt Wasser über seine ausgestreckten Hände, immer und immer wieder, bis er seine gesäuberten Hände zufrieden mustert. «Das reicht, Anna.» Er stapft die Treppe hinunter, ruft nach den Knechten und seinen Reisekisten.

Anna setzt das Aquamanile sorgfältig ab. Der Vater hat gesprochen.

Hemma kommt heran, drückt ihr die Hände. «Siehst du? Dein Weg führt nicht ins Kloster. Du kannst froh sein.»

Ist sie froh? Vielleicht ändert der Vater seine Entscheidung noch. «Lehre mich den Rosenkranz beten», sagt sie zur Tante. «Das kann ich brauchen – was auch immer kommt.»

Die beiden setzen sich nebeneinander auf die Bank. «Der Rosenkranz hat 59 Perlen und ein Kreuz. Du beginnst mit dem Kreuzzeichen», unterweist sie Hemma. «Im Namen des Vaters und des Sohnes und des Heiligen Geistes. Amen. Du küsst das Kreuz. Es folgt das Glaubensbekenntnis: Ich glaube an Gott, den Vater, den Allmächtigen, den Schöpfer des Himmels und der Erde, und an Jesus Christus, seinen eingeborenen Sohn, unseren Herrn … Du kennst das. Bei der ersten, großen Perle betest du das Vaterunser, bei den drei kleinen folgenden Perlen ein Ave Maria. Vor der zweiten großen Perle sprichst du: Ehre sei dem Vater und dem Sohn und dem Heiligen Geist, wie im Anfang, so auch jetzt und alle Zeit und in Ewigkeit. Bei jeder weiteren großen Perle betest du ein Vaterunser, bei jeder kleinen Perle ein Ave Maria, und du fügst die Geheimnisse ein, die ich dir gleich erkläre: Es gibt freudenreiche, lichtreiche, schmerzhafte und glorreiche Geheimnisse. Vergiss nicht, am Ende jedes Gesätzchens wieder ein ‹Ehre sei dem Vater› zu beten …»

Anna hört den Erklärungen der Tante zu, ihr schwirrt der Kopf. Sie beginnen gleich zu üben, Hemma spricht vor und Anna wiederholt, die hellroten Perlen fühlen sich gut an, sie sind glatt und glänzend und gleiten wie von selbst durch ihre Finger, und am Schluss hat sie alle Gebete gesprochen, sie sind wieder bei der großen Perle in der Mitte angelangt. Anna küsst das Kreuz zum Abschluss. Sie bewundert den Kranz mit den leuchtenden Perlen in ihrer Hand. Das Beten beruhigt. Sie versteht nun, was Hemma meint. Man kann sich getrost hingeben – den Gebeten, dem Willen Gottes. Dein Wille geschehe, wie im Himmel, so auf Erden. So steht es geschrieben.

Nicht immer ist Anna so zuversichtlich. An einem grauen, kalten Tag hat sie den Fensterflügel geöffnet und schaut in die Marktgasse. Der Himmel hängt tief, einzelne Flocken tanzen nieder, zerplatzen sogleich, wenn sie auf den Boden fallen. Der Frühling, der in den letzten Tagen in den Gassen war, die Vögel, die gesungen haben – alles fort, der Winter ist zurück.

So fühlt auch sie sich. Beide sind verschwunden. Anna von Kiental, ihre liebe Base, ist nicht mehr zu Besuch gekommen. Sie ist bereits ins Kloster Fraubrunnen eingetreten, wusste Hemma. Als Erstes habe man ihr dort das dichte, blonde Haar abgeschnitten und ihr Schleier und Gewand der Novizin übergezogen. Sie kann sich die große Anna ohne ihr Blondhaar nicht vorstellen. Ein Mädchen trägt keine Haube, eine Frau legt sie spätestens vor dem Zubettgehen ab – das Haar ist eine Zierde der Frau. Einige ziehen sich eine Nachthaube an, das sind aber mehr ältere Frauen. Und ihre Base legt sich jetzt mit nacktem Kopf nieder? Es tut ihr weh, sich das vorzustellen. Vielleicht ist sie – die kleine Anna, die nicht mehr so klein ist – unnötig eitel. Ihr langes Haar gehört zu ihr. Wenn sie am Abend die Zöpfe auflöst, in die es geflochten ist, ist ihr sonst gerades, dunkles Haar gewellt. Es gleitet wie ein Vorhang über ihr Gesicht, sie kann sich dahinter verstecken.

Die große Anna hätte doch Begine werden können. Beginen sind Frauen, die ein frommes, gottesfürchtiges Leben führen, aber keinem Orden angehören, hat Hemma erklärt. Oder wenn Anna schon in ein Kloster eintritt, hätte sie eines in der Stadt wählen können. Auf dem ehemaligen Judenfriedhof wird ein Kloster für Dominikanerinnen gebaut. Es steht noch nicht viel, die Nonnen wohnen in behelfsmäßigen Unterkünften. Das Kloster, das entstehen soll, wird Inselkloster genannt, denn diese Schwestern lebten früher auf einer Aareinsel. Hemma sagt, dass sich die Eltern der großen Anna gegen das Inselkloster entschieden hätten, weil dort noch vieles unsicher sei. Sie wollten ihre Tochter in einem Konvent mit strengen Regeln unterbringen. Die Zisterzienserinnen im Kloster Fraubrunnen hätten eine lange Tradition, es sei das größte Frauenkloster.

Nicht nur die große Anna fehlt ihr. Auch Conrad ist sie nicht mehr begegnet. Sonst hat sie ihn oft von ihrem Fenster aus in der Gasse entdeckt, er hat ja in der Nachbarschaft gewohnt. Zu sehen, wie er durch die Gassen ging, oft mit Pergamentrollen unter dem Arm, wie er sich auf den Weg machte die Marktgasse hinunter, wohl über die Aarebrücke, den

Stalden hinauf und hinaus nach Muri, um Anna von Kiental zu unterrichten – das war wichtig für sie. Conrad, im Marktgetümmel, in ihrer Nähe. Conrad – der große Bruder, den sie nie hatte.

Und die große Anna, die mit ihrer Mutter zu Besuch kam. Tante Johanna begleitete meist ihren Mann, wenn er Geschäfte in der Stadt zu erledigen hatte, die Tante und die Base mussten den Weg so nicht allein zurücklegen. Nur selten sind Hemma und sie nach Muri gegangen – eine doch weite Strecke für zwei Frauen allein.

Wenn sie jetzt ins Marktgewühl vor ihrem Fenster schaut, entdeckt sie niemanden, den sie kennt, niemand kommt auf ihr Haus zu, um einen Besuch abzustatten. Heute findet kein Markt statt. Die festen Stände sind geschlossen, die Gasse fast ausgestorben. Ein paar Beginen, die man graue Schwestern nennt, bewegen sich lautlos durch die Kreuzgasse. Sie werden bei der Leutkirche in die Kirchgasse einbiegen und weitergehen in die Herrengasse. Dort gibt es verschiedene Häuser mit grauen Schwestern, die den Franziskanern angegliedert, aber keine Nonnen sind. Aufgrund ihrer einfachen Kleidung, die jener der Franziskanermönche ähnelt – braunes oder graues Gewand, grauer Umhang –, tragen sie den Namen «graue Schwestern».

Die grauen Schwestern sind verschwunden, wie verschluckt vom Grau des Himmels. Sie hört Schritte, unregelmäßiges Getrappel, das Tappen eines Stocks. Zwei alte Männer kommen in ihr Blickfeld, einer hinkt schwer, der andere bewegt sich mühsam mit dem Stock fort. Plötzlich rutscht er aus, fällt. Nur mit äußerster Not kommt er mit Hilfe des anderen Mannes wieder auf die Beine. Unschlüssig stehen die beiden beim Kreuz an der Ecke von Kreuz- und Marktgasse. Haben sie keine Unterkunft? Dämmerung fällt schon über die Stadt, die Schneeflocken fallen dichter vom Himmel. Brauchen die Männer Hilfe?

Sie sieht zwei weiße Schwestern die Gasse heraufkommen, sie bleiben stehen, sprechen mit den alten Männern. Die eine Schwester hakt den hinkenden Mann unter, die andere stützt den Mann mit dem Stock. Die Schwestern geleiten die Männer die Gasse hinunter. Das ist gut. Die Männer werden wohl im Niederen Spital unterkommen. Dieses Spital wurde zuunterst an der Marktgasse über dem Stadtbach gebaut. Dort werden kranke, bettlägerige und alte Leute aufgenommen und von den Beginen betreut. Diese Schwestern sind weiß gekleidet, weil sie dem Deutschorden angegliedert sind. Bald hört sie das Tappen des Stocks nicht mehr, die Stimmen und die weißen Gewänder der Schwestern lösen sich auf im nebligen Grau.

Jetzt entdeckt sie drei weitere Männer in der Gasse, sie nähern sich ihrem Haus. Ihr Vater ist dabei und zwei jüngere Männer! Die Haustür wird geöffnet, sie kommen die Treppe herauf. Rasch schließt sie den Fensterflügel, sie haben sie nicht bemerkt. Schon stehen sie unter der Tür der Stube.

«Ah, du bist hier. Das ist meine Tochter Anna», stellt sie der Vater vor. «Und das sind Heinrich Seiler und Stefan Gutweri. Wir besprechen ein Geschäft. Bring einen Krug Wein und frisches Wasser vom Sodbrunnen im Hof.»

Die Männer äußern sich anerkennend, dass Peter ab Berg einen eigenen Sodbrunnen hat graben lassen. «Ich gehe mit der Zeit», erklärt er und weist auf die beiden Fenster mit den Glasscheibchen.

«Nicht einmal unser Rathaus hat Glasscheiben. Darum ist es im Winter so fürchterlich kalt dort drin, und es ist zugig. Da bin ich lieber bei den Predigern oder Franziskanern in der kalten Jahreszeit – wenn sie dort tüchtig einfeuern, wird es angenehm warm», meint Heinrich Seiler.

Anna stellt den Krug Wein und Becher vor die Männer hin. Die beiden Besucher sehen ganz unterschiedlich aus, fällt ihr auf. Heinrich Seiler ist hellhaarig, groß und stattlich. Er blickt mit seinen klaren, blauen Augen an Anna vorbei zu ihrem Vater. An Stefan Gutweri ist alles dunkler, die Haare, die Haut, die braunen Augen, er ist klein von Gestalt. Auch er blickt bewundernd zum Vater.

«Ich bin diese Temperaturen nicht gewohnt», sagt Gutweri. «Seit drei Jahren bin ich in Bern und will hier bleiben. In meinem Heimatort Asti ist es viel wärmer.»

Sie geht hinunter in den Hof, zieht Wasser aus dem Brunnen herauf und füllt das Aquamanile auf. Als sie es oben in der Stube auf den Tisch stellt, gönnen ihm die Männer keinen Blick. Andere Besucher waren entzückt von dem wunderlichen Manntier, das ihnen frisches Wasser spendete.

Die Männer bereden Geschäfte. Der Vater spricht von einer großen Schafherde, die er verkaufen will. «Zusammen mit Rudolf von Belp habe ich vor einigen Jahren 500 Schafe für 150 Pfund an die Zisterzienserabtei in St. Urban verkauft. Die Herde, von der ich eben gesprochen habe, erzielt vielleicht einen noch größeren Betrag.» Er wolle den Handel mit Leder noch größer aufziehen – für den Kauf müsse er immer vorab bezahlen. «Macht ihr mit?»

Heinrichs helle Augen blitzen. «Ich handle nicht mit Vieh. Das Ledergeschäft aber ist etwas anderes. Unsere Gerber leisten gute Arbeit. Im Gerberngraben, wo sie jetzt untergebracht sind, haben sie Platz, und die Gerüche stören niemanden. Es ist schade, wenn wir das Geschäft mit dem Leder den Freiburgern und anderen Städten überlassen. Ich bin dabei.»

«Auch ich bin bereit, Geld ins Ledergeschäft zu stecken», stimmt Gutweri zu.

Annas Mundwinkel zucken, die Sprache dieses Gutweri ist eigenartig. Der Vater hat erzählt, dass die Gutweris von jenseits der Alpen stammen. Sie sind Geldgeber und vor ein paar Jahren nach Bern gekommen, um die Juden im Geldgeschäft zu ersetzen. Hat der Vater von Anna von Kiental bei Gutweri Geld geliehen und sich verschuldet? Es läuft ihr kalt über den Rücken. Wenn nur ihr Vater sich nicht verschuldet.

«Wir können darüber befinden, zu welchen Bedingungen ich von euch Darlehen für die Geschäfte bekomme.» Er schaut auf, erblickt Anna. «Du kannst jetzt gehen, Anna – wir brauchen dich nicht mehr.» Die Männer beginnen, hart um die Zahlen zu feilschen.

Sie verlässt die gute Stube und geht ins Hinterzimmer, wo Hemma sitzt und näht, sie setzt sich zu ihr und greift nach ihrer eigenen Näharbeit – ein Saum ihres grünen Oberkleids ist heruntergerissen. Frauen machen diese Arbeit, sie putzen, nähen und kochen. Die Männer machen Geschäfte. Sie hört ihre dunklen Stimmen aus der guten Stube, es geht hoch her.

Dann wird es plötzlich ruhig. Der Vater hat Gutweri und Seiler verabschiedet, er steht in der Tür und reibt sich die Hände. Schaut er auf die Näharbeiten von Schwester und Tochter, oder blickt er nur einfach in ihre Richtung, ohne sie wirklich zu sehen?

«Die beiden stecken Geld in meinen Lederhandel. Das wird eine große Sache. Gleich morgen gehe ich im Gerberngraben einkaufen.» Sein Blick liegt auf Anna, er nimmt sie auf einmal wahr. Seine Tochter. Sie sitzt da und näht neben seiner Schwester. Anna soll etwas Neues kennenlernen. Es ist nicht gut, wenn sie immerzu im Haus sitzt und Frauenarbeit macht. Er hat nur dieses Kind. Sie soll ihn begleiten.

Vielleicht hätte das Verena, seiner Frau, nicht gefallen. Aber Verena ist schon so lange nicht mehr da, er hat Mühe, sich an die Zeit zu erinnern, als sie an seiner Seite war. Hemma wird es auch nicht gefallen. Hemma ist aber nur seine Schwester, er beschäftigt sie in seinem Haus, sie hat Anna aufgezogen. Bald ist Anna groß und braucht Hemma nicht mehr. Vielleicht benötigt auch er Hemma nicht mehr. Sie ist eigensinnig, das ärgert ihn manchmal. Jemand muss aber seinen Haushalt führen, dem er vertraut. Hemma ist eine solche Vertrauensperson.

«Anna. Morgen gehen wir in den Gerberngraben. Du begleitest mich, wirst sehen, wie das geht mit den Geschäften, wie man Preise aushandelt. Du lernst das Ledergeschäft kennen.»

Hemma fällt ihm ins Wort, sie spricht von den rauen Gerbergesellen, vom schrecklichen Gestank der Felle, das sei nichts für ein Mädchen.

«Dieses Mädchen ist bald eine junge Frau. Ich bin ihr Vater. Ich bestimme, was hier geht. Du hältst besser deinen Mund.»

Hemmas Gesicht läuft rot an, sie schweigt.

Der Vater nimmt Anna am Kinn und hebt ihr Gesicht zu sich empor. «Du bist ein gutes Mädchen. Es wird Frühling, Zeit, aus dem Haus zu gehen. Die frische Luft wird dir guttun.»

Frische Luft? Das ist doch zum Lachen, denkt Hemma. Die arme Anna wird am Gestank der Häute fast ersticken. Es hat aber keinen Sinn, etwas einzuwenden. Der Bruder hat das Sagen.

4

Bern, Mai 1327

Die Morgensonne zieht die Schatten in die Länge. Der Vater schreitet rasch voran, Annas Schatten holt ihn manchmal ein, sie selbst schafft es nicht. Immer wieder befühlt sie die Zöpfe, die Hemma sorgfältig geflochten, um ihren Kopf gewunden und festgesteckt hat. Keine offenen Haare mehr, meint die Tante, ein großes Mädchen in Annas Alter stecke die Haare hoch. Ihr Kleid ist gerafft, um es vor dem Schmutz des Gerberngrabens zu schützen.

«Zum Glück sind die Gerber nicht mehr unten in der Stadt, sonst hätten wir sie schon lange gerochen», sagt der Vater über die Schulter.

Anna erinnert sich an den Gestank, der noch bis vor einigen Monaten durch die Gasse gezogen ist. Derselbe Gestank dringt in ihre Nasen, als sie auf der Zugbrücke vor dem großen Turm stehen und in den Gerberngraben hinunterblicken. Gruben sind im Boden eingelassen, weiter unten stehen Bottiche. Das Wasser in den Gruben hat eine rote, gelbe oder braune Farbe, in einigen Bottichen weiter unten leuchtet es blau. Ein Teil des Stadtbachs fließt durch den Graben, am Marzilitor vorbei und in die Aare. Fleischabfälle und Fellreste säumen das Ufer, das Wasser ist von Blut und Farben durchzogen. Gestank steigt auf aus den Gruben, vom Bach und den Fellen und Häuten, die von den Händlern unter der Brücke ausgelegt sind.

«Hier decken sich die Gerber mit frischen Häuten ein, die von den Bauern vom Land und den Metzgern in der Stadt angeliefert werden. Da sind noch Fleischreste dran, darum der Gestank», erklärt der Vater. Sie machen ein paar Schritte auf die andere Seite der Brücke. «Hier bieten die Gerber das fertig gegerbte Leder an. Riechst du den unvergleichlichen Geruch? Das Gerberhandwerk ist wichtig, wir brauchen Leder für Gürtel, Schuhe, Bucheinbände, für die Halfter der Pferde. Aber es ist gut, dass der Rat den Gerbern diesen Graben außerhalb der Gassen zugewiesen hat. Wir machen zuerst einen Rundgang, dann kaufe ich ein.»

Sie nehmen den schmalen Weg, der von der Brücke hinunter in den Graben führt, und bleiben bei den Händlern stehen, die lautstark ihre Häute anpreisen und sich gegenseitig unterbieten. Die Gerber mustern die Häute, nehmen sie prüfend in die Hand.

Das tut auch Annas Vater, er reibt ein Fell zwischen seinen Fingern und zieht an den Haaren: «Die Haut ist dick, die Haare sitzen fest – dieses Ziegenfell mit seiner kräftigen Haut ist gut geeignet zum Gerben.» Er weist auf andere Haufen: «Das sind Rinder- und Schaffelle. Die Felle werden in die Wasserbecken gelegt, damit sich die Haare lockern, entfleischt wird am Schabebaum.» Er zeigt auf Männer in langen Schürzen, die sich über einen Stamm beugen und mit einem gerundeten Messer die Häute abschaben. «Dann folgt das eigentliche Gerben in den Gruben mit Lohe oder dem kostbaren Alaun, das man vor allem für Ziegen-, Schafs- und Kalbshäute braucht. Alaun eignet sich für feines und dünnes Leder, Leder aus der Lohe ist zäh und widerstandsfähig.»

Annas Magen zieht sich zusammen, als sie an den stinkenden und ätzend riechenden Gruben vorbeigehen. Einige Männer stampfen die Häute mit bloßen Füßen, andere ziehen triefende Häute heraus. Es sind grobe Gesellen, die hier arbeiten.

«Oh, ein Mägdlein!», feixt einer und will nach ihr fassen.

Der Vater schlägt ihm auf die Hand. «Lass die Hand von meiner Tochter!»

Der Mann weicht erschrocken zurück.

Der Vater geht nun dicht vor Anna, um sie zu schützen. Ihr ist wohler, als sie bei den Färbern anlangen, obwohl es auch aus den Bottichen mit den roten, blauen, gelben und braunen Flüssigkeiten stark riecht. Sie hebt den Saum ihres Unterkleides unter dem gerafften Oberkleid an, damit er nicht durch die Farbpfützen schleift. Der Vater beugt sich über die Bottiche. «Krapp für Rot, Wau für Gelb, Walnussschalen für Braun, Waid für Blau – und manchmal ein Schuss menschliche Ausscheidungen dazu, so viel weiß ich von der Färberkunst.» Anna fallen die bunt gefärbten Hände des Mannes auf, der mit einer Holzstange in einem seiner Kübel rührt.

«Richtig», sagt der Färber. «Vielleicht mögt Ihr etwas ganz Besonderes? Seht Ihr das gelbe Leder, das dort drüben auf den Rahmen gespannt ist? Es ist mit Safran gefärbt. Das kann nicht jeder bezahlen.»

Der Vater geht hin und prüft das goldgelbe Safranleder zwischen seinen Fingern. «Weich und glatt», meint er anerkennend, «die regelmäßige Färbung und das satte Safrangelb gefallen. Legt dieses Stück für mich auf die Seite, wenn es fertig bearbeitet und trocken ist. Wir werden einen gerechten Preis aushandeln.»

Der Mann geht zum Färber am blauen Bottich, bespricht sich mit ihm und kommt zurück: «Das Safranleder wird Euch gehören, Peter ab Berg. Ihr seid ein Mann, mit dem man gern Geschäfte macht. Eine hübsche Tochter habt Ihr!» Er lacht, und Anna sieht, dass auch seine Zähne verfärbt sind.

Der Vater schlägt dem Mann freundschaftlich auf die Schulter und verabschiedet sich.

Das Wasser des Stadtbachs, das ins Marzili hinunterfließt, fällt Anna auf, ist hier fast so farbig wie die Brühen in den Bottichen. Sie überqueren den Bach auf Holzbrettern und gehen auf der anderen Seite des Gerberngrabens zurück, die weniger schmutzig ist.

Unter der Zugbrücke befinden sich die Stände der Gerber mit dem fertigen Leder. Die Stimmen gehen durcheinander wie auf der anderen Seite des Bachs, wo um die Häute verhandelt wird.

Der Geruch des Leders steigt ihnen in die Nase. Der Vater weitet die Nasenflügel: «So riecht gut gegerbtes Leder, Anna.» Er prüft an einem der Stände braunes Leder, das der Gerber als «feinstes Rindsleder» anpreist. Dann sieht er Ziegenleder aus einem anderen Stapel auf Fehler durch, nimmt die Stücke in die Hand, riecht daran. Er geht zum Nachbarstand, prüft auch dort das Leder, kommt zurück. «Ich kaufe Euch alles Rinds- und Ziegenleder ab, wenn Ihr mir einen guten Preis macht.»

Das Gesicht des Händlers zeigt nur kurz Überraschung. Er nennt einen hohen Preis in florentinischen Gulden, die Zahlen fliegen hin und her, der Vater geht weg, als der Preis nicht weiter sinken will, der Händler ruft ihn zurück und nennt einen gemäßigten Preis. Als der Vater ein noch tieferes Angebot verlangt, erwidert der Händler beleidigt: «Vierzig Tage Arbeit stecken in diesem fertigen Leder, denkt daran.» Er wendet sich einem anderen Kunden zu, worauf der Vater einlenkt. Die Einigung erfolgt in der Mitte der zuerst gebotenen Preise. Der Vater wie auch der Händler scheinen zufrieden, ein Handschlag besiegelt den Abschluss.

Der Vater nimmt seinen Lederbeutel vom Gurt und zählt dem Händler die Gulden in die Hand. «Mein Knecht wird das Rindsleder mit dem Handkarren holen. Das Ziegenleder ist für Heinrich Seiler, er wird seine Leute schicken.»

Der Händler legt das verkaufte Leder zur Seite. «Ihr seid mit Eurer Tochter hier», stellt er gut gelaunt fest. «Man sieht selten Frauen in diesem Graben, außer die Weiber der

Gerber. Mädchen kommen schon gar nicht hierher. Nur der Seiler schickt seine Magd, sie hat auch schon um Leder verhandelt. Das ist unüblich. Sie ist zäh im Verhandeln, und man weiß, dass er immer den Preis bezahlt, den sie ausgehandelt hat. Ah – da kommt sie ja.»

«Ich kenne die Magd von Seiler.»

Eine Frau mit blassblauem Kleid, Schürze, weißer Haube und großem Korb am Arm nähert sich, von der Anna nicht hätte sagen können, ob es sich um eine Hausfrau oder eine Magd handelt.

«Grit – gut, dass ich dich treffe», begrüßt sie der Vater. «Den Stapel Ziegenleder dort habe ich für deinen Meister erworben und bezahlt. Du kannst ihn abholen. Er wird sich darüber freuen, wenn er von der Reise zurückkommt.»

Grit mustert den Stapel Leder prüfend, rötlichbraunes, gekraustes Haar schaut unter ihrer Haube hervor. «Ich schicke den Knecht.» Ihr Blick fällt auf Anna.

«Das ist meine Tochter Anna. Sie ist dreizehn und hat heute das Gerberhandwerk kennengelernt. Ich habe keinen Sohn und nehme meine Tochter mit – es schadet nichts, wenn sie etwas von diesem Handwerk versteht. Auch du kennst dich aus, habe ich gehört.»

Grit schiebt das widerspenstige Haar unter die Haube zurück und blickt den Vater an. «Ich weiß nur, was der Meister mir beigebracht hat. Er hat sonst niemanden, den er in den Gerberngraben schicken könnte.»

«Den Betrag kann er bei seiner Rückkehr begleichen, richte ihm meine Grüße aus. Guten Tag, Grit.»

«Guten Tag, der Herr.» Grit wendet sich einem Stand zu, lässt ein blaues Lederstück durch die Finger gleiten und riecht daran.

«Diese Magd erhebt sich über ihren Stand. Aber sie ist schlau und erhandelt für Heinrich ab und zu ein gutes Stück, darum lässt er sie gewähren.» Der Vater schüttelt lachend den Kopf. Er legt grüßend die Hand an die Stirn, nickt den Händlern zu, die sich ehrerbietig von Herrn ab Berg verabschieden, der ein guter Käufer ist. Der Händler, der heute das große Geschäft gemacht hat, verbeugt sich leicht.

Als Vater und Tochter von der Zugbrücke noch einmal hinunterschauen, sieht Anna, dass der Händler zusammenpackt. Seine Geschäfte sind so gut gelaufen, dass er wohl vorzeitig schließen wird, sobald das verkaufte Leder abgeholt ist.

Gegen Abend steht Anna neben Hemma in der Leutkirche. Aus dem Chor dringen die Stimmen der Deutschordensbrüder, die eben ihr Stundengebet beenden. Der Chor ist abgetrennt, die Mönche sind nur teilweise sichtbar. Das Weiß ihrer Gewänder leuchtet im eindunkelnden Chor, alle tragen große, schwarze Kreuze auf der Brust und singen inbrünstig eine Hymne.

Die Stimmen aus dem Chor sind verklungen. Man hört das Scharren der Füße der Gläubigen im Kirchenschiff, einige sind eben erst gekommen und haben sich niedergekniet, andere beten vor den seitlichen Altären. Nach einer Weile tritt der Leutpriester vor den Altar in der Mitte, den Elisabethenaltar. Dieser Altar ist der heiligen Elisabeth gewidmet und der heiligen Ursula mit den 11 000 Jungfrauen. An der Wand des Lettners, der den geistlichen Bereich des Chors vom Kirchenschiff abtrennt, sieht man Bilder der beiden Heiligen und der Jungfrauen in einem Schiff. Anna steht gerne weit vorne, damit sie die Bilder anschauen kann, während der Priester, der ihnen den Rücken zuwendet, leise lateinisch spricht und singt. Nie sagt er etwas zu den beiden Heiligen, außer wenn deren Namenstag begangen wird.

Die heilige Elisabeth. Obwohl sie eine vornehme Gräfin war, habe sie Arme und Kranke gepflegt, hat Hemma einmal gesagt. Auf dem Bild an der Wand des Lettners trägt sie einen auffälligen, roten Mantel. Eine Gräfin, die einfache Leute pflegt? Anna wüsste gern mehr von Elisabeth und der heiligen Ursula, die für ihren Glauben das Martyrium erlitt, wie man auf dem Bild sieht – ein Pfeil steckt in ihrer Stirn. Von den 11 000 Jungfrauen weiß Anna gar nichts.

Ihre Augen kehren zum Priester zurück. Gleich zu Beginn hat der Messdiener die Lampen entzündet, die Kirche ist in warmes Licht getaucht. Der Priester singt und reckt die Hände gen Himmel.

«Dieser Psalm besagt, dass wir uns nicht dem Bösen zuneigen sollen. Unser Gebet soll wie Räucherwerk in den Himmel steigen», raunt Hemma ihr zu. Der Priester beugt sich über das Weihrauchgefäß, ein dünnes Rauchfähnlein steigt auf, der unverkennbare Geruch breitet sich in der Kirche aus.

Anna ist eingehüllt in diesen Duft, sie kann sich kaum mehr vorstellen, wie elend der Gestank der Häute und Felle an diesem Morgen war, als sie mit dem Vater den Gerberngraben besuchte. Der Gestank war schlimm, ja – aber es war eine Ehre für sie, den Vater zu begleiten und das alles erleben zu dürfen. Erstmals war sie an Vaters Seite – sonst ist es immer Hemma.

Sie schließt die Augen, sieht die Gerber vor sich, die Fleisch und Haare von den Fellen schaben und die Häute in die Gruben werfen, wo ihre Knechte sie stampfen und es dämpft und gurgelt. So muss es in der Hölle aussehen, denkt sie. Wenn man dem Bösen anheimfällt, kommt man in diese stinkende Hölle und wird vom Fegefeuer verzehrt. Sie zittert, schreckt zurück vor diesen inneren Bildern.

Der Gestank verzieht sich, der Duft von Weihrauch ist in ihrer Nase. Sie öffnet die Augen und faltet die Hände. Das Gebet soll wie Räucherwerk zum Himmel steigen, hat der Priester vorgetragen. Beim Beten ist man Gott nah. Der

Priester hat die Lesung beendet. Ein Schellenzeichen kündet die Wandlung an. Es ist ganz still in der Kirche, ein heiliger Moment. Sie sieht, wie der Priester die Hostie hochhebt, erschauert, schließt die Augen, versinkt in sich selbst. Als sie die Augen wieder öffnet, spricht der Priester den Schlusssegen für die Gemeinde.

Wie auf einer Wolke schwebend verlässt sie neben Hemma die Kirche. Im Abendhimmel schwimmen kleine, blassrote Wolken, und ihr scheint, sie müsste nur den Turm der Kirche besteigen und könnte gleich eines dieser Wölkchen erreichen. Sie würde mit ihm dahingleiten, in diesem klaren, blauen Himmel, und das Wölkchen würde sie weit wegtragen von den schlechten Gerüchen und schlimmen Taten der Menschen. Sie wäre dem Himmel nah und könnte alles vergessen hier unten, was ihr Sorgen macht und sie bedrückt. Den jungen Klosterbruder Conrad, der im Franziskanerkonvent verschwunden ist. Die Novizin Anna im Kloster Fraubrunnen, deren blondes Haar gefallen ist. Ihre Mutter Verena, die bei ihrer Geburt gestorben ist, woran sie vielleicht Schuld trägt, auch wenn Hemma sagt, dass dem nicht so sei.

Als sie beim Haus an der Kreuzgasse angelangt sind, haben sich die Wölkchen im nachtblauen Himmel aufgelöst, ein erster Stern funkelt. Anna ist noch immer hier unten auf der Welt und ganz froh darüber. Denn wo genau das Wölkchen sie hingetragen hätte, weiß man nicht. Hier aber kennt sie alles, rasch steigt sie hinter Hemma die Treppe hinauf, nimmt ein paar Stufen auf einmal. Aus der Küche dringt der Geruch von Mus und Siedfleisch.

Fast jubelt sie, denn der Vater ist da und sitzt schon am Tisch. Während Hemma die Speisen aufträgt, füllt Anna im Hof das Aquamanile mit frischem Wasser und gießt Hemma und sich ein – der Vater trinkt am Abend Wein.

Sie hört die Geräusche der Löffel, des Kauens und Schluckens. Hemma und der Vater sind müde von diesem Tag, sie schweigen. Anna ist auch müde. Kein Gestank mehr, keine Düfte, kein Wölkchen, auf dem sie entschweben könnte. Sie wird sich bald zur Ruhe begeben, das Schnarchen des Vaters in der Kammer nebenan hören und Hemma, die sich unruhig auf ihrem Spannbett hin und her wirft, weil sie oft keinen Schlaf findet. Sie selbst wird in ihre Gedanken versinken. Keine Heilige ist sie – das muss sie auch nicht sein. Soll sie Nonne werden? Der Vater hat sich dagegen ausgesprochen, könnte seine Meinung aber ändern.

Es wird sein, was sein wird. Beten kann sie überall, jederzeit. Das Gebet steigt wie Räucherwerk in den Himmel, hat sie heute gehört. Diese Vorstellung gefällt ihr.

5

Zurzach, September 1329

Noch nie ist sie auf dem Wasser gefahren. Nun ist sie schon den dritten Tag unterwegs auf der Aare. Mehrmals haben sie von einem Kahn auf den anderen gewechselt. Während die Schiffer ihre Kähne wieder flussaufwärts treideln ließen, haben sie den nächsten Weidling flussabwärts genommen. Ihr jetziger Kahn ist größer als die vorherigen, hinten steht der Steuermann und vorne rudern zwei seiner Knechte.

Anna schaut gern auf das grüne Wasser, das meist ruhig dahinfließt. Wenn der Kahn aber von Wirbeln und Schnellen geschüttelt wird, blickt sie ängstlich zum Vater. Der lacht nur: «Sei froh, dass wir auf dem Wasser reisen. Auf den Straßen ist es viel holpriger und gefährlicher.» Er schaut auf die Ballen mit Leder und Fellen und die zwei Fässer, in die er die teuren Safranhäute – sorgfältig gerollt – gesteckt hat, damit sie keinen Schaden nehmen. «Ich habe kein einziges Mal Zoll zahlen müssen – es lohnt sich, auf Flüssen zu fahren, die als Reichsstraßen direkt dem König unterstehen. Du hast gesehen, wie die Emme in die Aare geflossen ist. Bald werden zwei weitere Flüsse in die Aare münden – die Reuss und die Limmat.»

Sie reist allein mit dem Vater. «Hemma ist zu ängstlich», sagte er zu Anna. «Zudem bist du jetzt fünfzehn und sollst von ihrem Rockzipfel wegkommen.» Anna hätte die Tante gern an ihrer Seite gehabt. Aber der Vater hat das Sagen, Hemma hat sich ohne Widerrede gefügt.

Der Vater weist auf die Häuser von Brugg. Und dann ergießen sich auch schon die beiden Flüsse in die Aare: Das Wasser der Reuss scheint Anna blauer, das Wasser der Limmat dunkler als jenes der Aare. Bald sind die fremden Wasser in der Aare aufgegangen, breit und unbeirrt fließt sie dahin. Schon vorher zogen andere Kähne vor und hinter ihnen auf dem Fluss dahin, nun sind auch neben ihnen Weidlinge unterwegs, man winkt sich zu.

«Alle haben das Ziel Zurzach», erklärt der Vater, «die Wallfahrt zum Tag der heiligen Verena und die Geschäfte am Jahrmarkt.» Er reibt sich die Hände, seine Augen blitzen. Auch die meisten anderen Weidlinge, fällt Anna auf, sind mit Ballen, Kisten und Fässern beladen.

In Klingnau macht der Schiffer am Ufer fest. Das letzte Stück Weg, hat der Vater vorhin erklärt, legen sie mit einem Wagen zurück. Die Aare mündet in Koblenz in den noch größeren Rhein, sie müssten sonst flussaufwärts über den Rhein nach Zurzach gelangen.

Der Schiffer winkt einen Fuhrmann herbei, der an seinem Wagen lehnt. «Die Herrschaften wollen nach Zurzach. Der Herr möchte die Ware rasch umladen, damit er vor den anderen Reisenden ankommt.»

Der Fuhrmann nickt, handelt mit dem Vater den Preis aus, die Ruderknechte tragen die Ballen und rollen die Fässer vom Kahn zum Wagen. Der Vater hilft ihr auf den Wagen, und nun fahren sie über Land, die zwei Pferde ziehen sie einen Hügel hinauf. Von dort sehen sie einen mächtigen Fluss, der sich wie eine blaugrüne Schlange durch die Landschaft windet, kleine Häuser an seinem Ufer wirken wie hingewürfelt.

«Der Rhein, Zurzach», stellt der Vater zufrieden fest, der nicht zum ersten Mal den Jahrmarkt besucht. «Wir werden das Verenamünster aufsuchen und am Abend und morgen früh die Geschäfte abwickeln, bevor der Markt mit Leder überschwemmt ist.»

Sie fahren in Zurzach ein, ein strohgedecktes Holzhaus reiht sich ans nächste. Überragt werden die Häuschen vom großen Münster, das sich im Bau befindet.

«Das Verenamünster ist vor etlichen Jahren teilweise einem Brand zum Opfer gefallen. Königin Agnes von Ungarn hat Geld für den Wiederaufbau gestiftet, hat mir beim letzten Marktbesuch jemand erzählt.»

Anna hat von Königen gehört, aber noch nie von einer Königin. Sie überlegt: «Ungarn liegt doch weit weg, wenn ich richtig bin – warum stiftet eine ungarische Königin Geld für dieses Münster?»

Der Vater hört ihr nicht mehr richtig zu, denn sie sind vor einem Gasthaus angelangt. «Königin Agnes ist Witwe und lebt im Kloster Königsfelden, nicht sehr weit von hier. Sie ist eine Habsburgerin», erklärt er etwas unwirsch.

Der Gastwirt ist im Eingang erschienen, der Vater fragt nach einem Nachtlager.

«Wir haben Stammgäste, die noch eintreffen werden – wir sind voll.»

Der Vater verspricht ihm gutes Geld. Der Gastwirt kratzt sich hinter dem Ohr.

«Ich kann Euch und Eurer jungen Frau die Kammer von mir und meiner Ehefrau anbieten – wir können im Keller oder unter dem Dach nächtigen.»

«Das ist nicht meine Frau, sondern meine Tochter. Wir nehmen das Angebot an.»

Anna entziffert auf einer Tafel den Namen des Hauses: «Zum Zitronenbaum», liest sie. «Ich habe noch nie einen Zitronenbaum gesehen», sagt sie zum Vater, als sie die Kammer betreten.

Der Vater lacht. «Kein Wunder – Zitronenbäume wachsen nur südlich der Alpen. Diese Bäume tragen gelbe Früchte. Der Saft schmeckt sauer, gibt den Speisen aber Würze. Auf dem Jahrmarkt werden Zitronen verkauft – du wirst sie kennenlernen.»

So vieles ist neu für sie. Unterwegs haben sie in einfachen Herbergen genächtigt, jetzt ist es die Kammer des Gastwirts. Sie öffnet ihre kleine Reisekiste, zieht das grüne Kleid heraus.

«Ich warte unten», meint der Vater ungeduldig.

Als sie herunterkommt, zieht er mit großen Schritten los in Richtung Münster. Die große Kirche ist eingerüstet. Pilgergruppen schreiten darauf zu, in lange Mäntel gekleidet, mit breitkrempigem Hut, Umhängetasche und langem Stab in der Hand. Die Pilger betreten vor ihnen das Kirchenschiff, bekreuzigen sich und sinken in die Knie. Mit dem Vater kniet sie neben der Gruppe nieder, der Vater murmelt hastig Gebete vor sich hin, die Anna nicht versteht. Sie hat noch kaum zur Ruhe und in ihre eigenen Gebete gefunden, als der Vater sich wieder erhebt: «Wir suchen das Heiligtum auf.»

Sie betreten die Krypta unter dem Chorturm, die von vielen Kerzen erhellt ist. Auf dem Grab der Verena liegt ihr steinernes Abbild. Der Vater fällt auf die Knie, faltet die Hände und verbeugt sich mehrmals bis auf den Boden, Worte fließen aus seinem Mund. «Meine Verena», hört Anna heraus. «Der Herr hat's gegeben, der Herr hat's genommen.» Tränen fließen über sein Gesicht, Anna hat ihn noch nie so aufgelöst gesehen. Seine Tochter hat er vergessen. Sie schließt die Augen, hat das Bild der Mutter vor sich, die sie nie gekannt hat, aber Hemma hat von ihr erzählt. Die steinerne Verena und das Bild der Mutter schieben sich übereinander, werden eins.

Anna spürt die Hand des Vaters auf ihrer Hand, sie öffnet die Augen.

«Die heilige Verena kann Wunder wirken. Ein Mönch aus Zurzach hat diese Wunder im Mirakelbuch festgehalten. Leider stand es nicht in der Macht der heiligen Verena, an meiner Frau Wunder zu wirken – der Herr hatte es anders bestimmt, deine Mutter wurde uns genommen. Ein Kind wurde mir geschenkt – kein Sohn, aber eine Tochter. Siehst du die silbernen Täfelchen mit den Abbildern von Kindern an der Wand? So vielen hat die heilige Verena geholfen, deren Kinderwunsch unerfüllt war. Selbst Herzöge und Könige – auch die Habsburger, sagt man – pilgern hierher in der Hoffnung auf einen Thronfolger.» Der Vater wischt sich mit der Hand übers Gesicht.

In einem Korb neben dem Grab liegen Kinderfiguren aus Wachs, mit einem Docht. Der Vater ist ihrem Blick gefolgt, greift eine der Figuren heraus. «Ein Wachskind. Ich kaufe es dir, du zündest es an. Mit dem Rauch steigt dein Wunsch nach einem Kind zum Himmel auf, zur heiligen Verena.» Er schüttelt plötzlich den Kopf und legt das Wachskind zurück. «Du bist nicht verheiratet. Es ist zu früh für diesen Wunsch.»

Er steht auf, verbeugt sich noch einmal zur heiligen Verena. Anna erhebt sich ebenfalls, bekreuzigt sich. Sie verlassen die dunkle Krypta, treten in den blendenden Sonnenschein hinaus.

Am Abend sitzen sie in der kleinen Gaststube des Hauses zum Zitronenbaum, haben Rindfleisch, Haferbrei, Erbsenmus und frisches Weizenbrot vor sich. Am Nebentisch sitzt eine laute Männerrunde. Der Mann am Kopfende wendet sich an den Vater: «Ihr seid Lederhändler?»

«Ich handle mit Leder – feinstem Leder aus Bern», bestätigt der Vater.

«Gern prüfen wir, ob das Leder wirklich so fein ist», wirft der Anführer in die Runde.

Der Vater winkt dem Knecht des Gasthauses. «Bring den braunen und den weißen Ballen aus dem Kellergewölbe», weist er ihn an. Der Knecht tut wie geheißen, schnürt die Ballen auf. Die Männer nehmen ihre Becher in die Hand, der

Vater legt die beiden Stapel vor sie auf den Tisch. «Feinstes Rinds- und Ziegenleder. Fast jeden Tag prüfe ich die Arbeit der Gerber. Ich kaufe nur die besten Stücke – zu einem guten Preis, den ich euch Luzerner Händlern weitergebe.»

«Sind diese Männer über die Reuss hergekommen?», fragt Anna, denn sie erinnert sich, dass der Vater gesagt hat, dass die Reuss durch Luzern fließe.

«Oh, Eure junge Frau hat sich Wissen angeeignet», feixt der Anführer. «Allerdings sind Weiber nicht erwünscht, wenn es ums Geschäft geht. Das bringt Unglück.»

«Ach was», beschwichtigt der Vater. «Meine Tochter begleitet mich oft in den Gerberngraben und ist bei den Geschäften dabei.»

«Wenn das in Bern Mode ist – bei uns ist es das nicht. Ihr habt wohl keinen Sohn, dass Ihr die Tochter mitschleppt? Sie gehört ins Haus zu ihrer Mutter und später zu ihrem Mann, wenn sie denn einen gefunden hat. Vielleicht muss sie sich noch ein bisschen herausputzen – dieses Kleidchen ist zu bieder. Wir verhandeln, wenn sie den Tisch verlassen hat.»

Der Vater läuft rot an vor Zorn. «Prüft das Leder! Das Ziegenleder ist dick und widerstandsfähig, das Rindsleder ebenmäßig und ohne Fehler. Meine Tochter wird ihr Essen fertig einnehmen und dann die Kammer aufsuchen.»

«Gut so», stellt der Mann neben dem Anführer fest. «Wenn die Geschäfte abgeschlossen sind, werden wir Dirnen hereinholen, ein braves Mädchen passt nicht hierher.»

Anna schluckt die letzten Bissen hinunter, während die Männer das Leder zwischen ihren Fingern reiben und jedes Stück einzeln begutachten. Sie erhebt sich, nickt den Männern zu.

Der Mann neben dem Anführer meint anerkennend: «Oh, die ist gar nicht so unscheinbar, sondern gut gewachsen. Passt auf sie auf!»

«Ihr sollt schweigen», fährt ihm der Vater über den Mund. Er begleitet Anna ins Treppenhaus, rät ihr, oben den Türriegel vorzuschieben, er werde klopfen. Der Vater wartet, bis er das Geräusch des Riegels hört, bevor er zu den Männern zurückkehrt.

Anna legt sich aufs Spannbett, das ihrem eigenen nicht unähnlich ist, und schläft sofort ein. Nach einiger Zeit erwacht sie. Die Männer haben von Dirnen gesprochen. Was sind Dirnen? Sie hat dieses Wort schon einmal aufgeschnappt, Hemma hat ihr aber nur eine ausweichende Antwort gegeben. Die Männer an diesem Tisch haben üble Sitten, scheint ihr. Trotzdem ist sie neugierig. Sie schiebt den Riegel auf, geht nach unten. Lautes Stimmengewirr schlägt ihr aus der Gaststube entgegen, tiefe Männerstimmen, schrille, hohe Frauenstimmen. Die Tür steht halb offen, und sie schaut vorsichtig hinein. Zwischen den Männern sitzen Frauen, deren Brüste fast aus dem Kleid fallen. Die Lederstapel sind verschwunden. Es wird fröhlich gebechert und gesungen. Der Vater sitzt am Rand und hat eine der Frauen neben sich, wendet sich ihr aber nicht zu, sondern schaut tief in den Becher, einer der Händler gießt ständig nach. Eine der Frauen sitzt auf dem Schoß des Anführers, eine auf den Knien des Nebenmannes. Sie küssen die Männer, kitzeln sie, biegen sich vor und zurück, lockern das Mieder noch weiter. Niemand entdeckt Anna, sie sind einander zugeneigt, lachen und trinken und rülpsen und singen.

Dirnen. Später, als sie zurück in der Kammer ist und den Riegel sorgfältig vorgeschoben hat, hört sie ungewohnte Geräusche aus der Nebenkammer. Die Stimme des Mannes erkennt sie, es ist der Anführer. Er stöhnt laut, die Frau gluckst und schreit. Sie weiß nicht, was die beiden tun, spürt aber, dass es nicht gut ist. Dirnen gehen zu fremden Männern in die Kammer. Das tut man nicht. Die Dirnen sollten sich schämen, die Männer wohl auch. Sie sind nicht verheiratet mit diesen Dirnen. Nur mit seinem Mann oder seiner Frau geht man in die Kammer und legt sich ins gleiche Bett, so viel weiß sie.

Nach einer Weile hört das Gestöhne auf, sie hört Schritte auf der Treppe. Anna schiebt den Riegel auf und öffnet die Tür einen Spalt. Das Paar geht die Treppe hinunter, beide haben gerötete Gesichter, das Haar der Frau liegt wild um ihr Gesicht. Der Mann schaut nicht zurück zur Dirne. Als die beiden die Gaststube betreten, wird gejohlt und gepfiffen. Die Männerrunde gratuliert dem Anführer, pfeift aber die Frau aus, scheint ihr.

Anna schleicht noch einmal nach unten und sieht, dass die Frau jetzt auf der Seite sitzt und nicht mehr beachtet wird. Als sie sich zum Anführer beugt, feixt er: «Deinen Dirnenlohn? Kannst du haben. Allerdings habe ich auch schon bessere Liebesdienste genossen.» Er fasst das Kleid der Frau am Ausschnitt, so dass für einen Moment ihre Brüste entblößt sind, und lässt eine Münze hineinfallen. Die Runde johlt. Die Männer stoßen noch einmal mit ihrem Vater auf die Geschäfte an. Der Vater steht auf und verabschiedet sich, er schwankt. Rasch eilt sie die Treppe hoch in die Kammer. Als der Vater mit wankenden Schritten die Treppe heraufkommt und an die Tür klopft, öffnet sie ihm. Der Vater beachtet sie nicht, lässt sich aufs Bett fallen und beginnt sofort zu schnarchen. Anna hört noch lange dem Gebrüll der Männer und Quietschen der Frauen zu. So vieles hat sie an diesem Tag erlebt. Und der Jahrmarkt beginnt erst …

6

Zurzach, September 1329

Bei Tagesbeginn sitzen sie bei Haferbrei in der Gaststube. Nichts erinnert an das Saufgelage vom Vortag, die Tische sind sauber, der Boden gewischt. Der Vater hat kleine Augen, ist schweigsam.

«Hast du alles Leder an die Luzerner Händler verkauft?», fragt Anna.

«Das Leder aus beiden Ballen ist verkauft – mein Stapel und jener, den mir Seiler in Kommission gegeben hat. Gutweri ist an diesem Geschäft nicht beteiligt.»

«Und das Safranleder?» Anna liebt das goldgelbe Leder, von dem der Vater immer wieder gekauft hat für teures Geld. Ein Stück hängt an der Wand in der Kirchgasse, und ihr scheint, dass es die Sonne ins Haus bringt.

«Das Safranleder habe ich ihnen nicht gezeigt. Ich werfe nicht Perlen vor die Säue! Ein Zürcher Händler ist mir empfohlen worden, der solch kostbare Stücke zu würdigen weiß. Ich hoffe, ihn heute auf dem Markt zu treffen.» Er schiebt den letzten Löffel Haferbrei in den Mund, winkt den Knecht des Hauses herbei. «Hol mir das Fässchen herauf, das mit gelber Farbe gezeichnet ist.» Der Knecht tut wie geheißen und öffnet auf Befehl des Vaters das Fässchen. Der Vater zieht ein Stück heraus, der Knecht verschließt das Fässchen.

«Bring das Fässchen wieder nach unten und vergreife dich nicht an meinem Safranleder – die Stücke sind abgezählt, jetzt sind es noch elf!»

Der Knecht erschrickt. «Niemals würde ich das tun, Herr. Stehlen wird streng bestraft.»

«Richtig so», meint der Vater. Er hat die Schüssel mit Haferbrei zur Seite geschoben, mustert das Safranleder und riecht daran. «Ist es nicht schön, Anna? Ich nehme dieses eine Stück mit, um den Händler zu gewinnen. Da weiß er gleich, dass diese Ware kostbar ist und ihren hohen Preis wert.»

Er erhebt sich, Anna ebenfalls. «Ich kann dich heute nicht mitnehmen. Die Männer hier wollen nicht, dass Frauen bei den Geschäften dabei sind. Anständige Frauen bleiben im Haus, sagen sie.»

«Ich begleitete dich doch in den letzten zwei Jahren öfter in den Gerberngraben. Und ich war dabei, wenn du in unserem Haus Geschäfte abgeschlossen hast.»

«Das ist vorbei. Du gehörst nicht in diese Welt. Du bist fünfzehn. Frauen in deinem Alter führen einen Haushalt.»

«Mit Hemma zusammen führe ich doch für dich das Haus? Es muss sich nichts ändern», wendet sie ein.

«Es ist meine Schuld – ich hätte dich nicht in Dinge hineinziehen sollen, die nicht für dich bestimmt sind.» Sorgfältig rollt er das Safranleder, steckt es unter den Arm. «Ich gehe jetzt.» Er wirft einen Blick auf die Hauptstraße vor dem Haus zum Zitronenbaum. Schwer beladene Karren ziehen durch, Reiter treiben ihre Pferde an, Marktfrauen eilen mit Körben vorbei – Musikfetzen dringen herein, Stimmengewirr. «Du kannst nicht allein zum Markt gehen. Warte in der Kammer auf mich. Wenn das Geschäft abgeschlossen ist, hole ich dich.»

Die Wirtin, die eben abräumt, sieht Annas enttäuschtes Gesicht. «Ich mache jetzt meine Einkäufe auf dem Markt. Wenn Eure Tochter mich begleiten will, ist sie willkommen.»

Anna ist froh, dass der Vater einwilligt. An der Seite der Wirtin betritt sie die Straße, wird vorwärtsgeschoben zwischen den Marktbesuchern. Sie kommen am Pferdemarkt vorbei. Die Pferde tänzeln unruhig, sie spüren vielleicht, dass ihr Verkauf ansteht. Die Käufer mustern die Tiere mit zusammengekniffenen Augen, klopfen ihnen auf die Flanken, schauen ins Maul.

Die Wirtin lenkt ihre Schritte zu den Ständen mit Esswaren. Frauen drängen sich um den Metzgerstand.

«Für den Jahrmarkt kommen die Metzger von weit her», erklärt die Wirtin. Fliegen spazieren auf dem Fleisch, die der Verkäufer nur verscheucht, wenn er ein Stück anpreist. Die Wirtin kauft Rindfleisch zum Sieden, Kalbsfüßchen und Schweinebraten vom Hals. Beim Fischer nebenan ersteht sie Forellen und Äschen aus dem Rhein.

Als nächstes steuert die Wirtin einen Stand an, von dem wunderliche Gerüche ausgehen. Aus halb offenen Säcken leuchtet es gelb, rot, grün, braun, schwarz. Der fremdländisch aussehende Händler glaubt, Mutter und Tochter vor sich zu haben. Er preist orientalische Gewürze für ihre Küche an, wirft Namen wie Ingwer, Kardamom, Koriander, Kreuzkümmel, Gewürznelken und Thymian in die Luft, die Anna noch nie gehört hat, weist auf grüne, weiße und schwarze Pfefferkörner, bräunliche Zimtstangen, Muskatnüsse und hellrot leuchtenden Safran, der besonders kostbar sei.

«Signora, Signorina, wenn Ihr mit diesen Gewürzen kocht, werden Euch die Männer aus der Hand fressen.» Er lacht. «Oder wollt Ihr Südfrüchte – Zitronen, Pomeranzen?» Er zeigt auf hellgelb und ziegelrot leuchtende Früchte, greift eine Zitrone heraus und reicht sie Anna. Sie riecht an der gelben Frucht, befühlt die grobporige Schale und die Spitzen an beiden Seiten. Endlich kennt sie die Zitronen. Die Wirtin hat prüfend an den grünen und schwarzen Pfefferkörnern gerochen, sie kauft vom schwarzen Pfeffer und handelt um den Preis der Zitronen.

«Unser Haus heißt zum Zitronenbaum, darum erwartet die Kundschaft, dass wir mit Zitronen kochen», erklärt sie.

Weil sie ein ganzes Dutzend Zitronen erhandelt, schenkt der Händler Anna die Zitrone, die sie in der Hand hält. «Zwölf und eins!», sagt er bedeutungsvoll. Sie schaut ihn fragend an. «Zwölf Jünger und Jesus, macht dreizehn – eine heilige Zahl.» Anna versteht und nickt, sie lässt die Zitrone in die Rocktasche gleiten.

Dann steht plötzlich der Vater da. «Danke für die Begleitung meiner Tochter – ich werde sie nun selbst beschützen», sagt er zur Wirtin, die zum Gasthaus zurückkehrt.

Er strahlt. «Das Safranleder habe ich zum Höchstpreis an einen der beiden Zürcher Händler verkauft, sie haben den Preis gegenseitig in die Höhe getrieben. So macht das Geschäft Freude. Und jetzt sollst auch du etwas vom Jahrmarkt haben.» Sie gehen an Ständen mit Rohwolle vorbei, Spinnräder und Spindeln sind zu verkaufen, Garne in verschiedenen Farben, Nadeln in verschiedensten Größen bis hin zu Stecknadeln.

Das Gedränge ist noch größer jetzt, die Kundschaft steht dicht an dicht bei den einzelnen Ständen. Anna spürt eine Hand an ihrem Hinterteil, und als sie sich umdreht, grinst ein Mann mit Zahnlücken niederträchtig und verschwindet in der Menge. Sie ist froh über die Begleitung des Vaters, denn da sind so viele Leute, und sie weiß nicht, wem sie trauen kann. Die Pferdehändler treiben die gekauften Gäule durch die Menge, Schafe blöken, ein Diener bahnt den Weg für vornehme Herrschaften, eine Dame mit spitzem Hut und Schleier fächelt sich frische Luft zu, der Herr neben ihr hat sein Barett ins Gesicht gezogen und trägt ein Schwert am Gürtel neben seinem Geldbeutel. Auch viele einfache Leute sind da, Bauern vom Land, die vielleicht am frühen Morgen Eier, Gemüse und Obst verkauft haben und sich nun selbst eindecken. Eine Bürgersfrau kauft getrockneten Fisch, ein Herr Pergament und Federn, ein Händler trägt Pelze über der

Schulter, ein Verkäufer füllt Öl ab, ein anderer wiegt Edelmetall auf einer Waage.

Der Vater bleibt neben einer Bude stehen, wo sich Stoffballen häufen. Der Händler preist ihm sogleich die Stoffe an: «Was wünscht der Herr mit der jungen Dame – Wolltuch, Barchent, Leinen, oder darf es etwas Edles sein, Samt oder Seide?» Der Vater weist auf eine Rolle mit rot leuchtendem Stoff. Der Händler zieht die Rolle hervor, wickelt Stoff ab, gibt ihn dem Vater und Anna in die Hand. «Das ist feinste Seide. Sie eignet sich sehr gut für die junge Dame.»

«Genau daran habe ich gedacht, ein Kleid für meine Tochter. Gefällt dir der Stoff, Anna?»

Sie hat noch nie einen solch schmeichelnden, feinen Stoff in den Händen gehalten. Ein Kleid soll sie erhalten, aus dieser hellroten, kostbaren Seide? Sie nickt überwältigt.

«Meine Tochter ist sprachlos. Ich brauche einen guten Preis, damit wir handelseinig werden.»

Der Händler nennt einen nach Ansicht des Vaters viel zu hohen Preis, die Angebote fliegen hin und her, und erst, als der Vater ohne Kauf aufbrechen will, kommt es zur Einigung. Der Händler scheint zufrieden, er scherzt, während er die nötigen Ellen Seidenstoff mit einem hölzernen Massstab abmisst. «Jeder Heiratsanwärter, der Eurer Tochter in diesem hellroten Kleid begegnet, wird große Augen machen», verspricht er.

«Ich plane keine Heirat für meine Tochter.»

«Ach so?» Der Händler will den Stoff verpacken, der Vater winkt ab.

«Da hinten ist eine Schneiderbude. Das Kleid wird gleich genäht.»

«Am Jahrmarkt ist fast alles möglich», bestätigt der Händler. «Der Schneider ist gut, ich kann ihn empfehlen.» Er verabschiedet Vater und Tochter mit einer Verbeugung.

Der Schneider sitzt mit gekreuzten Beinen auf dem Tisch in seiner Bude, er näht an einem Wams. «Was kann ich für Euch tun, Herr?»

«Ihr könnt aus diesem kostbaren Seidenstoff ein Kleid für meine Tochter schneidern. Wir sind bis morgen früh in Zurzach. Bis dann muss es fertig sein.»

Der Schneider zieht die Augenbrauen hoch. «Eine solch eilige Arbeit hat ihren Preis, ist aber nicht unmöglich.» Er überlegt einen Moment. «Frau!», ruft er. Eine verhärmte Frau mit Kleinkind auf dem Arm erscheint, das Gebende eng unter dem Kinn gebunden. «Wir schaffen es, der jungen Dame bis morgen ein edles Kleid aus diesem Seidenstoff zu schneidern, nicht wahr?» Die Frau nickt. «Lege die Kleine ab und nimm Maß!», befiehlt er.

Anna betritt mit der Frau den hinteren, mit einem Vorhang abgetrennten Teil der Bude. Die Frau des Schneiders mustert ihre Gestalt, macht Vorschläge. Anna erklärt sich einverstanden mit einem Kleid, das in der Körpermitte eng anliegt, in weiten Falten auf den Boden fällt, einen Ausschnitt hat und weite Ärmel. «Den Ausschnitt fassen wir mit schwarzem Samtband ein, das passt gut zu den dunklen Haaren», meint die Frau.

«Ich habe meine Frau angelernt, sie beherrscht das Schneidern – so kann ich mir einen Gesellen sparen.» Der Schneider überlegt und fügt an: «Sie ist sehr begabt, es wird nicht zu Eurem Nachteil sein, wenn sie am Kleid mitschneidert.» Mit flinken Bewegungen nimmt die Schneiderin Maß an Anna, misst Brust und Hüften und die Länge.

«Schreibt Ihr die Maße nicht auf?», fragt der Vater überrascht.

«Meine Frau kann nicht schreiben, sie behält alle Maße im Kopf», antwortet der Schneider.

Die beiden Männer sind rasch handelseinig, der Vater zahlt die Hälfte des Preises vorweg. «Morgen bei Tagesanbruch holen wir das Kleid.» Er verabschiedet sich vom Schneider mit Händedruck, der Frau nickt er zu.

«So», er reibt sich die Hände, «jetzt ist alles erledigt. Wir lassen uns treiben auf dem Markt, solange du magst.»

An den Ständen bieten Händler Metallwaren an, eherne Pfannen und Kessel, Körbe in jeder Größe und Form, Federn und Pergament, Färberpflanzen und bereits gemahlene Farbstoffe in Pulverform, Kleidungsstücke, verschiedene Öle, Arzneien und Salben, Gewürze, Gemüse und Früchte.

Anna gehen die Augen über. «Gibt es etwas, das man hier nicht kaufen kann?», fragt sie.

«Dieser Jahrmarkt lässt kaum einen Wunsch offen, wenn man die Ware bezahlen kann», antwortet ihr Vater.

Vor ihnen liegen drei große Stände mit Lederwaren. Stapel verschiedensten Leders sind aufgeschichtet, die Verkäufer rufen Preise aus und unterbieten sich gegenseitig. Der Vater lacht abschätzig: «Die sind viel zu spät dran. Um diese Zeit sinken die Preise bereits.» Er schaut nach dem Sonnenstand. «Es ist Zeit für eine Stärkung, Anna. Lass uns sehen, was die Zitronenbaum-Wirtin zu Mittag auf den Tisch bringt.»

Sie werden nicht enttäuscht. Die Wirtin trägt eine Platte gebratener Fische an Zitronensauce auf und dazu einen Krug Wein aus der Rheingegend.

«Ein fruchtiger Tropfen», lobt der Vater. Zum ersten Mal hat Anna den Geschmack der Zitronen auf ihrer Zunge, die Fische, die mit Zitronenscheiben belegt sind, munden vorzüglich. «Sie hat den Zitronen die ärgste Säure genommen», meint der Vater, «so mag ich sie.»

In der Kammer legt Anna ihre eigene Zitrone in die Reisekiste. Wie ein gelbes Tierchen liegt sie auf den Kleidern, ihre

Finger duften von der Frucht. Vater und Tochter legen sich zu einem kurzen Mittagsschlaf nieder, bevor es beide noch einmal auf den Markt zieht.

Die Rösser sind weg, der Geruch von Pferdemist sticht aber in die Nase. Niemand stört sich daran. Schmeichelnde Töne wehen über den Platz, drei Musikanten haben sich beim Zaun aufgestellt, einer spielt Schalmei, einer Drehleier und einer die Fiedel. Die Leute bleiben stehen und bilden einen Kreis um die drei. Ein Paar betritt den Kreis, der Mann hält die Hand der Frau. Sie bewegen sich zur Musik, finden in den Tanz hinein. Weitere Paare schließen sich an, Männer und Frauen tanzen in Reihen, sie wechseln hin und her, auf die eine Seite, auf die andere, fassen sich bei den Händen und wirbeln umher. Die Musikanten biegen sich vor und zurück, folgen mit den Augen den Tanzenden, feuern sie an.

Plötzlich steht ein junger Mann vor Anna, verbeugt sich und fordert sie zum Tanz. Der Vater wehrt ab. Der Mann gibt nicht auf: «Nur ein Tanz – ich entführe Eure Tochter nicht, Ihr habt sie immer vor Augen.» Die Leute unterstützen den jungen Mann – Jahrmarkt sei nur heute, da gälten andere Regeln. Widerwillig stimmt der Vater zu.

Der junge Mann führt sie zu den anderen Paaren. Die Musik ist in ihrem Ohr, wie im Traum macht sie die gleichen Schritte wie die Tänzerin vor ihr. Der junge Mann greift nach ihrer Hand, sie wechseln die Seite. Seine Hand ist fein, wahrscheinlich ist er ein Schreiber oder Kaufmann – die Hand eines Handwerkers ist rau und mit Schwielen übersät, stellt sie sich vor. Der Tänzer lässt sie los, sie drehen sich, alles verschwimmt vor ihren Augen, während sie über den Platz wirbeln. Als die Töne ausklingen und die Leute klatschen, kommen sie zum Stillstand. Annas Gesicht ist heiß, ihr ist schwindlig, der junge Mann nimmt noch einmal ihre Hand, führt sie zurück zum Vater und verbeugt sich, bevor er sich entfernt.

Wie schön es ist, sich zur Musik zu bewegen, dahinzufliegen im Tanz. Sie ist ganz benommen. Etwas ist anders, wird ihr bewusst. Sie ist kein Kind mehr. Männer schauen sie an, bitten sie zum Tanz. Das gefällt ihr. Sie stellen ihr aber auch nach – es gibt Gefährdungen in dieser neuen Welt. Frauen haben wenig zu sagen, werden nicht geachtet. Ob sie mit dieser neuen Welt, die sich ihr aufgetan hat, umgehen kann? Sie muss es lernen. Noch hat sie den Vater an der Seite und zu Hause die Tante.

Die Musikanten spielen eine noch wildere Melodie. Die in Reihen tanzenden Paare lösen sich auf, Bauern nehmen ihre Frauen und schwingen sie herum, Männer, die allein auf dem Platz sind, greifen nach einer Dirne, Anna erkennt sie am tief ausgeschnittenen Kleid und billigen Putz. Dieser Tanz ist wüst und grob, die Leute johlen, und als einer mit seiner Dirne in den Dreck fällt, grölen sie vor Schadenfreude.

Der Vater schüttelt den Kopf, will Anna wegführen. In diesem Moment spaltet ein Schrei die Menge: «Dieb, Beutelschneider – haltet ihn!» Der Dieb versucht zu flüchten, er duckt sich unter den Leuten weg, dreht sich hierhin und dorthin, wird aber entdeckt. «Da ist er!» Zwei Bauern halten den wild um sich schlagenden Mann fest, drücken ihn zu Boden.

«Gib meinen Geldbeutel her!» Der Bestohlene baut sich drohend über dem am Boden zappelnden Mann auf. Es ist der Mann mit dem Barett, den sie am Morgen gesehen hat, ein gut gefüllter Geldbeutel hing neben dem Schwert an seinem Gürtel. Der Dieb zeigt seine leeren Hände, die Umstehenden lachen. Die Bauern kehren die Taschen seines Rocks nach außen, die Taschen sind leer. Unsicher winken sie zwei Wächter der Obrigkeit herbei. Die Wächter tasten den Körper des Mannes ab und fördern ein kleines, scharfes Messer zutage. Die Musik ist verstummt, auch die Musikanten und Tänzer stehen jetzt im Kreis, der sich um Dieb, Herrn und Wächter gebildet hat.

«Wo ist mein Geldbeutel? Gib ihn her!», schreit der vornehme Herr noch einmal.

Als die Wächter den Angeschuldigten zur Seite drehen, um ihm die Hände zu binden, finden sie den Geldbeutel unter seinem Körper. Die Menge johlt. «Auf zum Sternenplatz», ruft einer der Wächter. «Der Mann kommt vor den Scharfrichter!»

Anna und ihr Vater werden von der Menge mitgetrieben bis zur großen Linde auf dem Sternenplatz. Der Scharfrichter steht unter dem Baum, der Bestohlene stellt sich neben ihn. Der Dieb, die Hände auf den Rücken gebunden, wird vorgeführt.

«Gehört dieses Messer ihm, hat er dem Herrn den Geldbeutel gestohlen?, fragt der Richter.

«Nein!», schreit der Angeklagte.

«Was meint der Herr?»

«Dieser Halunke hat mir hinterrücks den Geldbeutel abgeschnitten und wollte sich davonstehlen. Die Wächter fanden ein Messer und den Geldbeutel bei ihm.»

Der Scharfrichter wendet sich an die Umstehenden. «Könnt ihr die Wahrheit dessen bezeugen, was der Herr gesagt hat?»

Die Menge johlt: «Ja, ja, ja!»

Mit einer Handbewegung bringt der Richter die Leute zum Schweigen und wendet sich zum Angeklagten. «Ich verurteile ihn wegen Beutelschneiderei und Leugnen der Tat zum Tod durch das Seil!»

Der Angeklagte fällt auf die Knie. «Ich bitte um Gnade, Herr Richter – ich habe Frau und Kinder!»

«Die Bitte ist abgewiesen», knurrt der Scharfrichter. «Der Ruf unseres Jahrmarkts ist gefährdet durch gemeine Beutelschneider, wie er es ist.»

Der Knecht des Scharfrichters befestigt ein Seil am dicksten Ast der Linde. Die Wächter zerren den Verurteilten unter den Baum, legen die Schlinge um seinen Hals. Auf Befehl des Scharfrichters zieht der Knecht ruckartig am Seil, der Verurteilte verliert den Boden unter den Füßen, schwingt einen Moment hin und her, zappelt. Dann hängt er schlaff am Seil, die Zunge tritt aus seinem Mund. Die Leute klatschen.

Anna kehrt sich ab, Übelkeit steigt in ihr auf. In der Kreuzgasse in Bern wird auch gerichtet. Tante Hemma versperrt ihr die Sicht, wenn ein Urteil vollzogen wird. Das hat sie immer geärgert. Jetzt spürt sie: Die Tante hat recht.

«Du bist blass», stellt der Vater fest. «Lass uns die paar Schritte an den Rhein gehen – die frische Luft wird dir guttun.»

Die Menschenmenge bleibt zurück, nach kurzer Zeit liegt der blaugrüne Fluss vor ihnen. Kähne legen ab, schwer mit Fässern und Kisten beladen. Sie setzen sich ans Ufer.

«Bei Koblenz mündet die Aare in den Rhein – er ist dann richtig breit und gut schiffbar», erzählt der Vater. «Einmal bin ich auf dem Fluss von Basel bis Straßburg gereist. Der Rhein fließt an vielen Städten vorbei und ergießt sich erst weit im Norden ins Meer.»

Anna hat Mühe, sich das vorzustellen: Die Aare, die Reuss und Limmat aufgenommen hat, ergießt sich in den Rhein. Und dieses viele, viele Wasser wälzt sich weiter nordwärts. Wenn sie jetzt dem Rhein ein Ästchen mitgibt, ist es möglich, dass es bis ins Meer getrieben wird.

«Morgen beginnen wir unsere Rückreise nach Bern», sagt der Vater in ihre Gedanken hinein. «Flussaufwärts ist es nicht möglich, mit dem Kahn zu reisen. Ich habe mit einem Fuhrmann gesprochen, wir werden den ersten Teil des Weges in seinem Wagen zurücklegen. In der Früh holen wir dein Kleid und reisen ab.»

Sie nickt. Ihr Kopf schwirrt von Eindrücken. Das Leben beinhaltet so viel und kann so schnell zu Ende sein wie jenes des Diebes. Ihre Hand sucht nach dem Paternoster, das sie am Mittag anstelle der Zitrone in die Rocktasche gesteckt hat. Sie wird die roten Perlen durch ihre Finger gleiten lassen und Gebete sprechen, das beruhigt ebenso wie der Blick auf den Rhein, diesen großen, weiten Fluss.

7

Fraubrunnen / Bern, September 1329

Der Wagen holpert hin und her auf der schlechten Straße, auch wenn die Ochsen wacker ziehen. Eine Plane ist über den Wagen gespannt, die vor dem Regen schützt – es tröpfelt noch immer.

Am Abreisetag in Zurzach hatten sie noch einmal das Verenamünster aufgesucht. Ganz still war es gewesen in der Früh, wenige Kerzen brannten bei den Altären. In der Krypta sanken sie beide vor dem Grab der heiligen Verena in die Knie. Sie hatte zur heiligen Verena gebetet und zu ihrer Mutter Verena. Beide waren ihr wundersam nah im Gebet.

Dann war der Vater mit großen Schritten der Bude des Schneiders zugestrebt. Die Schneiderin hatten sie nicht zu Gesicht bekommen. Der Schneider – dunkle Ringe unter den Augen – streckte ihnen das rote Kleid entgegen. Die Nähte waren sauber genäht, der Seidenstoff schimmerte im frühen Licht. Sie hielt das Kleid an sich, der Vater nickte zufrieden und rundete den Betrag mit einem Trinkgeld auf. Der Schneider verbeugte sich tief beim Abschied. Sie hatte das Kleid zuoberst in ihre kleine Reisekiste gelegt, neben die Zitrone.

Die erste Nacht hatten sie in einer Herberge in Brugg verbracht, die zweite in einem Gasthaus in Olten. Vor Olten war die Straße in besserem Zustand gewesen. «Die Römer wussten, wie man Straßen baut», lobte der Vater.

Heute haben sie wieder die Aare überquert und neidisch aus dem holpernden Wagen auf die ruhig dahingleitenden Kähne geblickt. Zwischen Aarburg und Herzogenbuchsee wies die Straße viele Löcher auf. Jetzt rollt der Wagen ruhiger dahin, der Vater lehnt sich zurück.

«Wir nähern uns Kirchberg, bis hierher kann ich Euch fahren», sagt der Fuhrmann. «Ich bin auf dem Weg zum Kloster Fraubrunnen, soll dort den Roggen eines Lehenmanns abgeben.»

«Kloster Fraubrunnen?» Anna richtet sich kerzengerade auf. «Dort ist meine Base Anna von Kiental. Können wir sie besuchen, Vater?»

Dieser runzelt die Stirn, überlegt. Der Regen hat aufgehört, Sonnenstrahlen dringen durch die Wolken. «Wir sind spät dran wegen der schlechten Straße. Ich bin geneigt, eine Nacht in der Gegend zu verbringen, wenn das dein Wunsch ist, Tochter.»

Anna nickt freudig.

Der Vater gibt dem Fuhrmann Anweisungen. Sie biegen von der Hauptstraße ab, fahren an Feldern und einem Wäldchen entlang. Dann tauchen strohgedeckte Holzhäuser auf und große, steinerne Gebäude, ein Kloster mit einer Kirche.

Der Fuhrmann bringt die Ochsen mit einem «Brrr» vor der Klosterherberge zum Stehen. «Das Kloster ist vor einigen Jahrzehnten abgebrannt», erklärt er. «Der Neubau ist aus Stein. Die Nonnen sind reich, ihnen gehören Gehöfte und Wälder hier und viele Güter in den Nachbardörfern, die Lehensleute zahlen Pachtzins in Form von Getreide oder Geld.» Er lacht: «Auch etliche Reben am Bielersee gehören den Nonnen – man sagt, ihr Weinkeller sei gut gefüllt.» Er bindet die Ochsen am Stamm der Linde an und beginnt, die Roggengarben abzuladen.

Ehrfürchtig blickt Anna zu den steinernen Gebäuden. Da der Vater keinen Zugang zum Frauenkloster hat, bleibt er in der Herberge. Sie nimmt allen Mut zusammen, nähert sich dem Tor allein und zieht am Strang. Eine Glocke scheppert. Die Tür öffnet sich einen Spalt, eine Laienschwester erscheint mit fragendem Blick.

«Ich möchte meine Base Anna von Kiental sprechen», sagt Anna.

Die Schwester dreht sich um und macht einer Nonne ein Zeichen, die ein großes, kostbares Kreuz über dem weißen Gewand trägt. «Äbtissin Margareta ergeht sich gerade im Hof – ich unterbreite ihr Euer Anliegen.»

Die Äbtissin kommt heran, ihr strenges Antlitz löst sich in einem Lächeln. «Unsere Pförtnerin wird Novizin Anna holen für ein kurzes Gespräch mit ihrer Base. Wartet hier», sie weist auf ein Häuschen beim Tor. Anna betritt das Häuschen, das einem Beichtstuhl gleicht. In der Wand ist ein kleines Fenster mit Holzgitter eingelassen, der Vorhang ist gezogen. Ungeduldig wartet sie, tritt von einem Fuß auf den andern. Plötzlich wird der Vorhang beiseitegeschoben, ein Gesicht erscheint hinter dem Gitter, Augen, die sie kennt. «Große Anna, Base, sei gegrüßt!»

«Sei gegrüßt auch du, kleine Anna. Ich nenne dich klein – du bist es aber nicht mehr.»

Novizin Anna trägt ein weißes Kopftuch und darüber den schwarzen Schleier. Selbst wenn die blonde Pracht nachgewachsen wäre – kein einziges Haar ist zu sehen, das Gesicht wirkt nackt.

Aus Anna sprudelt es plötzlich heraus, atemlos erzählt sie der Base vom Jahrmarkt in Zurzach, von der Hin- und Rückreise und ihren Erlebnissen.

Die Augen der großen Anna gleichen jetzt Schlitzen. «Dein Vater bereitet dich auf ein weltliches Leben vor. Willst du dich verehelichen? Oder führt dein Weg doch ins Kloster?»

Anna ist sprachlos, sie stottert, dass die Entscheidung beim Vater liege.

«Ich habe selbst entschieden, es war aber Gottes Wille», sagt die große Anna. «Ich werde das Gelübde ablegen, Gehorsam schwören und mich zu freiwilliger Armut und eheloser Keuschheit verpflichten. Ich habe meine Aufgaben und Pflichten, gebe mich dem Gebet hin, befolge die Ordensregeln. Keinen Moment bereue ich meinen Eintritt. Ich habe zur Ruhe gefunden. Einem besonnenen Mädchen wie dir kann ich dieses Leben nur empfehlen.»

Anna senkt die Augen – sie weiß nicht, was sie antworten soll.

«Du musst jetzt keine Antwort geben», meint Novizin Anna. «Wir wissen nicht, welchen Weg Gott für dich bestimmt hat. Vielleicht führt er dich erst später hierher. Denk daran: Ich werde dich der Äbtissin jederzeit empfehlen. Du bist willkommen in unserer Gemeinschaft.»

«Danke», sagt Anna. Sie wagt nicht, ihrer Base aus ihrem Leben zu erzählen, wie sie es früher getan hat – von den Besuchen im Gerberngraben mit dem Vater und den Messen in der Leutkirche mit Tante Hemma. Ihr Weg? Sie kennt ihn nicht. Sie hängt an weltlichen Dingen wie dem Aquamanile und dem neuen, roten Seidenkleid. Und sie freut sich sehr auf das Wiedersehen mit Hemma, ihrer Tante, die für sie wie eine Mutter ist.

Die große Anna hat sie beobachtet. «Du hängst zu sehr am Weltlichen.» Sie macht einen Schritt zurück. «Denk darüber nach, was ich dir gesagt habe, kleine Anna.»

Anna steht in der Kammer vor Hemma, die ihr die Zöpfe zu hübschen Schnecken gesteckt und geholfen hat, das rote Seidenkleid über das weiße Unterkleid zu ziehen. Die Tante hält ihr den kleinen Spiegel hin – Anna sieht den Ärmel, einen Teil des Saums, den mit schwarzem Samt gefassten Ausschnitt und ihr vor Aufregung gerötetes Gesicht.

«Das Kleid sitzt wie angegossen», stellt Hemma fest.

Anna wackelt mit dem Kopf, sie tanzt in der Kammer umher.

«Das ist das Kleid einer Dame – du bist kein Kind mehr, Anna!»

Sie umarmt die Tante. «Ich weiß, ich weiß. Es ist so schön, zurück zu sein bei dir!»

Hemma schließt die Nichte, die ihr so lieb wie eine Tochter ist, in die Arme und überlegt sich, für einmal mitzutanzen.

Da ertönt die Stimme ihres Bruders: «Wir haben einen Gast. Bitte bring vom Claret, unserem besten Gewürzwein, Hemma, und reiche etwas Süßes dazu.»

Es dunkelt, sie haben das Abendessen schon längst eingenommen. Was soll sie diesem Gast zum Claret aufstellen? Hemma erinnert sich an die kleinen Gebäcke, die sie vor der Abreise der Nichte aus Dinkelmehl, Rohrzucker, Anken, gemahlenen Mandeln, Nelken, Muskat und Zimt hergestellt und im Ofen gebacken haben. Sie nimmt das Tuch von der Schale – es sind noch genügend da.

«Ich helfe dir!» Anna gibt die Pomeranzen, die der Vater aus Zurzach mitgebracht hat, zusammen mit zwei Messern in eine hübsche Steingutschüssel. Hemma trägt den Krug Wein und Becher in die Stube, Anna die Schüssel mit Pomeranzen und die Schale mit den Gebäcken.

Der Herr am Tisch staunt. «Diese junge Frau im Seidenkleid – sag nicht, Peter, dass das deine Tochter ist.»

«Natürlich ist das meine Tochter, du hast sie auch schon gesehen, jetzt stell dich nicht so an.»

«Da war sie ein Kind – jetzt ist sie eine junge Frau in einem wunderschönen, roten Kleid.» Er starrt Anna an wie eine Erscheinung.

Sie bleibt stehen, weiß nicht, ob sie die Stube verlassen soll. Sie erinnert sich an den Mann mit den breiten Schultern und hellen Augen, die sie nicht loslassen. Es ist Heinrich Seiler, der öfter mit dem Vater Geschäfte macht und diese vorwitzige Magd hat, die bei den Gerbern Preise aushandelt. Die Hälfte des in Zurzach verkauften Safranleders gehört Seiler – er hat vorgesprochen, um mit dem Vater abzurechnen. Stattdessen sprechen die beiden Männer über Anna, wie wenn sie nicht anwesend wäre.

«Deine Anna ist gut gewachsen – dieses Kleid bringt ihre Gestalt zur Geltung. Sie ist vielleicht keine Schönheit, aber ihr Wuchs, das dichte, dunkle Haar und die braunen Augen gefallen.»

«Heinrich – willst du nun das Geld für dein Safranleder, oder verzichtest du darauf?»

«Es geht nicht um Verzicht. Deine Tochter sticht mir ins Auge, ihr gerötetes Gesicht – es ist, als ob das Kleid auf ihr Gesicht abgefärbt hätte. Wild wirkt sie, leidenschaftlich.»

«Komm!», sagt Hemma. Sie nimmt Anna am Ellenbogen und führt sie in die Kammer. «Die Männer haben dem Wein zugesprochen, wahrscheinlich schon, bevor sie herkamen. Lass dir durch Heinrich Seilers Gerede den Kopf nicht verdrehen.»

Anna schüttelt Hemmas Hand ab. Sie hört dem Gespräch der Männer zu, in der Kammer hört man jedes Wort, das in der Stube gesprochen wird.

«Du schiebst mir das Geld hin, Peter – du hast ein vorteilhaftes Geschäft für uns abgeschlossen. Gut. Das Geld interessiert mich aber jetzt nicht. Die Frauen haben die Stube verlassen, wir können offen reden. Gibst du mir deine Tochter in die Ehe?»

«Bist du von Sinnen? Wir treiben Handel zusammen. Meine Tochter ist keine Ware. Da. Ich habe eine Pomeranze aufgeschnitten – koste sie. Das ist die Süße, die dir bekommt. Im Frühling wärst du meiner Tochter schon überdrüssig. Du wirst über die Alpen reisen, wirst Handel treiben da und dort.

Du willst dich nicht mit einer Ehefrau belasten, die Ansprüche hat im Haus. Meine Schwester – ich sage es dir – treibt mich manchmal zur Verzweiflung.»

«Deine Schwester? Ich rede nicht von deiner Schwester, ich rede von deiner Tochter! Sie hat etwas Besonderes an sich, ist jung und anpassungsfähig. Eine solche Frau brauche ich in meinem Haus – gib sie mir, ich begehre sie.»

Ein Knall erschüttert den Tisch, der Vater hat mit der Faust auf den Tisch geschlagen. «Und ich sage dir – du bekommst sie nicht!»

Anna legt den Kopf schief und späht in die Stube. Der Saft der Pomeranze rinnt über Seilers Kinn, er hat sich erhoben. Wird er gleich das Schwert aus der Scheide ziehen? Nein, er beherrscht sich. Er starrt den Vater an, als ob er ihn mit Blicken durchbohren wollte. Sie, Anna, hat er wohl längst vergessen. Es geht um eine Sache zwischen Männern. Sie hofft, dass der Vater ihm weiter entgegenhält. Wieso will er sie plötzlich zur Frau? Sie ist die Tochter ihres Vaters, die Nichte von Hemma – nicht Heinrich Seilers künftige Frau.

Seiler schiebt das Geld zurück über den Tisch. «Dieses Geld will ich jetzt nicht. Überlege es dir. Ich werde wieder vorsprechen, wenn deine Wut verraucht ist und meine auch. Vermassle unser wichtigstes Geschäft nicht, Peter!»

Ehefrau

8

Bern, Ende Februar 1330

Anna dreht den Kopf zum Spiegel, flicht einen der Zöpfe. Eine Taube gurrt auf dem Dach. Flügel schlagen so nah, dass sie sie auf der Haut zu spüren glaubt und aufschaut. Die Taube ist weg, da ist nichts mehr. Eine Taube müsste man sein – sich hochschwingen in den Himmel.

Sie weiß kaum mehr, wer sie ist. Vaters Tochter war sie – Anna ab Berg, lebte mit ihrem Vater und ihrer Tante im Haus an der Kreuzgasse. Der Vater bezog sie in seine Geschäfte ein, sie besuchte mit ihm den Gerberngraben und dann gar den großen Jahrmarkt in Zurzach.

Von Zurzach brachte sie das rote Seidenkleid mit nach Hause. Heinrich Seiler schaute sie auf einmal mit anderen Augen an und wollte sie heiraten. Heinrich hat ein paar graue Haare an den Schläfen und im Bart, den er sich neuerdings hat wachsen lassen. Er ist um die vierzig und nur wenig jünger als ihr Vater. Beide stehen den Gerbern und ihrer Zunft nah, der Lederhandel verbindet sie. Der Vater willigte nicht ein in die Hochzeit, obwohl die Männer oft zusammen Geschäfte abwickeln. Immer wieder sprach Heinrich vor, auch wenn im Herbst weniger Geschäfte anstanden. Jedes Mal musste sie das rote Kleid anziehen und bedienen, der Vater und Heinrich wollten es so, Hemma wirkte im Hintergrund.

Als Tante Johanna zu Besuch kam und Hemma kurz aus dem Haus war, hat sie erfahren, dass Heinrich früher einmal Hemma zur Frau begehrt hatte. Großvater ab Berg, der schon lange nicht mehr lebt, habe Heinrich abgelehnt. «Man konnte nicht wissen, dass er ein so erfolgreicher Kaufmann und Ratsherr wird», meinte Johanna. Anna fragte sie nach ihrer Tochter, der großen Anna. «Seit sie das Gelübde abgelegt hat, gehört sie dem Kloster», gab die Tante kurz angebunden Auskunft. «Besuche sind nicht mehr erwünscht.» Wie froh sie ist, dass sie Anna noch besucht hat.

Eines Abends, als sie von der Leutkirche zurückkehrten in der Dämmerung, stellte sie Hemma Fragen zu Heinrich. Zum ersten Mal in ihrem Leben hatte sie den Eindruck, sie sei Hemma lästig. Die Tante drehte den Kopf weg, ihre Lippen verschlossen sich zu einem Strich. Zu Heinrichs Heiratsantrag gegenüber Anna äußerte sie sich nie.

Eines Tages im Spätherbst, als Heinrich wieder vorsprach, sagte der Vater unvermittelt: «Du kannst sie zur Ehefrau haben.» Anna erstarrte. Der Wein, den sie einschenkte, ergoss sich als hässlicher, roter Fleck über den Tisch.

Heinrich war gleichfalls überrascht. «Abgemacht», sagte er schnell. «Wann findet die Hochzeit statt?»

«Im neuen Jahr», brummte der Vater. «Wisch den Fleck weg, Anna, und dann zieh dich zurück! Ich werde mit Heinrich die Mitgift verhandeln – das ist nichts für deine Ohren.»

Sie hatte den Wein aufgenommen, ein blassroter Fleck zeichnet nun aber den Tisch. Wie hoch die Mitgift war, die ihr der Vater mit in die Ehe gab, hat sie nie erfahren. Und Heinrich – was hat er dem Vater versprochen, dass dieser seine Meinung geändert hat? Sie weiß es nicht, sie hat dazu nichts zu sagen.

Die Hochzeit fand im Januar statt, kurz vor ihrem sechzehnten Geburtstag. Das rote Seidenkleid war ihr Brautkleid gemäß Heinrichs Wunsch. Ein durchsichtiger Brautschleier lag auf ihrem Kopf, darauf ein Kranz mit immergrünen Blättern, da es im Winter keine Blumen gibt. An den Füßen trug sie rote Schnabelschuhe, ein Geschenk von Heinrich. Der neue Leutpriester Diebold Baselwind nahm die Einsegnung vor. Vater sagt, dass er aus dem Elsass stamme – er spricht anders als die Berner.

Als sie mit Heinrich vor dem Elisabethenaltar kniete, erschien ihr die Leutkirche ganz anders als sonst. Nie war sie dem Altar so nah gewesen. Sie konnte den Blick nicht vom Gemälde der heiligen Elisabeth lassen. Elisabeth, die Speis und Trank an arme Leute verteilt, trägt einen kostbaren, roten Mantel, darunter aber ein einfaches Büßerkleid, fiel ihr auf. Sie starrte das Bild an und verpasste einen Teil der Worte des Priesters. Dann folgte das Eheversprechen – sie versprach Heinrich Treue und Gehorsam. Der Priester fügte ihre Hände zusammen, sie war Heinrichs Frau. Im Namen des Vaters, des Sohnes und des Heiligen Geistes. Sie verließen die Kirche.

In den Nächten vor der Hochzeit hatte sie schlecht geschlafen. Wie würde sie leben als Heinrichs Frau? Zum ersten Mal war Hemma keine Hilfe gewesen – sie wisse nichts über das Leben einer Ehefrau, hatte sie gesagt.

Der Hochzeitstag war schnell an ihr vorbeigezogen. Noch am gleichen Abend war sie mit Heinrich in sein Haus vor den Predigern gezogen. Nun bestimmte ihr Mann über sie, nicht mehr der Vater. Hemma küsste sie zum Abschied auf die Stirn, der Vater schien nachdenklich und kehrte sich ab.

Anna hat beide Zöpfe geflochten und mit Klemmen zum Kranz gesteckt. Sie prüft den Haarkranz mit den Händen und wirft einen Blick in den Spiegel. Alles gut, keine Strähne, die herunterhängt. In ihren Augen sitzt aber noch der Schlaf.

Nun noch die Haube – keine verheiratete oder ältere Frau trägt offenes Haar. Wenn man die Messe besucht, ist es besonders wichtig, dass kein Haar hervorschaut. Alle Frauen tragen an der Schuld Evas mit, durch welche die Sünde in die Welt gekommen ist, und bedecken sich schamhaft. Hemma wählt meist eine Fächerhaube mit Kinnband. Anna trägt bei festlichen Gelegenheiten ein Gebende, das unter dem Kinn gebunden wird und fast wie ein Krönchen aussieht. Meist zieht sie aber einfache Hauben vor, die leicht sind, gut kleiden und kaum verrutschen. Auch jetzt wählt sie eine dieser weißen, gefalteten Hauben.

Die Tür ihrer Kammer wird geöffnet, Grit steht im Rahmen. Wieder einmal hat sie nicht geklopft.

«Kann ich Euch helfen?»

«Danke, Grit – ich bin fast fertig.»

Trotzdem kommt Grit heran, nimmt ihr die Haube aus der Hand und befestigt sie auf Annas Haar. Grits Hände sind geübt, man kann sich ihnen hingeben. Trotzdem muss Anna immer an Hemma denken, die ihr jeden Morgen das Haar flocht, während sie miteinander sprachen. Grits Hände sind vom vielen Waschen, Schrubben, Fegen und Rüsten rau – Hemmas Hände waren trotz ihrer vielen Tätigkeiten weich. Grit und sie reden kaum miteinander.

In den letzten Wochen hat sie viel von Grit gelernt. Die Magd hat das Haus vor den Predigern viele Jahre allein geführt. Sie weiß alles, kennt sich aus. Anna hat noch keinen Haushalt selbst geführt, nur Hemma geholfen. Grit ist um die dreißig und fast doppelt so alt wie Anna. Heinrich hat ihr geraten, sich an die erfahrene Magd zu halten. Das tut sie.

Grit mustert die Herrin mit zusammengekniffenen Augen: «Wieder einmal in Gedanken versunken? Es stimmt alles – Ihr könnt Euch sehen lassen. Seid Ihr bereit für den Markt?»

Heinrich Seiler besucht nur selten die Morgenmesse – in seinem Haus geht man gleich an die Arbeit. Anna hat sich daran gewöhnt. Aber Hemma fehlt ihr. Heinrich hat Anna viele Wünsche erfüllt. Eine kleine Truhe nahm sie mit aus der Kreuzgasse, in der unter anderem das Aquamanile, ihr rotes Lieblingskleid und der Rosenkranz mit den roten Korallenkügelchen Platz fanden. Ihren Wunsch aber, dass Hemma mit ins Haus vor den Predigern ziehe, haben Heinrich und der Vater abgelehnt. Heinrich will Hemma nicht an Annas Seite – der Vater mag sie nicht missen in seinem Haus.

«Ich bin bereit», sagt sie zu Grit und erhebt sich. Unter der Haube der Magd schauen ein paar rotbraune Locken hervor. Das ist bei einer Magd möglich. Ihre Augen blitzen unternehmungslustig – fast schiebt sie Anna vor sich her in die Küche.

Jetzt, in den vierzig Tagen Fasten vor Ostern, gibt es nur eine Mahlzeit am Tag, meist gegen Abend. Einkaufen ist schwierig, weil man vieles nicht essen darf. Feste werden keine gefeiert, die Hochzeit von Heinrich und Anna fand im Januar statt.

Die neue Herrin schlüpft in einen mantelartigen Umhang, die Magd wickelt sich in ein Tuch, Anna trägt einen kleinen Korb am Arm, Grit einen großen. Vor ein paar Tagen noch hat ihnen die Kälte den Atem genommen, wenn sie vor die Haustür traten. An diesem Morgen ist Regen gefallen, es ist weniger kalt, aber feucht. Durch das Verbindungsgässchen gelangen sie in die Neuenstadt. In den letzten Jahren hat sich der Markt auf die Neuenstadt ausgedehnt, die Hauptgasse in der oberen Stadt, die durch die Zugbrücke und den großen Turm mit der unteren, langen Marktgasse verbunden ist. Jetzt in der Fastenzeit ist es viel ruhiger auf dem Markt – das Gedudel von Straßenmusikanten und Gekreische von Gauklern fehlen. Nur ein paar Marktschreier mit Atemwolken vor dem Mund preisen lautstark ihre Waren an. Sie kaufen Hafer, Hirse, Weizen, Linsen, Bohnen und Nüsse. Milch, Anken, Eier, Ziger und vor allem Fleisch isst man nicht in der Fastenzeit. Grit kennt viele Bauern und Händler, sie weiß, wie man mit ihnen redet, erzielt gute Preise. Anna lässt sie verhandeln

– die Magd bestimmt die Stände, wo sie vorsprechen, die Herrin folgt ihr. Die Körbe sind bald wohlgefüllt.

«Jetzt will ich noch Fisch kaufen – jener in der Kreuzgasse ist der beste», bestimmt Anna. Ihre Zehen in den Bundschuhen sind kalt, sie ist aber nicht bereit, schnell aufzugeben.

«Wenn Ihr meint …», sagt Grit schnippisch, schließt sich aber der jungen Herrin an. Anna schreitet voran über die Zugbrücke, wirft einen Blick in den Gerberngraben und nimmt den Gestank als etwas Vertrautes wahr. Sie gehen unter dem großen Turm durch und die Marktgasse hinunter. Das Gewimmel in der Gasse ist kleiner als üblich, die Fleischstände sind leer.

Beim großen Kreuz, wo sich Markt- und Kreuzgasse zu einem Platz weiten, drängen sich die Leute. Sie stehen um den Pranger, der beim Gasthaus zur Waage aufgestellt ist. Eine Frau steht am Pranger, ihre Brüste hängen aus dem tief ausgeschnittenen Kleid. Die Menge lästert und johlt. Immer wieder bückt sich einer, klaubt Erde auf, die vom Regen am Morgen schlammig ist, und bewirft die Frau damit. Diese versucht auszuweichen, es gelingt ihr aber meist nicht, weil sie festgekettet ist. Der Dreck hinterlässt hässliche, braune Flecken auf Gesicht, Brust und Kleid der Frau, die Leute klatschen. «Recht geschieht ihr, der Pfaffendirne!», ruft ein älterer Mann neben ihnen, und seine Frau stimmt ihm entrüstet zu.

«Pfaffendirne!» Anna glaubt zu verstehen, was das bedeutet, obwohl Hemma sie immer vom Richtstuhl und Pranger ferngehalten hat. Diese Frau hat sich mit einem Priester versündigt.

«Wo ist der sündige Priester?», fragt sie Grit.

Grits Gesicht ist finster. «Ein Priester, der sich vergangen hat, erhält eine Geldstrafe von wenigen Gulden, damit ist die Sache für ihn erledigt. Es ist nur die Frau, die öffentlich büßen muss.» Verächtlich fügt sie an: «Wenn sie dumm genug ist, sich erwischen zu lassen.»

«Ich will hier weg.» Annas Atem stockt. Grit bahnt ihnen einen Weg durch die Menge, Anna erhascht einen Blick auf ihr Vaterhaus an der Kreuzgasse. Niemand steht am Fenster. Am Fischstand hält sie vergebens Ausschau nach Hemma. Der Fischgeruch stößt sie nicht ab wie früher. Die Fischersfrau erkundigt sich nach ihrem Wohlergehen, als sie den Fisch in ein Tuch wickelt. Anna bedankt sich, lächelt die alte Frau mit den tiefen Furchen im Gesicht an. Dann schlägt wieder das Gegröle jener über ihnen zusammen, die sich am Elend der Pfaffendirne ergötzen.

«Wir machen den Umweg über die Kirchgasse», erklärt sie. Die Magd scheint wie sie selbst erleichtert, den Pranger umgehen zu können.

Aus der Herrengasse kommen ihnen drei Klosterfrauen entgegen, mit weißem Schleier und in einen grauen Mantel gehüllt. Diesmal ist es Grit, die fragt: «Zu welchem Orden gehören diese Nonnen? Oder sind es Beginen? Ihre Kleidung kenne ich nicht.»

«Das sind Inselschwestern», erklärt Anna. «Die Dominikanerinnen wurden von ihrem Kloster auf der Aareinsel vertrieben und fanden bei den Predigern Schutz. Das neue Inselkloster wird auf dem ehemaligen Judenfriedhof gebaut. Es steht aber erst ein behelfsmäßiges Haus, die Kirche fehlt, die Nonnen leben nicht in Klausur, sondern mehr wie Beginen.» Anna gibt Wissen weiter, das sie von Hemma hat.

«Nonnen leben nur für sich», meint Grit abschätzig. «Ich diene lieber den Menschen.»

Anna ist überrascht, wie sich die Magd äußert und wie offen sie spricht. Sie überlegt. «Meist ist unser Weg vorgegeben – wir haben keine Wahl.»

Sie haben den Badergraben auf der steinernen Brücke der Prediger überquert, biegen in die Gasse ein, wo Heinrich Seilers Haus steht. Jedes Mal, wenn Anna die Gasse vor den Predigern betritt und die hoch aufragende Predigerkirche vor sich sieht, staunt sie. Dass ein Gotteshaus so hoch in den Himmel ragen kann … Sie legt den Kopf in den Nacken und kann doch fast nicht die ganze Kirche erfassen.

Vor dem Eingang zum Kloster betteln alte Leute und Kinder. Ein Klosterbruder verteilt Brot an die Bettler und lässt eine Pilgergruppe ins Klosterinnere ein. Die Pilger sehen erschöpft aus, ihre dunklen Mäntel sind staubig, die Füße zerkratzt und rot von der Kälte, einige gehen lahm. Als Anna und Grit an den Brot kauenden Bettlern vorübergehen, strecken diese die Hände aus. Anna trägt immer ein paar Münzen in der Tasche ihres Oberkleides mit sich, sie drückt jedem einen Pfennig in die Hand und steckt dem Klosterbruder eine größere Münze zu. Die Dominikaner sind ein Bettelorden und können ihre guten Taten nur tun, wenn man sie unterstützt.

«Vergelt's Gott!» Die Hände der Bettler schließen sich um die Münzen, das Mädchen mit dreckigem Gesicht und eitrigen Augen strahlt.

Zur Vesperzeit sucht Anna wie meistens die Predigerkirche auf – wenn die kleine Glocke auf dem Kirchendach ruft, lässt sie alles fallen. Sie taucht die Finger ins Weihwasser, bekreuzigt sich, kniet nieder und betet. Die Predigerkirche steht gegenüber Heinrichs Haus, sie muss nur die Gasse überqueren. Heinrich hat nichts dagegen, wenn sie an einer Messe, einem Morgen- oder Abendlob allein teilnimmt oder auch nur für eine Andacht die Kirche aufsucht. Es ist Grit, die die Fastenmahlzeit vorbereitet, die sie danach einnehmen.

Anna musste sich daran gewöhnen, allein in diese große Kirche zu gehen, ohne Hemma an ihrer Seite. Die Leutkirche ist kleiner, voller Bilder und Gerüche. Die Predigerkirche ist unendlich hoch, über den hohen Seitenwänden mit zugespitzten Bogen spannt sich das Dach weit oben, fast schon in Himmelshöhe. Das Kreuz ist während der Passionszeit verhüllt. Bilder gibt es fast keine in dieser Kirche – nur beim Marienaltar in der Mitte ist eine Muttergottes mit Kind zu sehen. Die Predigt hält der Priester in der Sprache der Gläubigen. Das ist neu, die Leute hören aufmerksam zu, weil man alles versteht.

Meist kommt sie frühzeitig, um das Stundengebet der Predigerbrüder im Chor mitzuhören. Durch das Fenster mit den Ornamenten in der Wand hinter dem Marienaltar erhascht sie einen Blick auf die weißen Gewänder der Brüder.

Jetzt sind ihre Stimmen verklungen. Der Prediger erscheint am Marienaltar. Sie bleibt knien, vergisst den kalten Boden unter ihren Knien und alles um sich herum. Sie ist ganz Auge und Ohr, nimmt alles in sich auf, den Wechsel von Gesängen und Gebeten, den Weihrauch, dann die Worte. Der Prediger spricht von der Fastenzeit als Bußzeit, von der Vorbereitung auf die Feier von Tod und Auferstehung Christi. Es folgen weitere Gebete und Gesang. Der Prediger segnet die Gemeinde, bevor er das Kirchenschiff durch die Tür verlässt, die ins Kloster führt.

Die Gläubigen gehen mit gesenktem Kopf aus der Kirche, Ruhe kehrt ein. Ruhe spürt sie auch in sich selbst. Sie steht auf, lässt noch einmal ihren Blick durch die Kirche schweifen. Der Weihrauch hat sich verflüchtigt, die Schatten in der Kirche sind länger geworden. Im Chor mit seinen hohen Fenstern, die sie über der Schranke des Lettners sehen kann, ist es noch heller.

Aus dem Kirchenschiff tritt sie in die andere Welt hinaus, in der das Licht jetzt stetig schwindet. Noch immer sind Bettler da, einige haben sich im Schatten der Mauer zur Ruhe gelegt. Gut möglich, dass die Brüder ihnen in dieser Winternacht einen Platz innerhalb des Klosters zuweisen, immer wieder nehmen sie Arme und Bedürftige für die Nacht auf.

«Das Reich Jesu ist nicht von dieser Welt», hat der Prediger vorhin gesagt. Die Bettlerorden tun alles, um die Not auf dieser Welt zu lindern. Sie bereiten die Gläubigen auf die nächste Welt vor, in der alles besser sein wird. Man schickt sich in sein Leben in dieser Welt und bereitet sich vor auf das ewige Leben, das dem Menschen verheißen ist. Das gilt auch für sie, die sechzehnjährige Anna ab Berg, die vor kurzem zu Anna Seilerin geworden ist und manchmal nicht mehr weiß, wer sie ist und wo sie hingehört.

Sie zieht den Umhang enger um die Schultern, überquert die Gasse, sieht Licht in der Stube in Heinrichs Haus. Einen Augenblick bleibt sie stehen, schaut in dieses Licht.

Bald wird sie mit Heinrich am Tisch sitzen, Grit wird ihnen den Fisch auftischen und Schüsseln mit Mus und Kohl. Man ist hungrig an einem Fastentag, wenn man gegen Abend die einzige Mahlzeit des Tages einnimmt. Trotzdem isst niemand mit Hast.

Wenn Grit die Schüsseln hingestellt hat, wird sich die Magd zu ihnen an den Tisch setzen. Heinrich will es so, damit sie alles im Haushalt zu dritt besprechen können. Oft hört sie selbst nur zu. Heinrich und Grit haben dieses Haus lange allein geführt. Sie mischt sich in viele Dinge nicht ein, sagt ihre Meinung nur, wenn sie sich sicher fühlt.

Eine Gestalt nähert sich im Halbdunkeln. Es ist Grit, sie trägt schwer an zwei vollen Wassereimern. Das Haus vor den Predigern hat keinen eigenen Sodbrunnen wie jenes an der Kreuzgasse. Trinkwasser holt man beim Ziehbrunnen der

Prediger oder im Graben, der Len- und der Stettbrunnen sind weiter entfernt. Anna nimmt Grit einen Eimer ab – hintereinander steigen sie die Treppe hoch in die erleuchtete Stube.

Anna zieht die Decke unters Kinn und lauscht gespannt. Das Talglicht brennt noch. Es ist die Zeit, wenn er kommt und sich ins Bett legt – manchmal in seiner Kammer, manchmal bei ihr. Er hat die Kammer zum Hof im ersten Geschoss vor der Heirat mit einer Holzwand unterteilen lassen in seinen und ihren Teil. Der Knecht schläft ebenerdig in der Werkstatt neben dem Vorratsraum, Grit im Dachraum über der Stube, auf der Seite der Predigerkirche. Ihre beiden Kammern liegen zum Hof neben der Küche.

Wenn Heinrich auf Reisen ist, lässt sie die Tür zur Kammer einen Spalt offen, es strömt dann etwas warme Luft von der Glut im Herd und letzte Wärme vom Kachelofen herein. Der Ofen mit den blauweißen Kacheln ist eine neue Erfindung, die Heinrich auf seinen Reisen kennengelernt hat und bei sich einbauen ließ. Grit kann den Ofen vom Gang aus beheizen, in der Stube strahlt er wohlige Wärme aus.

Sie ist aufgeregt. Vorhin, als sie mit Heinrich und Grit in der Stube die Mahlzeit einnahm, kündigte Heinrich ein wichtiges Treffen an, das in zwei Tagen in ihrem Haus stattfinden soll. Er will das Gut Seeholz am Thunersee kaufen, das den Herren von Strättligen in Spiez gehört.

Vom Vater wusste sie, dass hinter jedem Kauf Überlegungen stehen. Sie wagte zu fragen: «Warum kaufst du gerade dieses Gut am Thunersee?»

Heinrich musterte sie überrascht und zog eine Augenbraue hoch. «Junker Heinrich von Strättligen will mit dem Verkauf Schulden abzahlen. Ich werde das Gut bei Gelegenheit weiterverkaufen.» Er aß weiter vom Fisch, nickte Grit anerkennend zu, legte dann seinen Löffel nieder. «Viele noble Herren sind am Donnerstag anwesend. Ich erwarte als Zeugen Freiherren und zwei Kaufleute – Werner Cauwersi und deinen Vater Peter ab Berg. Gar der Schultheiß wird kommen: Johann von Bubenberg wird mit seinem Siegel die Rechtmäßigkeit des Handels bezeugen.» Er schaute von ihr zu Grit und wieder zu ihr. «Diese noblen Herren sollt ihr trotz Fastenzeit würdig verköstigen. Ich werde dir, Anna, Geld dafür aushändigen. Es soll an nichts fehlen – der Handel ist es mir wert.» Er wischte sich mit der Hand über den Mund, erhob sich und verließ das Haus.

Sie weiß nicht, wo er abends hingeht. Auch bei ihrem Vater wusste sie es nie. Sucht er ein Wirtshaus auf? Jetzt in der Fastenzeit sind viele Schenken geschlossen. Die Wege der Männer sind anders als jene der Frauen – unberechenbar, nicht einsichtig.

Mit Grit hat sie sich zur Gästemahlzeit beratschlagt. Der Einkauf morgen wird viel größer sein als der heutige, sie werden zwei oder mehr große Körbe mit Einkäufen füllen. Alles muss vorbereitet werden. Noch ist sie keine geübte Hausfrau. Grit wird die Mahlzeit zubereiten. Wenn sie nur Hemma an ihrer Seite hätte …

Sie vernimmt Heinrichs Schritte. Geht er an ihrer Kammer vorbei? Dann hört sie jeweils bald sein Schnarchen durch die dünne Wand. Die Schritte halten inne. Das Talglicht flattert, er kommt herein, knöpft den Gürtel auf, legt Rock und Beinlinge ab, sein Schatten zieht über die Wand.

Er tritt an ihr Bett, schlägt die Decke zurück und legt sich neben sie. Seine Hände drücken ihre Brüste, seine Zunge dringt in ihren Mund – etwas, woran sie sich noch immer nicht gewöhnt hat. Die Schwere seines Körpers, als er sich auf sie legt, ist ihr dagegen vertraut, sie hat nichts dagegen, wenn er sie ganz zudeckt, sie mag seinen Bart, der ihre Wange kitzelt. Er keucht, immer schneller stößt er in sie. Und dann ist es vorbei, einen Moment spürt sie noch sein Gewicht, bevor er sich zur Seite wälzt. Er streicht über ihr offenes Haar, wickelt es um seine Finger, lacht, schaut ihr ins Gesicht. Sie wagt nicht, ihn anzusehen, sieht an ihm vorbei, noch immer schämt sie sich, wenn sie daran denkt, was manchmal im Halbdunkel der Kammer geschieht und eben geschehen ist. Nie hätte sie gedacht, dass sich die Körper von Mann und Frau auf diese Weise verbinden, niemand hatte ihr davon erzählt, auch Hemma nicht. Hemma kann es gar nicht wissen, weil sie keinen Mann hat. Es geht schnell vorbei.

So auch jetzt. Er löst ihre Haarsträhne von seinen Fingern, setzt sich an den Bettrand. Als sich sein Atem beruhigt hat, steht er auf, nimmt Kleider und Schuhe in die Hand.

Annas Stimme ertönt plötzlich im Halbdunkel: «Darf mir Hemma am Tag der Verschreibung bei der Bewirtung der Gäste helfen?»

Überrascht hält er inne. «Das mag angehen.» Unter der Tür fügt er an: «Du wirst bei der Bewirtung übermorgen das rote Kleid tragen.» Die Tür schließt sich hinter ihm.

Anna hört seine Schritte in der Kammer nebenan, hört, wie das Bett unter ihm ächzt, als er sich fallen lässt, und dann setzen tiefe Atemzüge ein, die bald in Schnarchen übergehen.

Sie bläst das Talglicht aus. Bei ihr dauert es länger, bis sie den Schlaf findet. Sie starrt in die Dunkelheit und lässt Bilder an sich vorbeiziehen: das Flechten der Haare am Morgen, der Flügelschlag der Taube, der Einkauf auf dem Markt mit Grit, die Pfaffendirne am Pranger, die Inselschwestern, die Bettler und Pilger, der Gottesdienst in der Predigerkirche, die Mahlzeit mit Heinrich und Grit. Die Bilder sind in vielen Farben gemalt. Dann aber schwinden die Farben, alles wird schwarzweiß wie die Gewänder der Mönche, und dann gibt es auch das Schwarzweiß nicht mehr, sondern nur noch grau, grau ist die Nacht in ihrer Kammer, nicht schwarz, man sieht Schatten an der Wand, fühlt einiges, spürt einiges, es verschwimmt aber, die Nacht ist grau, und in diesem Grau versinkt sie allmählich.

9

Bern, März 1330

Anna steht neben Heinrich und empfängt mit ihm die Gäste. Grit öffnet unten die Tür, während der Knecht sich um Pferde und Wagen kümmert. Hemma hantiert mit Pfannen und Schüsseln und Platten – so vertraut ist das Klappern in der Küche. Der Vater hat sich nach Annas Befinden erkundigt und Heinrichs Kachelofen bestaunt – etwas, das es an der Kreuzgasse noch nicht gibt. Anerkennend hat er Heinrich auf die Schulter geschlagen.

Bald darauf sind der Verkäufer Heinrich von Strättligen und dessen Vater Johann eingetroffen. Junker Heinrich von Strättligen ist aus Spiez angeritten, seine Kleidung riecht nach Pferd. Johann ist ein älterer Herr, wie auch Philipp von Kien, den ihr Heinrich als früheren Schultheißen von Thun vorstellt, jetzt Mitglied im Kleinen Rat von Bern, wie die meisten der anwesenden Herren. Johann von Bubenberg wird von allen mit Ehrfurcht begrüßt, er trägt den hohen Hut des Berner Schultheißen. Zwei weitere Strättligen-Herren aus Spiez kommen die Treppe herauf, beide sind Vettern des Verkäufers: Der eine in der bodenlangen Kleidung eines Geistlichen ist Kirchherr von Spiez, der andere mit adrettem Federbarett ist Herr von Laubegg. Den nachfolgenden Herrn in blauem Rock und gelben Beinlingen stellt ihr Heinrich als Kaufmann Werner Cauwersi vor. Der fremdländisch aussehende Mann verbeugt sich tief: «Dieses wunderbare rote Kleid – was für eine entzückende junge Frau Ihr habt!» Heinrich schaut überrascht von Anna zu Cauwersi, betritt dann mit dem Kaufmann die fast volle Stube.

Sie zieht sich in den Hintergrund zurück. Die zwei Herren, die jetzt erst eintreffen, schenken ihr keine Beachtung.

Der eine wirft einen Blick in die Stube: «Dieser Kachelofen, die Fenster mit Glas – was für ein Geldsack unser Gastgeber Heinrich doch ist! Und jetzt kauft er noch das Gut Seeholz von den Strättligen.»

«Die müssen verkaufen – sie haben Schulden bei ihm. Und wohl auch bei Cauwersi, diesem noch viel größeren Geldsack! Der verlangt Zinsen nah am Wucher, das hat er wohl von den Juden gelernt! Geh mal zu dem in die Bude – die Gulden liegen dort in Haufen herum, der Schein des Goldes ist so stark, dass er keine Laterne braucht, sagt man. Die gelben Beinlinge passen dazu.»

«Peter ab Berg ist auch da – wie immer ist er gefragt als Zeuge. Auch er ist ein erfolgreicher Geldsack. Oder müsste man besser Pfeffersack sagen? Neben dem Leder handelt er ja mit Pfeffer.» Die Männer kichern.

Heinrich hat die beiden Herren erblickt und bittet sie herein, er stellt sie als Niklaus Mösching und Ulrich Oeyer vor, zwei weitere Zeugen des Geschäfts. Der Ratsschreiber stürmt atemlos die Treppe herauf mit einer Pergamentrolle, Feder und Tintenfass unter dem Arm, er hat sich verspätet und bittet um Nachsehen, was ihm die Herren, die ihn oft genug auf Trab halten, gerne gewähren. Alle setzen sich um den Tisch. Heinrich bedeutet Anna, die Tür zu schließen – die Bewirtung ist erst vorgesehen, wenn das Geschäft unter Dach und Fach ist.

Die Küche ist voller Rauch, das Huhn bereits fertig gegart. Hemma steht am dampfenden Kessel, ihr Gesicht unter der weißen Haube ist gerötet. Sie hat die Fische ausgelegt, schuppt den letzten ab, schneidet ihn auf, nimmt ihn aus und legt ihn mit den anderen in den würzigen Sud. Grit ist heraufgekommen, schaut anerkennend zu, wischt die Schuppen weg und schüttet das Schmutzwasser in den Hof. «Ich hole

Wasser beim Predigerbrunnen», sagt sie und zieht mit zwei Eimern ab.

Anna ist froh, einen Moment mit Hemma allein zu sein. Bisher hat sie kaum ein Wort mit ihr gewechselt. Die Tante putzt Gemüse, Anna hilft ihr. «Wenn Grit zurück ist, soll sie die einfachen Arbeiten übernehmen. Sie ist gewohnt, hier den Haushalt zu führen.»

«Ach so», sagt Hemma und fährt sich mit dem Handrücken über die Stirn. Ihr Gesicht ist auf einmal bleich, Anna sieht Schweiß auf ihrer Stirn.

«Was ist mit dir?», fragt sie erschrocken und schiebt ihr das Dreibein hin.

«Nichts.» Hemma setzt sich. «Nur fühle ich mich in der letzten Zeit manchmal plötzlich schwach. Ich werde alt.»

«Du darfst nicht alt werden, ich brauche dich!»

Hemma lacht. «Du brauchst mich nicht mehr. Du bist Heinrich Seilers Frau. Es geht dir gut – dieses Haus ist noch besser ausgestattet als jenes deines Vaters.» Ihr Blick gleitet über Annas Gestalt. «Bist du etwa in anderen Umständen – brauchst du mich deshalb?»

Anna errötet. «Nein, vor einer Woche habe ich geblutet.»

«Auch wenn du ein Kind erwartet hättest, wäre ich dir nicht von Nutzen gewesen», sagt Hemma. «Dieses Haus ist mir üblicherweise untersagt. Als alte Jungfer weiß ich zudem nichts vom Kindbett. Deiner Mutter konnte ich nicht helfen.»

«Der Herrgott wollte sie zu sich nehmen. Das ist nicht deine Schuld, Hemma. Auch meine nicht, hast du mir immer gesagt.»

«Das ist richtig.» Hemma erhebt sich. Seite an Seite füllen sie die gekauften Leckerbissen in kleine Schalen: Rosinen und Mandeln, Feigen und Datteln.

Die Schwere ist von ihnen abgefallen, es ist alles wie früher. Sie plaudern über dieses und jenes, lachen zusammen, necken sich. Anna wird erst jetzt bewusst, wie sehr sie ihre Hemma-Mutter – so nennt sie die Tante manchmal für sich – vermisst hat.

Die beiden achten nicht auf Grit, die mit vollen Wassereimern die Küche betritt. «Ich musste anstehen – so viele wollten Wasser schöpfen bei den Predigern.» Sie schaut Hemma und Anna von der Seite an. «Ihr ähnelt euch sehr, seht aus wie Mutter und Tochter.»

Hemma runzelt die Stirn, die Leichtigkeit fällt von ihr ab. «Wir sind Tante und Nichte – nicht mehr, nicht weniger.» Sie hebt den Deckel über den Fischen, probiert, würzt nach.

Die Männerstimmen in der Stube werden lauter. «Ich glaube, der Abschluss des Geschäftes naht», meint Hemma. Dampf aus den Töpfen wabert um die Frauen, sie horchen angestrengt.

Anna hält das mit Wasser gefüllte Aquamanile bereit und betritt sofort die Stube, als Heinrich ruft.

«Da», sagt er, «meine Frau bringt Tranksame. Weil Fastenzeit ist, stoßen wir mit Wasser an.»

Die Männer mustern das Aquamanile mit dem Tierkörper und Männerkopf, mehr aber noch die junge Frau im eng anliegenden, roten Kleid, die ihre Becher füllt. Es ist ungewohnt, dass Heinrich auf einmal eine junge Frau an seiner Seite hat. Grit stellt die Schalen mit Leckerbissen auf den Tisch. Die Männer heben die Becher. «Auf Gut Seeholz!», sagt Annas Vater Peter ab Berg.

«Auf unseren Gastgeber und seine Ehefrau! Alles in diesem Haus ist kostbar!», wirft Cauwersi in die Runde.

«Dieses Geschäft ist für mich kostbar, und so soll auch die Bewirtung sein.» Heinrich weist auf das Pergament mit den drei frischen, roten Siegeln, das der Schreiber gerade zusammenrollt. «Heinrich und Johannes von Strättligen und unser Schultheiß Johann von Bubenberg haben den Handel mit ihrem Siegel bezeugt, die übrigen Anwesenden sind unsere Zeugen. Ich danke Euch.»

Sie stoßen an, die Stimmung steigt, nur die Gesichter des Verkäufers Heinrich von Strättligen und seines Vaters sind ernst.

Die vier Herren von Strättligen brechen mit dem Hinweis auf die lange Rückreise nach Spiez noch vor der Hauptmahlzeit auf. Schultheiß Johann von Bubenberg erhebt sich ebenfalls, weil die Geschäfte rufen, der Schreiber schließt sich ihm an. Die anderen Herren bleiben.

Als die Platten mit Huhn, Fisch, Reis und Gemüse auf dem Tisch stehen, befiehlt Heinrich, nun doch Wein auszuschenken. «Unser Kleriker, der Kirchherr aus Spiez, ist fort. Ein Becher Wein darf wohl sein.»

Bei dem einen Becher bleibt es nicht. Anna fällt auf, dass sich nur der ältere Ratsherr Philipp von Kien zurückhält. Ihr Vater, Heinrich, Werner Cauwersi und die Herren Moesching und Oeyer halten im Gelage mit. Noch und noch muss sie aus dem Krug Wein nachschenken, und wenn sie das tut und Heinrich nicht hinschaut, beugen sich die beiden Herren, die über die Kaufleute schimpften, nah zu ihr. Als sie zum Nachfüllen des Krugs die Stube verlässt, holt sie ein Tuch in der Kammer und bedeckt ihren Ausschnitt.

«Oh, wie schade», flüstert Moesching, als sie ihm nachschenkt. Anna weist Grit an, die Herren Moesching und Oeyer zu bedienen. Vor der Magd haben sie noch weniger Respekt, der angetrunkene Oeyer nestelt an ihrer Schürze.

Heinrich wird es zu bunt. Er erhebt sich, dankt noch einmal allen und hebt die Runde auf. Ihr Vater verabschiedet sich rasch. Freiherr von Kien bedankt sich bei Anna, Werner Cauwersi küsst ihr die Hand. Die Herren Moesching und

Oeyer katzbuckeln vor Heinrich und schieben sich wortlos an ihr vorbei. Auf der Treppe tuscheln sie, noch einmal fällt das Wort Geldsäcke.

Ihr seid vielleicht keine Geldsäcke, setzt euch aber noch so gern an ihre Tische, denkt sie. Nie würde sie diesen Gedanken aussprechen.

Sie will sich bei Hemma bedanken, findet in der Küche aber nur Grit. «Eure Tante ist schon fort», sagt diese. Enttäuscht trocknet Anna mit einem Tuch die Schalen und Platten, die Grit reinigt und spült.

Heinrich betritt die Küche, sein Gesicht glänzt von Schweiß. «Das war ein erfolgreicher Nachmittag – ihr habt dazu beigetragen.» Er lässt eine Münze in Grits Schürzentasche gleiten. Dann tritt er hinter Anna. Er legt etwas Kühles um ihren Hals, sie bedankt sich, geht rasch in die Kammer. Der kleine Spiegel zeigt eine Kette mit roten, in Gold gefassten Steinen, die das Rot des Kleides aufnehmen.

10

Bern, Juni 1331

Ein durchdringendes Geräusch zerreißt ihren Traum, Anna schreckt auf: Der Hahn hat gekräht. Es ist Zeit aufzustehen. Im blauen Licht der Dämmerung kleidet sie sich an. Mit dem Nachtgeschirr in der Hand geht sie in den Hof, leert das Geschirr in den Ehgraben, der zwischen ihrem und dem Nachbargrundstück fließt. Sie spürt das feuchte Gras an ihren Knöcheln unter dem bodenlangen Kleid, als sie durch den Hof zurückgeht. Der Hahn schwellt seine Brust und kräht noch einmal, die Hühner ruckeln mit dem Kopf und scharen sich um ihn.

Grit ist bereits in der Küche am Werken. Anna hört, wie sie die Glut zusammenkratzt und hineinbläst, dann rumpeln die Kochtöpfe. Sie geht an der Küche vorbei in ihre Kammer. Anna mag es, in der Morgenfrühe noch eine Weile für sich zu sein. Sie setzt sich auf das Dreibein, teilt die Haare mit dem Kamm und beginnt zu flechten. Schritte sind zu hören – Heinrich geht an der Kammer vorbei. Sie flicht schneller, wickelt die Zöpfe um ihren Kopf, steckt sie fest.

In der Stube trifft sie Heinrich an, er ist über sein Rechnungsbuch gebeugt. Er erwidert ihren Morgengruß, schreibt weiter in sein Buch. Sie tritt hinter ihn, schaut über seine Schulter. Unwillkürlich beginnt sie zu buchstabieren und Zahlen zu entziffern: «90 Pfund für die Schafherde, 50 Pfund für das Leder, je 30 Pfund an Peter ab Berg und Stefan Gutweri für das Geschäft mit …» Sie hat die Worte und Zahlen leise gesprochen.

Heinrich dreht sich um und starrt sie an. «Du kannst lesen?»

«Vater ließ mir Stunden geben durch Conrad – Bruder Conrad, der jetzt bei den Franziskanern ist.»

«Ach, dieser Peter ab Berg. Lässt seine Tochter in unnützen Dingen unterrichten. Wollte er dich ins Kloster geben?» Heinrich wendet sich wieder dem Rechnungsbuch zu. «Zahlen lesen – das mag ja noch angehen für eine Frau, die den Haushalt führt. Alles andere ist unnütz.»

Sie wagt nicht, Fragen zu den Geschäften und Zahlen zu stellen, die sie entziffert hat. Sie nimmt das Aquamanile, füllt aus dem Kessel frisches Trinkwasser ein und gießt ihm einen Becher voll.

Grit bringt eine Schüssel mit Mus und zwei Löffel herein, Heinrich und Anna sitzen sich gegenüber. Sie schaut ihn an. Er scheint nicht verstimmt wegen ihrer Lesekünste, die sie ihm bis jetzt verborgen hat. Breit sitzt er da, über sein Essen gebeugt, ein stattlicher Mann. Ihr Mann. Heinrich ist ihr nicht mehr fremd, sie staunt nicht mehr darüber, dass sie verheiratet ist und einen Mann hat. Sie darf an seinem Leben teilnehmen, hat sich an ihn gewöhnt. Er achtet sie, obwohl er viel älter ist und viel mehr weiß. Er ist ihr vertraut in seinen Gewohnheiten, seinem Wesen, seiner Art.

In der vergangenen Nacht stützte sie sich im Bett auf und fuhr mit den Fingern durch sein Barthaar, als er sich zu ihr gelegt hatte. Er war überrascht, ließ es sich aber gefallen, strich ihr ebenfalls übers Haar, das wie ein Vorhang vor ihr Gesicht fiel. Sie wird rot, als sie daran denkt, was sie im Bett gemacht haben. Gern würde sie wieder ihr Haar übers Gesicht fallen lassen, damit er die Röte nicht sieht. Sie tun nichts im Bett, was nicht üblich ist bei Eheleuten. Ohne dieses Geschehen gibt es keine Kinder, weiß sie jetzt. Sie hat es aufgeschnappt von den Knechten und Mägden in der Gasse, die mit derben Worten darüber sprachen. Man muss sich nicht schämen.

Schämen muss sie sich eher, weil noch immer kein Kind in ihr wächst. Manchmal weist sie ihn ab, weil sie blutet. Eine Frau ist in diesen Tagen unrein, hat sie gelernt. Sein Gesicht verschließt sich, wenn sie es mitteilt. Ist er enttäuscht, weil er sich nicht zu ihr legen kann? Oder ist es vielmehr die Enttäuschung, dass sie noch immer blutet und ohne Kind ist?

Manchmal gibt es Flecken vom Blut. Einmal hat Grit sie überrascht, als sie einen Blutfleck auf dem Unterkleid mit warmem Wasser auswaschen wollte.

«Kein warmes Wasser!» Grit hat ihr das Kleid aus der Hand genommen, kaltes Wasser in den Eimer gefüllt, vom kostbaren Salz hineingegeben und das Kleid eingelegt. «So gehen die Flecken weg.» Sie hat Anna gemustert. «Das Blut wird kommen, bis Ihr ein Kind erwartet.»

Jetzt hofft sie immer, dass das Blut nicht kommt. Bis jetzt hat sie aber jeden Monat dieses Ziehen im Leib verspürt, welches das Blut ankündet.

Sie ist sich sicher, dass Heinrich auf ein Kind hofft. Dafür nimmt man sich eine Frau. Im Bett mustert er ihren Körper, fährt mit der Hand über ihren Bauch. Vielleicht prüft er, ob sich eine Rundung abzeichnet? Ihr ist nicht klar, was sie noch tun kann. Sie gibt sich ihrem Mann hin. Sie schleicht oft in die Predigerkirche, wirft sich auf die Knie vor dem Marienaltar, berührt mit ihrer Stirn den Boden. Sie betet zur Jungfrau Maria, bittet die Gottesmutter, die das Jesuskind geboren hat, um ein Kind. Bis jetzt wurde sie nicht erhört. Sie wird weiter demütig darum bitten. Gebete zur Gottesmutter, Almosen spenden, Gutes tun. Mehr ist nicht möglich. Gott hat es in der Hand.

Heinrich hat das Mus ausgelöffelt, greift nach dem Becher, blickt sie mit seinen klaren blauen Augen an. «Du kannst mich heute Morgen ins Niedere Spital begleiten. Sie kennen dort die Frau des Spitalvogts noch nicht.»

«Gern.» Sie freut sich, das Spital zu besuchen. Bis jetzt hat immer Grit ihn begleitet – sie nimmt meist Speisen aus der Küche mit. Spitalvogt ist ein wichtiges Amt, es wird durch den Rat der Stadt Bern vergeben. Heinrich war ein paar Jahre Spitalmeister, jetzt wurde er zum Vogt ernannt, er hat die Aufsicht über das Spital.

Er steht auf, gürtet das Schwert um und nickt ihr zu. Sie bindet die Haube, folgt ihm die Treppe hinunter, und er zieht sogleich los. Bis jetzt ist sie kaum je mit ihrem Mann durch die Stadt gegangen. Heinrich ist großgewachsen und breiter als ihr Vater, er macht noch größere Schritte. Den Badergraben überqueren sie auf der kleinen Brücke der Prediger und zweigen ab in die Hormansgasse. Es klopft und hämmert in den Werkstätten, Wagen rattern durch die Gasse, Vieh brüllt in der Nähe. Dann ein Wohlklang: Einer bläst die Schalmei, er tanzt in einer Art Narrengewand auf der Gasse herum. Heinrich schüttelt den Kopf, wirft dem närrischen Burschen aber eine Münze in den Hut, die dieser mit einer übertriebenen Verbeugung verdankt. Rasch nähern sie sich dem unteren Ende der Gasse und stehen dort, wo Hormans- und Marktgasse zusammentreffen, vor dem Niederen Spital, das über den Stadtgraben gebaut ist.

«Komm!», sagt er und führt sie am Niederen Spital vorbei und um den Nydegghügel herum. Beim inneren Untertor grüßt er die Wächter und dann zwei Ritter, die ihnen über die Brücke entgegentraben. Über der Aare bleibt er stehen. Das grüne Wasser fließt ruhig dahin. Beim Tränketor, beobachtet Anna, werden Schafe verladen. Heinrich weist auf das Ländtetor, wo etliche Kähne vertäut sind. «Dort lasse ich meine Waren verladen. Bald ist es so weit – meine Handelsreise wird mich nach Straßburg führen.»

Sie hat nichts gewusst von dieser Reise. Er dreht sich um und schaut wieder flussabwärts. Sein Ausdruck zeigt ihr, dass er sich freut, sich bald auf dem Fluss in die Ferne tragen zu lassen.

Sie denkt an die Reise nach Zurzach – fast zwei Jahre ist es her. Der Vater und sie hatten sich ebenfalls beim Ländtetor eingeschifft. «Ich war einmal mit Vater am Jahrmarkt in Zurzach.»

«Ich weiß – meine junge Frau ist weit gereist. Aus Zurzach stammt das rote Seidenkleid, hat mir dein Vater verraten. Ein wunderbares Kleid.» Heinrich mustert sie lächelnd. «Jetzt besuchen wir das Niedere Spital. Es tut gut, frische Luft zu schöpfen, bevor man den Krankensaal betritt.»

Sie blinzelt in die Sonne, nimmt noch einmal das Grün des Flusses und das Blau des Himmels in sich auf, bevor sie ihm folgt.

Auf dem Weg zum Spital kommen sie an zwei Menschen vorbei, wie sie sie noch nie gesehen hat. Das Gesicht des Mannes ist von Knoten entstellt, rote und bräunliche Flecken überziehen seine Waden. Die Frau hat dieselben Flecken auf den Armen und statt Finger nur Stummel.

Heinrich nimmt Abstand, stellt die beiden zur Rede: «Wer hat euch am Stadttor eingelassen? Ihr könnt nicht ins Niedere Spital. Aussätzige kommen ins Siechenhaus, das außerhalb der Stadtmauern liegt.»

Der Mann will entgegenhalten, sein knotiges Gesicht verzieht sich: «Aber …»

«Kein Aber», schreit Heinrich. «Aussätzige gehören nicht hierher. Ich bin der Vogt dieses Spitals. Ihr würdet unsere Kranken anstecken – vielleicht ganz Bern. Verlasst die Stadt sofort.» Er ruft den Torwächtern zu, und diese kommen heran mit ihren Lanzen, treiben das aussätzige Paar vor sich her und über die Untertorbrücke hinaus aus der Stadt.

Heinrich schüttelt den Kopf. «Das fehlt uns noch – Leute mit der Lazarus-Krankheit in unserem Spital.»

Anna kann das Bild nicht wegwischen, das Bild vom Mann und der Frau mit der Lazarus-Krankheit, wie sie über die Brücke humpeln und von den Wächtern weggetrieben werden.

Die Luft im Saal ist abgestanden. Der Blick auf die Kranken bereitet ihr keine Mühe. Sie liegen in Reihen im Saal, auf der einen Seite die Männer, auf der anderen die Frauen. Fast alle Betten sind doppelt belegt. Eine Schwester in weißem Gewand mit weißem Schleier hat ihnen geöffnet und führt den Herrn Spitalvogt und seine Frau herum. Es ist die Vorsteherin, sie erteilt den andern Schwestern Anweisungen.

Die Kranken sehen ordentlich aus, liegen wie üblich nackt in ihren Betten, zugedeckt, sie tragen eine Nachthaube. Einige wirken abgezehrt, was aber wohl durch ihre Krankheit bedingt ist. Die Schwestern löffeln ihnen Mus ein, reichen Becher mit Wasser, waschen und versorgen sie. Es ist ruhig im Saal. Da – plötzlich ein Schrei, ein lang gezogenes Heulen.

«Eine junge Gebärende», erklärt die Vorsteherin, «sie stand heute Morgen vor unserer Tür, das Kind wird bald da sein. Die Hebamme ist bei ihr.»

Röte schießt in Annas Gesicht. Der Schrei, das Heulen. Würde auch sie von Schmerz getrieben sein bei der Geburt eines Kindes? Sie möchte nicht, dass jemand ihre Schreie hört. Eine arme Frau ist froh, in einem öffentlichen Spital zu gebären und nicht auf einer Kellertreppe unter dem Spott der Umstehenden.

«Wir nehmen Bedürftige auf, soweit wir Platz haben», erklärt Heinrich. «Dazu gehören immer wieder Kindbetterinnen, die auf der Straße leben. Manchmal handelt es sich um leichte Mädchen, es gibt aber auch Frauen, die ohne Verschulden in Not geraten. Es ist nicht an uns, zu richten, das Niedere Spital ist ein Ort der Barmherzigkeit.»

«So ist es», bestätigt die Vorsteherin. «Was ihr getan habt einem unter diesen meinen geringsten Brüdern, das habt ihr mir getan.» Sie bekreuzigt sich.

Heinrich nickt. «Die Schwestern sorgen sich auch um das geistliche Wohl der Kranken, sie beten mit ihnen, singen manchmal gemeinsam ein Lied. Priester Baselwind von der Leutkirche hält Andachten und verabreicht die Letzte Ölung. Die Schwestern sind Beginen von der Junkerngasse, sie sind ihm und dem Deutschordenshaus unterstellt.»

«Unsere jüngste Schwester wird Euch zu den Betten der Kranken führen», sagt die Vorsteherin zu Anna. «Ich werde dem Herrn Spitalmeister unser Buch vorlegen, damit er Einnahmen und Ausgaben prüfen und Eintragungen vornehmen kann.» Sie winkt einer kleinen Schwester, die flink herbeikommt. «Schwester Elsa hat sich uns eben erst angeschlossen, weiß aber schon gut Bescheid.»

Schwester Elsa beäugt Anna kurz und führt sie den Betten der Frauen entlang. «Das ist Peretta – sie hat ein Frauenleiden. Neben ihr liegt Elisabeth, bei ihr sind die schwarze und gelbe Galle nicht im Gleichgewicht.» Die Frau nickt Anna zu, sie hat ein gelbliches Gesicht. «Die Schuhmachersfrau Ita hier hat eine offene Wunde, die wir versorgen. Ihre Bettnachbarin Ursula wurde von Nachbarn bei uns eingeliefert.» Die Frau hat blaue Flecken im Gesicht und auf den Armen. Ist es ihr Mann, der sie schlägt? Elsa stellt weitere Frauen vor, erzählt von deren Leiden. Im letzten Bett liegt nur eine Frau, sie hat ein Neugeborenes neben sich, dessen Körper wie üblich in ein Tuch eingeschlagen und mit Bändern umwunden ist. «Das ist Christina mit ihrem Neugeborenen. Alle Frauen können bei uns bleiben, bis es ihnen besser geht», schließt Elsa.

Anna setzt sich ans Bett der Wöchnerin. Bevor sie etwas sagen kann, ächzt, stöhnt, schreit die Gebärende noch einmal, dann hört man ein Kind weinen. Christina lächelt, drückt ihr Kind an sich. Dann streckt sie es Anna entgegen, die es an sich nimmt. Es fühlt sich so natürlich an, so gut, dieses winzige Kind in ihrem Arm, dass ihr plötzlich Tränen übers Gesicht laufen.

Die Wöchnerin erschrickt: «Stimmt etwas nicht mit meinem Kind?»

«Alles ist gut, es ist ein wunderbares Kind», sie wischt sich die Tränen ab.

In diesem Moment tritt Heinrich in den Krankensaal, er erblickt Anna mit dem Kind auf dem Arm und bleibt wie angewurzelt stehen.

Sie gibt das Kind zurück, geht zu Heinrich. «Ich muss an die frische Luft», sagt sie.

Er nickt verständnisvoll. Sie verabschieden sich von den Schwestern und Kranken. Als sie nach draußen treten, scheint es Anna, dass das Tor zu einer anderen Welt aufgeht – einer Welt des Lärms mit dem schrillen Ton eines Horns, Hufgeklapper, dem Wiehern eines Pferdes, dem Hämmern eines Schmieds. Es ist ihr zu laut. Wie gut, dass es das gibt: die sorgfältige Pflege der Kranken durch die Schwestern, ihr Herumhuschen, die Ruhe im Saal.

Sie geht an Heinrichs Seite durch die Marktgasse, fragt ihn nach der Auswahl der Kranken, nach den Finanzen.

«Der Spitalmeister entscheidet, wer aufgenommen wird. Manchmal weist uns auch Priester Baselwind Leute zu. Man gibt sein Geld ab beim Eintritt ins Spital. Wenn man wieder gesund wird, kostet die Pflege nichts, man erhält das Geld zurück. Das Geld jener, die sterben, fällt ans Spital. Wir erhalten zudem viele Spenden und Stiftungen. Darum können wir auch Arme aufnehmen, die kein Geld haben. Wenn ein Bader oder ein Wundarzt gerufen wird, bezahlen wir ihn. Oft genügt die Pflege der Schwestern. Das Spital ist ein Werk für die Armen. Die Wohlhabenden spenden, und das wird ihnen im Himmel entgolten.»

Anna sinnt über seine Worte und die Ordnung des Lebens nach. Es gibt arme und reiche Leute. Viele sind nicht schuld an ihrer Armut – sie werden in die Armut geboren oder verlieren alles durch unglückliche Umstände. Bei den Bettelmönchen ist die Armut eine freie Wahl. Gott hat das Leben so geordnet, dass die Reichen für die Armen spenden. Wenn es genug Spitäler gibt, können die Armen auch bei Krankheit ein würdiges Leben führen. Selbst für die Aussätzigen gibt es eine Art Spital, hat sie vorhin gehört. Das Siechenhaus befindet sich außerhalb der Mauern, um die Leute der Stadt nicht zu gefährden.

Sie ist immer noch in Gedanken, als sie über die Kreuzgasse gehen, die sich hier zum Platz weitet. Einen Blick nur wirft sie in die Kreuzgasse – und sieht eine Gestalt aus dem Haus treten, die ihr bekannt vorkommt. Ein Mönch ist es, ein großgewachsener Franziskanermönch in braunem Habit, gebogene, lange Nase – Conrad! Schon lange hat sie ihn nicht mehr gesehen, er schien wie von den Klostermauern verschluckt. Was hat ihn ins Haus ihres Vaters gebracht? Es gibt dort keine Tochter mehr, die er unterrichtet. Als Mönch erteilt er einen solchen Unterricht auch nicht – sicher nicht an ein Mädchen, eine junge Frau. Ist er in seelsorgerlichen Belangen gekommen? Warum?

Sie weist Heinrich auf Conrad hin, beschleunigt den Schritt, tritt vor ihn hin. «Conrad, sei gegrüßt! Wohin des Wegs – hast du meinen Vater besucht?»

Conrad schaut von ihr zu Heinrich Seiler, er scheint von der Heirat zu wissen, begrüßt beide. «Dein Vater hat mich geschickt, um seiner Schwester geistlichen Beistand zu leisten. Priester Baselwind hat nicht immer Zeit, nach allen Leuten seiner Gemeinde zu sehen. Hemma kannte mich von unseren Stunden, sie hat nach mir gefragt.»

Anna versteht nicht. «Warum braucht Hemma geistlichen Beistand – sie besucht doch fast jeden Tag die Messe?»

«Sie konnte den Gottesdienst schon einen Monat nicht mehr besuchen. Sie ist krank, liegt im Bett.»

«Ich ... ich ...wusste nichts davon. Das kann nicht sein! Der Vater hat mich nicht von Tante Hemmas Krankheit unterrichtet!»

«Hemma selbst wollte nicht, dass man dich damit behelligt.»

«Ich will zu ihr.» Anna ist aufgelöst, wieder schießen ihr Tränen in die Augen. «Heinrich, bitte lass mich Hemma besuchen.»

Heinrich willigt ein, er verabschiedet sich, da er noch Geschäfte zu erledigen hat.

Sie bittet Conrad, gemeinsam zur Kranken zu gehen – Hemma brauche Unterstützung, jemanden an ihrer Seite. Aber auch sie selbst braucht Unterstützung, merkt sie. Hemma schwer krank – das kann nicht sein. Hemma war immer da, wird immer da sein – etwas anderes kann sich Anna nicht vorstellen.

«Ich war längere Zeit bei ihr. Nun warten meine Aufgaben im Konvent, ich muss gehen.»

Erst jetzt nimmt sie sein Äußeres richtig wahr. Conrad – ein Mönch in der braunen Kutte der Franziskaner – trägt eine Tonsur, sein Haar ist zu einem Kranz geschoren, die kahle Stelle bedeckt. Er schaut sie nicht an, weil ein Mönch einer jungen Frau nicht nahe kommt. Conrad ist dem Kloster verpflichtet und nicht ihr.

«Stina, die neue Magd, die dein Vater angestellt hat, ist bei ihr.» Er nickt aufmunternd, bevor er sich umdreht und geht.

Einen Moment ist sie wie erstarrt. Dann öffnet sie die Haustür und geht die Treppe hinauf. Alles sieht gleich aus – die Treppe, die Stube, die Küche. Aber Hemma steht nicht hinter den Töpfen, wie es Anna gewöhnt ist.

Sie findet sie in der Kammer, die sie bis vor zwei Jahren geteilt haben. Hemma liegt im Bett, bewegungslos, nur ihre Augen wandern flink zur Besucherin, durch ihre Finger gleitet das Paternoster. Ist da nicht ein Funken Freude?

«Anna – du? Ich bat deinen Vater, dich nicht zu benachrichtigen. Du bist verheiratet und hast jetzt andere Aufgaben, als Zeit am Bett deiner Tante zu verbringen.»

Sie kniet an Hemmas Bett nieder, schickt die junge Magd, die Hemma Mus eingegeben hat, in die Küche. «Du bist zu eigenwillig, Tante», tadelt sie. «Ich bin verheiratet, ja, aber ich lebe noch immer in Bern, nur etwas weiter oben in der Stadt. Ich muss wissen, wenn du krank bist. Was ist mit dir?» Noch nie hat die Tante tagsüber im Bett gelegen.

«Das kommt schon wieder. Im Bett bin ich erst seit ein paar Tagen. Vorher bin ich nicht so faul herumgelegen, habe immer noch deinem Vater das Essen zubereitet. Ich hatte aber nicht mehr die Kraft, auf den Markt zu gehen. So weit ist es mit mir gekommen – Stina besorgt die Einkäufe nach meinen Anweisungen. Am leiblichen Wohl hat es nicht gefehlt, der Haushalt deines Vaters ist gut besorgt, heute ist er für Geschäfte in Thun. Das Geistige hat mir gefehlt ohne die Messen in der Leutkirche. Auch ohne dich bin ich immer hingegangen in den letzten eineinhalb Jahren. Ich bin froh, dass Conrad da war, ich spreche gern mit deinem ehemaligen Lehrer, er war ein kluger junger Mann und ist jetzt ein belesener, kluger Mönch, der für alles eine Antwort hat.»

«Was kann ich für dich tun?» Anna mustert das Gesicht der Tante. Es ist gelblich wie jenes der kranken Frau im Niederen Spital. «War der Bader da oder der Wundarzt?»

«Ich habe keine Wunde, den Wundarzt brauche ich nicht. Trotzdem hat mir dein Vater einen Medicus geschickt, er hat mein Wasser angeschaut, darin etwas Blut festgestellt und mich zur Ader gelassen. Mehr gibt es nicht zu tun. Du kannst mir nicht helfen, Anna. Ich bin alt, schon über vierzig. Es liegt in Gottes Hand. Entweder bin ich bald wieder auf den Beinen oder ich folge deiner Mutter ins Jenseits. So lange ist Verena schon dort. Es geht ihr gut in diesen Gefilden, ich spüre es. Vielleicht ist das auch mein Weg.»

«Aber doch nicht vorzeitig, Tante – du sollst noch bei uns bleiben», Anna drückt ihr die Hand.

«Mach dir keine Sorgen, es kommt, wie es kommen soll, ich bin zu allem bereit. Stina ist hier, sie wird tun, was ich ihr auftrage, wird Conrad holen lassen, wenn ich das möchte. Komm her, Stina!», ruft sie. Die Magd erscheint in der Tür, ihre Schürze ist fleckig, sie müsste sie auswechseln, wahrscheinlich sieht Hemma nicht mehr gut. «Bestätige meiner Nichte, dass du mir und ihrem Vater eine gute Magd bist.»

Stinas Augen wandern unsicher zwischen Hemma und Anna hin und her. Unbeholfen versichert sie: «Ich tue alles, was man mich tun heißt.» Sie wischt die Hände an der Schürze ab und kehrt in die Küche zurück.

«Siehst du – es ist alles in Ordnung.» Sie schaut Anna an. Nicht Strenge ist jetzt in ihren Augen, sondern Schalk, der auch zu Hemma gehört. «Wie geht es deinem Aquamanile – brauchst du es immer noch so fleißig? Habe ich dich vielleicht verwöhnt – kannst du auch wirklich Heinrichs Haushalt angemessen führen, mit Hilfe von Grit? Bist du – obwohl jetzt Ehefrau von Heinrich – noch immer das eigensinnige Mädchen, an vielem interessiert? Stellst du deinem Mann jetzt all die Fragen, die du früher mir gestellt hast?»

Das ist die alte Hemma, so hat sie sie gekannt, so haben sie miteinander die Jahre verbracht. Anna lacht erleichtert. «So viele Fragen auf einmal, Tante. Mir scheint, dass du jetzt die Fragen stellst – nicht mehr ich. Von mir wirst du alle Antworten bekommen, wenn wir nur genug Zeit haben.»

Und sie haben Zeit, Anna beantwortet alle Fragen von Hemma und Hemma all jene von Anna. Anstelle von Stina gibt die Nichte der Tante Mus ein, Hemma isst mehrere Löffel davon. Dann winkt sie ab: «Genug jetzt. Ich bin kein Kind, das man füttern muss.» Die Augen fallen ihr zu, sie besteht darauf, dass Anna in ihr Haus zurückkehrt, um nach ihrem eigenen Haushalt zu sehen. Anna drückt Hemmas Hände, bittet sie, nicht nur nach Conrad zu schicken, sondern auch nach ihr selbst, falls sich ihr Zustand verschlechtern würde. Hemma folgt Anna mit den Augen, als sie aus der Kammer geht, sie winken einander zu.

Anna geht die Treppe hinunter, sie überlegt fieberhaft. Die Tante hat vielleicht das gleiche Leiden wie die Frau mit der gelblichen Gesichtsfarbe im Niederen Spital. Sie wird gleich morgen dort noch einmal vorbeigehen und fragen, wie die Frau behandelt wird. Und zuerst, gleich jetzt, wird sie in der Predigerkirche für Hemma beten. Nicht für ein Kind wird sie die Muttergottes diesmal bitten, sondern für die Gesundheit ihrer Tantenmutter.

Sie ist in Gedanken versunken und verfehlt die letzte Stufe, strauchelt und stürzt fast, obwohl sie doch diese Treppe so viele Male in ihrem Leben benutzt hat, sie ist sie hinauf- und hinuntergegangen, ist sie hochgesprungen oder hat bedächtig Fuß für Fuß gesetzt auf einer Stufe und der nächsten, als Kleinkind ist sie wohl die Treppe auf allen vieren hochgekrabbelt und auch einmal eine Stufe hinuntergefallen. Immer hat die Tante ein Auge auf sie gehalten. Sie reibt sich das Bein, es ist nichts passiert.

In diesem Moment klopft es, und Grit steht in der Tür: «Der Meister hat mich geschickt, um Euch zu holen. Wir sollen die Bewirtung eines Gastes vorbereiten.»

Anna nickt. Seite an Seite geht sie mit Grit durch die Stadt, sieht aber für einmal nichts, hört nichts, ein eherner Geschmack ist auf ihrer Zunge, wie ihn Hemma geschildert hat, als sie ihr das Mus eingab. Sie kann jetzt nicht beten gehen, muss zusammen mit Grit Heinrichs Gast bewirten. Später wird sie beten gehen, wenn sie nur irgend Zeit finden kann. Eine Frau geht nicht allein aus dem Haus, in die Predigerkirche hinüberschlüpfen kann sie aber immer, um rasch zu beten, und vielleicht kann sie sogar das Abendlob besuchen, das wäre noch besser. Über eine Andacht oder Messe ist man mit dem lieben Gott verbunden, der Priester steht dazwischen und spricht von ihm, man ist ihm ganz nah, hat eine direkte Verbindung nach oben in den Himmel.

Weil Heinrichs Treffen mit seinem Gast lange dauert und dieser schließlich auch noch zur Vespermahlzeit bleibt, findet Anna keine Zeit für Messe oder Gebet in der Predigerkirche. Umso inniger betet sie, als sie im Bett liegt. Sie ist froh, dass sich Heinrich an diesem Abend nicht zu ihr legt. Ihre Gedanken sind allein bei Hemma.

Am nächsten Morgen klopft es in der Früh, noch bevor der Hahn gekräht hat. Grit öffnet und holt Anna, die noch nicht gekämmt ist.

Es ist Stina. Ihre Augen sind verquollen, sie schnieft. «Hemma ist von uns gegangen diese Nacht», hört Anna. Sie glaubt es nicht.

Fahrig flicht sie die Haare, während sie der Magd zuhört. «Du täuschst dich, Stina», sagt sie immer wieder.

Das Schniefen hat aufgehört. «Nein», sagt Stina ernst, «es ist wahr. Ich schickte den Knecht mitten in der Nacht zu

Priester Baselwind, Hemma hat es verlangt. Sie hatte schlimme Krämpfe. Der Leutpriester ist gekommen. Unser Herr – Euer Vater – ist auch an ihrem Bett gekniet, und dann hat man noch den Franziskanermönch geholt, weil Hemma darauf bestand. Der Deutschordenspriester und der Franziskaner waren da, Euer Vater und ich. Sie wollte nicht, dass man Euch mitten in der Nacht aus dem Schlaf holt. ‹Ich habe mit Anna am Nachmittag gesprochen, es ist alles gut›, hat sie geflüstert. Es war aber nicht gut, sie würgte, hat erbrochen, wurde dann still. Der Deutschordenspriester hat ihr die Letzte Ölung gegeben, der Mönch ihre Hand gehalten. Sie hat ein letztes Mal tief ein- und ausgeatmet, dann nicht mehr.»

Anna hat die Haare hochgesteckt und einen Schleier über ihren Kopf gezogen, während sie Stina zuhörte. «Nein», sagt sie für sich, «nein, nein, nein!» Und zu Stina: «Ich komme mit dir – ich werde selbst nachsehen.»

Neben Stina geht sie durch die morgengrauen Gassen, hört weder das Singen der Amseln noch das Sirren der Schwalben, die den Tag begrüßen. Sie stürmt die Treppe hoch, stolpert nicht, betritt die Kammer.

Es ist wahr. Hemma liegt still da, ihre Hände, in denen der Rosenkranz liegt, sind gefaltet, der Rosenkranz bewegt sich nicht. Ihr Gesicht ist nicht mehr gelblich, sondern bräunlich. Sie wird die Augen nie mehr öffnen, nie mehr zu ihr sprechen, nie mehr Hemma sein.

Baselwind und Conrad sind nicht mehr da. Ihr Vater kniet am Bett, sein Gesicht ist von Gram erfüllt. Sie fällt neben ihm auf die Knie, senkt die Stirn auf Hemmas Arm. Er ist kalt.

Der Vater legt den Arm um Anna. «Wir müssen Hemma ziehen lassen, dorthin, wo deine Mutter gezogen ist.»

Sie nickt. Ihre Augen laufen über, sie kann nichts mehr sehen, seine Wärme aber tut ihr gut.

11

Bern, August 1333

Die Sommernacht ist warm; sie schwitzt, wälzt sich unruhig hin und her. Das Kind in ihr ist wie ein kleiner Ofen. Sie spürt seine Bewegungen, legt die Hände auf den geschwollenen Leib, glaubt Hände und Füße zu spüren. Wenn es nur schon da wäre, wenn sie es in die Arme schließen könnte ... Das Warten zehrt an ihr.

Anna hört Heinrichs Schritte vor ihrer Tür – er geht vorbei zu seiner Kammer. Er muss sie nicht mehr besuchen, sie ist mit Kind. Seit dem Winter schont er sie. Ihr ist es recht. So lange hat sie gewartet. Sie ist stolz auf dieses Kind – ihr Kind, sein Kind. Bald ist es so weit. Er hofft auf einen Sohn, hat es ihr gegenüber zwar nicht ausgesprochen, gegenüber Besuchern sprach er aber davon. Für ihn wünscht sie sich einen Sohn. Sie selbst kennt sich mit Mädchen besser aus – Mädchen sind leichter zu verstehen für eine Frau, denkt sie. Sie selbst wuchs mit Hemma auf, ihrer Tante.

Hemma! Manchmal erwacht sie aus einem Traum, in dem Hemma so nah ist, so lebendig. Dann aber, wenn der Traum von ihr abfällt wie tote Haut, weiß sie wieder, dass Hemma nicht mehr unter den Lebenden ist. Wie hätte sich die Tante gefreut, dass Anna mit Kind ist. Sicher hätte Heinrich zugelassen, dass Hemma ihr geholfen hätte. Sie wäre im Haus vor den Predigern ein- und ausgegangen, und der Vater wäre einverstanden gewesen. Unwillkürlich zieht Anna die Decke hoch, um sich zu schützen, sie weiß nicht, vor was. Sofort nimmt die Hitze in ihr zu, sie stößt die Decke wieder von sich.

Manchmal fühlt sie sich so allein auf der Welt. Sie flieht dann fast in die Predigerkirche, kniet nieder, dankt der Jungfrau Maria, dass sie ihren Wunsch erhört hat, betet inbrünstig, bleibt oft für eine Messe oder Andacht. Wenn sie Begleitung hat oder manchmal auch allein – sie schlingt dann eine Wulsthaube um ihren Kopf, die ihr Gesicht fast ganz verdeckt, geht sehr schnell, schaut nicht links und rechts –, sucht sie manchmal auch die Leutkirche auf. Die Leutkirche war Tante Hemmas Kirche, sie fühlt sich ihr dort nah. Wenn sie an der gleichen Stelle steht, wo sie jeweils mit Hemma stand oder kniete, fallen die Jahre in sich zusammen. Sie spürt Hemma neben sich, schaut auf das Bild der heiligen Elisabeth, die Arme speist, und auf jenes der heiligen Ursula, Märtyrerin für ihren Glauben, und auf die Jungfrauen im Boot.

Öfter hört sie nur den Gesängen der Deutschordensmönche zu und betet. Dann wieder besucht sie die Messe von Leutpriester Baselwind, ist von den Messgesängen in Bann gezogen. Sie nimmt die Bilder der Heiligen in sich auf, hört die Worte von Baselwind, riecht den Weihrauch und spürt die Gegenwart von Hemma. Manchmal werden die Worte von Baselwind zu laut, sie überdecken alles, er redet den Gläubigen in ihrer Sprache, damit es alle verstehen, ins Gewissen, droht ihnen mit dem Fegefeuer für ihre Sünden, seine Augen schießen Pfeile in Richtung der Sünder, die sie alle sind, seine Stimme donnert durch die Kirche in heiligem Zorn. Sie duckt sich, ist sich ihrer Nichtigkeit bewusst. Wenn seine Stimme mächtig wird, fällt sie aus ihren Träumen heraus, Angst fährt ihr in die Glieder, sie spürt dann Hemma nicht mehr, und wenn sie nachschaut, ist der Platz neben ihr leer.

Wenn sie allein neben wenigen anderen Gläubigen in der Leutkirche betet, nimmt die Kirche sie und ihr Kind wie eine Mutter in sich auf. Die Figuren auf den Bildern der Heiligen beginnen sich zu bewegen, sie beobachtet gebannt, wie sie ihr Leben in Gottesfurcht gelebt haben, wie sie sich ganz dem Dienst an den Kranken und Armen und dem Glauben hingaben. Hemma ist dann die ganze Zeit neben ihr, sie muss nicht nach ihr sehen. Die Tante ist mit ihr und die Heiligen begleiten sie, auch wenn sie die Kirche verlässt und schnell nach Hause geht, ihr Gesicht ganz klein unter der wulstigen Haube.

Anna ist nicht allein, sie wird zurechtkommen, auch mit Kind. Grit ist da. Die Magd hat sich verändert, seit Anna schwanger ist. Als sie im Winter immer von neuem brechen musste, stand Grit oft hinter ihr, hielt ihr die Schultern und hatte ein Tuch bereit, damit sie sich den Mund abwischen konnte. Sie reichte ihr Wasser aus dem Aquamanile. Grit ist überall, sie hilft aus, wo sie nur kann. Sie ersetzt Anna, begleitet Heinrich wie früher bei seinen Besuchen im Niederen Spital. Anna solle sich vom Spital fernhalten, sie könne sich mit Krankheiten anstecken, die für das Kind gefährlich seien, meinte sie, und Heinrich pflichtete ihr bei. Grit berät sie in vielem, kann aber niemals Hemma ersetzen.

Wenn nur das Kind schon da wäre – dann wäre alles leichter, einfacher. Grit hat eine Hebamme geholt, diese hat an Annas Bauch herumgedrückt und meinte, die Geburt sei nicht mehr fern.

Das Ankleiden ist mühsam jetzt mit dem großen Bauch, sie schafft es aber allein. Jeden Morgen staunt sie über ihren Körper, der sich unter der Brust gewaltig hervorwölbt, wenn sie sich auf den Bettrand setzt. Ihr Kind hat sich ein Haus geschaffen in ihrem Bauch, es sitzt dort drin und wartet auf seine Ankunft auf der Erde. Wie soll es herausfinden aus ihr? Alle Kinder finden diesen Weg, hat die Hebamme gesagt, die Kinder suchen ihn kopfvoran, die Mütter helfen, sie pressen und schieben das Kind heraus.

Kann sie das? Alle Mütter können das, meinte die Hebamme. Sie ist stolz, dass sie diesem Kind, einem neuen Menschen, Raum geben konnte. Es hat ihn genutzt. Sie hat es genährt, trägt es mit sich herum, eine immer schwerer werdende Last. Es wird ihr aber nie zu viel, es ist Heinrichs Kind, ihr Kind, das in ihr heranwächst, Gott oder die heilige Maria hat es zu ihnen geschickt. Sie stemmt sich vom Bettrand hoch, greift nach dem Unterkleid und zieht es über ihren unförmigen Körper, lässt das Überkleid, den Surkot, lose darüber fallen.

Sie hört das Singen schon in der Kammer, und als sie die Tür öffnet, klingt es silberhell in ihren Ohren. Es ist Grit, sie hantiert mit den Töpfen und singt dazu. Früher sang sie einzelne Lieder – Lieder von Wolken, Blumen, von der Liebe. Seit diesem Frühjahr singt sie wie ein Vogel in der Früh. Manchmal, wenn Anna im März die Augen aufschlug, hörte sie das Trillern und Tirillieren der Vögel vor dem Fenster, und Grits helle Stimme wand sich wie ein Band durch die Vogelstimmen. Grit ist ein bisschen voller geworden in diesem Jahr, ihr Gesicht runder, die Arme weicher. «Ich bin jetzt über dreißig, werde alt und fett», hat sie gesagt, als Anna sie darauf angesprochen hat.

Grit verstummt, als sie die Herrin wahrnimmt, gibt ihr ein Schüsselchen mit Mus, das Anna in der Stube allein einnimmt – Heinrich ist bereits aus dem Haus. Sie bringt das leere Schüsselchen zurück. «Grit, begleite mich in die Leutkirche – anschließend kaufen wir ein.» Grit trocknet sich die Hände, nimmt den Korb.

In der oberen Marktgasse kommen ihnen Bauern entgegen, die ihre Ware in Bündeln an Stecken über der Schulter tragen, andere wanken mit schweren Hutten auf dem Rücken durch die Gasse. Die Stände sind schon aufgestellt, Eier, Äpfel, Birnen, Erbsen und Bohnen werden ausgelegt, Hühner gackern in Körben, die Füße zusammengebunden. Als sie über die Brücke beim großen Turm gehen, schlägt ihnen der

Gestank des Gerberngrabens entgegen. Nie wieder war Anna dort unten, Heinrich hat sie nie mitgenommen. Sie wendet sich ab, ihr Magen ist empfindlich seit der Schwangerschaft, schlechte Gerüche verursachen ihr Übelkeit. In der unteren Marktgasse wiehern die Pferde und muhen die Kühe auf dem Viehmarkt, die Stände quellen über mit Fleisch und Brot.

Sie biegen vor der Kreuzgasse ab in Richtung Leutkirche. Nie mehr geht Anna durch die Kreuzgasse, seit Hemma nicht mehr lebt. Der Vater hat sich noch mehr zurückgezogen seit Hemmas Tod. Die Magd Stina führt ihm den Haushalt. Es tut Anna weh, sie in Hemmas Küche zu sehen, obwohl es die Tante war, die Stina ausgewählt hat. Der Vater ist oft auf Reisen. Wenn er da ist, kommt er nicht zu Besuch. «Du bist Heinrichs Frau, trägst sein Kind und gehörst in seine Familie», hat er ihr dieses Frühjahr barsch beschieden, als sie ihn zu sich bat.

Was ist denn das? Vor dem Haus der Schwestern am Pfarrkirchhof drängen sich die Menschen, immer mehr Leute strömen herbei. Grit bahnt Anna einen Weg nach vorne.

Vor dem Beginenhaus der Schwestern am Pfarrkirchhof kniet eine grau gekleidete Schwester vor einer Reihe von Knaben und Burschen, die ihr die schmutzigen Füße hinstrecken. Die Schwester wäscht ihnen die Füße. Einer holt aus, stößt den Eimer um, die Burschen johlen. Die Schwester stemmt sich hoch, nimmt den leeren Eimer, verschwindet im Innern des Gebäudes und erscheint wieder mit vollem Eimer, den Kopf rot vor Scham.

Anna erstarrt. Sie kennt diese Schwester – das ist Katherina Huber! Sie war eine weiße Schwester, hat im Niederen Spital gearbeitet. Dann schloss sie sich den grauen Schwestern unter der Meisterin Agnes von Seedorf an, die ins neu gegründete Beginenhaus der oberen Gemeinschaft wechselten.

Diese Beginen leben nach Regeln, welche die Franziskaner für sie aufgestellt haben, und kleiden sich grau.

Von neuem kniet Katherina nieder, beugt sich über die Füße der pöbelnden Burschen.

«Warum muss die Schwester diese Arbeit machen?», fragt Anna die Umstehenden.

Der Mann neben ihr schnaubt verächtlich. «Das ist eine der aufständischen Schwestern, die sich vom Deutschen Orden abwandten. Sie hat im oberen Beginenhaus ihr Gelübde abgelegt und sich den Franziskanern verpflichtet. Die Brüder vom Deutschen Orden haben sie aufgegriffen und zu den Schwestern am Pfarrkirchhof zurückgeführt. Leutpriester Baselwind hat ihre Strafe in der Kirche verkündet: Die Huberin muss alle vier Wochen zwölf arme Kinder oder Bedürftige speisen und ihnen die Füße waschen – lebenslang. Das Mus hat sie bereits ausgeteilt, jetzt ist sie an den Waschungen.»

Grit kichert: «Geschieht ihr recht, man darf nicht aufbegehren gegen die Obrigkeit, schon gar nicht gegen die Geistlichen.»

Jesus hat die Füße der Jünger gewaschen beim letzten Abendmahl, weiß Anna. Bei dieser Waschung hier handelt es sich aber um eine Strafe, eine Demütigung. Es gibt hämische Zurufe, die Zuschauer klatschen, als einer die Begine mit seinem dreckigen Fuß anstößt, so dass sie zur Seite fällt. Die Schwester rappelt sich auf, beugt sich über die Füße des Letzten in der Reihe.

«Die Beginen leisten gute Arbeit. Ist es denn so wichtig, welchem Beginenhaus sie angehören? Diese Demütigung hat Schwester Katherina nicht verdient», sagt Anna. Die Worte sind ihr herausgerutscht. Bis jetzt ist sie immer weggegangen oder hat still zugesehen, wenn jemand bestraft wurde, hat gedacht, dass alles seine Ordnung habe. Diesmal empfindet sie anders.

Grit schaut die Herrin erschrocken an. Zum Glück hat sie nicht sehr laut gesprochen, die Worte sind im Gejohle der Zuschauer untergegangen, als der letzte Bedürftige den Wassereimer genommen und über der Begine ausgegossen hat. Was ist nur in die Herrin gefahren? Wahrscheinlich ist es die Schwangerschaft – sie verändert die Frauen.

Ein Gemurmel setzt auf dem Platz ein, die Leute weichen zurück, machen einem Priester Platz. Es ist Leutpriester Diebold Baselwind, bereits im Messgewand. Er bleibt vor der Begine stehen, deren graues Gewand klatschnass ist.

«Sie hat gelernt, dass man sich nicht widersetzt. Das war die erste Buße, viele weitere Speisungen und Waschungen werden folgen. Sie wird sich jetzt wieder weiß einkleiden, nicht mehr aus dem Haus gehen und die untersten Aufgaben übernehmen. Sie untersteht der Meisterin der Schwestern am Pfarrkirchhof, die wiederum mir untersteht.»

Der Priester wendet sich ab und verschwindet im Innern der Leutkirche, zwei Messdiener folgen ihm. Mit gesenktem Kopf geht Katherina Huber ins Haus, hinterlässt eine nasse Spur. Die Leute zerstreuen sich.

Anna fühlt sich, als ob man das Wasser ihr über den Kopf gegossen und sie selbst gedemütigt hätte. «Auch die Franziskaner feiern die Morgenmesse», sagt sie zu Grit. «Wir besuchen die Messe in der Franziskanerkirche.»

Grit mustert sie erstaunt – bis jetzt hat die Herrin ausschließlich die Messen in der Leutkirche oder der Dominikanerkirche besucht. Und jetzt will sie auf einmal zu den Franziskanern?

Anna hat sich bereits umgedreht und schreitet in Richtung des Barfüßerklosters.

Am Abend, als Anna im Bett liegt, weiß sie zuerst nicht, was es ist. Etwas ist anders. Sie fühlt sich anders. Dann begreift sie es, legt erschrocken die Hände auf ihren Bauch, tastet hier und dort. Das Kind. Es bewegt sich nicht. Sie befühlt ihren Leib überall. Da ist nichts. Das Strampeln, die kleinen Stöße. Nichts mehr. Totenstille.

Das kann nicht sein. Soll sie Grit holen, Heinrich gar? Das sind Frauendinge – nichts für einen Mann. Grit ist schon in ihrer Kammer oben und schläft sicher. Sie ist die Herrin, es ist wichtig, dass sie sich nicht so anstellt. Es ist ihr erstes Kind. Neunzehn Jahre zählt sie jetzt. Andere Frauen in ihrem Alter haben schon vier oder fünf Kinder geboren. Bei ihr ist es das erste Kind, nach drei Jahren Warten. Alle denken, dass sie überängstlich ist. Noch einmal befühlt sie ihren Leib. Nichts. Sie wird warten bis am Morgen. Das Kind ist schon eingeschlafen. Es sammelt Kräfte für die Geburt, das Erdenleben. Am Morgen wird es sich bewegen wie immer.

Sie schläft wenig in dieser Nacht, dämmert nur oberflächlich dahin und legt die Hände auf den Bauch, sobald sie aus dem Dämmerzustand hochschreckt. Nichts.

Gegen Morgen, als sie den Nachttopf benutzt, läuft ganz viel Wasser ihre Beine hinunter. Das Licht, das in die Kammer fällt, beruhigt sie nicht. Das Kind erwacht auch jetzt nicht. Sie fühlt sich wie gerädert. Als sie Grit in der Küche hört, holt sie die Magd in die Kammer, heißt sie ihren Bauch abtasten. Grit ist etwas unwirsch, tut es aber und spürt auch nichts. «Ich hole die Hebamme», sagt sie und verlässt eilends das Haus.

Anna ruft Heinrich in die Kammer, als sie seine Schritte vor der Tür hört.

«Geht es los?», fragt er hoffnungsvoll.

«Ich habe Angst – seit dem Abend spüre ich das Kind nicht mehr.»

«Das ist wohl, weil du kurz vor der Geburt bist?» Er fühlt sich nicht wohl, Geburten sind Frauensache.

Ihr Körper wird von Krämpfen ergriffen, Tränen der Anspannung laufen über ihr Gesicht. «Grit holt die Hebamme.»

«Gut. Ich erledige meine Geschäfte. Wenn ich zurück bin, ist das Kind vielleicht schon da.»

Heinrich geht, und die Hebamme kommt, eine ältere, erfahrene Frau, die schon vielen Kindern in der Stadt auf die Welt geholfen hat. Sie legt das Ohr an Annas Leib, streicht über den Bauch, der sich von neuem verkrampft. «Da sind die Hände, die Füßchen.» Anna schaut sie fragend an.

«Eine Bewegung spüre ich auch nicht. Das Kind will aber kommen, es hat Wehen ausgelöst. Wir werden sehen.» Sie legt Anna Tücher unter.

Stunden um Stunden vergehen. Die Hebamme ist bei Anna, Grit in der Küche. Anna sitzt manchmal auf dem Bett, geht herum, wenn es die Krämpfe zulassen. Als die Wehen zunehmen, setzt sie sich auf dem Bett an die Wand. Ihr Körper ist nur noch Körper, die Schmerzen durchziehen ihn, beherrschen ihn. Es muss ein lebendes, kräftiges Kind sein, das solch wuchtige Schmerzen auslöst. Die Schmerzen geben ihr Kraft. Sie jammert, schreit aber nicht. Einen Moment denkt sie an die Schreie der gebärenden Frau im Niederen Spital. Sie seufzt, nimmt den Schmerz in sich auf, alles kann sie ertragen, wenn es nur dem Kind gut geht.

Die Hebamme ruft Grit und verlangt nach heißem Wasser, das diese nach kurzer Zeit bringt. Die Hebamme wäscht sich die Hände, spreizt Annas Beine und greift in sie hinein, so dass sie zusammenzuckt. «Das Kind kommt», sagt sie, «Ihr könnt jetzt pressen.»

Anna tut wie geheißen, sie ist nur noch Bauch, presst. Die Hebamme drückt an ihrem Leib, sie hilft dem Kind, sich hinauszuschieben. Grit steht daneben. «Der Kopf ist da.» Mit einer letzten Anstrengung stößt Anna das Kind heraus.

Plötzlich ist es ganz ruhig in der Kammer. Die Hebamme hebt das Kind hoch. Es ist blutverschmiert, aber sonst ganz weiß. Sie gibt ihm Klapse, hält es an den Füßen hoch. Nichts. Kein Atem, kein Schrei. Die Hebamme durchtrennt die Nabelschnur.

«Es tut mir leid», sagt sie. «Eine Totgeburt. Die Geburt war einfach, es ist alles richtig gegangen, ich habe keinen Fehler gemacht. Das Kind hat in Euch drin schon nicht mehr gelebt.»

«Das kann nicht sein – das Kind hat so viele Monate in mir gelebt. Gestern Abend bewegte es sich nicht mehr, und jetzt ist es tot?» Annas Kopf ist wirr.

«Es kommt vor, man kann nichts tun. Ein paar Kinder sterben noch im Leib der Mutter, einige bei der Geburt. Euch geht es gut, ihr seid noch jung. Es wird weitere Kinder geben, sicher auch wieder einen Sohn.» Sie nabelt das Kind ab, legt es auf ein Tuch, das Grit bereithält.

«Ein Sohn? Ich will meinen Sohn bei mir haben, ihn anschauen.» Grit zögert, aber die Hebamme nickt, sie wischt dem Kind das Köpfchen ab und gibt es Anna in die Arme.

Der Kleine ist nicht warm, er öffnet die Augen nicht, schreit nicht. Aber er ist vollständig geformt, hat Händchen mit Fingerchen, Füßchen mit allen Zehen. Sie schließt ihn in die Arme. Vielleicht, wenn sie ihn nur gut wärmt, wird er Luft holen und zu atmen beginnen. Er braucht nur ein bisschen länger, um auf dieser Welt anzukommen. Sie wiegt ihn in ihren Armen, schaut ihn noch einmal an. Ihr Sohn ist weiß, fast bläulich jetzt.

Schon in der letzten Nacht hat sie es gespürt. Er wird nie atmen. Sie hat ihm das Leben geschenkt – es ist der Tod daraus geworden. Heinrich hat seinen Sohn bekommen, er wird aber nicht leben. Trägt sie Schuld? Ist das eine Strafe für eine Schuld, deren sie sich nicht bewusst ist?

Anna legt den Sohn in das von Grit breitgehaltene Tuch. Es drückt ihr fast das Herz ab, ihn wegzugeben. Wieder hat sie Schmerzen, presst noch einmal. Ein zweites Kind? Hoffnung keimt in ihr auf. Die Hebamme beugt sich zwischen ihre Beine und legt etwas in den Eimer neben dem Bett. «Das ist die Nachgeburt. Grit wird sie später im Hof bei einem der Bäume begraben. Das bringt Glück.» Sie wäscht Annas Körper mit einem lauwarmen Tuch, deckt sie zu.

Schritte sind zu hören auf der Treppe. Heinrich. Die Hebamme geht ihm entgegen, unterrichtet ihn über Geburt und Tod des Sohnes. Heinrichs Stimme wird laut und dann leise, als Grit ihm das Kind zeigt. Er verschwindet in seiner Kammer, wirft die Tür hinter sich zu. Hört sie einen Klagelaut? Anna ist sich nicht sicher.

Kurz danach steht er plötzlich an ihrem Bett. «Es ist nicht deine Schuld. Gott hat uns diesen Sohn gegeben und genommen. Wir müssen uns in Gottes Willen schicken.» Er nimmt ihre Hand. «Ich suche Prior Johannes von den Predigern auf. Er konnte unseren Sohn nicht taufen und ihm nicht die Letzte Ölung geben. Aber er wird ihn segnen und an der Chormauer der Predigerkirche bestatten, da bin ich sicher. Ich gebe den kleinen Sarg in Auftrag.» Sein Gesicht ist von tiefen Falten durchzogen. Sie starrt in dieses bärtige, furchige Gesicht, sie braucht etwas zum Festhalten. Ihre Augen finden seine, er weicht ihr nicht aus, drückt ihre Hand, bevor er geht.

Bald darauf steigt Hitze in ihr auf, sie fällt in einen fiebrigen Schlaf. Grit legt ihr die Hand auf die Stirn und holt noch einmal die Hebamme. Heinrich lässt den Stadtarzt kommen, als er von seinen Besorgungen zurück ist. Die Hebamme empfiehlt kühlende Wickel, der Arzt einen Aderlass. Beides wird gemacht. Anna nimmt die Leute um ihr Bett nur schemenhaft war. «Wo ist das Kind?», fragt sie.

«Unser Sohn ist in der Stube aufgebahrt», sagt Heinrich.

«Führt mich hin.» Heinrich und Grit führen sie hin. Es ist heiß in der Stube, draußen brennt die Sonne. Das Kind liegt im kleinen Sarg, seine Haut ist wächsern, eine Kerze brennt am Kopfende. Sie streicht dem Kleinen über die kalte Stirn, dann bricht sie zusammen.

Heinrich trägt sie zurück ins Bett. «Unser Sohn wird heute noch vom Prior beerdigt, in heiliger Erde», sagt er.

Sie versinkt in wirren Träumen.

Als sie die Augen aufschlägt, sitzt der Vater an ihrem Bett. «Der Arzt hat versprochen, dass du gesund wirst.» Er legt ihr die Hand auf die Stirn, eine Geste, die sie nie gekannt hat von ihm. «Du bist nicht mehr so heiß, der Arzt hat es gesagt, und ich spüre es selbst. Euer Sohn ist bestattet. Ich hätte Heinrich einen Sohn gegönnt – mir ist er versagt geblieben. Jetzt geht es euch gleich. Du lebst aber, das ist das Wichtigste. Kinder kommen, Kinder gehen. Deine Mutter aber hätte ich nie ersetzen können. Darum habe ich nicht wieder geheiratet.» Er besieht seine Hände, schüttelt den Kopf. «Wir sind vom Sensenmann umgeben. Vor zwei Jahren ist meine Schwester Hemma gegangen, jetzt dein Sohn. Ich bin alt, schon einige Jahre über vierzig. Du aber bist jung, kannst Heinrich noch einen Sohn schenken. Oder eine Tochter. Ich habe es gut mit meiner Tochter, sie hat mich in den Gerberngraben begleitet und an den Jahrmarkt in Zurzach.»

Ein Lächeln zieht über Annas Gesicht, ihre Mundwinkel zucken.

Der Vater erhebt sich. «Das kommt schon wieder, Anna. Der Herr gibt es, der Herr nimmt es. Wir machen unsere Pläne hienieden, und dann müssen wir alles hergeben, weil der Herr da oben andere Pläne hat. Hemmas Tod hat es mich von neuem gelehrt.» Er mustert Anna. «Ich habe auch schon aufbegehrt, weißt du. Das Aufbegehren nützt nichts. Der da oben ist stärker, weiser – er hält alles in der Hand. Der Prior hat tröstliche Worte gesprochen am Grab eures Kleinen, schade, dass du nicht dabei sein konntest. Das Grab an der Chorwand ist mit einem kleinen Kreuz bezeichnet, das ich gestiftet habe. Sobald du aufstehen kannst, gehst du hin.»

12

Bern, November 1333

Anna hat das kleine Kreuz bei ihrem ersten Besuch der Dominikanerkirche nach dem Fieber gefunden. Sie erinnert sich mit Scham daran.

Die Herbstnacht dämmerte, sie fiel auf die Knie neben dem kleinen namenlosen Kreuz, schluchzte. Dann begann sie, mit bloßen Fingern zu graben. Die Erde war hart, sie kam dem Kind nicht näher, gelangte nirgendwohin. Sie besah sich ihre erdigen Finger, schüttelte den Kopf über sich selbst, drückte die Erde wieder fest und erhob sich. Mit gesenktem Kopf schlich sie sich ins Haus, bürstete den Dreck von ihren Händen.

Jetzt besucht sie das kleine Kindergrab vor jeder Messe. So auch dieses Mal. Es macht ihr nichts aus, auf dem kalten, harten Winterboden zu knien. Der Gesang der Mönche dringt aus dem Chor. Sie ist ganz für sich. Die Mönchsstimmen tragen sie mit sich fort. Sie schließt die Augen, betet für ihren kleinen Sohn. Er ist schon dort, wo sie einmal hinkommen wird, wenn sie ein gottgefälliges Leben führt. Sie ist ihm ganz nah.

Zeit ist vergangen, sie weiß nicht, wie viel. Sie steht auf, wirft einen letzten Blick auf das kleine Grab. Dann wendet sie sich ab, geht dem Kirchenschiff entlang, öffnet leise die hinterste Tür und schließt sie wieder, kniet hinter den anderen Gläubigen nieder, horcht, hofft. Die Messgesänge haben sie früher mitgetragen. Jetzt dringen sie nicht zu ihr vor.

Ihre Gedanken wandern. Sie kommt jetzt oft sehr spät, weil sie die Aufgaben von Grit übernehmen muss. Grits Mutter, die in der Matte wohnt, ist schwer erkrankt.

Eines Tages hat Heinrich ihr kundgetan, dass Grit mehrere Wochen wegbleiben werde, weil sie die Pflege ihrer Mutter übernehme. «Grit hat mir schon viele Jahre vor unserer Heirat gedient. Sie hat viele Pflichten übernommen, als du krank warst. Ich habe ihre Bitte nicht abgeschlagen.»

Sie war erstaunt, dass Grit nie von der Krankheit ihrer Mutter erzählt hatte. Grit ist mehr Heinrichs Magd als ihre, denkt sie manchmal. Grit hat Heinrichs Haus seit Jahren geführt und kennt alle seine Launen und Eigenheiten. Wenn er spät nach Hause kommt, liegt in den kalten Monaten ein Kissen mit Kirschsteinen für ihn im Ofenfach, damit er im Bett nicht friert. Wenn Heinrich da ist, kocht Grit im Winter nie nur Kraut und Rüben, sondern immer auch ein gutes Stück Fleisch oder Fisch während der Fastenzeit. Alles tut sie für ihn. Anna ist nur die Herrin an der Seite des Herrn. Grit führt die Aufträge der Herrin aus – nicht mehr und nicht weniger. Sie begleitet sie, wenn sie gefragt wird. In der Zeit der Schwangerschaft und des anschließenden Fiebers hat Grit sie unterstützt. Es steht auch für sie außer Frage, dass Grit Zeit gewährt werden soll, um ihre Mutter zu pflegen.

Nicht nur am Krankenbett stand ihr der Vater bei. Auch jetzt tut er es oft, indem er ihr seine Magd Stina ausleiht. Stina arbeitet gut und zuverlässig. Man muss ihr in allem Anweisungen geben, diese führt sie sorgfältig aus. Trotzdem vermisst Anna Grit, die mehr ist als eine Magd – Grit ist eine Vertraute. Noch viel mehr vermisst sie Hemma.

Letzthin hat sie auf dem Markt eingekauft und Nüsse, Rosinen, einen Topf Honig, Käse, ja sogar eine Zitrone in den Korb gepackt. Der Geruch der Zitrone rief das Gasthaus zum Zitronenbaum vor ihren Augen herauf und die Zitrone, die ihr der Händler in Zurzach geschenkt hatte.

An der Kirchgasse hat sie das Tor hinunter zur Matte genommen. Eine Frau, die die Stadt allein verlässt? Die Wächter blickten argwöhnisch, ließen sie aber passieren.

Sie ging an einem der Kanäle entlang, kam an Schleifen, Stampfen und Mühlen vorbei. Müller standen mit weiß bestäubten Kitteln neben den mahlenden Steinen, Fischer hatten Netze ausgebreitet und boten ihren frischen Fang an, Händler karrten Leder und Felle zur Ländte, Knechte rollten Baumstämme und Weinfässer an Land. Es ratterte und knatterte, die große Aareschwelle rauschte.

Eingeschüchtert vom Lärm und den Leuten, hatte sie nach dem Haus von Grit und ihrer Mutter gefragt und Auskunft bekommen, wenn man die vornehme Dame im grünen Kleid auch misstrauisch musterte. Schließlich langte sie vor dem Häuschen an.

Zwei Frauen standen in der ebenerdigen Küche neben der Haustür, sie hatten die Lederhaut vor der Fensteröffnung zur Seite geschoben, Rauch drang aus der Öffnung. Anna sah Grit und eine ältere Frau, die ihr ähnelte – ihre Mutter. Die beiden beugten sich über Töpfe, die Mutter ging rasch vor der Kochstelle hin und her, Grit wandte ihr den Rücken zu.

Anna klopfte an die Tür. Das Gesicht der Mutter erschien in der Fensteröffnung, Anna stellte sich vor und fragte nach Grit. Die Mutter ließ die Lederhaut fallen und tuschelte mit der Tochter.

Dann erschien Grits Kopf in der Öffnung. «Guten Tag, Herrin. Leider kann ich Euch nicht hereinbitten, weil die Krankheit meiner Mutter ansteckend ist.»

Anna erschrak. Pflegte Grit eine Aussätzige zu Hause, hatte sie sich vielleicht selbst angesteckt? Die Gesichter der beiden waren ebenmäßig, keine Pusteln, kein Ausschlag. «Ich habe einen Korb mit Esswaren mitgebracht für deine Mutter und dich.»

«Das ehrt uns. Bitte stellt die Waren vor unsere Tür – wir werden sie später hereinholen. Wir schätzen die Gaben sehr.»

Anna bückte sich und legte die Waren wie geheißen vor die Tür, Grit sah ihr durch das Fensterchen zu und bedankte sich.

«Wann können wir wieder mit dir rechnen, Grit?»

Grits Augen weiteten sich. «Es kann noch eine Weile dauern, bis die Krankheit meiner Mutter ausgeheilt ist. Wahrscheinlich kann ich zum Jahresende meine Dienste wieder aufnehmen.»

Wie anders Grit auf einmal war … so kalt, so förmlich. War das die Grit, die mit ihr die Buße der Katherina Huber beobachtet hatte? Die ihr bei der Geburt beigestanden und ihren kleinen Engel in den Armen gehalten hatte?

Sie hatte sich verabschiedet und den Weg zum Mattetor eingeschlagen. Kurz hatte sie über die Schulter zurückgeblickt und gesehen, wie Hände die Gaben ins Innere des Hauses zogen.

Anna schreckt aus ihren Gedanken hoch. Es ist Prior Johannes, der predigt und eine Bibelstelle auslegt. Sie hat nicht zugehört, gerade schließt er seine Auslegung ab. Wie kann sie nur! Es ist dieser Prior – schon älter und mit leidendem Ausdruck –, der ihren kleinen Engel beerdigt hat.

Der Sohn war Teil ihres Körpers, sie hat ihn genährt. Er hat nicht ins Leben gefunden, sondern zurück in den Himmel. Sie begehrt nicht mehr auf gegen den Tod des Kleinen wie am Anfang in ihren Fieberträumen. Es gibt einen Sinn. Alle sagten es ihr, und sie hat es erfahren bei ihren Gebeten in diesem Herbst. Der Sinn liegt in Gott.

13

Bern, April 1335

Anna schlägt die Augen auf. Wie fast immer weiß sie sogleich, wo sie ist, welches die Jahreszeit ist, was zu tun ist an diesem Tag. Ihre Kammer ist immer früher in Licht getaucht. Die Fastenzeit, die jährliche Beichte vor Ostern, das feierliche Hochamt am Sonntagmorgen mit der Eucharistie sind vorbei. Nach der Feier trugen sie eine reichhaltige Mahlzeit auf. Philipp von Kien war zu Gast, der 1334 zum Schultheißen gewählt worden war und am Ostermontag bestätigt wurde. Der Schultheiß – das Oberhaupt von Bern – ist ein alter Freund von Heinrich und ihr vertraut. Eher schweigsam saß er an ihrem Tisch, aß vom Gebäck und ließ sich von ihrem besten weißen Wein – einem Spiezer – kredenzen.

Heute ist kein besonderer Tag. Sie hat sich aber vorgenommen, das Niedere Spital aufzusuchen. Heinrich ist seit einem Jahr nicht mehr Vogt dort, sie geht aber immer noch hin. Im Spital die Kranken zu sehen und die alten Pfründer, die dort ihre letzten Tage und Jahre verbringen, macht demütig. Man kann so viel Gutes tun mit ein bisschen Geld und Zuwendung. Die Spitalbesuche lenken von eigenen Sorgen ab. Wie viel besser sie es doch hat – sie ist gesund, hat einen Mann an ihrer Seite und Dienstboten, die sie unterstützen.

Trotzdem: Ihre Hände verkrampfen sich um die Decke, sie zerrt daran, lässt sie dann los und tritt sie mit Füßen ans Bettende. Ihr Körper ist nackt. Sie schaut an ihm hinunter. Es ist alles da. Die Brüste. Der kleine, mit Haaren bewachsene Hügel und der Spalt zwischen ihren Beinen. Der Bauch dazwischen ist aber nicht angeschwollen, kein Kind mehr. Die Brüste sind klein und apfelförmig, das Ziehen ist ausgeblieben, keine blauen Venen ziehen sich über die Rundungen. Ihr

Körper zeigt sich fast so, wie wenn nichts gewesen wäre. Kein Mutterleib.

Sie schämt sich, zieht die Decke hoch. Das, was von ihr erwartet wurde – dass sie Heinrich zumindest einen Sohn schenkt –, hat sie nicht erfüllt. Es könnte noch geschehen. Zuinnerst glaubt sie aber nicht mehr daran. Seit dem Tod des Kleinen ist Heinrich nur noch selten zu ihr gekommen. Wenn sie abends auf seine Schritte vor ihrer Kammer wartet, ist es meist vergebens – die Schritte sind zwar irgendwann zu hören, führen aber nicht zu ihr. Warum sollten sie auch? Ihr Leib hat den Tod geboren, er ist zu nichts nütze und flößt ihm wohl Angst ein.

Kein Kind. Manchmal nimmt sie es als gottgegeben hin, manchmal treibt es sie noch immer um.

Sie setzt sich auf die Bettkante, erhebt sich. Das Aquamanile steht auf dem kleinen Tisch. Sie gießt einen Becher mit Wasser voll, trinkt, netzt dann ein Tuch, wäscht sich. Das Unterkleid gleitet über ihre noch feuchte Haut, sie hakt es fest und streift dann das blaue Kleid über, das durch eine Kordel gegürtet ist. Auf dem Tisch liegen der Spiegel, daneben die Kette mit den roten Steinen – Geschenk von Heinrich – und das korallene Paternoster – Geschenk ihres Vaters. Sie legt die Kette um ihren Hals und betrachtet sich im Spiegel. Das Rot passt nicht zum Blau. Die Kette passt nicht zu ihr. Heinrich hat sie ihr geschenkt, als er dachte, dass sie alles vollbringen wird, was er von ihr erwartet. Sie nimmt die Kette ab, legt sie zurück auf das Tischchen. Das Paternoster fügt sich gut in ihre Hand. Kreuzzeichen, Glaubensbekenntnis, Ehre sei dem Vater und Vaterunser, Ave Maria. Sie lässt die Perlen durch die Finger gleiten, murmelt die Gebete. Amen. Der Tag kann beginnen.

Mit geübten Bewegungen flicht sie die Haare, steckt sie auf. Aus der Küche hört sie das Keuchen des Blasebalgs, mit dem Grit die Glut anfacht. Die Magd ist an der Arbeit, wie jeden Morgen. Fast schon vergessen ist die Zeit, als sie mehrere Monate wegblieb und ihre Mutter pflegte. Kein einziges Mal kam sie vorbei. Einmal hatte sie sie besucht, war aber nicht ins Häuschen in der Matte eingelassen worden. Wahrscheinlich wollte sie Grit vor der Krankheit ihrer Mutter schützen, die ansteckend war.

Sie hatte viel mehr Arbeit bewältigt. Zu Hilfe gekommen war ihr manchmal Stina, die Magd des Vaters. Es war das Jahr des kleinen Engels gewesen, sie hatte nichts dagegen gehabt, mit Arbeit eingedeckt zu sein. Nur nicht zu viel nachdenken, nur nicht grübeln. Das Schicksal annehmen.

Heinrich hatte sie darin bestärkt, Geduld zu haben, auf die Rückkehr von Grit zu warten. Und es hatte sich gelohnt. Eines Morgens im neuen Jahr hatte sie das Geräusch des Blasebalgs gehört. In der Küche hatte sie Grit vorgefunden, die das Feuer entfachte, als ob sie nie weg gewesen wäre. Eine Erklärung gab es nicht. Heinrich und sie waren so froh über Grits Rückkehr, dass sie nicht fragten. Am Tag ihrer Rückkehr erbat sich Grit den Sonntagnachmittag als freien Halbtag in der Woche – dann wolle sie nach ihrer Mutter sehen. Das wurde ihr – der langjährigen, bewährten Magd – von Heinrich bewilligt.

Sie hört seine Schritte, an ihrer Kammer vorbei geht er in die Stube. Sie folgt ihm nach kurzer Zeit, das Aquamanile in der Hand. Er schaut sie nicht an beim Morgengruß. Sie füllt in der Küche frisches Wasser ins Aquamanile, wünscht Grit einen guten Morgen. Etwas ist anders, fällt ihr auf. Vor ihrer Abwesenheit hat Grit oft in der Küche gesungen – sie hat eine reine, helle Stimme. Manchmal hat sie selbst eingestimmt. «Meine beiden wunderbaren Morgenvögel», lobte sie Heinrich einmal. Seit Grit zurückgekehrt ist, verrichtet sie ihre Tätigkeiten meist schweigend. Dass die Magd nicht schwatzhaft ist, schätzt Anna. Den Gesang vermisst sie aber. Vielleicht wird sie Grit einmal darauf ansprechen.

Sie betritt wieder die Stube, schenkt Heinrich vom frischen Wasser ein. Bald bringt Grit einen Haferbrei herein, sie löffeln. Ihr fällt auf, dass sich die Linien tief in sein Gesicht gegraben haben. Reisen hat er letztes Jahr keine gemacht. Er spricht wenig mit ihr. Auch jetzt ist er stumm.

«Ich werde heute mit Grit das Niedere Spital aufsuchen», sagt sie.

«Gut, dass du nach den Kranken siehst, sie werden es dir danken», meint er bedächtig.

«Ich bin mir bewusst geworden, dass es nicht selbstverständlich ist, dass Kranke und alte Leute gut betreut sind.»

Jetzt blickt er sie an. «Dem ist so. Ich bin froh, dass ich das Amt des Spitalmeisters und Vogts etliche Jahre ausüben konnte. Es ist jetzt an anderen, den Neubau des Spitals vor dem Untertor an die Hand zu nehmen.»

Anna ist überrascht. «Das Spital wird vor die Stadt verlegt?»

«Die Stadt konnte ein großes Grundstück erwerben, diejenigen, die dort kleine Häuser hatten, wurden abgegolten. Das Spital platzt aus allen Nähten, immer mehr Bürger wollen dort auch ihren Lebensabend verbringen. Unser Freund Schultheiß von Kien hat den Erwerb des Grundstücks vorangetrieben, der neue Vogt Konrad Wolf ist mit dem Neubau beauftragt.» Ernst schaut er Anna an. «Erinnerst du dich an die Siechen, die wir einmal beim Untertor antrafen? Diese Leute haben es noch nötiger als die üblichen Kranken, dass wir uns für sie einsetzen. Ich habe mich beim Siechenhaus in Thun verpflichtet.»

Ihr Gesicht ist ein Fragezeichen. Er erzählt ihr immer weniger, sie weiß von nichts. «Welche Verpflichtung hast du übernommen?»

«Vom Gut Längmatt in Thun, das ich erworben habe, wird jährlich ein Pfund an die Aussätzigen im Thuner Siechenhaus fließen – bis in alle Ewigkeit, zu ihrem Guten und für mein Seelenheil und das meiner Vorfahren. Du sollst das wissen, Anna», sagt er mit Nachdruck. Er steht auf, holt seine kleine Truhe, die er stets abschließt, greift nach dem kleinen Schlüssel, den er an seinem Bund am Gurt trägt. Er öffnet die Truhe, nimmt ein beschriebenes Pergamentpapier heraus, das zuoberst auf dem Stoß liegt, und legt es vor Anna auf den Tisch. «Das ist eine Abschrift der Schenkung, die ich im März vornahm. Heinrich von Ride, Ulrich Oeyer und Werner Cauwersi waren Zeugen, Schultheiß Philipp von Kien und Schreiber Ulrich von Gysenstein haben ihr Siegel gegeben. Du kannst lesen – hier, mach dich kundig.»

Anna beugt sich über das Papier, sie hat das Lesen nicht verlernt. Die Namen der Zeugen stechen ihr als Erstes ins Auge. Ritter von Ride kennt sie nicht. Ulrich Oeyer aber ist der Herr, der beim Festessen vor ein paar Jahren Heinrich hinter dessen Rücken als Geldsack bezeichnete und auf ihren Ausschnitt starrte. Cauwersi ist der Geldverleiher, der farbig angezogen ist und ihr und sicher auch anderen Frauen schmeichelt. Sie liest von der Verschreibung, dem ewigen Almosen, das Heinrich den Siechen in Thun geben will, und davon, dass das Geld den siechen Leuten in Thun auch nach seinem Tod zukommen soll. Die Siegel von Philipp von Kien und Ulrich von Gysenstein finden sich nicht an diesem Schriftstück – es handelt sich um eine Abschrift.

«Verstehst du den Inhalt, Anna? Die Verschreibung hat über meinen Tod hinaus Gültigkeit. Vielleicht werde ich keine Nachkommen haben, und du bist meine Erbin. Du bist dann verantwortlich, den Schreiber auf dieses Schriftstück aufmerksam zu machen. Das Original mit den Siegeln liegt im Archiv des Stadtschreibers.»

Sie nickt. «Ich habe verstanden, ich werde das so handhaben. Es ist gut von dir, den Siechen etwas zukommen zu lassen.»

Er nimmt das Pergament, gibt es zurück in die Truhe und schließt ab. Wieder am Tisch, lehnt er sich zurück, seine Augen sprühen auf einmal. «Das Leben hält auch Leichteres bereit. Ich werde heute den Bader aufsuchen, ein Bad nehmen und mir die Haare und den Bart schneiden lassen. Rechne nicht mit mir beim Vespermahl.» Er schiebt den Stuhl zurück, steht auf und geht davon.

Eine Spielkarte schaut aus seinem Geldbeutel, fällt ihr auf – der Beutel scheint prall gefüllt mit Münzen. Sie mag Heinrich die Ablenkung gönnen. Er arbeitet viel, ist immer an seinen Geschäften. Sie ist froh, dass er weniger auf Reisen geht und mehr in der Nähe bleibt.

Könnte es sein, dass er Hübschlerinnen aufsucht und darum nur noch selten zu ihr kommt? Hübschlerinnen sind Dirnen, in Bern tragen einige zur besseren Erkennbarkeit ein rotes Käppi. Ein paar Dirnen arbeiten in Häusern, andere bei den Badern. Sie bereiten den Männern die Bäder zu, waschen sie, tragen wohlschmeckende Öle auf ihre Haut auf, sagt man. Das geschieht in abgetrennten Hinterzimmern, nicht ersichtlich von draußen. Einige dieser Frauen wurden als Pfaffendirnen aufgegriffen und verurteilt. Das scheint ihr besonders verwerflich – Dirnen, die sich an Priester heranmachen. Warum lassen die Priester das geschehen, sie sind doch der Enthaltsamkeit verpflichtet? Bestraft werden nur die Frauen von der Obrigkeit, liederliche – meist niedrige – Priester haben lediglich einen schlechten Ruf. Ein liederlicher Priester könnte niemals in der Leutkirche die Messe lesen.

Heinrich und die Hübschlerinnen. Sie errötet, als sie daran denkt, was geschehen könnte, wenn er zum Bader geht. Andererseits – warum macht sie sich Sorgen? Er tut, was er tut.

Sie kann ihn nicht hindern. Männer brauchen solche Vergnügungen, sagt man. Wieso tut ihr der Gedanke trotzdem weh? Wieso gibt es diese Bilder, die vor ihren Augen aufsteigen? Heinrich, der von einer Hübschlerin mit rotem Käppi und rotem Kleid auf einer Liege umarmt wird. Sie trägt Schmuck um den Hals, die Brüste quellen aus dem Kleid. Es gibt ihr einen Stich. Ihr rotes Kleid, das er so liebt, hat einen Ausschnitt, sie hat den roten Schmuck dazu getragen. Seit dem Verlust ihres Sohnes zieht sie das Kleid nur noch an, wenn er es ausdrücklich wünscht. Gefällt ihm das Kleid darum so sehr, weil es ihn an die Hübschlerinnen erinnert, die ihn verwöhnen?

Genug! Sie verbannt diese Gedanken und Bilder aus ihrem Kopf, steht auf, bringt die Schalen und Löffel in die Küche, wo Grit die Pfanne schrubbt. «Grit – warum singst du fast nie mehr? Früher hast du gesungen beim Aufräumen der Küche.»

«Vielleicht, weil mir nicht nach Singen zumute ist? Ihr singt auch viel weniger», antwortet Grit missmutig.

Sie erschrickt. Grit hat recht – sie hätte ihr nicht zu nahe treten sollen. «Ich will heute die Kranken im Niederen Spital aufsuchen. Begleitest du mich?»

«Natürlich, Herrin – ich tue, was Ihr befehlt.»

«Heißt das, du führst meine Anordnungen aus, eigentlich möchtest du aber etwas anderes tun?» Anna weiß, wie unüblich ihre Frage ist: Dienstboten haben die Befehle ihrer Herrschaften auszuführen, es gibt kein Wenn und Aber. Grit ist aber keine übliche Magd. Selbst Heinrich gesteht ihr einen eigenen Willen zu. Einen Knecht, der Anordnungen hinterfragt und manchmal widerspenstig ist, hätte er schon lange entlassen.

Grit mustert die Pfanne noch einmal, das Kupfer glänzt; sie wischt sich die Hände an einem trockenen Tuch ab. «Ich komme gern mit ins Niedere Spital. Vielleicht finden auch Leute wie meine Mutter und ich dort einmal Aufnahme. Das Spital ist gut geführt. Unter Herrn Heinrich hat es Aufschwung genommen – auch einfache Leute werden dort gut gepflegt.»

Anna wird wieder einmal gewahr, dass Grit ihren Herrn verehrt. So lange hat sie ihm allein das Haus geführt. Sie selbst – jünger als Grit und weniger erfahren – wird er nie auf die gleiche Weise schätzen.

Nebeneinander gehen sie die Gasse vor den Predigern hinunter, nehmen die steinerne Brücke über den Badergraben. Anna äugt hinunter, erblickt zwei hübsche junge Frauen mit Wassereimern in der Hand; Heinrich ist aber nicht zu sehen.

Grit schnaubt. «Diese Hübschlerinnen – sie arbeiten nicht wie unsereiner, machen sich einfach an jeden Mann heran. Wenn sie alt werden, will sie niemand mehr.»

Anna mag nicht mit ihr über Dirnen reden. Sie ist froh, als sie in die Hormansgasse einbiegen. Dort ist das Wechseln von Worten fast unmöglich. Da ist der Schmied in seinem Lederschurz, der ein schnaubendes Pferd beschlägt, Funken stieben. Etwas weiter unten enthäutet der Metzger ein Tier, sein weißer Schurz ist blutbespritzt. Der Schuhmacher trägt einen blauen Schurz, er klopft einen Schuh aus. In drei Buden unter der Laube sitzen Frauen, eine flicht Bändel, die zweite fertigt Knöpfe, die dritte stellt Schleier her. Diese Handwerkerinnen arbeiten auf eigene Rechnung oder sie teilen eine Bude mit ihrem Mann. Frauen verkaufen in der Stadt Fleisch, Brot oder Schuhe, die ihre Männer herstellen. Bäuerinnen vom Land verkaufen Gemüse aus ihrem Bauerngarten. Bei den Pfistern, an deren Buden sie jetzt vorbeikommen, riecht es nach frischem Brot. Vom Gerbhaus, das zuunterst in der Marktgasse neu errichtet wurde und den Gerberngraben ergänzt, zieht der Gestank von Laugen, verwesendem Fleisch und Fell durch die Gasse herauf.

Beim Niederen Spital klopfen sie. Eine Schwester mit rundlicher Gestalt, die Anna hier noch nie angetroffen hat, öffnet und lässt sie ein. Die Schwester kommt ihr bekannt vor. Das ist doch Agnes von Seedorf, die ehemalige Meisterin der Beginen der oberen Gemeinschaft. Man kennt sie in der Stadt, die umgängliche, grau gekleidete Meisterin, man hat sie in den Gassen und beim Gottesdienst der Franziskaner angetroffen. Dann wurde dieses Beginenhaus aufgehoben. Die Strafe der Schwester Katherina Huber – einmal im Monat zwölf Bedürftigen die Füße waschen, sie speisen – hat Anna miterlebt. Was ist mit der Meisterin? Nie mehr hat sie sie in der Stadt gesehen. Sie war verschwunden wie die anderen grauen Schwestern der oberen Gemeinschaft.

Die Oberin ist nicht da. Die flinke, kleine Schwester Elsa, die sie seit langem kennt, ist gern bereit, sie herumzuführen. Grit, die einen Korb Gemüse mitgebracht hat, will unterdessen in der Spitalküche vorbeischauen. Anna nickt den kranken Männern zu, die auf der einen Seite des Saals liegen. Wie immer kümmert sie sich vor allem um die kranken Frauen, die von ihren Familien weniger unterstützt werden als die Männer.

Schwester Elsa zeigt ihr die schwierigen Fälle. Eine Frau mittleren Alters liegt mit hochrotem Kopf im Bett, sie mustert Anna mit glasigen Augen. «Das ist die Metzgersfrau Gisela. Ihre Wunde am Bein verheilt schlecht, sie ist fiebrig. Ihr Mann will für keinen weiteren Besuch des Wundarztes aufkommen.» Elsa schlägt die Decke zurück.

Anna erschrickt: Die Wunde am Bein ist eitrig angeschwollen und riecht übel. «Lasst den Wundarzt holen – ich übernehme die Kosten.»

Elsa deckt die Frau wieder zu, die Anna dankbar anlächelt. Als sie weitergehen, flüstert die Schwester Anna zu: «Es ist nicht sicher, ob der Metzger seiner Frau die Wunde beim Fleischzerteilen nicht absichtlich zugefügt hat. Sie soll ihm oft widersprochen haben. Die Frau schweigt.»

Eine alte Frau liegt ebenfalls allein im Bett, seit Wochen ist sie schon bettlägerig. Anna setzt sich an den Bettrand, spricht ein paar Worte mit ihr. Schon lange ist die Frau Witwe, ihr Sohn kümmert sich nicht um sie. Die Frau hat aber Geld, wohnt als Pfründerin schon seit ein paar Jahren im Niederen Spital, alle kennen sie gut.

«Niemand hört mir zu, die Schwestern sind meist zu beschäftigt», teilt ihr die Frau mit. «Umso mehr freue ich mich immer auf Euren Besuch.»

Anna schaut in das verhärmte Gesicht, hört zu, legt die Hand auf den mit vielen braunen Flecken gesprenkelten Arm der Alten, bevor sie sich verabschiedet.

Zwei junge Frauen liegen nebeneinander im Bett, sie scheinen fiebrig.

«Die beiden haben vor zwei und drei Tagen hier Kinder geboren und sind nicht wieder zu Kräften gekommen», erklärt Elsa.

In diesem Moment bringt Schwester Agnes die zwei schreienden Neugeborenen, in jedem Arm hält sie eines der fest gewickelten winzigen Kleinkinder. Während die eine Frau das Kind sofort an die Brust legt, hat die andere kaum die Kraft, das Kind im Arm zu halten; vergebens sucht es nach der Brust und schreit weiter. Überdeckt vom Geschrei des kleinen Kindes stellt Schwester Elsa fest: «Die eine Frau wird es wohl schaffen, die andere vielleicht nicht. Und was geschieht dann mit dem Kleinen? Nur Gott weiß es.»

Anna überlegt. «Tut alles, damit sich die Frau doch noch erholt. Wenn nicht – sucht eine Amme. Vielleicht kann die kräftigere Wöchnerin gleich beide Kinder nähren. Gibt es Väter zu den Kindern?»

«Keiner bekannt. Beide Frauen sind Mägde, die man davongejagt hat, als die Schwangerschaft offensichtlich wurde.»

Grit ist hinzugetreten mit dem leeren Korb am Arm, sie hat die letzten Sätze mitgehört. «In der Küche brauchen sie eine neue Magd. Vielleicht wäre das etwas für eine der Frauen?»

«Das scheint mir eine gute Lösung», meint Anna.

Die drei Frauen beobachten, wie Schwester Agnes der kräftigeren Frau den Kleinen der anderen bringt. Die will ihn zuerst nicht, als aber der Kleine weiter jämmerlich schreit und Schwester Agnes ihr gut zuredet, legt sie ihn an die freie Brust. Alle lächeln, als der Kleine zufrieden schmatzt, die schwerkranke Frau drückt der anderen die Hand.

«Schwester Agnes – kann ich Euch einen Moment sprechen?», fragt Anna.

Agnes nickt, führt sie in den Seitenraum, der nicht benutzt ist.

«Warum arbeitet Ihr hier als einfache Schwester – Ihr, die ehemalige Meisterin der oberen Gemeinschaft?»

Schwester Agnes seufzt, sie stößt die Tür ganz zu. «Das ist eine lange Geschichte. Ich habe von Euch gehört, Anna Seilerin, und vertraue Euch – Ihr seid eine verständige Frau, die viel Gutes tut. Bruder Conrad hat von Euch erzählt.»

Anna horcht auf. «Bruder Conrad, der Franziskaner? Ich habe ihn schon lange nicht mehr angetroffen. Zuletzt hörte ich, dass er im Skriptorium des Klosters wichtige Bücher abschreibt und illuminiert – das beschäftige ihn während Monaten und Jahren.»

«Das tut er immer noch. Er hat ein wunderbares Geschick mit den Farben, malt verschlungene Initialen und Bildchen in die Bände. Der Guardian der Franziskaner meinte aber, dass er nicht nur für Bücher, sondern auch für Seelen sorgen soll. In den letzten Jahren unserer Gemeinschaft hat er die Seelsorge bei uns Beginen wahrgenommen.»

«Ich schätze ihn sehr», sagt Anna. «Er war ein guter Lehrer, hat mir viel beigebracht.»

«Die Franziskaner und Bruder Conrad konnten uns nicht mehr helfen. Vielleicht habt Ihr von unserem Schicksal gehört. In unserer Gemeinschaft führen wir ein Leben gemäß franziskanischer Tradition, leben aber nicht im Kloster. Leutpriester Baselwind nahm uns übel, dass wir von weißen zu grauen Schwestern wurden und uns zu den Regeln der Franziskaner für Laien bekannten. Nach einigen Jahren hat er bei der Obrigkeit erreicht, dass man unsere Gemeinschaft auflöste und wir Schwestern bestraft wurden. Katherina Huber ist als Erste zu Waschungen und Speisungen von Bedürftigen verurteilt worden – mit ihrer offenen Sprache und Aufmüpfigkeit war sie Baselwind ein Dorn im Auge. Wir alle wurden zurückbeordert ins Beginenhaus an der Kirchgasse, das Baselwind direkt untersteht. Wir wurden wieder weiße Schwestern, durften das Haus nicht verlassen und erhielten niedere Arbeiten zugewiesen. Der Leutpriester hat mich und meine Stellvertreterin Hemma von Gysenstein mit einer Strafe belegt: Wie Katherina speisen wir alle vier Wochen zwölf arme Kinder oder Bedürftige und waschen ihnen die Füße. Eigentlich wäre das ja keine Strafe – bei den Franziskanern tut man auf jeden Fall Gutes an den Armen. Dass es aber öffentlich geschehen muss, geschmäht von den Neugierigen der ganzen Stadt, ist hart.»

«Ich verstehe. Aber Eure Schwester ist doch Meisterin der Beginen am Pfarrkirchhof – hat sie Euch nicht unterstützt gegenüber dem Leutpriester?»

Das weiche Gesicht von Agnes verzieht sich schmerzlich. «Meine Schwester und ich sind damals gemeinsam ins Beginenhaus am Pfarrkirchhof eingetreten. Nach einigen Jahren habe ich das Haus verlassen und die obere Gemeinschaft begründet. Für meine Schwester war das ein Verrat, sie verehrt den wortmächtigen Leutpriester. Als ich unter Zwang in ihr Beginenhaus zurückkam, dem sie inzwischen als Meisterin vorsteht, ist sie mir mit Kälte begegnet. Nun erlaubt sie mir immerhin, hier im Niederen Spital zu arbeiten. Wahrscheinlich ist sie froh, mich nicht immer unter den Augen zu haben. Sie schämt sich für mich.»

«Dann ist die Sache jetzt ausgestanden?»

«Kürzlich wurde unser Besitzstand neu geregelt. Unser Vogt Johann von Bubenberg hat einen Teil unseres Besitzes veräußert. Die Erlöse und Zinsen der übrigen Güter stellen sicher, dass die sechs jüngeren Schwestern des Beginenhauses an der Kirchgasse die Buße nach unserem Ableben weiterführen werden. Katharina Regenhut, Anna Burger, Anna und Adelheid Ladener, Greda uf Steben und ihre Gefährtin Ita haben sich verpflichtet, die Speisungen und Waschungen bis in alle Ewigkeit auszurichten. Einen Teil der Grundstücke – den Preis hat der Vogt ausgehandelt – hat Peter ab Berg erworben.» Sie überlegt. «Ist das nicht Euer Vater?»

Anna ist überrascht. «Das ist mein Vater, ja. Ich weiß aber nichts von diesen Geschäften. Mein Mann und mein Vater behalten alles für sich.»

«So sind die Männer. Die Deutschen Herren und die Regelschwestern vom Deutschen Orden werden jedes Jahr etwas von diesem Geld erhalten, so wurde es in der Urkunde festgelegt. Wir haben darauf bestanden, dass auch den Franziskanern jährlich etwas zukommt. Sollten wir ins geschlossene Kloster des Deutschen Ordens eintreten, erübrigt sich die Bußenregelung – dann würde unser ganzer Besitz ans Kloster fallen. Das wird aber nicht geschehen! Wir sind Beginen und wollen uns nicht ins enge Klosterleben einfügen. Für einige mag das stimmen – für uns nicht.»

Bevor Anna etwas erwidern kann, betritt die Oberin den Raum, grüßt Anna und schaut von ihr zu Schwester Agnes, wie wenn sie aufgeklärt werden möchte, worüber gerade gesprochen wurde.

Anna zieht ihren kleinen Geldbeutel aus der Tasche des Überkleids, in dem sie das Haushaltsgeld aufbewahrt. Durch geschicktes Einteilen ist es ihr immer wieder möglich, davon abzuzweigen, ohne dass sie Heinrich um Geld fragen muss. Sie zählt etliche Münzen in die Hand der Oberin. «Das ist Geld für den Arzt, der Giselas Wunde versorgen soll. Und hier – legt dieses Geld zur Seite. Falls die Mutter des kleinen Buben nicht überlebt, will ich dafür sorgen, dass er bei der anderen jungen Mutter bleiben kann, welche die Stelle der Küchenmagd übernimmt, wenn Ihr so einverstanden seid.»

«Das Wort der Frau des ehemaligen Vogts hat Gewicht», sagt die Oberin streng. «Ich werde die Sache mit dem jetzigen Vogt und mit Leutpriester Baselwind besprechen.»

Anna blinzelt Schwester Agnes zu, als sie mit Grit das Niedere Spital verlässt.

14

Spiez, Juli 1336

Anna hält das Gesicht in die Sonne. So viel Licht schon am frühen Morgen, das ist sie nicht gewohnt. Die Strahlen wärmen das Gesicht, ihre Haut prickelt. Sie hat ein Reisekleid angezogen – so blau ist es wie der See, der immer wieder sichtbar ist, mit den grünen Hügeln und Schneebergen dahinter. In Bern sieht man die weißen Berge nur klein am Horizont, wenn man vor die Stadtmauer tritt. Hier über dem Thunersee zeigen sie sich jedoch groß und eindrücklich.

Der Wind kräuselt die Seeoberfläche, biegt das Schilf, wirbelt Staub auf. Ihr Kleid, das sie in der Herberge in Thun ausgeklopft hat, schimmert bereits wieder bräunlich. Zum Glück hat sie noch ein anderes Kleid mit. Von Bern sind sie auf der Thunstraße gereist. Heinrich und der Fuhrmann kennen die Straße gut, über diese Straße werden Waren aus dem Oberland und von jenseits der Alpen angeliefert, hat Heinrich erklärt. Einige Male konnten sie einen Blick auf die Aare werfen, sahen Flößer mit Holzstämmen, die im Fluss trieben; sie hat die Flößer auch schon in der Matte beobachtet. Und sie erblickten Barken mit Fässern und Ballen beladen, welche die Schiffer durch die Wirbel lenkten. Erinnerungen an die Zurzachreise kamen hoch. Heinrich hat ihr versprochen, dass sie von Thun mit einem Weidling auf den Wassern der Aare in die Stadt zurückkehren würden.

Wie grün der Fluss ist – wie blau das Seewasser! Die Strecke nach Thun ist stark bereist, immer wieder kamen ihnen Bauern mit Karren oder Handelsreisende mit schwer beladenen Wagen entgegen. Einmal wurden sie von einer Kutsche überholt, in der ein vornehmer Herr saß, mehrere Male von Reitern. Links und rechts der Straße mähten die Bauern und

Knechte das hohe Gras und reife Getreide mit der Sense, Bäuerinnen und Mägde zetteten und wendeten das Heu und rechten es zu Schwaden, banden Dinkel, Weizen und Roggen zu Garben. Hunde bellten, wenn ihr Wagen vorbeifuhr, einige Bauernkinder winkten ihnen zu. Weil die Straße mit Schlaglöchern gespickt ist, rumpelte und ruckelte der Wagen tüchtig, sie war froh, als sie endlich beim Zollhaus in Thun ankamen und durch den Torturm in die Stadt gelangten.

Thun liegt wie Bern an der Aare, über der Stadt thronen die Kirche und das Schloss. Heinrich kennt Handelsherren in Thun, hatte sich aber nicht für eine private Unterkunft, sondern für eine Herberge am Fuß des Schlosshügels entschieden. Im Speiseraum setzte ihnen die Herbergsmutter ein einfaches Mahl mit Siedfleisch, Kraut, Linsen und Bohnen vor, während der Herbergsvater draußen die Pferde versorgte. Mit ihnen am Tisch saßen Pilger, die von den Beatushöhlen kamen und die Kirchlein Unsere Liebe Frau in Scherzligen und Sankt Michael in Einigen aufsuchen wollten. Ihre Stöcke und Pilgerstäbe mit gebogenem Knauf hatten sie gegen die Wand gelehnt, manchmal fiel einer knallend zu Boden, so dass alle erschraken. Sonst hörte man nur das Geräusch der Löffel, das Schlürfen und Schmatzen und gedämpfte Gespräche. Für die Nacht wurden ihnen Plätze im kleineren Schlafsaal zugewiesen. Trotzdem war es ihr wegen des Schnaufens und Schnarchens der Männer schwergefallen einzuschlafen.

Tiefes Atmen, leichtes Schnarchen hört sie auch jetzt. Heinrich ist in sich zusammengesunken, das gleichmäßige Traben des Pferdes, das leichte Schaukeln des Wagens und die Hitze haben ihn schläfrig gemacht. Auch ihre Augen fallen zu. Da ist aber ein Geräusch, das stetig näher kommt. Pferdehufe sind zu hören – es sind trabende Pferde. Heinrich schlägt die Augen auf, das Hufgeklapper ist in seinen Schlaf gedrungen.

Die Pferde kommen heran, sind für kurze Zeit auf ihrer Höhe. Heinrich winkt ihnen zu, die Pferde kommen zum Stillstand, der Wagen hält neben den Reitern.

Der ältere Reiter ist Philipp von Kien, der Schultheiß von Bern; er trägt nicht seinen hohen Schultheißenhut, sondern Barett und Federbusch. Der jüngere Reiter, ebenfalls mit Barett und Federbusch und in Ritterrüstung, stellt sich als Johannes von Kien vor, Herr zu Worb, Sohn des Schultheißen. Die Pferde sind mit einer Decke mit dem blausilbernen Wappen der von Kien geschmückt, gekreuzte silberne Geierklauen auf blauem Grund.

«Schmuck nehmen sie sich aus, eure Pferde!», sagt Heinrich.

«Die Pferde sind geschmückt, weil ein Turnier stattfinden soll», erklärt Philipp von Kien.

«Sind nicht zu wenig Ritter da? Unsere Gastgeber sprachen von einem Fest mit den wichtigsten Beteiligten des Kaufakts im Februar.»

«Es wird nur einen Einzelkampf geben – mein ältester Sohn Johannes gegen Bubenbergs ältesten Sohn Ulrich.»

«Da sind die Ritter unter sich – bei solchen Kämpfen können wir Kaufleute nicht mithalten.»

«Mit eurem Geld könnt ihr sehr wohl mithalten. Die Münzer-Brüder Laurenz und Werner und ihr Schwager Burkhard von Bennenwil haben 1000 Goldgulden und 600 bernische Silberpfund für die Herrschaft Spiez aufgeworfen.»

«Wir sprechen von den reichsten Männern von Bern», meint Heinrich, «ihre Mittel sind jenseits von meinen. Ich habe nur mein Gut Seeholz verkauft.»

«Ich weiß», Philipp blinzelt, «wir sind auf derselben Seite. Schön, dass uns die Freiherren von Strättligen zum Fest laden.»

«Sie besitzen immer noch das Wohnhaus beim Schloss und sind verschwägert mit den Käufern. Der Verkauf ist in Minne abgelaufen, ich habe ihn gern bezeugt.»

«Und ich mein Siegel gegeben.» Philipp schaut zu seinem Sohn. «Wir reiten weiter.»

«Die Kien gegen die Bubenberg – das wird aufregend», erklärt Heinrich.

Philipp von Kien nickt angespannt, die beiden Reiter geben ihren Pferden die Sporen, das Klappern der Hufe entfernt sich.

Anna hat nicht alle Anspielungen verstanden, sie schaut ihren Mann fragend an.

«Bei der Schultheißenwahl 1334 waren wir Notabeln, die bessergestellten Bürger, auf der Seite von Philipp von Kien. Viele hatten Angst, dass die Bubenberg in Bern zu mächtig und alles beherrschend werden. Johann von Bubenberg schaffte die Wiederwahl nicht und musste seinem Rivalen den Vortritt lassen. Kien ist uns Kaufleuten, Geldgebern und Handwerkern wohlgesinnt, denn er weiß, dass er seine Wahl uns verdankt. Den Gerbern hat er ein neues Haus bewilligt unten an der Marktgasse. Mit Kien kam Herrschaftsbesitz in Reichweite von uns Kaufleuten und Geldgebern. Wer so reich und einflussreich ist wie Bennenwil und die Münzers – Laurenz war lange Jahre Schultheiß –, kann Burgherr werden. Philipp von Kien war in erster Ehe mit Anna von Erlach verheiratet. Mit dieser guten Partie hat er sich für das höchste Amt in Bern empfohlen.» Heinrich lacht. «Viel läuft über die Heiraten. Burkhard von Bennenwil hat Geppa Münzer geheiratet – da klingelten die Münzen. Werner Münzer hat Katharina von Strättligen geehelicht und sich damit für den Kauf der Herrschaft Spiez empfohlen. Zur Herrschaft Spiez gehören Burg, Stadt und Dorf Spiez, die Dörfer Faulensee, Hondrich, Spiezwiler, Gesigen und Einigen, die Gebotsgewalt über die Ansässigen und das Recht, Zinsen zu erheben. Auch die Gesigerau, der Spiezberg mit seinen Reben und mein ehemaliges Gut Seeholz sind eingeschlossen. Dieser Kauf ist eine große Sache.»

Sie staunt. Heinrich hat ihr vom Fest erzählt, zu dem sie anlässlich des Verkaufs der Herrschaft Spiez eingeladen seien, nicht aber von den Hintergründen des Geschäfts. «Wird der ehemalige Schultheiß von Bubenberg auch am Fest teilnehmen?»

«Anscheinend schickt er nur seinen Sohn, der diesen Ritterkampf ausfechten soll. Wir werden sehen, wer obsiegt.»

«Ich bin für die Kien», meint Anna, «Schultheiß von Kien flößt mir Vertrauen ein. Die Bubenberg kenne ich weniger.»

Heinrich kneift die Augen zusammen. «Philipp von Kien ist mein langjähriger Vertrauter. Es gab auch eine Zeit, da er in Verruf war. Lange Jahre war er Schultheiß in Thun, und man sagt, dass er am Abend des Brudermords auf Schloss Thun zugegen war.»

«Brudermord?», fragt Anna erschrocken.

«Graf Eberhard von Kyburg, ein Vertrauter von Philipp, soll Schuld tragen am Tod seines älteren Bruders Hartmann, der in den Burghof stürzte. Eberhard war der Erbe seines Bruders.»

Ihr schwirrt der Kopf. Die einflussreichen Münzer mit dem vielen Geld, die Spiez gekauft haben. Die Strättligen, die es ihnen verkauft haben, weiterhin aber dort wohnen und mit den Käufern zusammen ein Fest ausrichten. Philipp von Kien, der in ihrem Haus in Bern ein- und ausgeht, soll beim Brudermord unter den Grafen von Kyburg dabei gewesen sein. Dass er Johann von Bubenberg bei der Schultheißenwahl ausstach, ist das Einzige, was ihr bekannt war – davon hat man in der Stadt gesprochen. Auch ihr Vater hat für Philipp von Kien gestimmt. Sie lehnt sich zurück. Am Fest wird es ein Turnier geben. Es handelt sich aber nur um einen Schaukampf. An der Festtafel wird man sich versöhnen – oder nicht? Fast alle Geladenen sind miteinander verwandt, das Geschäft wurde unter Familienmitgliedern getätigt. Da kratzt man sich nicht die Augen aus.

Als die Sonne im Mittag steht, sitzt Anna neben Heinrich an der großen Tafel im Burghof. Sie hat auf Heinrichs Wunsch ihr rotes Kleid und die Kette mit den roten, in Gold gefassten Steinen gewählt. Johann und sein Sohn Heinrich von Strättligen empfingen die Besucher bei ihrem Wohnhaus. Sie erinnert sich gut an den älteren und jüngeren Burgherrn, die sie beim Verkauf des Gutes Seeholz im Jahr ihrer Hochzeit in ihrem Haus empfangen hatte. Vater Johann hat einen so kräftigen Händedruck, dass sie fast aufschrie. Sein Sohn Heinrich dagegen ist blass und wirkt kränklich neben seiner großgewachsenen, stattlichen Frau Margareta von Bubenberg.

Während die Männer den Wehrturm erstiegen, zeigten Margareta und Katharina von Strättligen ihr und Bennenwils Frau Geppa das Wohnhaus der Strättligen und die Kirche. Geppa lobte die kostbaren Wandteppiche im Haus überschwänglich. Ihr, Anna, hatte es mehr die Schlosskirche angetan mit dem erhöhten Chor. Als sie vor dem Chor auf den Knien lagen, machte Katharina sie flüsternd auf den gemalten Christus hoch oben im Gewölbe aufmerksam, der von vier Engeln getragen wird. Tief beugten sie den Kopf vor der Figur des Christophorus, des Schutzheiligen der Reisenden. Katharina, Tochter des alten Besitzers Johannes von Strättligen und Ehefrau des neuen Besitzers Werner Münzer – hübsches Gesicht und üppiges blondes Haar unter dem Gebende –, redete von Burg, Haus und Kirche, wie wenn sie ihr selbst gehörten.

Jetzt sitzt sie neben ihrem kleinen, feisten Mann Werner in der Mitte des Tisches, während Margareta und der kränkliche Heinrich am Tischende Platz genommen haben. Weil Katharina nur ein kleines Gebende trägt, das wie ein Krönchen auf ihrem Blondhaar sitzt, hat Anna ein leichtes Gebende aus Leinen gewählt, das ihr dunkles Haar kaum versteckt. Sie bemerkt wohl die bewundernden Blicke der Männer, die Katharinas blonden Locken gelten, aber auch über Annas Gestalt im roten Kleid gleiten. Ritter Ulrich von Bubenberg, der Sohn des ehemaligen Schultheißen, kann sich nicht sattsehen am Blondhaar der Gastgeberin, während ihr Gatte, der diese Blicke bemerkt hat, seine Hand auf Katharinas Schulter legt, als er das Festessen mit ein paar feierlichen Worten eröffnet. Anna starrt gebannt auf sein Wams, dessen Knöpfe unter der Leibesfülle abzuspringen drohen.

Ein wunderbares Mahl wird aufgetragen: Huhn mit Erbsen, Lammfleisch mit Zwiebeln, verschiedene Fische, einer gesotten, einer gebraten, einer gebacken und mit Rosinen verziert, dazu Schweinsbraten mit Gurken. Weizenbrot wird gereicht, Wein und Claret getrunken. Der Wein stammt aus den Spiezer Rebbergen und wird von der Tischrunde gelobt. Als Süßspeise kommen Weichselkirschenmus, Obst, Nüsse und Konfekt auf den festlich gedeckten Tisch. Die Gespräche werden weniger und verstummen ganz, je mehr sich die Mägen füllen.

Die Sonne ist weitergewandert. Die beiden Ritter erheben sich. Johannes von Kien ist kleiner als sein Gegner, scheint aber wendig. Ulrich von Bubenberg ist kräftig und großgewachsen. Finster blicken beide in die Runde, werden beklatscht und entfernen sich, um sich von ihren Knappen und Knechten in die Rüstung helfen zu lassen.

Werner Münzer erhebt sich, die Löffel werden niedergelegt. «Die Herrschaft Spiez war bis jetzt das Eigentum von

Rittern. Ritter fechten Kämpfe aus, wenn auch manchmal nur zur Schau. Wir Geldgeber sind keine Ritter und können da nicht mithalten. Die Strättligen, die uns die Herrschaft verkauft haben, verzichten auf eine Teilnahme», Münzer schielt zum schwächlichen Heinrich von Strättligen. «Zwei junge Männer bestreiten heute einen Schaukampf: Es sind die werten Ritter Johannes von Kien und Ulrich von Bubenberg. Ihre Väter haben ihr Siegel gegeben auf der Verkaufsurkunde – beide sind eng mit der Herrschaft Spiez und uns verbunden. Der Kampf findet auf der gegenüberliegenden Seite des Hofes statt, wo meine Knechte Stroh aufgeschüttet haben. Die Ritter versuchen, sich mit der Lanze aus dem Sattel zu stechen.»

Während Münzers Worten sind die Ritter auf ihren tänzelnden Pferden erschienen und reiten zu entgegengesetzten Seiten des Hofes. Ein Raunen geht durch die Tischrunde, alle erheben sich und wollen gute Sicht auf das Geschehen haben. Die Männer stellen sich in den Vordergrund – es sind Ritter, die etwas ausfechten, das ist keine Frauensache.

Die beiden Ritter sind in Kettenhemden und Hauben gekleidet, sie sehen ähnlich aus, tragen beide Schilde und Lanzen in der Hand. Unterschiedlich sind nur ihre Wappen, die auf Schild und Pferdedecke prangen: Das Wappen Ulrich von Bubenbergs ist weiß und blau mit weißem Stern, jenes von Johannes von Kien blau, mit gekreuzten silbernen Geierklauen. Dieses Wappen ist Anna bereits aufgefallen, als sie den Herren von Kien am Morgen begegneten.

Geppa Münzer, die neben Anna steht, zwitschert mit ihrer hohen Stimme: «Ich will nicht zusehen, wie sich die Ritter abstechen.»

«Sei still», zischt ihr Gatte, der sich zu ihr gedreht hat. «Die beiden werden sich nur aus dem Sattel heben – die Lanzen sind stumpf.»

Anna ist froh, das zu hören, denn auch sie hat Angst vor einem blutigen Stechen.

Werner Münzer gibt mit einem kleinen Horn das Signal, die beiden Ritter sprengen aufeinander zu. Die Lanzen verfehlen aber ihr Ziel, die Pferde galoppieren aneinander vorbei. Angespanntes Ein- und Ausatmen der Zuschauer. Die Ritter stellen sich auf für einen zweiten Durchgang. Wieder reiten sie aufeinander zu, diesmal treffen die Lanzen die Schilde, sie prallen ab, keiner der Ritter verliert das Gleichgewicht. Die Zuschauer seufzen enttäuscht. Erst beim dritten Durchgang wird es ernst. Nur einer der Ritter vermag den Stoß der Lanze mit dem Schild zu parieren, Blau, Weiß und Silber der Wappen wirbeln durcheinander. Der andere Ritter wird von der Lanze aus dem Sattel gehoben und stürzt ins Stroh. Welcher ist es? Die Zuschauer johlen. Mit hängendem Kopf steht der geschlagene Ritter auf, nimmt seinen Schild – es ist Ulrich von Bubenberg. Johannes von Kien hebt seine Faust im Triumph.

Der Kampf geht weiter. «Ulrich von Bubenberg erhält die Gelegenheit zum Gegenangriff», erklärt Werner Münzer und bläst von neuem ins Horn.

Die beiden galoppieren vornübergebeugt aufeinander zu. Das Pferd Kiens wiehert und steigt auf. Das macht es für Bubenberg einfacher, er trifft mit seiner Lanze Kiens Brust und stößt ihn aus dem Sattel. Die Hufe des Pferdes graben sich neben dem Gestürzten ins Stroh, Kien steht unversehrt auf, wischt sich das Stroh vom Kettenpanzer. Bubenberg jubelt, die Zuschauer klatschen.

«Wir bedanken uns bei den Kämpfern, die uns gezeigt haben, welch fähige Ritter sie sind, bereit, jederzeit sich und ihre Herrschaft und die Stadt Bern zu verteidigen.»

Johannes von Strättligen ergreift das Wort, seine Augen lodern. «Das kann es nicht gewesen sein. Wir wollen einen

Entscheidungskampf sehen zwischen den Kien und den Bubenberg!»

Münzer schaut unsicher in die Runde. Die Männer unterstützen Strättligen. Die Ritter stellen sich noch einmal auf, Münzer bläst ins Horn.

Die Pferde galoppieren aufeinander zu, die Ritter stoßen ein Kriegsgeheul aus, die Zuschauer stimmen ein. Nebeneinander kommen die Tiere abrupt zum Stehen, sie werfen die Köpfe zurück, schnauben. Die Lanzen treffen auf die Schilde, eine gleitet ab, Bubenberg verliert fast das Gleichgewicht, die Zuschauer halten den Atem an. Kien hat den Sieg auf sicher, ist einen Moment unaufmerksam. Da stößt Bubenberg, vornübergebeugt, seine Lanze unter Kiens Schild hindurch, trifft den Gegner voll und hebt ihn rückwärts aus dem Sattel, Stroh stiebt auf. Bubenberg ruft: «Sieg, Sieg!» Kien ist nicht verletzt, obwohl der Sturz bös aussah, er rappelt sich auf, wischt die Strohhalme ab, steigt zurück in den Sattel. Die beiden Ritter traben mit ihren tänzelnden Pferden vors Publikum und deuten eine Verbeugung an, der siegreiche Bubenberg winkt, Kien senkt den Kopf, dann entfernen sie sich.

Schultheiß Philipp von Kien ist still geworden, seine Schultern sind eingesunken, alt wirkt er auf einmal. Mit schweren Schritten geht er zurück zum Tisch und setzt sich. Alle andern tun es ihm nach, der Jubel ist verstummt. Johannes von Strättligen flüstert Heinrich zu, Anna hört es und wohl auch die meisten anderen: «Die Bubenberg sind zäh – sie geben nicht auf nach einer Niederlage.»

Gastgeber Münzer räuspert sich. «Das war der Schaukampf unserer beiden jungen, tapferen Ritter. Ich kündige nun eine Darbietung der früheren Burgherren an. Wir alle wissen, dass Heinrich von Strättligen – Vater von Johann und Großvater des heute anwesenden Heinrich – ein berühmter Minnesänger war. Großsohn Heinrich wird uns Lieder seines Vorfahren singen, der Herr war zu Spiez.»

Heinrich von Strättligen erhebt sich. Auf seinem Rock prangt das Wappen der Herren zu Strättligen, eine goldene Pfeilspitze auf rotem Grund. Er nimmt seine Laute mit abgeknicktem Hals zur Hand, stimmt das Instrument und hebt gleich an mit klarer Stimme, drückt mit der linken Hand die Saiten, zupft sie mit der rechten.

Anna erliegt dem Sog dieser Stimme. Heinrich singt von der Nachtigall, die der Herrin, die sein Herz besitzt, ins Ohr singen solle, denn er lebe ohne Freude und Lebensmut, weil sie ihn nicht erhöre. Ein Klagelied ist das, ein Lied von Liebesleid, das Anna ans Herz greift. Heinrich entlockt dem Instrument perlende Klänge, die sie noch nie gehört hat. Die Dame, die er besingt, eine grausame Herrscherin, schenkt ihrem bedingungslosen Diener, dem liebenden Herrn, kein Gehör. Der Herr ist bereit, für seine Liebe alles zu ertragen – auch den Tod.

Anna schaut sich um. Die Frauen lauschen dem Sänger und Lautenspieler so hingebungsvoll wie sie selbst. Geppa staunt mit offenem Mund, Katharina zwirbelt selbstvergessen eine blonde Locke und lässt ihren Bruder nicht aus den Augen. Nur Margareta von Bubenberg, Heinrichs Frau, scheint unbeeindruckt. Ihr Mann lebt die Lieder mit, er biegt sich vor und zurück, sein Mienenspiel wechselt dauernd. Leidet er selbst an der Liebe? Seine Gattin würdigt er keines Blicks.

«Hat Heinrich nicht eine Dame des Hochadels angehimmelt, sie aber nicht bekommen?», flüstert Werner Münzer seinem Bruder Laurenz zu.

«Eine Hochadlige aus dem Reich war es, unerreichbar für einen Ritter aus niederem Adel.»

«Immerhin hat ihm sein Vater dann die Ehe mit einer Bubenberg eingefädelt – er kann zufrieden sein», meint Werner.

«Ist er aber nicht, dieser Kümmerling», zischt Laurenz giftig. «Was soll dieses Gesäusel? Ein Ritter singt nicht – er kämpft. Vielleicht dämpfen die hohen Schulden, die er bei uns hatte und die nun vorerst durch die Pfandschaft beglichen sind, sein Gemüt.»

Auch die anderen Männer langweilen sich, bemerkt Anna. Ihr Mann Heinrich mustert seine Handinnenseiten, als ob er darin Zahlen lesen könnte; als Münzer eine Pfandschaft erwähnte, hat er aufgehorcht. Burkhard von Bennenwil ist neben seiner Gattin Geppa eingenickt.

Die Sonne steht schon tiefer, Schatten fallen über den Minnesänger. Keine Nachtigallen singen – Schwalben sirren über dem Burghof. Das Leid des liebestollen Herrn wiederholt sich in den verschiedenen Strophen, er weiß nicht, wie er die geliebte Dame, die sein Herz besitzt – «sît si hât daz herze mîn» –, doch noch für sich gewinnen könnte.

Anna lauscht aufmerksam, ist aber weniger ergriffen als zu Beginn. Vielleicht gibt es das, was Heinrich und sein Großvater besingen, in adligen Kreisen: diese bedingungslose Liebe und Hingabe, dieses demütige Dienen eines Herrn, den die herrschsüchtige Dame hochmütig zurückweist. Sie kennt das nicht. Es sind doch die Männer, die herrschen, die Frauen, die dienen. Viele Frauen haben nichts zu sagen, werden von ihren Männern geschlagen und gedemütigt. Sie, Anna, hat es besser, aber nur, weil ihr Heinrich sie achtet – das ist nicht selbstverständlich und eher eine Ausnahme. Und hier ist einer, der sich klein macht vor der grausamen Dame, sich in seinem Leid wälzt, obwohl er sich doch selbst herausziehen könnte. Die Klänge der letzten Strophen perlen an ihr ab. Sie spendet höflich Beifall wie alle anderen, ist aber nicht hingerissen wie Geppa Münzer oder Katharina von Strättligen, die ihrem Bruder um den Hals fällt, worauf die Männer noch heftiger klatschen, weil Katharina so blond ist, ihr Gesicht so lieblich gerötet.

Der unterlegene Johannes von Kien ist nicht mehr erschienen. Der siegreiche Ulrich von Bubenberg ist an den Tisch zurückgekehrt und lacht der schönen Katharina bewundernd zu.

Johannes von Strättligen ergreift das Wort, um seinen Sohn, den Minnesänger Heinrich, in weit ausholenden Worten zu loben.

Werner Münzer steht auf, stellt sich neben seinen Schwager und nimmt seine Frau Katharina bei der Hand. Er dankt den Rittern und dem Minnesänger für die Darbietungen, allen Geladenen für ihr Erscheinen und den Strättligen im Besonderen, die in den Verkauf von Burg und Herrschaft Spiez eingewilligt haben.

Die Stimmung ist nicht mehr so gut, vielleicht, weil den Strättligen bewusst wird, dass sie auf dieser Burg feiern, die ihnen nicht mehr gehört. Werner Münzer verhaspelt sich mit den Worten. Dann tut er das einzig Richtige: Er lässt Fässchen vom Spiezer Weißwein bringen, den alle schätzen. Es wird gebechert, bis sich die Nacht über die Burg senkt.

Anna hat sich mit den anderen Frauen schon früher in die Kemenate, den Wohnraum des Hauses, zurückgezogen. Als sie unter den kostbaren Decken liegt, ziehen die Bilder des Tages noch einmal an ihr vorbei. Sie wäre keine gute Rittersfrau, wird ihr bewusst, hätte Angst, wenn ihr Mann in Turnieren kämpft, hätte die Gabe nicht, einen sie in Minne verehrenden Herrn ewig hinzuhalten, wie es in den Liedern beschrieben ist.

Die adlige Welt ist nicht die ihre. Am kommenden Tag wird sie mit Heinrich auf der Aare nach Bern zurückkehren – die Stadt ist ihre Heimat. Schon halb im Traum hört sie das Sirren der letzten Schwalben und Grölen der Männer im Hof, dann fällt sie in einen tiefen Schlaf.

Witwe

15

Bern, Januar 1338

Er liegt da, die Augen offen, manchmal geschlossen. Wenn sie offen sind, blickt er an die Decke, selten auf sein Gegenüber. Er spricht nicht, ist meist regungslos. Nur in der Nacht hört sie sein Schnarchen, das wie früher durch die Wand zwischen ihren Kammern dringt.

Sonst ist nichts wie früher. Wieso Heinrich? Er zählt fast fünfzig Jahre, ist aber kräftig. Lange Jahre reiste er als Kaufmann durch die Lande, war in Bern Zeuge so vieler Geschäfte. Mitten im Leben stand er. Jetzt liegt er reglos da. Wie ein gefällter Baum. Er isst kaum – nur, was man ihm eingibt. Seine Wangen sind eingefallen. Er atmet, ist noch da – und scheint doch fern.

Walther von Scharnachthal hatte ihn am Tag vor Sankt Vinzenz als Zeugen beigezogen in der Sache seiner Verehelichung mit Elisabeth Frieso. Blieb Heinrich an jenem Morgen länger am Tisch sitzen, schien er müder als sonst? Mag sein. Niemals hätte sie gewagt, ihm den Vorschlag zu machen, nicht hinzugehen. Ein Mann lässt sich in einer solchen Sache nichts sagen von seiner Frau. Nur anerkannte Bürger sind Zeugen bei wichtigen Geschäften. «Wer nicht mehr als Zeuge gefragt wird, ist so gut wie tot in dieser Stadt», sagt ihr Vater.

Sie streicht über Heinrichs Hand. Mag er das? Seine Augen bleiben geschlossen.

An jenem Morgen erhob er sich von der Bank in der Stube, setzte sein Barett auf. Grit eilte aus der Küche herbei und reichte ihm den Mantel. Die Magd diente ihm lange Jahre, bevor sie, Anna, seine Frau wurde. Wie so oft, schien ihr, las

Grit in seinem Gesicht. Sah sie etwas, das sie beunruhigte? Eine Schwäche? Selbst wenn es so gewesen wäre – wie hätte sie, die Magd, ihn aufhalten können, wenn seine Frau es nicht konnte?

Seine Hand ist von hervortretenden Adern durchzogen. Pausenlos führte diese Hand die Feder, trug Zahlen ins Rechenbuch ein. Die Finger krümmen sich leicht. Sie schaut in sein Gesicht. Er hat die Augen geöffnet, starrt blicklos an die Decke.

Der Tag vor einer Woche war vorbeigegangen wie alle anderen Tage. Sie hatte die Frühmesse bei den Predigern besucht, hatte gebetet – für das Seelenheil von Hemma und von ihrem Kleinen. Gegrüßet seist du, Maria, voll der Gnade, der Herr ist mit dir. Du bist gebenedeit unter den Frauen, und gebenedeit ist die Frucht deines Leibes, Jesus. Bitte, Maria – der Herr möge meinem kleinen Engel gnädig sein. Heilige Maria, Mutter Gottes, bitte für uns Sünder jetzt und in der Stunde unseres Todes. Amen. Die roten Korallenperlen des Rosenkranzes waren durch ihre Finger geglitten, sie hatte das Kreuz geküsst.

Dann die Hausarbeiten, Nähen, Flicken, Fegen – sie überlässt Grit nicht alle Arbeiten, hilft selbst mit. Sie hatte sich ans Spinnrad gesetzt, das Rad hatte gedreht, die Wollfaser war durch ihre Finger geglitten. Der Winter ist eine gute Zeit zum Spinnen, man ist nicht abgelenkt durch das viele Licht draußen, kann den Gedanken nachhängen, sie gleich mitverspinnen.

Früh wurde es Abend. Heinrich war nicht zurück zur Vesperzeit. Das war nicht außergewöhnlich, nach einer Beurkundung wird oft gefestet, die Fastenzeit ist noch nicht angebrochen. Sie hatte Grit an den Tisch gebeten, um nicht allein zu speisen, sie hatten über den Einkauf des nächsten Tages gesprochen.

Auf einmal war ein Klopfen an der Tür zu hören gewesen. Tock-tock-tock. Grit hatte geöffnet, die Kerze flackerte im Luftzug. Eine männliche Stimme. Die Magd erschien mit weißem Gesicht in der Tür.

«Der Herr ist gestürzt, im Badergraben. Der Knecht soll helfen, ihn nach Hause zu tragen.»

Sie erhob sich. «Was ist geschehen? Hat Heinrich den Fuß verstaucht, den Knöchel gebrochen?»

«Der Herr ist ohne Bewusstsein, sagte der Knecht des Baders.»

Grit stürmte bereits wieder über die Treppe nach unten und klopfte den Knecht heraus. Er erschien schlaftrunken, Stroh im Haar. Oben an der Treppe stehend, erteilte sie ihm den Auftrag, den Herrn zusammen mit dem anderen Knecht zu holen.

Wortlos saßen Grit und sie sich in der Stube gegenüber. Die Zeit dehnte sich. Dann ein Klopfen, die Haustür ging auf. Ein kalter Luftzug fuhr durchs Haus, es gelang ihr, mit der Hand die Kerzenflamme zu schützen. Schwere Schritte auf der Treppe, die Knechte erschienen mit einer Bahre, auf der Heinrich lag. Sie bedeutete ihnen, die Bahre abzusetzen. Heinrichs Kopf rollte hin und her, seine Augen waren geschlossen. Angstvoll beugte sie sich über ihn, sprach ihn an. Er antwortete nicht, sie spürte aber seinen Atem. «Bringt ihn in die Kammer», befahl sie. Grit entzündete ein Talglicht in der Küche, ging voran. Die Knechte taten wie geheißen, sie hoben Heinrich aufs Bett.

«Herr, was kann ich für Euch tun?», fragte Grit.

Keine Antwort.

Anna hatte die Knechte weggeschickt, ihnen ein paar Pfennige zugesteckt. Mit Grit zusammen hatte sie Heinrich ausgezogen, ihn dann schnell zugedeckt, um ihn vor den Augen der Magd zu schützen. Sie hatte Grit in ihre Kammer unter dem

Dach geschickt, obwohl die Magd anerboten hatte, bei ihrem Herrn zu wachen.

Kein Auge hatte Anna zugetan, hatte die ganze Nacht neben ihm gesessen. Das Talglicht brannte hinunter gegen Morgen, Heinrichs Gesicht verschattete sich immer mehr, dann erlosch das Licht mit einem leisen Zischen. Bereits graute der Wintermorgen, Heinrichs Gesicht gewann Konturen im fahlen Licht. Sein Mund wirkte leicht verzogen, wie wenn er etwas Saures gekostet hätte, bemerkte sie. Sie versuchte, ihm den Mundwinkel glatt zu streichen. Er rührte sich nicht, der Mund blieb schief, der Atem kam aber stetig.

Grit erschien im Dämmerlicht, bat die Herrin, sich auszuruhen. Sie hatte einen Krug gebracht, wollte dem Herrn etwas Wasser einflößen, das würde ihn wecken. Aber er erwachte nicht.

Anna war kurz eingenickt in ihrer Kammer, hatte dann wieder nach Heinrich gesehen und nach dem Medicus geschickt. Sie hatte den jüdischen Arzt gewählt, von dessen Kenntnissen sie viel Gutes gehört hatte.

Der Arzt war erschienen, ein kleiner, schmaler Mann mit spitzem Hut und unruhigen Augen, die über Heinrich glitten, als sie ihn in die Kammer führte. Angstvoll blieb sie hinter dem Bett stehen. Der Arzt schlug die Decke zurück, musterte den Kranken, betastete seinen Körper, hörte ihn ab, betrachtete die Zunge und hob das Augenlid an, bevor er ihn wieder zudeckte. Dann drehte er sich zu ihr um.

«Keine einfache Krankheit.» Er suchte nach Worten, schaute sie nicht an. «Ihr wisst von der Viersäftelehre? Aus einem Übermaß an Erde ist bei Eurem Mann zu viel Schwarzgalle entstanden. Auch zu viel Wasser und Schleim stelle ich fest. Es fehlt etwas feurige Gelbgalle und vor allem das Element Luft des Blutes.»

Sie verstand nichts. «Heinrich ist gestürzt. Hat er nichts gebrochen? Wurde ihm ein Leid zugefügt?»

«Kein Knochen ist gebrochen, im Auge und auf der Zunge stelle ich kein Gift fest, wenn Ihr das meint. Das Ungleichgewicht der Säfte ist aber so stark, dass Euer Mann nicht richtig bei Bewusstsein ist. Er braucht warme und feuchte Nahrung, um das Gleichgewicht wiederherzustellen. Ich spreche von Mandeln, Bohnen, Rüben, Weizen, Datteln, Birnen, süßen Äpfeln, Hähnchen, Leber, Lamm und Truthahn. Zerstoßt die Speisen, gebt sie ihm löffelweise ein.» Der Arzt deutete eine kleine Verbeugung an, setzte seinen Spitzhut auf und näherte sich der Treppe, wo er auf Grit traf, die mit den Einkäufen die Treppe heraufkam.

Diese stieß einen spitzen Schrei aus. «Ein Jude im Haus!» Der Arzt ging mit raschen Schritten die Treppe hinunter, öffnete die Tür und entfernte sich. «Er ist schuldbewusst – hat er meinen Herrn vergiftet?» Die Magd baute sich vor ihr auf, ihre Augen funkelten. «Wie kommt Ihr dazu, den jüdischen Arzt zu holen? Das bringt Unglück!»

Anna stellte sich ihr entgegen. «Was ist in dich gefahren?»

«Meine Mutter sagt, dass die Juden in Bern vor einigen Jahren ein Christenkind vergiftet hätten. Sie mussten büßen dafür, alle, die überlebten, wurden aus Bern vertrieben. Nun sind einige wieder da, so dieser Arzt. Nie würde ich ihn ans Krankenbett lassen. Vielleicht hat er meinen Herrn heimlich vergiftet, jetzt kommt es nie mehr gut mit ihm.»

«Das ist Unsinn – ich war dabei, als er Heinrich untersuchte!», hat Anna geschrien. Grit erschrak und machte einen Schritt zurück. «Der Arzt hat erkannt, dass Heinrich an zu viel Schwarzgalle leidet, wir werden ihm das Essen zubereiten, das ihn gesund macht – du gehst jetzt gleich auf den

Markt und kaufst ein.» Etwas ruhiger geworden, zählte sie die fehlenden Lebensmittel auf.

Grit bückte sich nach dem Einkaufskorb, räumte ihn aus, nahm ohne ein Wort das Geld entgegen, das sie ihr in die Hand drückte, und verließ das Haus.

Ein schaler Geschmack blieb in Annas Mund zurück, wie wenn sie etwas Verdorbenes gegessen hätte. Ihr war schwindlig, als sie wieder an Heinrichs Bett saß.

Am nächsten Tag war Sonntag. Grit besuchte nur kurz ihre Mutter, am späten Nachmittag löste sie Anna am Krankenbett ab.

«Meine Mutter kennt sich aus. Sie hätte diesen jüdischen Arzt nie beigezogen. Mit den Speisen aber hat er recht. Der Herr soll zudem Milch trinken und einen Sud von Wacholderbeeren, sagt Mutter.»

Sie hat ihr Einverständnis gegeben, ist aufgestanden, Grit hat ihren Platz eingenommen. Wie immer wachte Grit die ganze Nacht an Heinrichs Bett, schlief zeitweise im Sitzen. Einmal hat Anna sie am Morgen schlafend vorgefunden, mit dem Oberkörper auf Heinrichs Bett. Nach den durchwachten Nächten verrichtete sie ihre Tagesarbeit, als ob nichts gewesen wäre. Anna hat ihr die Widerworte nicht nachgetragen. Trotzdem ist ein Stachel in ihrem Innern geblieben. Wie konnte es sein, dass sich Grit ihr auf diese Art entgegenstellte?

Anna richtet sich auf, sie ist über dem Krankenbett zusammengesunken. So lang sind die Stunden, wenn man nur dasitzt und auf eine Besserung hofft, die in dieser Woche nicht eingetreten ist. Es ist kalt, sie reibt sich die Hände. Sie friert, obwohl die Tür offen steht und von der Küche und dem Kachelofen in der Stube etwas Wärme in die Kammer dringt. Sie befühlt seine Hände – sie sind warm, zum Glück. Graue

Stoppeln sind ihm gewachsen in dieser Woche. Seine Augen sind noch immer geschlossen.

Sie haben die Speisen, die der Arzt verschrieben hatte, gekocht und Heinrich eingeflößt. Er schluckte alles, redete aber nicht. Kann er nicht, will er nicht? Manchmal hat sie das Gefühl, dass er sie und Grit wahrnimmt. Dann wieder scheint er sehr fern.

Der jüdische Arzt ist ein weiteres Mal gekommen. Wieder untersuchte er Heinrich und runzelte die Stirn. «Die Schwarzgalle hat noch immer die Oberhand. Vielleicht hilft die ‹weiße Speise›, ‹Blanc-manger› wird sie auch genannt. Bereitet Mandelmilch zu, fügt Zucker hinzu, wenn er es süß mag, sonst fein geschnittenes Huhn und Reis.» Er überlegte: «Das Element Luft ist nötig, damit sich die Säfte richtig mischen. Der Bader soll ihn zur Ader lassen und schröpfen – das ist eine neue, hilfreiche Methode.»

Grit hat die weiße Speise hergestellt, wenn auch widerwillig, denn ihre Mutter kennt sie nicht. Der Bader ist gekommen. Sie hat ihn gefragt, wie es genau geschehen sei – im Badergraben wurde Heinrich gefunden. Heinrich sei gestürzt, sagte der Bader, während er den Kranken untersuchte.

«War er allein? Oder vielleicht mit einer … Hübschlerin?», fragte sie stockend. Sie hat keine Ahnung, woher sie den Mut nahm, das Wort auszusprechen und gar noch diese Frage zu stellen.

Der Blick des Baders war undurchdringlich. «Er war allein.» Er nahm sein Skalpell hervor, ließ Heinrich zur Ader, zapfte viel Blut ab. Heinrich hatte die Augen offen, er schloss sie, als das Blut floss und öffnete sie die ganze Nacht nicht wieder, sagte Grit.

Zwei Tage später kam der Bader noch einmal zum Schröpfen. Sie drehten Heinrich auf den Bauch. Der Bader ritzte die Haut auf seinem Rücken, erhitzte die Luft in bauchigen Gläschen und setzte sie auf die Haut. Heinrichs Fleisch buckelte sich unter dem Glas. Noch nie hatte Anna so etwas gesehen. Konnten diese Gläschen das Übermaß an schwarzer Galle herausziehen – oder taten dies die Blutegel, die der Bader zwei Tage später ansetzte? Die Egel – widerliche, dicke Würmer – krümmten sich auf dem Rücken, Blut floss. Sie hoffte so fest auf Genesung. Aber Heinrichs Zustand besserte sich nicht.

Es hatte sich in der Stadt herumgesprochen, dass er krank war. Besuch kam, einige Kleinräte wollten Heinrich sehen. Sie verabschiedeten sich bald wieder – auch ihr Vater –, weil sie mit dem Kranken nicht reden konnten.

Leutpriester Baselwind sprach vor. Sie hatte Prior Johannes vom Predigerorden ans Krankenbett holen wollen. Bevor sie das tun konnte, stand Baselwind vor der Tür. Er musterte sie mit seinem durchdringenden Blick, bat nicht um Einlass, sondern stapfte gleich die Treppe herauf. «Wo finde ich Kleinrat Heinrich?», fragte er über die Schulter. Sie führte ihn in die Kammer. Baselwind legte dem Kranken die Hand auf die Stirn, betete laut, segnete ihn. «Holt mich, falls es schlimmer wird», sagte er zum Abschied.

Eine Woche Krankheit. Eine Woche ohne ein Wort von Heinrich. Die Tage waren lang, flossen ineinander.

Heute aber ist Schnee gefallen, die Dächer haben weiße Mützen. Dann hat es aufgeklart, der Himmel ist blau, helles Licht dringt durch die Scheibchen des Fensters. Grit ist zum Markt gegangen, sie soll noch einmal Mandeln beschaffen für mehr weiße Speise – diese passt zum Schnee.

Als sie in sein Gesicht schaut, sind seine Augen geöffnet. Schaut er sie an? Sie ist sich nicht sicher. Sein Mund bewegt sich – er will etwas sagen. Es kommt nur Brabbeln heraus. Sie beugt sich näher, hört das Wort «Priester». Schon lange hat er nicht mehr die Messe besuchen können, keine Beichte ablegen. Er ist sich dessen bewusst. Welch ein Fortschritt! Endlich ein Zeichen, endlich geht es vorwärts. Schnell geht sie nach unten, weckt den Knecht, der auf dem Wagen sitzt und döst, er solle Baselwind holen. Der Knecht erschrickt, verspricht, sofort loszufahren, sie geht wieder nach oben.

Heinrich schaut sie an. Seine Lippen formen das Wort «Danke». Sie nimmt seine Hand. Er sagt nichts weiter, seine Augen stehen offen.

Der Leutpriester kommt schnell, mit fliegendem Mantel betritt er die Kammer, zieht den weißen Mantel mit schwarzem Kreuz erst gar nicht aus. Er bedeutet ihr, draußen zu warten und die Tür zu schließen. Sie schlottert im Dunkeln vor der Kammer – das Feuer in der Küche und im Kachelofen ist ausgegangen. Sie hört die Stimme des Priesters, die auf Heinrich einredet. Ist da auch Heinrichs Stimme?

Zeit vergeht. Die Tür öffnet sich. Der Priester steht im Rahmen, bedeutet ihr, auf die Knie zu sinken, segnet sie. «Euer Mann hat Anteil am Heiligen Geist, seine Sünden werden vergeben. Er hat die Sterbesakramente empfangen, ist im Vertrauen auf die göttliche Barmherzigkeit und im Glauben an die Auferstehung Christi von uns gegangen.»

Sie rappelt sich auf, schiebt sich an der Wand hoch, stammelt: «Heinrich ist tot?»

«Er wird ins ewige Leben eingehen.»

Baselwinds Mantel streift sie; er zieht die Kapuze über, verschwindet über die Treppe. Sie schleppt sich in die Kammer. Heinrich liegt da, die Augen geschlossen, die Hände gefaltet. Sie legt den Kopf auf seine Brust. Kein Atem. Nur sein Körper ist noch hier, er ist weg. Heimlich, ohne sie. Aber mit dem Priester an seiner Seite, sein Seelenheil ist gerettet. Das zählt. Sie selbst ist klein, unwichtig. Sie kniet neben seinem Bett nieder, legt den Kopf auf die Decke, es schüttelt sie.

Nach einiger Zeit ein Geräusch, die Haustür fällt ins Schloss. Der Knecht sagt etwas. Grit stürmt die Treppe nach oben, macht sich in der Küche zu schaffen, steht kurz darauf mit dem Aquamanile in der Hand unter der Tür der Kammer, um Heinrich frisches Wasser einzugießen. Ihre Augen weiten sich. Ungläubig schreitet sie zum Bett, auch sie horcht an seiner Brust. Ein Schrei. Das Aquamanile entgleitet ihr, zerspringt auf dem Boden. Anna starrt auf die Scherben und empfindet nichts. Grit steht tränenüberströmt am Bett. Als Anna die Hände ausstreckt, wendet sich Grit ab, verbirgt das Gesicht in den Händen.

Der Tag der Beerdigung. Anna hat kaum geschlafen – nicht in der Zeit seiner Krankheit, nicht in der Zeit der Trauer. Alles ist wie in einem bösen Traum an ihr vorbeigezogen. Sie ist schwarz gekleidet. Die Welt ist ins kalte Weiß des Schnees gepackt, der in den letzten Tagen gefallen ist.

Schwarz gekleidete Leute zogen durch ihr Haus. Die Fenster und der kleine Spiegel waren mit Tüchern verhängt, Totenkerzen brannten. Sie konnte kaum atmen. Die Luft hatte auch ihm gefehlt – hatte der Arzt nicht davon gesprochen? Der Arzt, der Bader, der Priester, der Tod. Alle sind sie gekommen. Und die Trauergäste, die ihr Beileid aussprachen. Der Vater manchmal an ihrer Seite, manchmal Tante Johanna. Nie Grit. Grit hat sich in der Küche zu schaffen gemacht, die Gäste bedient. Am Abend ist sie an Heinrichs Sarg gekniet, der in der Stube stand. Dann ist sie in ihre Kammer gegangen, ohne ein Wort. Ohne Gruß hat sie am Morgen die Glut angefacht, Lichter angezündet. Als ob es die noch bräuchte. Wie wenn das Leben weiterginge. Heinrich ist tot. Mit seinem Tod ist das Leben auch aus ihr und Grit gewichen. Die Magd bringt ihr Kälte und Feindseligkeit entgegen. Vielleicht hat sie das verdient? Sie spürt nichts.

Der Gang auf den Friedhof. Die Gräber, von Schnee weiß überzogen. Das Grab von Tante Hemma. Unweit davon die dunkle Höhle eines offenen Grabes. Die Sargträger halten an, der Priester spricht ein Gebet, der Sarg wird ins Grab gesenkt, mit Erde zugeschaufelt. Heinrich ist unter dem Boden. Aber nur sein Körper. Der Priester spricht vom ewigen Licht, in dessen Richtung Heinrichs Haupt liegt. Fort ist er – im Schnee, im ewigen Licht aufgegangen.

Sie verlassen das Grab, betreten die Leutkirche. Der Arm des Vaters hält sie aufrecht. So viele Groß- und Kleinräte, einige mit ihren Frauen, drängen sich in der Kirche. Die Gesichter verschwimmen vor ihren Augen. Sie fällt auf die Knie. Die Totenmesse. Sie hört die Worte nicht, sieht die Altäre nicht. Nur die Musik dringt in ihr Ohr. Orgelklänge. Ministranten. Die Messgesänge des Priesters und der Gemeinde. Sie will nicht aufstehen am Ende der Messe, der Vater zieht sie hoch. Vor der Kirche schüttelt man ihr die Hand, alle Honoratioren der Stadt tun dies. Heinrich war ein angesehener Mann. Seiner Witwe bringt man Ehre entgegen, drückt ihr die Hand.

Ihre Hand ist kraftlos, der Blick leer.

In der Nacht nach der Beerdigung fällt sie in einen traumlosen Schlaf. Als sie am Morgen die Tür ihrer Kammer aufstößt, schlägt ihr Kälte entgegen. Grit ist nicht in der Küche, kein Feuer brennt. Anna bläst in die Glut. Asche fliegt auf, wahrscheinlich ist ihr Gesicht grau davon. Es gelingt ihr, die Glut zu entfachen, Flämmchen schießen hervor, sie legt Holz auf, hält die Hände über das kleine Feuer.

Plötzlich steht Grit vor ihr. Ihr Gesicht ist wutentbrannt. «Ihr seid schuld an seinem Tod – nur Ihr!»

Anna zieht ihre Hände zurück und versteckt sie hinter dem Rücken, wie wenn Blut daran kleben würde. «Warum sagst du das, Grit?»

«Weil es die Wahrheit ist. Weil Ihr den jüdischen Arzt geholt habt. Er konnte nicht helfen – vielleicht hat er meinen Herrn vergiftet. So wie die Juden den kleinen Christenbuben töteten vor nicht allzu langer Zeit.» Grit holt Atem, sie schreit alles heraus. «Und wenn es nicht der Arzt war, so war es die Hübschlerin, zu welcher der Herr gegangen ist, weil Ihr ihn nicht zufriedenstellen konntet! Sie hat ihn bezirzt, hat ihn verhext. Dort ist er zusammengebrochen. Man hat ihn hierhergebracht. Er hätte genesen können. Jede Nacht habe ich bei ihm gewacht, zu ihm gesprochen. Am ersten Morgen hat er mit mir geredet. Nachdem der jüdische Arzt da war, sprach er nicht mehr. Weiße Speise – was soll das? Er brauchte Liebe – ich habe sie ihm gegeben.»

Anna nimmt die Hände vor ihren Körper, windet die Arme um ihn zum Schutz. «Liebe?», fragt sie mit Unverständnis in den Augen.

«Ja, Liebe. Bevor Ihr ins Haus gekommen seid, hat er viele Nächte bei mir verbracht. Am Tag war ich seine Magd, in der Nacht war ich mehr. Auch nach der Heirat kam er noch zu mir – das sollt Ihr wissen. Dann kam das Jahr mit dem Kind. Das tote Kind. Er ist nicht mehr zu Euch gekommen, aber auch nicht zu mir. Die Hübschlerinnen hatten es ihm angetan, sie genügten ihm. Vielleicht haben sie ihn verhext. Hätte ich mehr Zeit gehabt – ich hätte ihn zurückgeholt ins Leben. Er wäre genesen. Ihr habt mich weggeschickt an seinem letzten Tag – zum Kaufen von unnützen Dingen. Hätte ich bei ihm bleiben können, wäre alles anders gekommen.»

Anna ringt nach Worten, sie starrt Grit an, der Boden wankt noch mehr unter ihren Füßen als in den letzten Tagen.

Grit hat sie hintergangen. Kann das sein? Grit schiebt ihr die Schuld an Heinrichs Tod zu.

«Ihr sagt nichts. Ich weiß – Ihr werdet mir die Stelle kündern. Ich will, dass Ihr es tut. Ich kann nicht hierbleiben nach allem, was geschehen ist.» Sie zieht die Schürze aus, wirft sie Anna vor die Füße. «Es tut mir leid – ja, es tut mir auch leid. Ich kann es aber nicht ändern. Er war mein Leben. Am meisten tut es mir leid um ihn.» Sie schaut Anna nicht mehr an, geht davon, über die Treppe nach unten, die Haustür fällt hinter ihr zu.

Anna starrt auf die Schürze, sie schüttelt den Kopf. Einmal wird sie alles verstehen. Im Moment versteht sie nichts. Ihr Kopf brummt. Sie erinnert sich, dass Schnee fällt. Schnee ist frisch, kalt. Sie hält die Nase in die Luft, glaubt, ihn zu riechen.

Sie geht zum Fenster, nimmt die Decke weg, die es verhüllt, öffnet einen Flügel. Auf dem Sims liegt ein weißes Polster. Sie wischt es mit beiden Händen zusammen und drückt es in ihr Gesicht. Der Schnee schmerzt auf ihrer Haut. Endlich spürt sie etwas.

16

Bern, Oktober 1338

Sie öffnet die Haare, lässt sie über die Schulter fallen. So früh schon zieht sich in diesen Tagen das Licht zurück. Die Kerze flackert, als sie durch die Kammer geht und sich ins Bett legt. Unregelmäßige Schatten geistern über die Wände. Sie erschrickt, umklammert die Decke. Nicht zum ersten Mal glaubt sie, in den dunklen Umrissen den Tod wahrzunehmen, der durch die Kammer schleicht. Kein großer Tod ist es, eher ein Tödchen, wie sie es letzthin auf dem Markt gesehen hat. Alle blieben stehen und starrten auf das Gemälde, das der Schausteller in höchsten Tönen anpries, niemand wollte es aber kaufen. Auf dem Bild tanzte das Tödchen mit einem Mann, einer Frau, einem Ritter und einem Geistlichen.

Niemand ist vor dem Tod gefeit – weiß sie es nicht allzu gut? Ihr eigenes Leben ist von Tod umgeben. Das Tödchen guckte ihrer Mutter über die Schulter bei ihrer Geburt. Es holte sich Hemma, ihre Tante und zweite Mutter. Es packte ihren kleinen Sohn, entriss ihn ihr. Und es trat an Heinrichs Bett, war sich zuerst nicht sicher, nahm ihn dann aber trotzdem mit.

Sie weiß es: Der Tod tanzt immer mit im Leben. Und doch hat sie schon gegen ihn aufbegehrt, hat sich versündigt damit, auch wenn sie viele Male Abbitte getan hat. Ihr Söhnchen. Sie begehrte auf, weil ihm keine Lebenszeit gegeben war. Der Tod hatte ihn bereits in ihrem Schoß geholt, sie hat ihn tot geboren. Und ihr Mann, der große, kräftige Heinrich? Der Tod hat ihn gefällt wie einen morschen Baum, wo er doch noch im besten Mannesalter war, in höheren Jahren, bis dahin aber kerngesund.

Vierundzwanzig – und schon Witwe. Manchmal träumt sie in der Nacht, glaubt, Heinrich zu hören, wie er heimkehrt. Seine Schritte nähern sich ihrer Kammer, halten inne – gehen aber immer vorbei. Der Heinrich aus ihrem Traum betritt nie seine Kammer, seine Schritte verlieren sich, waren vielleicht nie da. Alles spielt sich nur in ihrem Ohr ab, in ihrem Traum.

Es ist so schwer, ohne ihn zu leben. Sie war die Tochter ihres Vaters, die Frau ihres Mannes. Sie lebte in seinem Haus, führte sein Leben. Nun ist er fort. Das Haus ist immer noch da – es kommen aber kaum noch Gäste. Ihr Leben war auf Heinrich ausgerichtet, sie unterstützte ihn in allem. Das Haus drehte sich um ihn. Jetzt ist es nur noch eine leere Hülle.

Heinrichs Kammer hat sie belassen, wie sie war. Es schien ihr ein Frevel, seine Möbel wegzugeben, sein Spannbett. Seine Mäntel, Röcke und Beinlinge liegen noch in der Truhe. Es ist noch kein Jahr vergangen seit seinem Tod. Wer weiß denn, ob er nicht doch zurückkehrt – vielleicht nur heimlich, in der Nacht? Sie ist unvernünftig – das ist ihr bewusst.

Es ist still im Haus. Ein Dreivierteljahr ist es her, seit Grit ihr die Schürze vor die Füße warf. Und davor Ungeheuerliches aussprach. Sie hat dem jüdischen Arzt und Hübschlerinnen die Schuld zugeschoben an Heinrichs Tod. Und ihr selbst. Weil sie den jüdischen Arzt holte, die Hübschlerinnen nicht verhindern konnte und Grit am letzten Tag einen Auftrag gab, der sie vom Krankenbett fernhielt. Dass Grit mehr auf Heinrichs als auf ihrer Seite stand, war ihr bewusst. Dass sie ihn aber liebte? Dass sie Unzucht mit ihm trieb, vielleicht unter diesem Dach? Ist das eine Lüge? Oder wussten ihr Vater, der Knecht und Freunde von Heinrich von Dingen, für die nur sie blind war? Sie hat es verworfen: Jemand hätte ihr etwas hinterbracht, es hätte Gerüchte gegeben.

Ein Ehemann darf Dinge tun, die einer Ehefrau nicht zustehen. Nicht ausgeschlossen, dass Heinrich hie und da Grits Kammer aufsuchte, bevor er sich verheiratete. Danach aber, mit ihr selbst im Haus? Das kann sie sich nicht vorstellen. Er roch nach Pfeffer, nach Fellen und Häuten, nach Feigen und Datteln – nach den Waren, mit denen er gehandelt hat. Nie hat er nach einer anderen Frau gerochen. Obwohl er abends nicht immer zu ihr gekommen ist. Beim Bader lösen sich Körpersäfte und Düfte im Badwasser auf. Hübschlerinnen mag es gegeben haben. In den letzten Jahren zumindest. Viele Männer suchen die Badstuben auf. So ist das Leben eines Mannes. Das war kein Verrat an ihr. Er hat sie nicht missachtet in den letzten Jahren. War er Grit so zugeneigt wie sie ihm? Das hätten die beiden nicht vor ihr verbergen können.

Neid, das muss es sein! Grit empfand Neid. Sie wollte ihr nicht die alleinige Trauer um Heinrich zugestehen, beanspruchte davon für sich. Mit ihren widerwärtigen Behauptungen. Sie wollte weg, hielt es nicht aus im Haus ohne Heinrich. Vielleicht hat Grit ihn geliebt – das ist nicht auszuschließen. Grit war nie eine Magd wie andere. Vielmehr war sie eine Vertraute von Heinrich und ihr selbst. Darum haben sie die Anschuldigungen getroffen. Auch sie und Grit waren vertraut, waren mehr Freundinnen als Herrin und Magd. Die Schuldzuweisungen am Tod Heinrichs hat sie nach einiger Zeit zur Seite legen können: Es stimmt nicht. So war es nicht.

Sie hat niemandem von Grits Anschuldigungen und Behauptungen erzählt, hat alles mit sich selbst abgemacht. In den Ohren anderer hätte das noch viel ungeheuerlicher geklungen. Sie ist froh, dass Grit fort ist. Worte kann man nicht ungeschehen machen. Trotzdem vermisst sie manchmal die Grit von früher, die Vertraute, die umsichtige Magd, die Haus und Haushalt kannte wie niemand sonst. Ihre Eigenwilligkeiten hat sie ihr nachsehen können. Nicht aber diese giftigen Worte, die einen Graben zwischen ihnen aufgerissen haben, den man nicht mehr zuschütten kann.

Seit sie sich in der Küche gegenüberstanden, hat sie Grit nicht mehr gesehen. Sie lebt wohl bei ihrer Mutter in der Matte. Vielleicht hat sie eine neue Stelle angenommen, nicht in der Nähe, sonst wüsste sie davon. Dem Vater hatte sie Grits Abgang mitgeteilt. Er hatte ihr Stinas jüngere Schwester geschickt. Ita ist jung, zuverlässig, sie packt an. Die neue Magd ist ihr treu ergeben. Was will sie mehr?

Es ist dunkel geworden in der Kammer, keine Gespenster und kein Tödchen geistern mehr an Wand und Decke herum, die Kerze erlischt.

Sie spürt, wie der Schlaf sich über sie legt, ein gutmütiges Tier, das sie in der Nacht wärmen und sich in der Dämmerung still und leise davonschleichen wird.

Am nächsten Morgen führt Ita Annas Vater und Tante Johanna in die Stube. Tante Johanna ist ein seltener Gast. Wenn sie ins Gesicht der Tante blickt, zieht sich Annas Herz zusammen, weil sie darin jenes von Hemma erkennt – mit den Jahren ist die Ähnlichkeit gewachsen.

«Tochter», sagt der Vater, nachdem er eine Stabelle ausgewählt und sich gesetzt hat, «deine Tante wollte dich sehen. Es ist Zeit, dass wir uns über deine Zukunft unterhalten. Ende Januar wird dein Trauerjahr zu Ende gehen. Du hast einen herben Verlust erlitten, Heinrich war ein würdiger Mann, ein großer Kaufmann, ein Zeuge, der in vielen Geschäften gefragt war. Er hat dir ein Vermögen hinterlassen, das nur an dich geht, weil keine Nachkommen da sind. Noch sind nicht alle Verpflichtungen aus Heinrichs Händeln geklärt, es sieht aber gut aus.»

Sie schaut ihn ratlos an. Sie hat sich nie mit Gelddingen beschäftigt. Das war Heinrichs Sache, er hat ihr kaum je Einblick gegeben in sein Rechnungsbuch. Sie öffnete nach seinem Tod die kleine Truhe in der Stube mit seinem Schlüssel, übergab die Bücher dem Notarius und den Männern vom Kleinen Rat, die dafür gekommen waren. Das ist Heinrichs Geld, das sind seine Dinge. Sie will sich nicht damit abgeben.

«Du wirst immer ein Auskommen haben, kannst dieses Haus behalten, musst dir keine Sorgen machen», hält der Vater fest. «Eine Frau braucht einen Vogt, der sie in Rechts- und Geldgeschäften vertritt. Ich kann dein Vogt sein. Ich bin aber älter als dein Mann, lebe vielleicht nicht mehr lange – das weiß nur Gott.»

Sie verwirft die Hände. Nur die Erwähnung, dass ihr Vater sterben könnte, ist ihr zu viel. Müssen alle um sie herum sterben – hört das nie auf?

«Du bist eine reiche Witwe, Anna. Als einziges Kind wirst du auch mein Geld erben, abgesehen von einigen Vergabungen. Du wirst jemanden brauchen, der dein Geld betreut.» Der Vater schaut sie an. «Am besten wird dich ein Mann vertreten, der an deinem Geld Anteil hat. Ein Ehemann. Du wirst dein Geld in die Ehe einbringen, er wird es für dich verwalten.»

Ungläubig schaut sie ihn an. «Heinrich war mein Ehemann. Es gibt nur einen Mann für mich.»

«Ich meine nicht jetzt. Nächstes Jahr kannst du eine neue Ehe eingehen. Du wirst begehrt sein – verschiedene Männer werden sich um dich bemühen. Man weiß, dass Heinrich vermögend war und dass du ein weiteres Erbe in Aussicht hast. Du bist noch jung, kannst vielleicht noch Erben gebären.»

Anna schaut auf ihre Hände, bleibt stumm. Der Vater meint es gut, sie hat es in seinen Augen gelesen. Der Gedanke, eine reiche Witwe zu sein, ist ihr widerwärtig. Dieses

Geld, das in den Büchern verzeichnet ist, ist ihr fremd. Es ist Heinrichs Geld. Zwar hat auch sie Geld in die Ehe gebracht – darüber bestimmten ihr Vater und ihr Mann, sie kennt nicht einmal die Höhe der Mitgift. Nur eins weiß sie: Sie will nicht eine Witwe sein, die man des Geldes wegen begehrt.

Johanna ergreift das Wort. «Es gibt auch einen anderen Weg», sagt sie und mustert Bruder und Nichte. «Dieser Weg führt ins Kloster. Einige treten als junge Mädchen ein, andere, wenn sie Witwe werden. Ihr Geld vermachen sie dem Kloster. Das ist wichtig, weil einige Frauen mittellos sind, wenn sie eintreten. So können die Klostergemeinschaften überleben.»

«Du bist meine Schwester, Johanna», sagt der Vater entrüstet. «Trotzdem habe ich Mühe zu verstehen, wieso ihr eure einzige Tochter ins Kloster gesteckt habt. Wäre sie dir nicht im Alter eine wertvolle Stütze gewesen? Meine Tochter wird nicht mit meinem Geld ins Kloster gehen. Auch nicht mit Heinrichs Geld. Mein Geld soll Nutzen bringen, vielleicht in neue Geschäfte eingebracht werden. Ich tue vieles für mein Seelenheil und das meiner verstorbenen Verena, deren Todestag jedes Jahr mit einer Seelenmesse begangen wird. Mein Geld soll aber nicht im Kloster verschwinden. Johann von Bubenberg hat seine zwei jüngsten Töchter im Kloster Frauenkappelen versorgt. Die älteren Töchter hat er aber gut verheiratet, die Margareta mit Heinrich von Strättligen von Spiez – damit hat er einen Fuß in der Herrschaft Spiez.»

Tante Johannas Stirn ist gekraust, sie verteidigt sich, das Kloster Fraubrunnen sei auch die Wahl ihrer Tochter gewesen, sie gestikuliert wild, fasst an die Haube, die verrutscht. Anna sieht, dass das blonde Haar der Tante von Weiß durchzogen ist.

«Wie geht es meiner Base?», fragt sie und hat das weizenblonde Haar von Anna von Kiental vor Augen, das ihr beim

Eintritt ins Kloster abgeschnitten wurde. Seit dem Besuch auf dem Rückweg von Zurzach hat sie sie nicht mehr gesehen.

«Es geht ihr gut. Besuche sind kaum möglich, die Nonnen leben zurückgezogen.» Die Tante rückt die Haube zurecht und senkt den Blick. «Meine Tochter hat besser gelesen und geschrieben als mein Sohn Hans. Vielleicht wird sie einmal Äbtissin. Komme es, wie es wolle – für Anna ist im Kloster gesorgt.»

Onkel Cuno von Kiental hat mehrmals große Summen verspielt, weiß Anna. Es ist verständlich, dass für Base Anna das Kloster ein sicherer Weg war. Aber für sie selbst? Tante Johanna weist ihr diesen Weg. Der Vater will sie von neuem verheiraten.

Sie weiß nicht, welches ihr Weg ist. Alles scheint grau und verborgen im herbstlichen Nebel. Ihr Leben, wie sie es kannte, hat sich im Nebel aufgelöst. Als reiche Witwe wird sie bezeichnet. Sie schaut an sich hinunter. Diese Witwe ist ihr fremd.

Anna ist froh, dass Ita in diesem Moment mit zwei Krügen erscheint – aus dem einen schenkt sie Wein ein, aus dem andern Wasser. Das Aquamanile, das Grit zerbrochen hat, gibt es nicht mehr – die Scherben sind längst weggekehrt. Wie das Leben, das sie kannte. Man kann es nicht wieder zusammenfügen. Es bräuchte einen Neuanfang. Dafür hat sie keine Kraft.

Tante Johanna verabschiedet sich eilig, als ob sie ein schlechtes Gewissen hätte. Der Vater schließt sich ihr an. Anna bleibt allein zurück mit ihrem benebelten Kopf.

Ein paar Tage später meldet Ita den Geldverleiher Werner Cauwersi, der sie zu sprechen wünsche. Anna erschrickt. Hatte Heinrich Schulden bei Cauwersi, von denen sie nichts weiß – Schulden, die vielleicht in seinen Büchern nicht verzeichnet waren?

Cauwersi tritt ihr entgegen. Wie fast immer trägt er einen blauen Rock und gelbe Beinlinge und auf dem Kopf ein Barett mit gelber Feder. In Bern bezeichnen ihn einige als bunten Vogel nicht nur wegen seiner Kleidung. Das kümmert ihn aber nicht. Er drückt Anna die Hand, schaut ihr in die Augen, wie wenn er alle Bedenken, die sein Erscheinen hervorrufen kann, zerstreuen möchte.

Trotzdem will es Anna sofort wissen, als sie sich gegenübersitzen: «Hatte Heinrich Schulden bei Euch – kommt Ihr, um sie einzutreiben?»

«Gute Frau», erwidert er mit treuherzigem Blick, «Ihr müsst keine Angst haben vor mir, ich meine es gut. Euer Mann war ein fähiger Kaufmann, er hat sich nicht bei mir verschuldet.»

Es stimmt, Heinrich konnte gut mit Geld umgehen – sie weiß es doch. Anderen ist es weniger gut gelungen. Heinrich hatte erzählt, dass die Freiherren von Weissenburg bei den Gutweris hoch verschuldet waren. Bern habe die Burg Wimmis belagert, um diesen zu ihrem Geld und Recht zu verhelfen. Eigentlich sei es Bern aber um den Besitz der Burg Wimmis gegangen, meinte er, die Stadt sei interessiert, den Besitz im Oberland auszuweiten, um den Weg zu den Waldstätten zu sichern. Die Schlüssel der eroberten Festung Wimmis wurden an der Kreuzgasse zur Schau gestellt.

So vieles geht ihr durch den Kopf. Die Lombarden oder Kawertschen. So nennt man die Geldhändler in Bern, weil viele aus der Lombardei stammen, einem fremden Land jenseits der Alpen, wo man eine andere Sprache spricht. Die Juden, die oft Geld verliehen, hat man verjagt, nur wenige sind über die Jahre zurückgekommen. Jetzt sind es die Lombarden, die Geld verleihen. Man vertraut ihnen mehr, weil sie Christen sind. Umstritten sind sie auch, aber nützlich: Sie wechseln fremdes Geld in Berner Pfund, Schillinge und Pfennige oder umgekehrt. Sie handeln mit Gold und Silber. Und sie verleihen Geld und fordern hohe Zinsen – von Wucherzinsen spricht man hinter vorgehaltener Hand. Heinrich hat mit Stefan Gutweri und Werner Cauwersi zusammengearbeitet. Er ist nicht mehr da.

«Womit kann ich Euch dienen?», fragt sie nach einer längeren Pause.

«Nicht Ihr könnt mir dienen – ich möchte Euch dienen», sagt Cauwersi in seinem besonderen Deutsch, das sich wie feine Schlingen um sie legt.

Anna schaut ihn fragend an.

«Ich biete Euch Hilfe in geschäftlichen Dingen an und Schutz vor Männern, die es auf Euer Geld abgesehen haben.»

«Ich habe meinen Vater, der mich beraten wird.»

«Peter ab Berg ist ein gewiefter Kaufmann, aber älter, als Euer Mann es war. Gott bewahre ihn vor einem plötzlichen Tod, niemand ist aber gefeit davor in diesem Alter.»

Der Vater hat selbst vom Tod gesprochen. Hat er Cauwersi geschickt?

Cauwersi beugt sich vor und schiebt seine Hand über den Tisch, wie wenn er sie berühren möchte, seine Stimme ist honigweich. «Wenn wir uns verehelichen – natürlich erst nach Ende Eures Trauerjahrs –, wäre uns beiden geholfen. Ich würde Euer Geld verwalten und die richtigen Geschäfte tätigen. Mit dieser Ehe könnte ich möglicherweise das Berner Bürgerrecht erwerben und mehr Vertrauen gewinnen bei den Bernern – die Geschäfte würden noch besser laufen.»

Da her weht also der Wind. Sie erinnert sich: Der Lombarde Otto Gutweri hat ein Fräulein von Englisberg geehelicht, er hat sich Geld und Güter erheiratet, besitzt jetzt das Berner Bürgerrecht. Anna zieht ihre Hände an sich und lehnt sich zurück, sie weicht seinen Augen aus. «Euer Vorschlag ehrt mich. Ich bin aber nicht zu haben, auch nach Abschluss des Trauerjahrs nicht.» Sie erhebt sich. «Mein Mann hat Euch sehr geschätzt. Ich tue es auch. Wenn ich Geld wechseln möchte oder Gold und Silber brauche, werde ich mich an Euch wenden. Ich danke für Euren Besuch.» Sie hofft, Cauwersi mit dieser Antwort in die Schranken gewiesen, aber nicht zum Feind gemacht zu haben.

Er erhebt sich ebenfalls, nimmt sein Barett, verbeugt sich tief und setzt es wieder auf, die gelbe Feder zittert. «Wenn sich Eure Meinung ändert – lasst es mich wissen.»

Sie nickt und schaut ihm nach, den Blick auf die wippende gelbe Feder gerichtet.

Ende Oktober sitzt Anna ein weiterer der selten gewordenen Besucher gegenüber: Philipp von Kien. Der Oberländer Freiherr scheint viele Jahre älter als bei der Feier in Spiez, die erst zwei Jahre zurückliegt. Zeichnete sich Kiens Niederlage schon damals ab, als sein Sohn den Ritterkampf gegen Ulrich von Bubenberg verlor? Seit Ostermontag dieses Jahres ist Kien nicht mehr Schultheiß – bei der Neubestellung der Ämter wurde ihm Johann von Bubenberg vorgezogen. Die ganze Stadt sprach über den Sieg Bubenbergs. Obwohl sie in Trauer versunken war, ist das Gerede nicht an ihr vorbeigegangen. Mit dem Schultheißenamt sind einträgliche Nebenämter dahingefallen, vermutet sie. Kien hat aber doch in erster Ehe eine von Erlach geheiratet und in zweiter Ehe Elisabeth, die mögliche Erbin von Aarwangen? Geldsorgen kennt er kaum.

Philipp von Kien setzt sich ihr gegenüber. In kleinen Schlucken trinkt er vom Wein, den Ita eingeschenkt hat, und schaut an Anna vorbei, als er zu seiner Rede ansetzt. «Vielleicht habt Ihr schon von diesem Handel gehört. Wenn nicht, werdet Ihr in Kürze davon erfahren. Vor zwei Jahren feierten wir im Schlosshof Spiez den Verkauf von Schloss und Besitztum Spiez an Münzer und Bennenwil. Die Sache stand unter keinem guten Stern. Mein Sohn verlor den Ritterkampf gegen Ulrich von Bubenberg. Letztes Jahr wurden zwei Beteiligte des Handels – Werner Münzer und Heinrich von Strättligen – vom Tod dahingerafft. Diesen Winter war es Euer Mann, einer der Zeugen. Ich gab damals mein Siegel zu diesem Handel, der nun hinfällig ist. Eine Heirat war der Auftakt zum neuerlichen Verkauf. Ulrich von Bubenberg, Johanns Sohn, hat dieses Jahr Münzers Witwe Katharina von Strättligen geheiratet – Ihr werdet davon gehört haben.»

Anna weiß nichts davon, ist aber nicht erstaunt. Die blonde, lebenslustige Katharina scheint vor ihr auf, der Ulrich schon damals schöne Augen machte. Katharina hat sich schnell getröstet. Ist sie ungerecht? Vielleicht wurde Katharina zur raschen Wiederheirat gezwungen. Könnte sie selbst das verhindern?

Philipp von Kien hat weitergeredet: «Münzer und Bennenwil hatten Spiez von den bei ihnen hoch verschuldeten Strättligen nur vorübergehend erworben, weiß man inzwischen – für so lange, bis die hohe Pfandschaft ausgelöst war. Diesen Monat hat Johann von Bubenberg – mein Vorgänger und Nachfolger als Schultheiß – Burg und Dorf Spiez samt Kirchensatz und umliegenden Dörfern gekauft und die Pfandschaft ausgelöst: 5600 Pfund legte Bubenberg hin! Da waren Erbschaften, es gab Heiraten. Irgendwie ist Bubenberg an diese unglaublich hohe Summe gelangt. Sogar das Gut Seeholz ist in den Handel eingeschlossen, das einst Eurem Mann gehörte. Bubenberg bot andere Zeugen auf als jene des ersten Handels – vor allem Männer aus Thun. Graf Eberhard von Kyburg hängte sein Siegel an die Urkunde. Früher war er mein Freund. Heute bin ich mir nicht sicher, ob ich den Thunern noch traue.» Ein bitterer Zug ist um Kiens Mund erkennbar. «Dieser Verkauf der Herrschaft Spiez ist eine unglaubliche Geschichte.»

Sie kann nichts dazu sagen. Heinrich wurde von diesen Händeln umgetrieben – sie nicht. Der Tod von Werner Münzer und Heinrich von Strättligen im vergangenen Jahr hat sie getroffen. Die beiden Männer schienen beim Fest im Burghof Spiez mitten im Leben zu stehen. Nur ein Jahr später holte sie der Tod. Auch Heinrich stand mitten im Leben, als der Tod nach ihm griff. So rasch schlägt er zu – niemand weiß, wann und wo.

Kien schäumt. «Die Bubenberg haben unsere Familie ausgestochen. Sie haben Geld und Ländereien zusammengerafft, sich mit machthungrigen Intriganten und Ränkespielern umgeben, die sich für nichts zu schade sind.» Er sinkt in sich zusammen. «Seit ich nicht mehr Schultheiß bin, werde ich nicht mehr um mein Siegel gefragt und bin weniger gefragt als Zeuge.»

Anna schenkt Wein nach. «Wie geht es Eurer Familie?»

Dieses Stichwort belebt Kien. «Danke. Meine Frau befindet sich bei guter Gesundheit. Meine Tochter ist noch klein. Meinen Sohn Johannes habt Ihr in Spiez kennengelernt. Er hat gut gekämpft, aber unglücklich verloren. Johannes ist Herr zu Worb – ich bin stolz auf ihn.»

Er schaut Anna an. Jetzt blickt sie an ihm vorbei, nimmt ein paar Schlucke Wein. Der Freiherr hat mit Nachdruck von seinem Sohn gesprochen, dem Herrn zu Worb und unglücklich kämpfenden Ritter in Spiez. Preist er seinen Sohn an? Denkt er an Heinrichs Geld, das für so vieles nützlich sein könnte, wenn Johannes und Anna ... Sie schämt sich zwar für ihre Gedanken, muss diese aber zu Ende führen: Es geht Kien nicht nur um Geld. Mit einer Heirat will er seinen Besitz erweitern, der schon beträchtlich ist: Seine zweite Frau wird Erbin sein von Aarwangen, hat Heinrich erwähnt. Das Erbe wird an Kien, den Ehemann, fallen – er wird ihr Vogt sein und das Erbe verwalten.

Der Alt-Schultheiß schaut nicht mehr in ihr Gesicht, sondern auf seinen Becher, den er in den Händen wiegt. Er lobt Heinrich, tut kund, wie sehr er ihren Mann vermisse, der kundig gewesen sei in den Geschäften und ein verlässlicher Zeuge. Er verstehe, wie sehr sie unter seinem Tod leide. Zum Glück gehe alles vorbei, auch das Trauerjahr. Wenn er oder sein Sohn ihr irgendwie behilflich sein könnten, solle sie es sagen.

Die Worte sinken in sie ein. Kien trinkt den Wein aus und erhebt sich, sie tut es ihm gleich und verabschiedet ihn. Etwas Wärme bleibt in ihr zurück. Philipp von Kien, dem väterlichen Freund, vertraut sie weit mehr als anderen Freunden Heinrichs.

Sie setzt sich wieder an den Tisch. Braucht sie einen väterlichen Freund, der ihr Leben in die Hände nimmt und es in eine bestimmte Richtung lenkt?

Manchmal vermisst sie jemanden, der sie unterstützt beim Denken. Conrad. An Heinrichs Beerdigung nahm er teil, kam aber nicht in ihr Haus. Er lebe ganz für seine Bücher, hat man ihr gesagt. Sie stellt ihn sich vor: Tag und Nacht schreibt er Texte und malt große Buchstaben und kleine Bilder in die Bücher, trägt verschiedene Farben und Gold auf. Nur wenn es Zeit ist für die Gebete, lässt er den Pinsel fallen, betritt den Chor der Barfüßerkirche, singt mit den anderen Franziskanern. Dann geht er rasch zurück, beugt sich über sein Werk. Es ist wichtig, was Conrad tut. Er hat aber auch noch andere Gaben.

Es klopft. Conrad? Nein. Ita führt Ulrich Bröwo herein, den Deutschordensbruder, der ein Vertrauter Baselwinds ist. Bröwo, im weißen Habit mit schwarzem Kreuz, ist außer Atem, bei seiner Fülle hat ihm das Treppensteigen zugesetzt.

Er nimmt auf der Bank ihr gegenüber Platz und kommt gleich zur Sache. «Ich biete mich als Euer Beichtvater an. Ihr braucht jemanden, der Euch den Weg weist und zeigt, wie Ihr Eure Güter nutzbringend einsetzen könnt.»

Anna legt die jährliche Beichte vor Ostern beim Prior des Predigerklosters ab. Bröwo, weiß sie, war der Beichtvater der vermögenden Thunerin Bela und von Meister Jordan, die ihn als Testamentsvollstrecker einsetzten. Beide haben ihre Häuser in der Kirchgasse Bröwo überschrieben, der sie zu Beginenhäusern gemacht hat, denen er vorsteht – das Bröwen- und das Jordanhaus. Jetzt, wo sie noch kaum zur Besinnung gekommen ist, alles aus der Hand geben, in die feisten Hände von Bröwo? Das widersteht ihr.

«Bruder Ulrich», bescheidet sie ihm, «mein Vater berät mich in weltlichen Dingen. Falls ich Rat brauche in geistlichen Belangen, werde ich nach Euch senden.»

Bröwo, überrascht von diesem ungünstigen Bescheid, stemmt seine füllige Gestalt von der Bank hoch. «Ihr wisst, wo Ihr mich findet», schnauft er und stapft die Treppe hinunter.

Benommen bleibt sie sitzen. Die Schatten werden länger, die Umrisse des Tisches unscharf. Sie steht auf, zieht sich ein warmes Tuch um die Schultern. Sie will die Gräber von Heinrich und Hemma aufsuchen, dann jenes ihres kleinen Engels. Ita wird sie begleiten.

17

Bern, Juni 1339

Bern ist im Krieg. Wer hätte das gedacht? Vor ein paar Jahren hat Bern Mülenen, Gümmenen und Wimmis eingenommen. Man sagt, die Stadt und Republik Bern sei einigen zu mächtig geworden – zu sehr sei sie gewachsen und habe an Einfluss gewonnen. Allen voran die Stadt Freiburg, die burgundische Adlige als Verbündete hat, denkt so. Die Widersacher von Bern hängen Ludwig dem Bayern an, der vom Papst mit dem Kirchenbann belegt worden und folglich nicht rechtmäßig römisch-deutscher Kaiser ist. «Es geht um einen heiligen Krieg der Papsttreuen gegen ihre Widersacher!», hat Leutpriester Baselwind von der Kanzel gerufen.

Anna besucht seit einiger Zeit wieder die Messen des wortgewaltigen Leutpriesters. Wie alle anderen hört sie gebannt zu, wenn er den Teufel an die Wand malt. Teuflisch sind dieser vom Papst gebannte Kaiser und seine Anhänger – sie ziehen als Schreckgespenst über die Kirchenwand. Sie wollen Bern auslöschen, haben unter dem Grafen von Valangin bernisches Gebiet angegriffen. Bern hat in der Folge Burg und Stadt Laupen besetzt. Die Widersacher stehen seit Tagen mit einem großen Heer vor Laupen und versuchen, die Burg einzunehmen. Bis jetzt haben die Belagerten mit wenigen Hundert Mann standgehalten. Sie stehen unter dem Befehl von zwei Rittern, die Anna kennt: Kleinrat Burkhard von Bennenwil war früher Mitbesitzer von Spiez. Johann von Bubenberg ist der Sohn des Schultheißen und jetzigen Besitzers von Spiez und Bruder von Ulrich, der damals im Burghof den jungen Kien besiegte. «Lange kann das nicht mehr gut gehen», donnerte Baselwind von der Kanzel, «unsere Leute brauchen Verstärkung!»

Man glaubt Baselwind. Seine Meinung war auch jene des Schultheißen und des Kleinen Rats. Die Verstärkung ist eingetroffen. Man sagt, um die 6000 Männer hätten sich in und um Bern versammelt. Anführer Rudolf von Erlach und seine Getreuen haben vor dem Altar der Heiligen Familie gekniet und deren Beistand erbeten, Leutpriester Baselwind hat sie und das Banner mit dem Berner Bär gesegnet. Jetzt schiebt sich das Heer durch die Marktgasse auf das Stadttor zu, es wird aus der Stadt hinausziehen, westwärts gen Laupen.

Anna drängt sich mit den anderen Zuschauern unter den Lauben. Sie bewundert wie alle den Leutpriester, der voranreitet, eine goldene Monstranz mit geweihter Hostie hoch erhoben in der Hand – fast scheint er zu fliegen. Hinter ihm folgen die Ritter mit Hauptmann Rudolf von Erlach an der Spitze – das Von-Erlach-Wappen in Rot-Silber-Rot mit schwarzem Sparren schmückt seinen Schild. Die Ritter tragen gepanzerte Hemden und Hauben mit Klappvisieren, sie sind mit Schilden, Schwertern und Spießen ausgerüstet, welche zum Teil die Knappen mit sich führen, die ihnen nachfolgen. Dann kommt das Fußvolk, bewaffnet mit Hellebarde, Armbrust, Hiebmesser, Bogen und Pfeilen mit Geschossspitzen. Eine bunte Schar ist es, die vorbeizieht, es sind nicht nur Berner, sondern auch Leute aus anderen Landesteilen, deren Kleidung sich unterscheidet.

«Diese hier sind Oberhasler», meint einer neben Anna, als Männer mit einer gelben Fahne mit schwarzem Adler vorbeiziehen, «und das sind Männer aus den Waldstätten, die sich mit uns verbündet haben, das ist das Urner Wappen.» Sie staunt über das Wappen mit schwarzem Stier auf gelbem Grund. Dann liegt ihr Blick wieder auf den Kämpfern. Alle tragen ein weißes Kreuz auf der Brust und dem Rücken, fällt ihr auf. «So erkennt man sich und greift nicht die Falschen an», erklärt ein Mann.

Die Hufe der Pferde klopfen, ab und zu ist ein Wiehern zu hören, es riecht nach Schweiß und Pferdemist. Der Boden zittert unter den Pferdehufen und Schritten der bewaffneten Männer. Trommelschlag ist zu hören, der Klang von Hörnern. Die Zuschauer schauen dem Zug gebannt zu, in Ehrfurcht erstarrt. Dann setzt Jauchzen ein und Johlen, man klatscht in die Hände, stampft mit den Füßen, ruft den Kämpfern ermutigende Worte zu. Die Kämpfer sind ernst oder grinsen und heben die Faust. Der Zug ist lang. Alle ziehen sie aus. So viele haben sich den Kämpfern angeschlossen, auch Bauern vom Land. Nur Schultheiß Johann von Bubenberg bleibe mit einer größeren Schar Kämpfer in der Stadt, falls Bern von Osten angegriffen würde, hat Anna gehört.

Sie erkennt Philipp von Kien in der ersten Reihe der Zuschauer gegenüber. Seine Haltung ist straff, er wirkt jünger als bei seinem Besuch bei ihr im letzten Jahr. Sicher ist er stolz, weil sein Schwager Rudolf von Erlach der Befehlshaber der Berner ist – das wird Kien wieder mehr Ansehen verschaffen. Von ihrem Vater hat sie gehört, dass er für seine Tochter Margaretha eine einträgliche Verehelichung mit Peter von Grünenberg plant – die Tochter muss nur noch das heiratsfähige Alter erreichen.

Ein anderes Gesicht schiebt sich in Annas Bewusstsein, ein Gesicht in der hintersten Reihe: eine Frau, die angeregt mit einer alten Frau spricht, die der ersten ähnelt. Es ist Grit. Sie schaut dem Auszug des Heeres zu wie sie selbst. Grit hat sich nicht verändert, lebhaft redet sie mit ihrer Mutter. Anna verspürt ein Ziehen in der Brust. Grit war weit mehr als nur ihre Magd. Fast eine Freundin war sie, eine etwas ältere, erfahrene Begleiterin. Es ist das erste Mal, dass sie Grit wiedersieht, seit diese ihr die Schürze vor die Füße geworfen hat. Der Schmerz ist noch da. Sie möchte Grit nicht begegnen. Es gibt Worte, die sich so tief einbrennen, dass die Wunden nicht verheilen.

Anna zieht die Haube tiefer ins Gesicht und dreht sich halb ab. Als sie wieder hinschaut, ist das vertraute Gesicht verschwunden.

Der Lärm ist abgeebbt, die Zuschauer haben sich heiser geschrien. Noch immer zieht Fußvolk vorbei, jetzt aber in lockeren Haufen. Schließlich erscheint ein letzter Mann, der stark hinkt. Der Jubel erstirbt, die Stirnen krausen sich. Ist der Sieg Berns sicher? Oder wird ein Jammerzug in die Stadt zurückkehren mit Verletzten und Sterbenden? Was erwartet die Berner und ihre Verbündeten in Laupen – ist das feindliche Heer tatsächlich viel größer als das bernische? Die Lauben leeren sich plötzlich, jeder will so rasch wie möglich nach Hause an die Arbeit zurückkehren, das vertreibt die unguten Gedanken.

Am Nachmittag fegt Anna Stube und Kammern gemeinsam mit ihrer Magd. Ita ist ihr vertraut – mit Grit ist sie aber nicht zu vergleichen. Ita hört aufmerksam zu und führt aus, was sie ihr aufgegeben hat, sie ist verlässlich und gut. Sie mag Ita, eine bessere Dienstbotin kann sie sich nicht vorstellen. Dass sie Grit trotzdem vermisst, kann sie nicht erklären.

Das Fegen tut gut, alle Besorgnis, alle Ängste kann man in die Bewegung hineingeben. Nach dem Fegen putzen sie die Fenster und den Ofen. Anna ist erhitzt, sie wischt sich den Schweiß von der Stirn. Der Schweiß stammt nicht nur vom Putzen. Sie fühlt sich fiebrig, weil sie an das Heer denkt, an all die Männer, die sich vielleicht gerade jetzt in die Schlacht stürzen, bereit, ihr Leben zu geben.

Gegen Abend besucht Anna die Messe in der Leutkirche. Anstelle von Priester Baselwind steht Bruder Ulrich Bröwo vor der Gemeinde. Bröwo wirkt leutselig, herrscht aber streng über die Beginen in den ihm unterstellten Häusern. Meist wird sie hineingezogen in die Rituale der Messe, vergisst alles um sich herum. Diesmal ist es anders. Wie ergeht es den Männern im Kampf? Sie betet für sie, dann erst für ihre Toten. Der Weihrauch riecht stark, und was sie sonst liebt, ist ihr heute unangenehm. Sie hustet, ihre Sinne sind überreizt.

Noch beim Einschlafen sticht sie der Weihrauch in der Nase. Nach der Messe war es ihr unmöglich, eine Mahlzeit einzunehmen wegen der inneren Bilder, die sie plagen.

Als sie in den Traum gleitet, sind es nicht Mönchsgesänge, die sie im Ohr hat, sondern Trommelwirbel und Hornstöße, raue Stimmen, die stöhnen und ächzen, der Klang von Eisen auf den Schilden, Schreie. Nie hat sie eine Schlacht gesehen, aber die Bilder sind da, sie kann sie nicht wegwischen. Ein Berner Ritter wehrt den Speerstoß eines feindlichen Ritters zu seiner Linken ab, wird aber von einem anderen Ritter von rechts aus dem Sattel gehoben und stürzt vom Pferd, bleibt blutübergossen liegen. Das Pferd scheut, galoppiert davon. Der feindliche Ritter mit Haube über dem Kopf stürzt nun auch zu Boden, in seiner Stirn steckt ein Pfeil mit eherner Spitze, den einer vom Fußvolk abgeschossen hat. Der Schütze triumphiert, aber ein Gegner rammt ihm einen Dolch in die Brust, er röchelt und bricht zusammen.

Ein Kämpfer nach dem anderen stirbt, viele werden verletzt. Über dem Schlachtgetümmel flattern die Fahnen, der Berner Bär, der Hasli-Adler und der Urner Stier, aber auch jene der Feinde, allen voran das schwarz-weiße Wappen der Freiburger. Im Traum ist Anna nicht klar, wer obsiegt. Es geht hin und her, einmal sind die Berner oben, dann wieder ihre Gegner.

Am folgenden Tag dringt die Kunde vom Sieg Berns in die Stadt. Die Schlacht habe zur Vesperzeit begonnen. Die Berner hätten in der Anordnung eines Keils angegriffen und die Freiburger und ihre adligen Verbündeten in den Sensegraben und die Saane getrieben – viele seien ertrunken. Daraufhin hätten die siegreichen Berner die Männer aus den Waldstätten befreit, die der Feind umzingelt hatte. Die Belagerer von Laupen seien in die Flucht geschlagen worden. Die Freiburger und ihre Verbündeten hätten viel mehr Tote zu beklagen, darunter auch ihren Anführer, den Grafen von Valangin.

Ein kleiner Vorabtrupp unter dem Berner Anführer von Erlach kehrt in die Stadt zurück und wird bejubelt. Der Hauptmann trägt einen spitzen Hut mit dem Wappen der von Erlach. Auch Leutpriester Baselwind reitet mit dem Vorabtrupp ein, im schwarzen Habit, mit weißem Mantel und schwarzem Kreuz, die Monstranz siegreich erhoben. «Er hat mit den Männern vor der Schlacht gebetet und sie auf den Kampf eingeschworen», erzählt einer. «Da wagte kaum jemand die Flucht, als der Feind heranstürmte – es handelte sich um einen Kampf Gottes, einen Kampf für die Ewigkeit.» – «Der Sieg zeigt, dass Gott den Bernern wohlgesinnt ist», meint ein anderer. Und dann ist da plötzlich ein geflügeltes Wort. Einer sagt es dem Zweiten ins Ohr, dieser wirft es in die Luft, der Dritte schreit es, und dann wogt es in der Menge auf und ab, und jeder, der nach Hause geht, trägt es mit sich und träumt später davon: «Gott ist Burger zu Bern!»

Vielleicht erscheint Gott plötzlich unter den Berner Lauben – dieser alte Mann könnte es sein oder jener. Überall kann er sein, der Allmächtige. Wenn jemand an der Größe Berns gezweifelt hat, dann ist er jetzt widerlegt.

Verschiedene Truppen folgen auf den Vorabtrupp. Etliche Kämpfer kehren aber nicht zurück, am nächsten Tag nicht und auch nicht an den folgenden Tagen. Nach und nach treffen verstreute Gruppen und Einzelkämpfer ein, die froh sind, hinter den sicheren Mauern der Stadt Schutz vor marodierenden Gegnern zu finden. Ein Ritter wird von seinem Knappen gestützt und hält sich nur mit Mühe aufrecht. Kämpfer mit verschiedensten Verletzungen schleppen sich in die Stadt: Offene Wunden klaffen, Körper, Arme oder Beine bluten, einer hat das Augenlicht verloren und wird von anderen geführt, die hinken und humpeln. Einige sind überrascht von diesem Elend. Bern hat doch gesiegt – oder nicht?

Die Herren werden von ihren Familien betreut, die Mägde eilen herbei, die Knechte tragen sie nach Hause, Pflege wird ihnen angedeihen. Etliche Kämpfer aber haben niemanden, der sich um sie kümmert, sie lungern in den Gassen herum, lassen sich vor den Spitälern oder Klöstern nieder. Das Heiliggeistspital und das Niedere Spital seien überfüllt, hört man.

Als Anna Wasser holt im Hof der Prediger, lagern dort Männer mit tiefen Fleischwunden, Männer, die am Verbluten sind, Männer, die vor Schmerz schreien, von den Mönchen notdürftig versorgt. Sie hat das Elend vor Augen, als sie den Wassereimer heraufzieht, kann nicht wegsehen, will es auch nicht. Es ist heiß – einige Männer strecken durstig ihre Hand aus. Rasch geht sie hinüber in ihr Haus und holt Becher. Sie nimmt Ita mit, die die Becher füllt und austeilt.

Nachdenklich stützt sich Anna auf den Brunnenrand, als alle mit Wasser versorgt sind. Das Kloster kann nicht alle Verletzten aufnehmen. Man muss etwas tun. Sie kann etwas tun! Heinrichs Kammer ist frei. Sie muss nur die Truhe mit seinen Kleidern, die sie bis jetzt noch nicht weggegeben hat, zur Seite schieben. Das gibt Platz für ein weiteres, breites Spannbett. Unter dem Dach, neben Grits Kammer – Itas Kammer, korrigiert sie sich schnell – ist ebenfalls Raum für ein Bett. Die Betten wird sie beschaffen, Leinentücher hat sie genug.

Rasch überschlägt sie, was möglich ist. Sie kann sechs Männer aufnehmen, wenn je zwei ein Bett teilen. Die Männer brauchen den Bader, um die Wunden zu behandeln. Sie kann ihn holen lassen und zahlen – sie hat genug Geld. Ita und sie können die Männer bewirten, für ihr leibliches Wohl sorgen. Geistlichen Beistand wird einer der Mönche vom Dominikanerkloster leisten – sie muss nur Prior Johannes darum bitten. Und die Pflege? Sie braucht eine Begine, die des Pflegens kundig ist. Die flinke Schwester Elsa aus dem Niederen Spital wäre die Beste, wird sicher aber in ihrem eigenen Spital gebraucht.

Agnes von Seedorf, die ehemalige Meisterin der oberen Beginengemeinschaft, die der Leutpriester zur Buße zwang, kommt ihr in den Sinn. Agnes lebt nicht mehr. Sie arbeitete tagsüber im Niederen Spital, kehrte abends ins Beginenhaus am Pfarrkirchhof zurück, verrichtete ihre Buße wie geheißen. Dann magerte sie immer mehr ab, eine Krankheit raffte sie dahin. Vielleicht war es zu ihrem Guten, dass sie die Erde rasch verlassen konnte. Der Leutpriester plant, die Beginen vom Pfarrkirchhof ins geschlossene Nonnenkloster des Deutschen Ordens zu überführen. Das wäre Agnes zuwider gewesen, ist aber im Sinn ihrer Schwester Anna von Seedorf, der Meisterin dieser Beginen, die Baselwind treu ergeben ist.

Vor zwei Jahren ist in Annas Nähe ein neues Beginenhaus eröffnet worden – jenes der ‹Willigen Armen vor den Predigern›. Es gibt fast zu viele Beginenhäuser in der Stadt Bern jetzt – nicht alle Plätze sind besetzt. Und nicht alle Schwestern haben genug Arbeit. Vielleicht ... Sie senkt den Eimer noch einmal in den Brunnen, zieht ihn herauf. «Ita», sagt sie, «sammle die Becher ein und bring den vollen Eimer ins Haus. Ich komme nach.»

Sie verlässt den Hof mit den stöhnenden Männern, geht zum Haus der Willigen Armen. Eine großgewachsene, junge Schwester in grauem Gewand sitzt im Eingang mit einer Näharbeit. Sie holt auf Annas Begehren die Meisterin.

«Ihr wollt eine meiner Beginen zur Pflege von verletzten Kämpfern», stellt die ältere Meisterin mit einer gewissen Strenge in der Stimme fest, als Anna ihr Anliegen vorgebracht hat. «Ich habe von Euch gehört, Anna Seilerin. Es war mir aber nicht bekannt, dass Ihr in Eurem Haus Pflegebedürftige aufnehmt. Ich werde bei den Franziskanern nachfragen, wir stehen unter ihrer Aufsicht.»

«Bitte tut es rasch», antwortet Anna. «Bruder Conrad kennt mich – er wird wohl ein gutes Wort einlegen für mich und mein Vorhaben.»

«Ihr seid mit Bruder Conrad vertraut?» Die Miene der Meisterin wird freundlicher. «Da muss ich nicht nachfragen. Schwester Mia wird ihre Näharbeit niederlegen und Euch begleiten. Sie wird für Euch arbeiten, solange Ihr sie braucht.»

Anna dankt. Ihr kommt eine Idee. «Meisterin, Ihr habt nicht zufällig Betten, die nicht belegt sind?»

«Doch. Drei Betten sind frei – sie wurden uns gespendet und stehen herum. Sie stehen zu Eurer Verfügung.»

Anna bedankt sich nochmals. Sie steckt der Meisterin ein paar Schillinge zugunsten des Beginenhauses zu, die diese gern einsteckt. Auch für Mias Dienste verspricht sie Bezahlung. Der Knecht werde die Betten gleich holen, sagt sie.

Die Meisterin verabschiedet die Nachbarin mit Wohlwollen: «Für eine Vertraute von Bruder Conrad habe ich immer ein offenes Ohr.»

Schwester Mia ist aufgesprungen und hat ihre Arbeit zur Seite gelegt – ihre Augen funkeln, sie scheint sich auf die Aufgabe zu freuen. Mit der jungen, großgewachsenen Schwester an der Seite geht Anna zurück in ihr stilles Haus.

Wie so oft besucht sie später die Messe. Am Ende des Gottesdienstes spendet der Prior den Segen und will sich abwenden. Mit ein paar Schritten tritt sie vor ihn hin, richtet das Wort an ihn. Ihre Stimme ist brüchig vor Aufregung, der Prior beugt sich unwirsch vor, sie wiederholt ihre Worte. Seine Züge glätten sich: «Ihr wollt helfen, Anna Seilerin. Das ist ein guter Zweck. Wendet Euch an die Brüder, die im Klosterhof die Verletzten betreuen.»

Das will sie tun. Der Mönch im Hof zuckt zusammen, als ihn eine Frau anspricht – unruhig zupft er am Ärmel seines schwarz-weißen Dominikanerhabits. Sie erwähnt die Empfehlung des Priors. Der Mönch nickt, ohne sie anzusehen, holt zwei Laienbrüder. Zusammen mit ihnen wählt sie sechs Männer zur Pflege in ihrem Haus aus. Die Laienbrüder versprechen, die Männer noch vor Einbruch der Dunkelheit in ihr Haus zu bringen, sobald alles bereit ist.

Als sie vor die Klosterpforte tritt, staunt sie über sich selbst. Sie hat es gewagt, dieses Vorhaben anzupacken! Wie rasch sich alles abwickeln ließ …

Sie weist die Knechte an, welche die Spannbetten vom Beginenhaus der Willigen Armen herüberbringen. Mit Ita und Mia hat sie die Möbel zur Seite gerückt, sie richten die Betten ein, Heinrichs Bett ist wieder bezogen, als ob er bald nach Hause käme. Sie atmet tief ein und aus, ihr Blick fällt auf das andere Bett, das den Raum fast ausfüllt. Das ist nicht mehr Heinrichs Kammer, sondern ein Krankenzimmer.

Dann werden die verletzten Kämpfer gebracht. Alle tragen sie das weiße Kreuz auf der Brust und gehören zu den Siegern, sehen aber jämmerlich aus. Drei Männer schleppen sich die Treppe herauf – sie stammten aus der Gegend von Thun und dem Oberhasli, sagen sie. Der eine, mit hellblondem Schopf, hat eine Verletzung an der Schulter, der Zweite eine Kopfwunde, der Dritte eine klaffende Wunde am Arm. Mit der Hand des gesunden Arms umklammert er ein gelbes Banner mit schwarzem Adler, wie sie Anna beim Auszug der Kämpfer gesehen hat. Der Schulterverletzte stellt sich als Klaus vor, Bauer aus Wattenwil, die andern nicken nur. Da alle drei recht gut auf den Beinen sind, führt sie sie zur schmalen Treppe, die in den Raum unter dem Dach führt. Die Mönche bringen zwei weitere Männer, die aus den Waldstätten stammen. Sie sprechen anders und mustern sie misstrauisch; ein Mann trägt den Arm in der Schlinge, der andere hinkt stark.

«Die Dominikanerbrüder haben uns ins Haus einer Frau gewiesen», stellt der eine fest, «ob das gut kommt?» Als Anna sie in Heinrichs Kammer führt, staunen sie. «Diese Kammer und die Spannbetten – so etwas kenne ich daheim nicht.» Der hinkende Mann legt die Flagge auf die Bettdecke und streicht sie glatt, damit man den Stier gut sehen kann. «Für die Waldstätten als Verbündete von Bern haben wir gekämpft», hält er fest, «mit dem Stier vor Augen wird es mir möglich sein, wieder zu Kräften zu kommen.» Ein dritter Mann wird von den Laienbrüdern die Treppe hochgetragen und auf Heinrichs Bett gelegt: Seine Beine sind gequetscht, Knochen sind zu sehen. Der Mann sei unter das Pferd eines Ritters geraten, erzählen die Begleiter. Er verliert immer wieder das Bewusstsein, stöhnt laut.

Anna gibt sich einen Ruck und ergreift das Wort. «Meine Magd holt jetzt den Bader, er wird sich um die Wunden kümmern.» Sie schiebt Mia vor. «Ihr werdet von Schwester Mia gepflegt und von mir und Ita mit Essen versorgt. Ihr bleibt so lange hier, bis es Euch möglich ist, in Eure Dörfer zurückzukehren.»

«Die Schwester mit ihrer grauen Kleidung ähnelt einer Nonne. Warum ist sie nicht im Kloster?», fragt einer.

«Schwester Mia ist eine Begine. Sie lebt mit anderen Frauen in einer christlichen Gemeinschaft ohne Ordensgelübde und Klausur. Viele Beginen pflegen Kranke.»

«Vielleicht ist dieser Frauenhaushalt gar nicht schlecht», sagt der eine Urner zum anderen.

Als Anna sich spätabends auf ihr Bett setzt, umgibt sie nicht die Stille der letzten eineinhalb Jahre, die auf ihr lastete. Der Boden knarrt über ihr, aus der Nachbarskammer dringt Stöhnen und Schnarchen. Das Haus ist belebt, es bietet sechs Männern Schutz. Der Bader ist gekommen und hat die Wunden versorgt. Beim Mann, der von Pferdehufen schwer verletzt wurde und wirres Zeug redet, hat er den Kopf geschüttelt. Nach dem Abschied des Wundarztes hat Mia eine Kräuterfrau herbestellt, die Tränke abgegeben hat. Was möglich ist, ist getan und wird auch in den nächsten Tagen getan werden. Alles Übrige liegt bei Gott.

Sie faltet die Hände. «Danke, allmächtiger Gott, dass ich mich nützlich machen kann. Ich gebe diese Männer, die für Bern gekämpft haben, Dir anheim, Dein Wille geschehe, wie im Himmel, so auf Erden.» Sie nimmt das rote Paternoster, macht das Kreuzzeichen und beginnt mit dem Ave Maria, lässt eine Perle nach der andern durch die Hand gleiten. Wie beruhigend das ist! Zum ersten Mal seit langem ist sie mit sich im Reinen.

18

Bern, August 1340

Anna sucht eine Königskerze hervor aus den Pflanzen, die sie auf den Tisch gelegt haben. Etliche Blumen und Kräuter stammen aus dem Garten, einige haben sie auf dem Markt besorgt. Diese stolze Pflanze soll die Mitte des Straußes einnehmen. Mit Mia und Ita stellt sie Kräutersträuße zusammen. Sie wollen sie an diesem Tag von Mariä Himmelfahrt, dem Fest der leiblichen Aufnahme der Gottesmutter im Himmel, vom Priester segnen lassen. So will es der Brauch.

Sie liebt es, den Strauß zusammenzustellen, die Düfte der Kräuter benebeln ihre Sinne. Sie reibt die kleinen Blättchen des Thymians zwischen ihren Fingern, riecht den würzigen Geruch. Sie gibt Kamille dazu, deren Blüten an kleine Margriten erinnern und einen ganz eigenen Geruch verströmen. Der süßliche Geruch des Baldrians steigt ihr in die Nase – sie riecht an den kleinen, weißrosa Blüten, gibt zwei Pflanzen zu den anderen.

Mia, die ihren eigenen Strauß bindet, lächelt. «Der Geruch der Baldrianblüte ist angenehm, nicht aber jener der Wurzel. Baldrian ist gut bei Schlafproblemen und Magenweh. Ein Sud aus Kamille hilft bei Magenkrämpfen, auch Wermut und Schafgarbe sind nützlich.»

Schwester Mia ist keine Kräuterfrau, begleitet diese aber oft und hat sich Wissen angeeignet. Die drei Frauen stehen nebeneinander am Tisch und wählen die Kräuter für ihren Strauß aus, Mia erklärt ihre Wirkung: «Eisenkraut – auch ‹Verbena› genannt – braucht man gegen Kopfschmerzen, die Wurzel von Alant, wenn das Atmen schwerfällt, und das Kraut des Johannes bei der Wundheilung.»

Anna gefällt das sonnige Gelb des Johanniskrauts und der feinen Blüten des Alants. Sie fügt ihrem Strauß aromatisch riechenden Wermut und angenehm duftende Schafgarbe bei und steckt einzelne Ähren von Dinkel, Roggen und Weizen zwischen die Kräuter. Zufrieden mustert sie den Strauß mit seinen gelben und weißen Blüten, grünen Blättern und goldgelben Ähren und bindet ihn. Als sie fertig ist, schließt sie die Augen und taucht ihre Nase in den Strauß. Diese Düfte und Gerüche! So duften die Blumenwiesen und Kräutergärten – das ist der Geruch des Sommers, der sich dem Ende zuneigt.

Auch die Sträuße von Mia und Ita leuchten und duften. Die drei Frauen nehmen ihre Schürzen ab, setzen die Hauben auf und machen sich auf den Weg zur Leutkirche, die Sträuße in der Hand.

Unter den Lauben bemerkt man die drei, die so verschieden sind: Da ist Witwe Anna Seilerin, mittelgroß, festlich gekleidet. Sie trägt nicht mehr Schwarz wie in ihrem Trauerjahr, sondern ein sattgrünes Kleid. Ihre Haube ist nicht übers Kinn gebunden wie bei vielen Witwen, sondern unter dem Kinn. Die Seilerin ist noch nicht alt – erst Mitte zwanzig. Und sie ist vermögend. Es gibt Männer, die um sie werben, sagt man. Neben ihr geht die hochgewachsene Begine Mia vom Haus der Willigen Armen. Die ist so dünn wie eine Bohnenstange und trägt ein sackartiges Gewand aus grauem Wolltuch mit einem einfachen Strick als Gürtel wie die Franziskaner, denen sie untersteht. Einen Schritt hinter den beiden geht Ita, die Magd der Seilerin. Auch sie trägt einen Strauß in der Hand. Bei der Seilerin sind die Dienstboten gut gehalten. Die frühere Magd Grit ging neben ihrer Herrin durch die Gassen wie eine Freundin. Grit hat man nicht mehr gesehen – warum nur hat sie diese gute Stelle aufgegeben? Ersetzt wurde sie durch Ita, Schwester der Stina, die beim Vater der Seilerin dient. Ita unterstütze ihre Herrin zuverlässig, sagt man, sie sei nicht launisch wie ihre Vorgängerin.

Man weiß nicht, wo die Begine Mia herkommt – sie war plötzlich da, stammt wohl vom Land und ist bei den Beginen der Willigen Armen untergekommen, unweit des Hauses der Seilerin. Schwester Mia hilft bei der Seilerin aus, wenn diese Pfleglinge aufnimmt, Verletzte aus den kriegerischen Auseinandersetzungen mit Freiburg. Verletzte Kämpfer hat es in der letzten Zeit viele gegeben. Vom siegreichen Laupenkrieg haben sie sich zurückgeschleppt in die Stadt, die Spitäler waren überfüllt. Die Freiburger gaben nicht auf, legten im Winter Brände. Der Kleinkrieg hatte zur Folge, dass es auf dem Markt in Bern wenig zu kaufen und in den Haushalten wenig zu essen gab. In der Woche vor Palmsonntag rächten sich die Berner, raubten das Städtchen Huttwil aus und brannten es nieder. Und nach Ostern doppelte Rudolf von Erlach nach: Er schlug die Freiburger auf dem Schönberg und brannte ihre Vorstadt nieder. 700 Freiburger hätten das Leben gelassen, erzählt man. Aber auch etliche Berner verloren das Leben, ein Zug von Verletzten traf in Bern ein. Die Spitäler platzten aus den Nähten. Die Seilerin hat wieder Kämpfer aufgenommen und gepflegt. Sie zahlt dafür aus dem eigenen Sack. Natürlich – sie ist reich. Trotzdem öffnet nicht jeder Reiche in der Stadt sein Haus für arme Kämpfer, die nirgendwo sonst Unterschlupf finden.

Die Männer, die unter den Lauben herumlungern, schauen den drei Frauen nach, deren weiße Hauben an der Kreuzgasse um die Ecke verschwinden.

Die Kreuzgasse ist von Gemüseresten, Fischschuppen, Pferdeäpfeln und anderen Spuren von Markt und Alltag gereinigt. Feierlich gekleidete Kirchgänger streben der Leutkirche zu. Aus dem Haus an der Kreuzgasse treten ihnen Annas Vater und Magd Stina entgegen, Itas Schwester. Der Vater wiederholt seine Einladung für das Mahl nach der Messe. Sonne fällt auf Peter ab Bergs Gesicht, das von vielen Falten durchzogen ist. Trotzdem geht der Vater aufrecht, er wirkt nicht wie ein alter Mann, einen Stock braucht er nicht. Sie schließen sich den Kirchgängern an. Von allen Seiten strömen die Leute auf die Kirche zu. Beim Eingang nehmen sie vom Weihwasser und machen das Kreuzzeichen: «Im Namen des Vaters, des Sohnes und des Heiligen Geistes, Amen.» Die Kirche ist mit Blumen und Kräutern zu Ehren der Jungfrau Maria geschmückt, deren Fest sie heute feiern. Die Gruppe aus der Kirchgasse stellt sich zuvorderst in die Kirche, die Frauen legen die Sträuße vorsichtig vor sich nieder.

Leutpriester Baselwind erscheint, die Gesänge ziehen durch die Kirche. Baselwind führt durch die Messe, die ganz der Muttergottes geweiht ist. Anna denkt an den Zehntausendrittertag – am 22. Juni wurde mit einer Prozession um die Kirche und einem Gottesdienst des Sieges in Laupen vor einem Jahr gedacht. Der Leutpriester sprach mit feurigen Worten wie damals, als er den Anführern in der Leutkirche seinen Segen erteilt und den Heereszug durch die Stadt auf seinem Pferd mit der Monstranz in der Hand angeführt hatte. Seit diesem Tag ist das Ansehen des Leutpriesters in der Stadt stark gestiegen. Vorher sind viele Leute in die Kirchen der Barfüßer und Dominikaner abgewandert, welche die Seelsorge mit großem Eifer betreiben. Jetzt sitzt man wieder in der Leutkirche. Rudolf von Erlach war der weltliche Anführer in der Schlacht. Ohne den geistigen Führer Baselwind aber, sind viele überzeugt, wäre dieser Sieg nicht errungen worden. Er hat den Segen für die Berner erbeten, und Gott hat ihn gewährt. Gott ist Burger zu Bern – das geflügelte Wort geht noch immer um.

Auch sie selbst dachte an den Tag des Auszugs in die Schlacht. Und vor allem an den Tag danach, diesen 22. Juni, als die ersten verletzten Kämpfer in der Stadt eintrafen und sie sich entschloss, sechs Männer bei sich aufzunehmen. Fünf Männer wurden mit der guten Pflege wieder gesund, sie konnte Klaus und die andern vier nach Hause ins Oberland und die Waldstätten entlassen. Der schwer verletzte Mann erlag seinen Verletzungen. Mia und Ita nähten seinen Leichnam in ein Tuch ein, ließen ihn von den Laienbrüdern der Dominikaner abholen und auf dem Klosterfriedhof bestatten. Auch die Männer, die sie diesen Frühling nach der Schlacht auf dem Schönberg aufgenommen hat, sind wieder zu Kräften gekommen und davongezogen, allerdings auf immer gezeichnet: Einer hat ein Auge verloren, einer ein paar Finger, einer hat tiefe Narben am Bein.

Es ist still in ihrem Haus, in dem gestöhnt, geschrien, geflucht und gescherzt wurde. Sie weiß, dass diese Stille auf ihr lasten wird im Herbst, wenn die Dunkelheit in jede Ritze des Hauses kriecht, die Nächte immer länger werden und die Schatten sie zum Narren halten. Sie wird den Kräuterstrauß in ihre Kammer hängen. Seine Düfte und Gerüche werden sie noch eine Zeitlang in den Schlaf begleiten. Wenn er dann dürr ist und ohne Düfte, wird er ihr immer noch guttun, weil er gesegnet ist.

Der Leutpriester spricht das Segensgebet: «Herr, Du hast Maria über alle Geschöpfe erhoben und sie in den Himmel aufgenommen mit Seele und Leib. An ihrem Hochfest danken wir Dir für alle Wunder Deiner Schöpfung. Durch die Heilkräuter und Blumen schenkst Du uns Gesundheit und Freude. Segne diese Kräuter und Blumen.» Der Priester geht voran und versprengt Weihwasser über den Sträußen, die ihm die Frauen entgegenhalten, der Messdiener folgt mit dem Weihwassergefäß.

Freudig mustert Anna ihren gesegneten Strauß, der sie durch den Herbst und Winter begleiten wird. Der Priester segnet die Gläubigen, bevor er sie in diesen Festtag entlässt, der ganz der Muttergottes geweiht ist.

Stina und Ita tragen eine Erbsensuppe auf. Mia ist ins Beginenhaus zurückgekehrt, sie wird das Essen mit den Schwestern einnehmen. Anna sitzt am Tisch dem Vater gegenüber. Die Stube ist nicht unähnlich jener in ihrer Wohnung vor den Predigern. Der Vater besitzt jetzt auch einen Kachelofen, da sind Tisch und Stabellen, es gibt Fenster mit Butzenscheiben aus Waldglas. Noch immer haben erst wenige Häuser in Bern gläserne Fenster. Heinrich und ihr Vater wollten ihrer Zeit immer voraus sein. Als Kaufleute sind sie gereist, haben fremde Länder und Sitten kennengelernt. Als Kind schon hat sie wertvolle Geschenke erhalten von diesen Reisen. Das korallene Paternoster. Das Aquamanile, das Grit zerbrochen hat. Das rote Kleid. Die rote Schmuckkette.

Der Vater löffelt die Suppe, ein Rinnsal fließt über sein Kinn, ungeduldig wischt er es weg. Er ist alt an Jahren, aber kein alter Mann, der sich gebückt durch die Gassen schleppt. Die großen Reisen hat er aufgegeben, ja, auch den Jahrmarkt in Zurzach besucht er nicht mehr. «Ich fahre nicht mehr in die Welt hinaus – die Welt kommt zu mir», sagte er letzthin. Er meinte die fremden Kaufleute, die in immer größerer Zahl nach Bern hereinströmen. «Der Handel in Bern floriert jetzt, da die Kriege vorbei sind und uns Freiburg nicht mehr gefährlich wird.»

Einen Unterschied gibt es zu ihrer eigenen Stube: Die Fenster stehen hier über Eck, noch mehr Licht fließt ins Zimmer. Und da ist der Blick auf die Kreuzung, die an bestimmten Tagen zum Richtplatz wird. Wenn man an diesen Tagen den Fensterflügel öffnet, sieht man den Schultheißen, der auf einem thronähnlichen Stuhl sitzt, auf der einen Seite den Großweibel, auf der anderen Seite den Schreiber, der das Urteil verliest. Dieses wird vom Scharfrichter sofort vollstreckt. Starr vor Schreck und Entsetzen schaute sie als Kind zu, wie der Scharfrichter das Schwert hob und niedersausen ließ, wie ein Kopf davonrollte und Blut aus dem offenen Hals quoll. Es war ihr unmöglich gewesen, den Blick abzuwenden, gelähmt, wie am Boden festgefroren, hatte sie dem Spektakel zugesehen. In den Träumen der folgenden Nacht rollte der Kopf dann noch einmal, sie schrie auf und nässte manchmal das Bett.

Wenn jemand Böses tut, wird er öffentlich bestraft. Warum tut er Böses? Sie glaubt nicht, dass Gott böse Menschen geschaffen hat. Nicht alle haben so viel Glück wie sie. Vielen Leuten geht es schlecht, niemand hilft ihnen. Manchmal werden sie aus Not zu Dieben und Räubern.

Den Blick auf die Richtstätte vermisst sie nicht. Es ist Hemma, die fehlt in dieser Wohnung. Sie gehört hierhin und ist nicht mehr da. Anna besucht den Vater nur selten, weil alles hier an damals erinnert, als sie ein Kind war. Die Truhe steht noch am selben Ort, der Tisch ist noch der gleiche. Gegenstände haben viel länger Bestand als Menschen. Sie hört das Geräusch von Pfannen, die in der Küche herumgerückt werden, das Knistern des Feuers, Dampf dringt aus der Küche. Alles ist wie damals, als diese Hemmas Reich war. Sie war das Kind, umsorgt von Vater und Hemma, bevor sie in die Ehe gegeben wurde. Die Familie stand ihr bei, in der Kirche gab es geistlichen Beistand.

Stina und Ita kommen aus der Küche, bringen Schalen mit Fisch, Huhn, Spinat, Linsen, Rüben, sie reichen Brot und schenken Wein ein.

Der Vater räuspert sich. «Wir können heute das Fest der Muttergottes in Frieden feiern. Das ist nicht selbstverständlich. Es ist eine Frau, Königin Agnes von Ungarn, die den

Landfrieden zwischen Bern und Freiburg vermittelt hat, der vor wenigen Tagen unterzeichnet wurde.»

Anna nimmt sich von den Linsen. «Wer ist diese Frau? Ich habe vom Friedensvertrag gehört, noch nie aber von dieser Königin.»

«Doch, ich habe dir von ihr erzählt – sie hat Geld für den Wiederaufbau des Verenamünsters in Zurzach gestiftet. Agnes ist eine Habsburgerin, sie wurde mit dem ungarischen König verheiratet. Ihr Vater, der deutsche König Albrecht, wurde ermordet, als sie eine junge Witwe war. Sie lebt jetzt in Königsfelden, wo ihre Mutter an jener Stelle ein Kloster gestiftet hat, wo der Mord begangen wurde.»

«Agnes ist eine Nonne? Und sie tritt öffentlich auf, vermittelt Frieden?» Anna ist überrascht. Die Nonnen, die sie kennt, leben zurückgezogen in Klausur.

«Sie lebt im Kloster Königsfelden, hat aber nie das Gelübde abgelegt. Sie verwaltet die habsburgischen Stammlande und das Kloster. Es ist unter ihr zu einem bedeutenden Clarissen-Konvent herangewachsen und beherbergt auch ein kleines Kloster der schwarzen Franziskaner. Zudem besitzt Agnes die Stadt Brugg.»

«Und warum hat gerade sie den Frieden zwischen Bern und Freiburg vermittelt?»

«Man hat sie angefragt. Obwohl äußerlich unscheinbar und von geringer Körpergröße, wie man erzählt, verfügt sie über großes Verhandlungsgeschick. Bern ist ihr sehr verbunden. Dank unserem Sieg und diesem Frieden wird der Handel wieder blühen, die Brandschatzungen der Freiburger haben ein Ende und auf unseren Tischen häufen sich wieder die Speisen.»

Anna kaut am Hühnerfleisch. Ihr Vater, Kleinrat in Bern, weiß so vieles. Er hat ihr immer aus der Politik erzählt, später tat es ihm Heinrich gleich, jetzt ist es wieder der Vater. Seine

Schilderung dieser Königin, die für Bern eine so wichtige Rolle gespielt hat, beschäftigt sie. Agnes wurde jung Witwe. Sie leitet ein Kloster, hat sich aber nicht der Klausur unterzogen. Sie besitzt Ländereien, vermittelt zwischen verfeindeten Staaten und Parteien. Eine Frau ist sie, anerkannt aber in all diesen Tätigkeiten.

Der Vater nimmt sich noch einmal vom Fisch. «Königin Agnes ist Habsburgerin. Aber sie versteht es auch, ihre eigenen Interessen zurückzustellen. Sie lebt ein einfaches Leben im Kloster. In der Stadt Baden hat sie ein Spital gestiftet. Als ich das letzte Mal den Jahrmarkt in Zurzach besuchte, habe ich auf dem Weg die Klosterkirche in Königsfelden besucht. Für diese Kirche lässt Agnes Fenster mit Glasmalereien arbeiten – etliche kann man bereits bewundern. Unsere Leutkirche und die Predigerkirche haben auch ein paar Glasfenster. Das ist aber nichts gegen das Wunder dieser Fenster. Als ich dort war, fiel Sonnenlicht durch das farbige Glas mit Szenen aus Heiligenleben. Das Licht sprenkelte uns Gläubige, die auf den Knien lagen, den Franziskaner-Priester im schwarzen Habit und den Boden des Chors. Nie habe ich etwas Schöneres gesehen.» Er legt den Löffel nieder und verstummt.

Sie staunt. Ihr Vater ist Kaufmann und Zahlenmensch, noch nie hat sie ihn so ergriffen gesehen. Nachdenklich legt auch sie den Löffel nieder.

Königin Agnes leitet ein Doppelkloster, sie ließ diese Klosterkirche bauen, die mit wunderbaren Glasmalereien ausgestattet wird. Sie besitzt Ländereien und eine Stadt. Mit den Mächtigen sitzt sie am Tisch und wird in ihrem Urteil anerkannt. Sie ist Habsburgerin, war Königin von Ungarn. Das erhebt sie weit über alle anderen Frauen. Sie hat aber auch ein Spital gestiftet, tut Gutes für einfache Leute. Dazu muss man nicht Königin sein. Man muss über Mittel verfügen und wissen, wie man so etwas schafft. Man kann sich kundig machen.

Eine gewöhnliche Frau wie sie selbst könnte das vielleicht ebenfalls, wenn ihr auch mehr Widerstand erwachsen würde als einem Mann. Anna nimmt den duftenden Strauß und schließt die Augen.

19

Bern / Fraubrunnen, November 1344

Das erste Morgenlicht dringt in ihre Kammer – sie kann die Augen nicht mehr verschließen. Sie setzt sich auf den Bettrand, stemmt sich hoch und greift nach dem Kräuterstrauß, den sie auch in diesem Jahr hat segnen lassen, obwohl es für sie kein gesegnetes Jahr ist. Staub fällt vom Strauß, sie riecht nichts und lässt ihn fallen.

Diesen Sommer ist ihr Vater in der Kreuzgasse gestürzt. Stina hatte sie geholt, atemlos war sie hinter der Magd durch die Stadt gelaufen und über die Treppe hoch in die Kammer geeilt, wo der Vater in seinem Bett lag. Priester Baselwind war da, neben ihm ein Ministrant mit Laterne. «Euer Vater hat die Letzte Ölung und die geweihte Hostie noch bei Bewusstsein empfangen», erklärte der Priester. Sie trat zum Vater ans Bett, seine Augen waren geschlossen, die Hände gefaltet. Er würde die Augen nie mehr öffnen, sie wusste es. Trotzdem horchte sie an seiner Brust. Kein Atem. Sie war auf die Knie gefallen und hatte gebetet. Der Priester hatte ihr seinen Segen erteilt und sie hatte ihm Geld für das Spenden der Sakramente an ihren Vater zugesteckt, zu dem er die Stola um die Schulter gelegt und den Ministranten mitgenommen hatte. Einen Moment schien ihr, dass Baselwind Mühe hatte, das übliche Geld für diesen Gang von einer Frau entgegenzunehmen, er hatte es aber eingesteckt und war mit dem Ministranten gegangen.

Bald nach seinem Weggang waren Leute von der Straße, Bekannte, Freunde des Vaters ins Haus geströmt, um von ihm Abschied zu nehmen. Es war tröstlich gewesen zu erfahren, welche Anerkennung ihr Vater genossen hatte. Sie hatte gewartet, bis alle gegangen waren. Dann hatte sie sich noch einmal beim Vater niedergekniet, dessen Gesicht bereits wächsern wirkte. Sie hatte ein paar Fliegen verscheucht, die Stirn auf seinen kalten Arm gelegt und ihm für alles gedankt.

Das Begräbnis war an ihr vorbeigezogen, sie war wie erstarrt gewesen. Der Leichnam des Vaters war auf dem Kirchhof bei der Leutkirche beigesetzt worden, in der Nähe von Hemma und Heinrich. Sie hatte der Totenmesse und dem Totenmahl beigewohnt, viele Hände geschüttelt. Tante Johanna hatte an der Beerdigung ihres Bruders nicht teilnehmen können, weil sie erkrankt war. Wie damals bei Heinrich waren alle Kleinräte anwesend und die meisten Mitglieder des Rates der Zweihundert sowie Kaufleute, Handwerker, Freunde und Nachbarn.

Nur einer der Kleinräte ist ihr in Erinnerung geblieben: Niklaus von Muhleren. Sie hatte ihn noch nie angetroffen. Der Rat hat dieses Jahr beschlossen, dass Vergabungen von Frauen, die nicht an die natürlichen Erben gehen, vom Rat der Zweihundert bewilligt werden müssen. Davon hatte der Vater erzählt. Ihr schien diese Vorschrift ungerecht, da Männer ihre Vergabungen ohne solche Vorschriften machen konnten. Als sie diesen Einwand vorbrachte, meinte der Vater: «Frauen sind nicht Männer – die Geschlechter sind nicht gleich und ihre Rechte darum auch nicht. Wenn du einen Beistand brauchst – wende dich an Niklaus von Muhleren. Er ist besonnen und wird dir zur Seite stehen.» Dieser Niklaus von Muhleren – ein jüngerer, ruhiger Mann, blassblaue Augen unter dem Barett des Ratsherrn, seine junge, schwangere Frau an der Seite – hat mit wenigen Worten seine Anteilnahme und Wertschätzung für ihren Vater ausgedrückt.

Philipp von Kien, enger Freund des Vaters und von ihr selbst, war an ihrer Seite. Kien schien nicht mehr verbittert über den Verlust des Schultheißenamtes, er hat sein Erbe geregelt: Seine Tochter Margaretha hat er mit Peter von Grünenberg verheiratet – Tochter und Schwiegersohn haben Aarwangen geerbt. Sohn Johannes hat sich im vergangenen Jahr mit Erbtochter Mechthild von Scharnachthal vermählt.

Anna geht in ihrer Kammer auf und ab. Manchmal fühlt sie sich wie in einem Käfig. Der Käfig ist golden. Sie beschäftigt nun auch Stina, die Magd des Vaters, und hat somit zwei Mägde, die nach ihrem Wohl sehen. Mit den beiden hat sie das Haus des Vaters geräumt und geputzt. Einige Möbel hat sie an Freunde und Nachbarn verschenkt – sie selbst hat ja alles. Nur die Spannbetten ließ sie auf ihren eigenen Dachstock zügeln. Man weiß nie. Als alles geräumt war, fühlte sie sich so leer wie das Haus. Jetzt ist dort neues Leben eingekehrt – sie hat das Haus an Niklaus von Muhleren verkauft, der mit seiner inzwischen niedergekommenen Frau und den drei Kindern dort eingezogen ist.

Zum Kaufpreis hat sie sich beraten lassen. Sie hat das Haus von Stefan Gutweri und Werner Cauwersi, die sich mit den Preisen von Häusern auskennen, schätzen lassen und bezahlte sie dafür. Gutweri besichtigte das Haus, nannte ihr eine Zahl und verabschiedete sich. Cauwersi, wie immer in blauem Rock und gelben Beinlingen, nannte ihr eine ähnliche Zahl. Er versuchte es mit ein paar galanten Worten – schließlich hat sie jetzt noch mehr Geld. Sie ist aber schon dreißig, und man vermutet, dass sie nicht mehr heiraten wird. Sie bat ihn nicht zu einem Glas Wein, ihre Mägde waren immer in der Nähe. Händeringend verabschiedete er sich, zufrieden aber, einen Auftrag erhalten zu haben. Cauwersi geht seinen Weg auch ohne Einheirat in eine Berner Familie. Viele haben Schulden bei ihm, seine Zinsen sind hoch.

Sie hat Niklaus von Muhleren, der Interesse bekundet hatte, zu sich gebeten und ihm die geschätzten Preise genannt.

Er schaute auf seine Hände, dann zu ihr und erklärte sich bereit, den höheren Preis zu zahlen. Sie bot ihm das Haus zum tieferen Preis an und gewährte ihm einen zusätzlichen Preisabschlag. Er musterte sie überrascht. «Es kann sein, dass ich einmal über Eure Dienste froh sein werde, denn als Frau sind mir in geschäftlichen Dingen Grenzen gesetzt», erklärte sie. Sie hatten das Geschäft mit Handschlag bekräftigt und später schriftlich festgehalten.

Der Vater hat sie auf das Geschäftliche vorbereitet. In den letzten Jahren haben sie einiges besprochen und zusammen Heinrichs Bücher durchgesehen, als diese von der Stadt zurückerstattet wurden. Der Vater hat ihr gezeigt, wie Käufe und Verkäufe vermerkt wurden, sie haben über Zulieferer und Kunden gesprochen, sie kennt die Abkürzungen für den florentinischen Goldgulden, das bernische Silberpfund, Schillinge und Pfennige und einige andere Währungen. Zusammen haben sie Heinrichs Schulden beglichen und Geld eingezogen, das ihm zustand. Seine Vergabungen erfüllt sie geflissentlich, so auch diesen Herbst das Pfund und die Zinsen, die den Siechen in Thun zustehen, diesen Ärmsten aller Leute.

Warum hält sie sich noch immer in der Kammer auf, unfähig, etwas anzupacken? Es war wie eine Krankheit in den letzten Wochen und Monaten. Sie fühlte sich nur noch in der Dunkelheit wohl. Gleichzeitig ängstigte sie das Dunkle. Sie, die das Licht so liebt, hoffte immer, dass es nicht komme, dass nicht ein neuer Tag beginne, der ihr nicht willkommen war. Das Licht kam trotzdem, immer etwas später, erst zaghaft, dann heller schimmerte es durch die Scheibchen, wanderte die Wand hoch, kroch über die Decke zu ihrem Gesicht. Dann konnte sie es nicht mehr leugnen und erhob sich.

Alle sind weg. Die Mutter, Hemma, ihr Sohn, ihr Mann, ihr Vater. Sie ist allein auf der Welt. Es ist so schwierig, einen

Sinn zu finden. Der Sinn liegt in Gott. Sie hört es in der Messe, sie weiß es, sie sagt es sich selbst. Und doch zweifelt sie manchmal. Ungeheuer verunsichern sie, fressen sich in ihr Hirn. In Stein gehauene Fratzengesichter zieren die Leutkirche – sie sollen das Böse von der Kirche fernhalten, erschrecken aber auch. Wenn sie in der Dämmerung aus der Kirche tritt, züngeln und glotzen sie, machen sich über sie lustig. Sie zieht den Überwurf enger um die Schultern, die Haube tiefer ins Gesicht und dreht sich weg. Selbst in ihre Träume schieben sich die Fratzengesichter, dann ist sie wehrlos, die Fratzen grinsen und schnappen nach ihr, und erst, wenn sie schreit und aufwacht, verblassen und verschwinden sie.

Warum beklagt sie sich? Sie ist gesund, ist mit weltlichen Gütern gesegnet, hat treue Dienstboten. Hastig zieht sie Unter- und Oberkleid über, kämmt ihre dunklen Haare. Ein weißes Haar fällt ihr ins Auge. Sie zählt schon dreißig Jahre. Das ist gut so. Das Leben und Leiden hierunten wird einmal ein Ende haben. Sie steckt die Haare hoch. Ihr Blick fällt auf das Spinnrad, sie gleitet mit der Hand über die Fasern. Diesen Winter wird sie viele Stunden spinnen. Es ist beruhigend, an den weichen Fasern zu zupfen und sie zu festem Garn zu verspinnen. Das ergibt Sinn. Sie verlässt die Kammer.

Stina und Ita machen sich in der Küche zu schaffen – für sie allein bereiten sie das Morgenmahl. Hat sie es verdient, fragt sie sich manchmal. Sie nimmt das letzte Rechnungsbuch des Vaters, das man ihr herausgegeben hat. Sie wird es durchgehen, wie sie Heinrichs Bücher durchgegangen ist. Sie kann das. Sie wird Geld einholen und Schulden bezahlen, dafür braucht sie keine Hilfe. Sie beugt sich über das Buch, gleitet mit dem Finger über die Seite: Kauf von Wolltuch, Leinwand, Leinenbändern, Halbseide und Seide. Verkauf von Pomeranzen, Gewürzen, Zuckerstöcken. Kauf und Verkauf von Farbholz, Grünspan und Indigo, Rot- und Weißleder,

Schmal- und Sohlleder. Sie schaut auf. Der aromatische Geruch der Gewürze. Der Duft der Pomeranzen. Der charakteristische Geruch und manchmal Gestank der Felle und Häute im Lagerraum. Das war die Welt des Vaters. Jetzt gibt es nur noch die Zahlen im Buch. Anna spitzt den Gänsekiel mit dem Messer, öffnet das Tintenfass. Sie taucht den Kiel in die Tinte und hakt ab, was erledigt ist, hält auf einem Stück Pergament fest, was noch zu tun ist.

Als Stina den Haferbrei vor sie hinstellt, streut sie Sand über die Zahlen und Buchstaben und schiebt Buch und Pergament zur Seite. Sie löffelt vom Brei, ihr Blick geht zum Fenster. Obwohl es Herbst ist und das Fenster zum Norden liegt, fällt helles Licht herein. Sie steht auf, öffnet einen Flügel. Die Predigerkirche gegenüber ist in Sonnenlicht getaucht. Sie könnte die Frühmesse besuchen, das Glöckchen ruft.

Diesmal nicht. Sie muss endlich wissen, woran sie ist. Was sie tun soll. Ein paar Monate sind vergangen seit dem Tod des Vaters, sechs Jahre seit Heinrichs Hinschied, elf Jahre, seit sie ihren kleinen Engel verloren hat. Sie steckt fest in Verlust und Trauer. Ist es ihr Weg, über den Rechnungsbüchern zu sitzen, ihr Haus und Erbe zu verwalten? Oder hat Gott ihr einen anderen Weg vorgezeichnet, nur findet sie ihn nicht? In der letzten Zeit war sie wie gelähmt.

Die Tage werden immer kürzer, Ende des Monats fällt vielleicht Schnee. Jetzt aber noch nicht – nur die Blätter fallen von den Bäumen wie farbiger Schnee. Ihre Nächsten sind fort, die Letzte, Tante Johanna, ist schwer krank und empfängt nur noch ihre engste Familie. Da ist aber Anna, Johannas Tochter, ihre Base, die große Anna! So lange hat sie sie nicht gesehen – all die Jahre nicht während ihrer Ehe und Witwenschaft. Fünfzehn Jahre ist es her, seit sie Novizin Anna besucht hat, damals, auf der Rückfahrt von der Messe in Zurzach.

Sie legt den Löffel nieder und springt auf. «Ita!» Die Magd kommt aus der Küche, will die Kachel mit dem Brei wegräumen. «Das wird Stina tun. Geh bitte zum großen Turm und schaue, ob du einen Wagen mit Verdeck für mich anheuern kannst. Ich fahre aufs Land hinaus, zum Kloster Fraubrunnen. Du kannst mich begleiten.» Ita ist überrascht, begreift aber schnell, nimmt einen Umhang und läuft die Treppe hinunter.

Als Ita zurück ist, hat Anna ihr warmes Wollkleid an, dessen Häkchen Stina mit zitternden Fingern geschlossen hat, und einen Umhang. «Ich besuche meine Base, die Nonne Anna. Bei Einbruch der Dämmerung bin ich zurück.» Anna staunt über ihren eigenen Mut, allein hat sie noch nie eine Reise unternommen. Sie will jetzt Klarheit haben.

Den Fuhrmann, der beim großen Turm wartet, der seit kurzem als Gefängnisturm dient, kennt sie – er hat Heinrich und den Vater mehrmals gefahren. Der Fuhrmann staunt, dass die Seilerin, begleitet nur von ihrer Magd, das Kloster Fraubrunnen als Ziel nennt, und das zu dieser Jahreszeit. Sie will doch nicht etwa? ... Nein, nicht die Seilerin – sie scheint ihm nicht fürs Kloster geboren. Sie handeln den Preis für die Fahrt aus, der auch die Rückfahrt beinhaltet. Die Frauen klettern auf den Wagen, er rollt die Marktgasse hinunter. Beim Stadttor sind die Wächter überrascht, dass zwei Frauen unter dem Verdeck sitzen, winken sie aber durch. Über die hölzerne Untertorbrücke geht es hinaus aus der Stadt, das Gelände steigt an. Bald befinden sie sich auf einer Ebene; das Pferd, vom Fuhrmann gelenkt, trabt ruhig dahin.

Ita gehen die Augen über. Sie hat die Stadt noch nie verlassen, war immer inmitten der Häuser. Und jetzt erstrecken sich Felder mit braunen Schollen oder Wintersaat und Wälder vor ihr, so viele Tannen und Laubbäume, von denen die Blätter fallen – nur selten erblickt sie ein Bauernhaus unter herabgezogenem Dach. Die wenigen Häuser sind aus Lehm und Stroh gebaut, die Dächer mit Schilf oder Schindeln gedeckt. Menschen begegnen ihnen kaum – man ist zu dieser Jahreszeit nicht unterwegs über Land. Ita wird unruhig. Sie fragt die Herrin, ob es nicht gefährlich sei, wenn zwei Frauen allein auf der Landstraße reisten.

Anna überlegt sich das auch erst jetzt, da sie unterwegs sind. Auf der Rückreise von Zurzach damals begegneten sie etlichen anderen Wagen, sie waren nicht allein. Sie beruhigt die Magd. «Wir haben einen erfahrenen Fuhrmann und sind unter dem Verdeck vor Blicken geschützt. So spät im Jahr lauern Räuber Reisenden nicht mehr auf», sagt sie aufs Geratewohl, und das scheint Ita zu überzeugen. Diese entspannt sich, macht Anna auf zwei zierliche Tiere am Waldrand aufmerksam. «Das sind Rehe», erklärt Anna. Ita entdeckt vor einem der Bauernhäuser eine Magd, die viel einfacher gekleidet ist als sie selbst, die Stadtmagd. Vor einem Stall grunzen die Schweine – der Metzger sticht eben eines ab. In den Wäldern ist es ruhig, die Fahrspuren sind mit Laub gepolstert.

Beide Frauen sind eingenickt ob des gleichmäßigen Schüttelns im Wagen, sie haben längere Zeit geschlafen, als der Fuhrmann die Fraubrunnenstraße ankündigt. Anna setzt sich gerade hin, angespannt, die Straße steigt leicht an, zieht sich dahin. Sie ist nicht mehr sicher, ob diese Fahrt nach Fraubrunnen eine gute Idee war. Dann sind sie da, der Fuhrmann bringt das Pferd mit einem «Brrr» gegenüber der Klosterwirtschaft zum Stehen. Anna erkennt den plätschernden Brunnen, das Tor und die Mauer wieder, die sich um die Klostergebäude zieht. Der Fuhrmann verspricht zu warten. Anna zieht am Strick der Glocke, ihr lautes Bimmeln durchschneidet die Stille. Die Tür im großen Tor öffnet sich einen Spalt, eine Laienschwester mustert sie. «Ich möchte meine Base Schwester Anna sprechen», sagt sie schnell.

Der Spalt geht nicht weiter auf. «Ich weiß nicht, ob das geht. Es ist nicht üblich, die Nonnen leben zurückgezogen.»

Bevor sich die Tür schließt, schiebt Anna ihren Fuß in den Spalt. «Bitte – fragt die Äbtissin, sie hat mich auch schon vorgelassen. Ich bin von Bern angereist», fügt sie an.

Sie hat Glück, die Laienschwester blickt jetzt wohlwollend. «Ich werde die Äbtissin und Schwester Anna über Euer Anliegen unterrichten.»

Anna zieht ihren Fuß zurück, die Tür geht zu. Nach einer Zeit bangen Wartens öffnet sie sich von neuem, die Laienschwester bittet herein und schließt hinter ihnen ab. «Eure Magd kann in der Pförtnerstube bei mir Platz nehmen. Ihr geht an der Kirche vorbei zum Kreuzgang.»

Das tut Anna, aufgeregt geht sie auf und ab. Das Grün des Gartens, um den sich der Kreuzgang zieht, ist wohltuend. Eine Nonne nähert sich. Das kann nicht die große Anna sein – diese Nonne ist genau gleich groß wie sie selbst. Die Nonne im schwarz-weißen Gewand der Zisterzienserinnen bleibt vor ihr stehen. Die Augen im bleichen Gesicht sind jene der Anna von Kiental. «Du bist groß geworden, kleine Anna, und etwas älter», stellt sie fest. «Es hat lange gedauert, bis dein Weg dich wieder hierher geführt hat.»

Anna ist einen Moment sprachlos. «Wie geht es dir?», stammelt sie.

Nonne Anna zieht sie auf eine Steinbank. «Ich bin seit vielen Jahren Nonne. Die Zeit vergeht. Hier steht sie still. Ich verrichte die Stundengebete, ich singe, ich lese in der Heiligen Schrift. Ich gehe der Äbtissin zur Hand. Darum darf ich jetzt auch mit dir reden, mich hier bewegen. Wir beachten sonst eine strenge Klausur.» Sie mustert ihr Gegenüber. «Ich weiß – du bist seit ein paar Jahren Witwe, Anna Seilerin. Meine Mutter war einmal da. Bist du jetzt hier, weil du deinem Leben eine andere Richtung geben willst?»

«Mein Leben Gott widmen, meinst du? Ich denke darüber nach. Nicht nur meinen Mann habe ich verloren, auch mein Kind, Tante Hemma, meinen Vater. Es geht mir nicht gut in diesen dunklen Stunden des Jahres.»

«Dunkle Stunden gibt es hier nicht. Auch bei der Matutin, dem ersten Gebet des Tages, brennen Kerzen, und unser Inneres ist voller Licht. Göttliches Licht. Davon ahnt ihr Weltlichen nichts», schwärmt die Nonne.

Auch Anna wähnt sich dem göttlichen Licht nah in den Messen und ihren Gebeten. Sie glaubt aber, dass man tätig sein muss, um Gott zu gefallen. Auf jeden Fall müssen jene Menschen das tun, deren Weg nicht der Rückzug von der Welt ist. «Ich fühle mich oft leer», sagt sie. «Ich bin ohne Familie und ganz allein auf der Welt – nur dich gibt es noch, meine Base, du bist aber weit weg. Es gab eine Zeit, da brauchte man mich. Ich nahm verletzte Kämpfer aus dem Laupenkrieg auf, pflegte sie mit Hilfe einer Begine gesund.»

«Mit einer Begine? Beginen haben kein Gelübde abgelegt», hält Nonne Anna missbilligend fest. «Du sprichst von einem Krieg in Laupen? Davon weiß ich nichts. Kriege sind nicht gut. Die Menschen sollten sich mehr Gott zuwenden.»

«Manchmal hat man keine Wahl: Die Freiburger haben uns bedrängt, Bern musste sich verteidigen. Kämpfer aus dem Oberland haben uns unterstützt, und sogar solche aus den Waldstätten. Und dann waren grad diese in ihrer Not allein: Die Spitäler waren überfüllt. Wer keine Familie hatte, landete auf der Straße, in Not und Elend.»

Nonne Annas Gesicht verschließt sich. «Das sind weltliche Nöte, die wir hier nicht kennen. Unser Leben ist Gott geweiht. Sicher hast du Gutes getan. Dieser Krieg ist aber vorbei, die Kämpfer heimgekehrt. Was hast du jetzt vor – hat es einen Grund, dass du mich gerade jetzt aufsuchst? Du weißt, dass du hier willkommen bist. Du kannst dein Geld ins Kloster einbringen und ein gottgefälliges Leben führen. Du musst dich nicht mehr um die Probleme dieser Welt kümmern.» Sie nimmt Annas Hand. «Bist du deshalb gekommen, ist das dein Weg?»

«Tante Johanna – deine Mutter – ist schwer krank», sagt Anna plötzlich. «Willst du sie noch einmal sehen?»

Nonne Anna erschrickt, zieht ihre Hand zurück. «Das kann ich nicht.» Sie fasst sich: «Es ist nicht nötig. Ich werde meiner Mutter in der anderen Welt begegnen.»

Warum ist sie enttäuscht über diese Antwort? Anna denkt an den kühnen Blick der großen Anna von früher, an ihr weizenblondes Haar, das sich nicht zähmen ließ. Beim Eintritt ins Kloster wurde das Haar geschoren, nur blonde Stoppeln blieben, vielleicht sind diese Stoppeln jetzt von Weiß durchsetzt. Auch ihr eigenes Haar sieht man nicht unter der Haube, am Abend fließt es aber über ihre Schultern. Es sind nicht nur die Haare. Es ist so still hier im Kloster, kein Laut ist zu hören. Sie würde das Leben in der Stadt vermissen. Den farbigen Markt. Die Gerüche, die Stimmen. Liebe und Leiden. Man muss durch das Leiden hindurch. Man kann andern dabei helfen. Ein Rückzug von der Welt ist ihr nicht möglich. Zu sehr hat sie es schon getan. Sie will sich um andere kümmern. Sie muss es tun – niemand ist allein auf dieser Welt.

Nonne Anna hat sie beobachtet, ihre Augen blicken streng. «Du schließt dich uns nicht an?»

«Nein. Ich weiß es erst jetzt, da ich hier bin und mit dir spreche. Bitte entschuldige mich.»

«Du musst dich nicht entschuldigen.» Nonne Annas Kinn zittert, dann wird ihr Gesicht härter. Beide erheben sich, auf gleicher Höhe stehen sie sich gegenüber. «Anna Seilerin, Gott sei mit dir», sagt die Nonne, dreht sich um und geht.

«Mit dir auch», murmelt Anna. Benommen verlässt sie den Kreuzgang, geht um die Kirche herum und öffnet die Tür der Pförtnerstube. Ita springt erleichtert auf. Die Laienschwester schließt das Tor hinter ihnen, sie klettern auf den Wagen, der Fuhrmann gibt dem Pferd den Befehl, anzuziehen. Anna atmet auf.

Die Rückfahrt ist lang, sie sprechen nur wenig. Anna gefällt der Blick auf die Schneeberge, den sie ab und zu erhascht. In der Stadt sind sie auch zu sehen, von der Halde hinter der Leutkirche zum Beispiel, wo in mühseliger Arbeit eine Terrasse aufgeschüttet wird. Meist sind sie hinter der Stadtmauer verborgen. Die Mauer, die die Stadt umrundet, gibt Schutz. Manchmal ist es aber schön, in die Ferne zu schauen.

Diese Berge aus Schnee und Eis. Sie sind ewig. Sie werden noch dastehen, wenn all die kleinen Menschen, die sich auf der Erde bewegen und ihren Weg suchen, schon längst in die Ewigkeit eingegangen sind.

20

Bern, Juli 1348

Ein Mann steht vor ihrer Tür, in einem Bauernkittel, weißblonder Schopf, schiefe Schulter. Sie kennt diesen Mann. Das ist Klaus von Wattenwil bei Thun, der nach dem Laupenkrieg bei ihr im Haus gepflegt wurde und genas, wenn auch seine Schulter schief blieb. Hinter Klaus steht ein junger Mann, fast ein Junge noch, mit dem gleichen hellblonden Haar.

«Grüß Gott, Klaus», begrüßt sie ihn überrascht, «komm herauf. Wie geht es dir?»

«Guten Tag, Anna Seilerin, das ist mein Sohn Ienni», sagt Klaus anstelle einer Antwort, «er begleitet mich heute.»

Sie steigen die Treppe hoch, Anna weist sie an den Stubentisch, wo sich die beiden ungelenk setzen. Klaus starrt auf seine Hände.

«Ich kann arbeiten dank der Pflege in Eurem Haus. Ich werde dieses Jahr die Zinsen aber nicht zahlen können, das weiß ich schon jetzt. Das Wetter war schlecht, der Roggen und Dinkel sind nicht gut gewachsen. Schon letztes Jahr konnte ich nicht den ganzen Zins begleichen. Unsere Lehensherren, die vornehme Familie von Wattenwyl, haben ein Auge zugedrückt. Dieses Jahr aber wollen sie den vollen Betrag und jenen vom letzten Jahr dazu. Ich weiß nicht, ob sie uns Hof und Land wegnehmen. Vielleicht sind wir bald ohne Dach über dem Kopf. Wenigstens Ienni soll eine Stellung haben – er ist fünfzehn und arbeitsam. Vielleicht kennt Ihr jemanden, der einen Knecht braucht?»

Das war eine lange Rede für einen Bauern. Klaus war schon immer wortgewandt, machte hie und da ein Späßchen. Die sind ihm vergangen – die Lage sei ernst, sagt er. Anna überlegt. Sie mag nicht immer einen Wagen anheuern. Selten einmal fährt sie aufs Land, besucht ein Gut. Öfter lässt sie Kranke holen, die man ihr vom Niederen oder Oberen Spital zuweist, wenn sie dort keinen Platz mehr haben. Der Wagen – Heinrichs Wagen – steht unbenutzt in der Werkstatt. Ein Pferd könnte sie im Stall in der Nähe unterbringen. «Kannst du mit Pferd und Wagen umgehen und meinen Mägden bei schweren Arbeiten helfen?», fragt sie den jungen Mann.

Ienni springt auf, in seinem Blick liest sie etwas vom Schalk, den sein Vater früher hatte. «Ich bin mit Pferd und Wagen aufgewachsen – sie gehorchen mir aufs Wort. Ich werde alles tun, was Ihr von mir verlangt.»

«Du kannst gleich anfangen, wenn du magst. Putze die Werkstatt, schmiere die Räder des Wagens. Wir werden ein Pferd kaufen. Deinen Schlafplatz werden wir in der Werkstatt herrichten. Das Entgelt bekommst du jeweils an Martini.»

«Juhuuu!», jubelt Ienni, bevor er sich erschrocken die Hand vor den Mund hält.

Sein Vater ist auch aufgesprungen. «Ich werde das gleich meiner Frau erzählen, die heute beim Barfüßerkloster verkauft. Sonst fahren wir nach Thun mit unserem Käse, Ziger und den Eiern. Heute aber wollte ich Euch sehen. Und ich tat recht daran, ich bin eine große Sorge los.»

Anna mustert ihn. Furchen haben sich in sein Gesicht gegraben, die es vor ein paar Jahren nicht gab. Das Leben der Bauern ist hart. Nicht wenige verschulden sich, verlieren ihren Hof, werden zu Bettlern und Elenden. Sie hat das Geld, um das zu verhindern. Klaus ist rechtschaffen, er half den Mägden damals beim Wassertragen und Zerteilen des Fleisches, sobald es seine Schulter zuließ. Sie erhebt sich. «Ich werde jemanden beauftragen, der euren Hof aufsucht oder werde es selbst tun, falls ich die Güter in Belp, Toffen und

Steffisburg besuche. Wir werden uns bei den Wattenwyls erkundigen. Wenn alles zufriedenstellend läuft, kaufe ich das Gut und werde den Zins für dieses Jahr erlassen – das Wetter war in der Tat sehr schlecht.»

Klaus starrt sie mit großen Augen an, er will ihr die Hand drücken, wagt es aber nicht. Sie nimmt seine rauen Hände kurz in die ihren. «Wir werden sehen – ich tue mein Bestes.» Sie geht mit Vater und Sohn nach unten, schließt Ienni die Werkstatt auf, verabschiedet den Vater.

«Die Muttergottes hat mich zu Euch geführt. Ich habe sie um Rat gebeten, da seid Ihr mir in den Sinn gekommen.» Klaus dreht sich um und geht davon, bleibt aber vor der Figur der Muttergottes stehen, die in die Wandnische beim Haus der Willigen Armen eingelassen ist. Er bekreuzigt sich und verbeugt sich so tief, wie es seine schiefe Schulter zulässt.

Etwas später verlässt Anna mit Ita und Stina das Haus. Ein Kran ragt oben in der Gasse auf. «Wir erledigen unsere Einkäufe später», sagt sie zu den überraschten Mägden. «Lasst uns die neuen Bauten anschauen. Wart ihr schon in der äußeren Neuenstadt?» Die Mägde verneinen überrascht. Anna geht voran. Der Holzkran hebt Kisten mit Backsteinen in den ersten Stock des neuen Steinhauses ihres Nachbars Mathis von Wichtrach. Was mag er mit seinem alten Haus vorhaben, das direkt an ihres grenzt?

Sie hat die Haube locker gebunden, fühlt sich beschwingt. So schnell kann sie etwas verändern, Gutes tun. Das hat sie in den letzten Jahren entdeckt. Sie hat von ihrem Mann und ihrem Vater Geld und Häuser geerbt. Bei der Abwicklung von Heinrichs Geschäften hatte ihr der Vater geholfen. In die Bücher des Vaters hat sie sich selbst eingearbeitet. Einige Male hat sie den Notarius und Niklaus von Muhleren beigezogen, den Vertrauensmann des Vaters. Sie hat sich einen Überblick verschafft. So viel war im Besitz der beiden Männer – und gehört jetzt ihr.

Lange Zeit lastete der Besitz auf ihr. Sie strafft die Schultern. Jetzt auf einmal spürt sie eine neue Freiheit – gerade auch wegen dieses Besitzes. Sie kann etwas bewirken. Kleinere Geschäfte packt sie selbst an, das ist verwitweten Frauen erlaubt. Sie kann ein Lehen vergeben, ein Haus kaufen oder verkaufen. Rechenschaft ist sie niemandem schuldig, sie hat keine lebenden Kinder, für deren Wohl sie sorgen müsste. Da ist nur sie selbst, da sind ihre Mägde, ihre Vertrauten. Und Leute, deren Schicksal sie anrührt und für die sie Gutes tun kann. Den Geldverleihern Gutweri oder Cauwersi, die die großen Geschäfte abwickeln, traut sie nicht. In der Sache von Klaus, des allfälligen Erwerbs eines Guts, wird sie den jungen Notarius beauftragen, der ein paar Jahre Gehilfe beim Stadtschreiber war und sich in rechtlichen Dingen auskennt.

Das Haus von Mathis ist nicht das einzige, das in der Gasse vor den Predigern gebaut wird. Einige Gärten und Kleinbauernhöfe sind verschwunden, neue, größere Häuser entstanden. Die innere Neuenstadt ist nicht länger am Rand von Bern, sondern mehr in die Mitte gerückt, seit die äußere Neuenstadt den Abschluss bildet und die Ringmauer die Stadt hinter dem Heiliggeistspital abschließt. Anna und die Mägde passieren das Frauentor, wo sie keine Wächter antreffen, weil diese jetzt das Golattenmattgasstor mit der Straße nach Aarberg bewachen. Die drei Frauen wählen den Weg an der alten Ringmauer entlang, an die sich nun Häuser schmiegen, am Holländerturm vorbei zum Gloggnertor und -turm. Auch dieser Wehrturm wird nicht mehr gebraucht. Was wird aus ihm werden? Der große Turm beim Bader- und Gerberngraben dient jetzt als Gefängnis und wird Gefängnisturm genannt. Ein neuer Turm entsteht oben in der Spitalgasse. Der Spitalturm soll größer werden als alle bisherigen. Die Mauern des Turms wachsen bereits in die Höhe, sie zeigt sie den Mägden. Ein Kran ist an der Arbeit, setzt einen Steinquader in die Turmwand. Der Turm steht dort, wo die Straße nach Freiburg und Murten abzweigt. Er zeigt, wie groß die Stadt geworden ist, welch wichtige Stellung sie seit dem Sieg in Laupen innehat. Die Spitalgasse wirkt noch ländlich, nur wenige Häuser stehen hier, die meisten aus Holz gebaut, es gibt Obstgärten und Ställe, in der Mitte der Gasse fließt der Stadtbach. Nur das Heiliggeistspital mit dem Gebäude der Ordensbrüder ragt hoch auf.

«So groß ist unsere Stadt – so hoch die Mauern und Türme», staunt Ita.

Stina ist plötzlich unruhig. «Wenn ich allein hier wäre, würde ich mich verlaufen. Besuchen wir jetzt den Markt?»

«Natürlich», sagt Anna. Auch sie ist beeindruckt. Nicht nur die Häuser und Mauern sind gewachsen in der Stadt. Fuhrwerke holpern durch die Gasse, eine Magd reibt Wäsche am Stadtbach, Knechte tränken Pferde, zwei Ritter traben an ihnen vorbei, Marktfahrer ziehen Wägelchen mit Waren hinter sich her. Das Leben hier ist geschäftig. Weil Bern so wichtig ist, ziehen viel mehr Leute in die Stadt. Leute von außerhalb bemühen sich um ein Haus oder zumindest den Anteil eines Hauses, um das Berner Bürgerrecht erwerben zu können.

Sie geht mit den Mägden durchs Gloggnertor in die Neuenstadt. Hier gibt es nur vereinzelte Stände – der Hauptmarkt erstreckt sich noch immer über die Marktgasse, vom Gefängnistor hinunter bis in die Nähe des Nydegghügels. Die Sommersonne brennt auf ihre Haut, als sie den Graben auf der Brücke beim Gefängnistor überqueren. Der Gestank von Fellen dringt aus dem Gerberngraben, weckt Erinnerungen in Anna.

«Wir kaufen heute Käse und Eier bei den Ständen neben dem Barfüßerkloster», bestimmt sie. «Ich habe dort noch andere Besorgungen.» Sie tauchen in den Schatten unter dem Gefängnistor, kommen wieder ins Licht und nehmen das Gässchen in Richtung Kirchgasse.

Vor der Werkstatt des Pasternosterers, der im Hintergrund an Knochen schnitzt, bleibt Anna wie angewurzelt stehen: Ein Aquamanile in der Form eines Löwen mit stolz gereckter Brust und lockiger Mähne steht auf einer Kiste. Das Tier glänzt in der Sonne. Als sie es streichelt, fühlt es sich warm an. Wehmütige Erinnerungen an das tönerne Aquamanile, das ihr der Vater geschenkt hatte, steigen in ihr auf. Es begleitete sie, als sie ein großes Mädchen war. Wie oft hat sie es am Brunnen ihres Vaterhauses gefüllt. Wie viel Wasser spendete es, wie viele Hände hat es gereinigt. Stolz hat sie es in die Ehe gebracht – auch im Haus vor den Predigern hat es gute Dienste geleistet. Bis zu Heinrichs Tod, als Grit es zu Boden fallen ließ. Mutwillig?

Der weißhaarige Paternosterer bläst Staub von den Knochenperlen, in die er kleine Löcher gebohrt hat, und mustert Anna. «Gefällt Euch das Aquamanile? Es ist aus Bronze. Ein Händler hat es mitgebracht aus deutschen Landen.» Er blinzelt. «Der schöne Löwe hat seinen Preis – vier Goldgulden.»

Sie zuckt innerlich zusammen, lässt sich aber nichts anmerken. Wie kommt es, dass sie heute drei Goldgulden eingesteckt hat? Vom Vater hat sie gelernt, bei einem Handel ruhig Blut zu bewahren. Sie wendet sich ab. «Das Aquamanile ist zu teuer», hält sie fest, «mehr als zwei Gulden zahle ich nicht.» Sie bemerkt, dass Ita und Stina die Gebetsschnüre bewundern.

«Drei Gulden», sagt der Paternosterer zu ihr.

Sie stellt das Aquamanile, das sich glatt anfühlt in ihrer Hand, vor ihn auf die Werkbank und legt zwei hölzerne Paternosterketten dazu. «Einverstanden – drei Goldgulden für alles.»

Der Paternosterer lächelt. «Abgemacht! Ihr seid gut im Verhandeln. Darf ich nach Eurem Namen fragen?» Sie nennt ihn. Er ist überrascht. «Seid Ihr die Frau, die die neue Kapelle drüben im Barfüßerkloster gestiftet hat?» Sie nickt, zieht ihren Geldbeutel hervor und legt drei Gulden vor ihn hin. Eilfertig springt er auf, die Furchen in seinem Gesicht zittern. «Ich lasse das Aquamanile zu Eurem Haus bringen, Anna Seilerin.» Sie bedankt sich. «Der Dank ist auf meiner Seite», sagt er und verbeugt sich. Vor der Werkstatt drückt sie den beiden Mägden je eine der Gebetsketten in die Hand. Sie begreifen zuerst nicht, bedanken sich dann überrascht. Eine Magd erhält doch keine Geschenke? Und dann noch solch wertvolle Gebetsschnüre?

Auf der Westseite des Barfüßerklosters haben Bauern an diesem Dienstagsmarkt Stände mit ihren Waren aufgerichtet. Anna erblickt von weitem die schiefe Schulter und das weißblonde Haar von Klaus und steuert auf seinen Stand zu. Sie begrüßt ihn und seine Frau, die strahlt, als sie erfährt, dass sie die Seilerin vor sich hat. Sie wickelt Ziger und ein besonders großes Stück Käse in ein Tuch und legt den Mägden die doppelte Zahl der verlangten Eier in die Körbe zum gleichen Preis. Dann sagt sie zu Anna: «Bei Euch wurde mein Klaus gesund gepflegt. Jetzt seid Ihr noch einmal unsere Wohltäterin, und unser Sohn Ienni darf in Eure Dienste treten. Vergelt's Gott, Anna Seilerin.» Kunden drängen an den Stand, die Bäuerin muss bedienen. Anna verabschiedet sich, schickt die Mägde mit den Einkäufen nach Hause.

Sie selbst tritt durch das offene Tor des Barfüßerklosters. Ein Laienbruder kommt ihr entgegen und holt den Vorsteher des Klosters, Guardian Rudolf. «Anna Seilerin – welche Freude, dass Ihr hier seid», begrüsst er sie. «Lasst uns die fertig erstellte Seilerinkapelle aufsuchen.»

Nur einmal hat sie die Kapelle betreten, als die Künstler noch an ihren Bildnissen arbeiteten. Als sie durch den Vorraum des Refektoriums gehen, fallen ihr die vielen Weinfässchen auf, die hier gelagert sind. Der Guardian, der mit schlurfendem Schritt neben ihr geht, hat ihren Blick bemerkt. «Ein Becher Wein gehört auch im Kloster zur Mahlzeit. Wir genehmigen uns den Wein nur, wenn wir unsere Aufgaben erfüllt haben.»

Anna staunt, erinnert sich aber sogleich an die in Latein verfasste Akte, die man ihr früher im Monat vorgelegt hat: Darin verpflichteten sich Guardian und Konvent des Barfüßerklosters, die Verpflichtungen einzuhalten, die sie mit der Schenkung der Kapelle eingegangen waren – ansonsten würden sie keinen Wein trinken, bis alle Bedingungen erfüllt seien. Sie verkneift sich ein Lächeln. «Ich hoffe natürlich, dass die Franziskaner wegen meiner Kapelle nie auf ihren Wein verzichten müssen.» Der Guardian nickt ernsthaft.

Sie betreten die Barfüßerkirche, die wie alle Kirchen der Bettelmönche nur wenig geschmückt ist. Seitlich des Chors befindet sich ihre Kapelle. Bereits der Vater hatte eine solche Kapelle stiften wollen, ist aber nicht mehr dazugekommen. Sie hat seinen Willen ausgeführt, für ihr Seelenheil und das ihrer Familie. Die Kapelle hat einen Altar und ist den Heiligen Katharina und Ursula gewidmet. Das hölzerne Altarbild der Katharina zeigt ihr Martyrium. Die heilige Ursula ist auf einem gemalten Bild im Boot mit den zehn Gefährtinnen und 11000 Jungfrauen zu sehen.

Der Guardian und Anna bekreuzigen sich und fallen auf die Knie vor den Heiligen, sie falten die Hände zum Gebet, er berührt mit seiner Stirn den Boden. In dieser Kapelle kann man Ruhe finden, denkt Anna. Man vergisst den Trubel des Marktes, die vielen Baustellen, die Läden und Geschäftigkeit der Stadt, wenn man hier auf den Knien liegt, ins Gebet versunken.

Der Guardian neben ihr richtet sich mühsam auf, sie erhebt sich mit ihm. Noch einmal spricht er ihr seinen Dank aus und geleitet sie aus der Kirche hinaus.

Durch eine halb offene Tür im Klostergang entdeckt Anna einen Mönch am Stehpult, er hat ein offenes Buch vor sich, malt mit einem Kiel Buchstaben auf einen Pergamentbogen. Sie sieht nur seinen Rücken im braunen Habit und stockt. Die Art, wie er sich vorbeugt, wie er Sand nimmt und über die Schrift stäubt ... Das ist Conrad! So lange hat sie ihn nicht mehr angetroffen. «Darf ich Bruder Conrad sprechen?», fragt sie den Guardian. Er weist auf eine Bank im Vorraum, ruft nach Conrad und verabschiedet seinen Gast.

In Conrads bleichem Gesicht haben sich Linien eingegraben, seine gebogene Nase zeichnet sich schärfer ab, bemerkt sie, als er den Raum betritt. Er setzt sich ans andere Ende der Bank.

«Anna Seilerin, lange haben wir uns nicht gesehen. Ich bewundere deine Kapelle in unserer Klosterkirche, du wendest dein Geld gut an.» Er mustert sie, schaut dann wieder an ihr vorbei. «Verstehe ich richtig – dein Weg führt dich weg von der Welt? Bist du deshalb hier?»

Sie ist verwirrt, starrt auf seine mit schwarzer und roter Tinte verschmierten Finger. «Ich weiß nicht ...», sagt sie unbestimmt.

«Die Nonnen im Ruhetal, dem Leutpriester Baselwind eng verpflichtet – das ist wohl nicht dein Weg. Vielleicht möchtest du dich den Dominikanerinnen im Inselkloster anschließen, die auch zu den Bettelorden gehören?»

Sie fühlt sich überrumpelt. «Ich habe dich im Skriptorium entdeckt, Conrad, und wollte fragen, wie es dir geht.»

Er zieht ein Tuch aus seinem Habit, reibt an den farbigen Flecken an seinen Fingern. «Ich befinde mich wohl, Anna. So viele wertvolle Bücher habe ich kopiert.»

«Ihr Franziskaner habt euch doch der Predigt und Seelsorge verschrieben. Warum widmest du dich ausschließlich den Büchern?»

«Ich kopiere Bücher mit wertvollem Inhalt. Das ist mein Leben, dafür bin ich geboren.»

«Die Gläubigen besuchten gern deine Messen – es ist schade, wenn du nicht mehr predigst. Du verfügst über Worte, mit denen du anderen beistehen, sie überzeugen kannst. Willst du nicht zu ihnen sprechen, dir ihre Sorgen anhören?» Sie staunt über sich selbst, über ihre forsche Rede.

Er setzt sich aufrecht hin. «Anna Seilerin – bist du gekommen, um mir Vorschriften zu machen? Ich lebe ein zurückgezogenes Leben im Kloster, Gott geweiht, in Armut. Ich könnte mir vorstellen, dass du, Anna, auch ein solches Leben führst.» Gleitet sein Blick abschätzig über ihr blaues Kleid, oder meint sie das nur?

«Vielleicht bin ich eitel, vielleicht will ich zu viel», sagt sie zerknirscht. «Manchmal denke ich aber, dass es besser ist, wenn ich mein Geld selbst in die Hand nehme, statt die Entscheidung anderen zu überlassen. Ich kenne die Leute, denen ich Gutes tue.»

«Es muss nicht das Kloster sein. Vielleicht suchst du Anschluss an eine Beginengemeinschaft, an die grauen Schwestern an der Brügg in der Herrengasse? Sie leben in gottgefälliger Armut gemäß unseren franziskanischen Regeln für Laien, so wie auch die Beginen der Willigen Armen in deiner Nähe. Die Beginen leben in eigenen Gemeinschaften mit einer Meisterin, stehen aber unter unserem Schutz. Niemand kann ihnen vorwerfen, sich gegen die Kirchenregeln zu stellen, wie es in anderen Städten und Ländern schon geschah. Man kann sie nicht der Ketzerei bezichtigen, sie sind vor der Obrigkeit geschützt. Dein Geld wäre segensreich für diese Gemeinschaften – oder für eine weitere, die du vielleicht gründen willst.»

«Ich werde darüber nachdenken, Conrad. Vielleicht überdenkst du auch das, was ich gesagt habe.» Wieso wagt sie, auf diese Weise mit Conrad zu sprechen? Die Worte sind ihr aus dem Mund gepurzelt, sie hat ausgesprochen, was ihr am Herzen liegt. Sie erhebt sich. «Vielen Dank, Conrad, für alles, was du mich früher gelehrt hast. Dank dir habe ich denken gelernt.»

Seine Stirn legt sich in Falten und glättet sich wieder. «Du bist eine eigenwillige Frau, Anna Seilerin. Gehe deinen Weg.» Er verlässt den Vorraum.

Auf ihren Wunsch holt der Pförtner-Bruder noch einmal Guardian Rudolf, der sie zum Tor begleitet.

«Ich habe eine Bitte. Wäre es möglich, dass Bruder Conrad in meiner Kapelle die tägliche Messe liest, zu der Ihr Euch verpflichtet habt? Ich schätze seine Messen sehr.»

«Diese Bitte der Stifterin erfülle ich gern.» Der Guardian verabschiedet sie.

Sonne fällt auf ihr Gesicht, als sie hinaustritt in die Welt – benommen blinzelt sie. Sie wählt die Herrengasse, geht am Haus der grauen Schwestern an der Brügg vorbei und an jenem der Schwestern am Pfarrkirchhof. Diese Beginen sind verschwunden – Leutpriester Baselwind hat sie zu Nonnen im Kloster Ruhetal gemacht, das ihm und den Deutschordensbrüdern untersteht. Die Beginen vom Bröwen-, Jordan- und Isenhuthaus an der Kirchgasse unterstehen dem Deutschordensbruder Ulrich Bröwo, dem engsten Vertrauten von Leutpriester Baselwind – er leitet die Häuser mit harter

Hand. Seit dem Tod von Katherina Huber und Agnes von Seedorf führen die Schwestern seines Bröwenhauses die Fußwaschungen aus.

Die Beginen sind nicht überall anerkannt. Am Konzil von Wien vor etlichen Jahren sei der Beginenstand verboten worden, wurde erzählt. Die Regierung von Bern überwacht die Beginen, neue Häuser müssen bewilligt werden. Warum diese Angst vor Frauengemeinschaften, die ein gläubiges Leben in Armut, Keuschheit und Gehorsam führen und meist Kranke pflegen? Frauen gehörten unter die Herrschaft der Männer, Leute der unteren Stände unter jene der oberen Stände, die unteren Orden unter jene der oberen Orden, das sei gottgegeben, sagt man. Anna wagt nicht, weiterzudenken.

Am besten haben es die Beginenschwestern an der Brügg und jene des Hauses der Willigen Armen. Sie genießen den Schutz der Franziskaner, weil sie nach deren Regeln für Laien leben. Dieser Schutz wird von der Stadt anerkannt. Conrad schlägt vor, dass sie sich ihnen anschließt oder ein eigenes Beginenhaus begründet.

Vor der Leutkirche verteilen Deutschordensbrüder Dinkelbrot an Elende, die sich um sie drängen. Der Deutsche Orden tut etwas für die Armen, denkt Anna. Er ist mächtig in Bern, man darf ihm nicht in die Quere kommen, sonst wird man geschluckt wie die Beginen am Pfarrkirchhof. Meistens besucht sie jetzt die Messen in der Prediger- oder Barfüßerkirche – dort fühlt sie sich freier. Auch jetzt, da die Glocke ertönt und zur Messe ruft, geht sie am Kirchenportal vorbei. Auf dem Friedhof kniet sie nieder vor ihren Gräbern: Vater, Hemma, Mutter, Heinrich. Vor ein paar Tagen, als die Jahrzeitmesse für ihren Vater gelesen wurde, hatten Beginen sein Grab mit Tüchern und Blumen geschmückt und für ihn gebetet, damit er am jüngsten Tag auferstehe und ewiges Heil erlange. Auch das ist eine Tätigkeit der Beginen – sie gedenken der Toten und sind bei den Seelenmessen dabei, dafür werden sie aus den Jahrzeitstiftungen entgolten. Der Leutpriester führt ein Buch mit allen Jahrzeiten. Gleich viel Geld, wie für das Seelenheil des Vaters eingesetzt ist, wird an die Armen gespendet. Sie erhebt sich, biegt noch einmal das Knie, nimmt Abschied von ihren Lieben.

Die Leutkirche, deren Glocke eben ausklingt, bleibt hinter ihr zurück. Sie geht an den Beginenhäusern der weißen Schwestern vorbei, die Bruder Bröwo unterstehen. Diesem Deutschordensbruder geht sie aus dem Weg, seine Art widersteht ihr. Man sagt, dass es in diesen Häusern freie Plätze gebe, und auch die anderen Beginenhäuser zählen leere Betten. Conrad hat ihr vorgeschlagen, ein neues Beginenhaus zu gründen. Besteht wirklich Bedarf?

Sie hat ein Ziel vor Augen, geht mit eiligen Schritten die Kirchgasse hinunter bis dorthin, wo die Gassen zusammenlaufen und früher das Niedere Spital war, das jetzt draußen vor der Stadt steht. Sie wählt den Weg, der den Hügel hinaufführt zur Nydeggkapelle. Atemlos kommt sie an, öffnet die Tür und findet vor, was sie sich erhofft hat: Die Kapelle ist leer, sie kann in Ruhe beten. Auf dem Altar stehen zwei Bilder: Eines zeigt Maria Magdalena, das andere die Jungfrau Maria. Sie kniet vor dem Bild der Muttergottes nieder und schließt die Augen.

«Gegrüßet seist du, Maria, voll der Gnade, der Herr ist mit dir … Ich komme zu dir, weil ich nicht sicher bin über meinem Weg. Nicht, dass ich an meinem Glauben zweifle – mein Seelenheil und das meiner Lieben ist mir so wichtig wie nichts anderes. Ich möchte Gutes tun, von meinem Reichtum abgeben an jene, die weniger gesegnet sind. Meine Base Anna in Fraubrunnen hat mir den Klosterweg empfohlen. Ich spüre, dass dies nicht mein Weg ist. Es gibt die Dominikanerinnen im Berner Inselkloster, die weniger abgeschlossen leben.

Bruder Conrad, auf dessen Rat ich höre, hat mir diesen Weg vorgeschlagen oder jenen in eine Beginengemeinschaft, die den Franziskanern nahesteht. Ich habe versprochen, darüber nachzudenken. Zusammen mit anderen Frauen in einer Gemeinschaft zu leben und ein frommes, aber auch tätiges Leben zu führen, scheint mir ein gangbarer Weg. Ein tätiges Leben habe ich auch Conrad angeraten. Eigensinnig, wie ich bin, habe ich ihm diesen Weg vorgegeben, indem er nun Messen in meiner Kapelle lesen wird. Ich weiß: Es ist nicht mein Wille, der zählt – Gottes Wille steht über allem. Ich denke aber auch, dass es in Gottes Sinn ist, wenn wir unsere Gaben nutzen. Auch ich möchte das tun. Bitte lass mich spüren, heilige Maria, ob es besser ist, wenn ich alles aufgebe und mich und mein Geld in eine Beginengemeinschaft einbringe. Dann würden der Beichtvater der Gemeinschaft und der städtische Vogt, der den Beginen vorsteht, über alles entscheiden. Ich würde mich unterordnen, wäre eine Begine unter anderen. Allerdings gibt es in Bern schon viele Beginenhäuser mit leeren Plätzen. In den letzten Jahren habe ich erfahren, dass ich Gutes tun kann in meinem eigenen Haus. Wir haben Soldaten gepflegt und ab und zu Arme und Elende, die nirgendwo sonst unterkamen. Die meisten Kranken konnten wir gesund wieder entlassen. Begine Mia pflegte in meinem Haus, und da sind noch andere, die ich für die Pflege gewinnen könnte. Die Beginen sind gottesfürchtig, führen aber ein tätiges Leben. Das gefällt mir. Vielleicht kann ich mehr bewirken, wenn ich nicht selbst Begine werde, sie aber zu mir ins Haus hole, um Kranke zu pflegen. Es gibt zu wenig Spitäler in der Stadt. Schwester Elsa vom Niederen Spital und Bruder Peter vom Heiliggeistspital schicken mir immer wieder Pfleglinge. Vielleicht könnte ich das alte Haus von Nachbar Mathis dazukaufen und ein richtiges Spital aufbauen ... »

Anna schlägt die Augen auf. Die Jungfrau Maria schaut vor sich nieder. Sie hat aber zugehört – dessen ist sich Anna sicher. Und sie spürt keinen Widerspruch. Sie bedankt sich, verbeugt sich bis auf den Boden. «Heilige Maria, Mutter Gottes, bitte für uns Sünder jetzt und in der Stunde des Todes. Amen.»

Sie erhebt sich, geht aus der Kapelle und leichten Schrittes den Hügel hinunter und durch die Gassen der Stadt, fast wie auf Wolken. Vor dem Haus der Willigen Armen stehen zwei Beginen in ihrem grauen, sackartigen Gewand. Es sind Schwester Mia – und Schwester Elsa!

«Ich bin jetzt bei den Willigen Armen», erklärt Elsa. Sie blinzelt, im rundlichen Gesicht zeichnen sich Fältchen ab. «Ich kann Euch erklären, wie es dazu gekommen ist.»

«Gern, Elsa.» Sie bittet beide ins Haus, in die Stube. Auf dem Tisch steht das neue, glänzende Aquamanile, das die Beginen neugierig beäugen. Sie zeigt ihnen, wie man sich damit die Hände wäscht.

«Willkommen in meinem Haus», sagt sie. «Vielleicht dient es bald als Spital.»

21

Bern, Juni 1349

Wie hell das Licht ist. Wie dunkel ihre Gedanken. In diesen Wochen, die dem Johannistag vorangehen, schwebt sie sonst auf Wolken des Lichts. Sie stellt sich vor, dass es dem ewigen Licht nahe kommt.

Dieses Jahr ist alles anders. Die Pest nähert sich Bern. Händler, die aus dem Westen kommen und dem Lauf der Rhone gefolgt sind, sprechen von Dörfern und Städten, die nach dem Wüten der Seuche fast ausgestorben sind. Kaufleute, die aus dem Süden über die Alpen gelangt sind, erzählen Ähnliches. Man rückt in Bern enger zusammen, geht Reisenden und Pilgern, die man sonst schätzt und verpflegt, aus dem Weg – wer weiß, ob sie nicht den Schwarzen Tod unter ihren Gewändern verbergen? Die Angst vor Fremden ist groß.

Das Aquamanile glänzt im Licht, das in die Stube fällt. Sie streicht dem Löwen über die Mähne, hebt ihn am Handgriff hoch. Das Aquamanile ist weit mehr als ein Schmuck. Sie glaubt, dass man mit dem Wasser aus dem Mund des Löwen den Schwarzen Tod von den Händen waschen kann. Vielleicht ist das ein Irrglaube, das Aquamanile wird aber fleißig benutzt.

Anna geht mit dem bronzenen Löwen in der Hand in den Hof hinunter, zum Sodbrunnen. Sie ist stolz, dass es diesen Brunnen in ihrem Garten gibt. Sie beugt sich über den Brunnenrand. Das Wasser tief unten spiegelt den hellen Himmel über ihr. Sie lässt den Eimer vorsichtig hinunter, bis er schwer wird, zieht ihn wieder herauf und füllt Wasser in den Löwenkörper, verschließt ihn. Sie richtet sich auf, streicht eine Haarsträhne zurück unter die Haube.

Zwei wichtige Dinge hat sie im vergangenen Herbst bewerkstelligt: Sie hat diesen Brunnen graben lassen in ihrem Hof. Das schien einigen Leuten unnötig, denn der Brunnen der Dominikaner im Predigerkloster gegenüber ist öffentlich. Sie hat sich mit den Pfleglingen gerechtfertigt, die sie ab und zu aufnimmt und für die sie Wasser braucht. Ihr Vater hatte auch einen Sodbrunnen im Garten und musste sich nicht rechtfertigen. Und sie hat das alte Haus von Nachbar Mathis gekauft und im ersten Stock eine Wand durchbrechen lassen, damit die beiden Häuser verbunden sind. Auch darüber hat man sich gewundert. Die Seilerin ist eine reiche Witwe, sagen die Leute achselzuckend, sie kann sich Dinge erlauben, die andere Frauen nicht tun.

Ein Lächeln umspielt ihre Lippen, verflüchtigt sich aber sogleich, als sie etwas Dunkles wahrnimmt beim Ehgraben, der zwischen den Häuserzeilen fließt und die Grundstücke abgrenzt. Sie setzt das Aquamanile auf den Boden und geht langsam auf den dunklen Haufen zu. Starr bleibt sie stehen. Schwarzbraune Ratten liegen da. Sie beugt sich vor. Die meisten Ratten sind tot, einige zucken noch. Im Licht der Sonnenstrahlen sieht sie, dass Flöhe auf den Nagetieren herumhüpfen. Sie macht ein paar Schritte zurück. Ratten hat sie am Ehgraben öfter beobachtet, sie wühlen und scharren im Unrat und den Abwässern. Wieso verenden so viele Tiere? Gestank dringt in ihre Nase. Sie wird Ienni beauftragen, die Ratten wegzuschaffen. Ienni ist ein zuverlässiger Knecht, den sie nicht mehr missen möchte. Das kleine Bauerngut seiner Eltern in Wattenwil hat sie gekauft. Vater Klaus ist im Winter plötzlich verstorben. Viele Frauen verlieren das Gut, wenn der Mann nicht mehr lebt. Sie hat die Pacht auf die Witwe und Iennis jüngeren Bruder übertragen.

Anna nimmt das Aquamanile und geht zurück ins Haus. Sie kann sich nicht mehr freuen am glänzenden Löwen, fast gleichgültig setzt sie ihn auf den Tisch, das Becken davor. Man kann versuchen, dem Hässlichen etwas Schönes entgegenzusetzen. Manchmal kommt es aber nicht dagegen an. Nur eines hilft dann: sich versenken ins Gebet, in gute Gedanken, in Zuversicht auf das Heil, das kommen wird. Sie geht in ihre Kammer und kniet sich vor die hölzerne Marienfigur, die seit kurzem in der Wandnische steht. Sie hat die Figur beim Paternosterer gekauft, bei dem sie das Aquamanile gefunden hat. Der Überwurf, den Maria trägt, ist himmelblau gemalt. Blau ist die Farbe der Hoffnung. Die Muttergottes schaut gütig auf sie nieder, was auch immer sie ihr anvertraut. Sie nimmt das rote Paternoster aus der Tasche, lässt die Perlen durch die Hand gleiten, bekreuzigt sich. «Danke, Maria, für deine Geduld.»

Aus der Küche dringen aufgeregte Stimmen – Stina und Ita sind mit den Einkäufen zurück vom Markt. «Überall liegen tote Ratten», berichtet Stina. «Ich habe sie mir von ganz nah angeschaut», sagt Ita. «Schlimm sieht es aus, die Ratten liegen im eigenen Kot. Es ist bereits heiß in der Stadt und stinkt fürchterlich.»

«Tote und verendende Ratten liegen auch in unserem Garten.» Anna versucht, ruhig zu bleiben, es gelingt ihr aber nicht. Sie hört Ienni im Eingang, ruft ihn herauf. Er erscheint mit seinem verstrubbelten weißblonden Haar in der Küche. «Ienni, schaffe die toten Ratten im Garten beim Ehgraben weg. Berühre sie nicht – sie sind voller Flöhe.» Er nickt, geht davon. Als sie etwas später aus der Kammer in den Garten blickt, sind die toten Ratten verschwunden – es ist, als wären sie nie dagewesen.

Vier Tage später sitzt Anna mit Schwester Elsa am Tisch. Die Begine hat bei ihr angeklopft, sie ist beunruhigt. «Die Seuche hat Einzug gehalten in Bern», sagt sie. «Die Kranken haben hohes Fieber, ihre Drüsen sind geschwollen, Beulen wachsen. Man spricht nicht davon, wenn jemand in der Familie betroffen ist, weil die Leute sonst gemieden werden. Viele werden zu Hause gepflegt, andere werden auf der Gasse landen. Die Gefahr der Ansteckung scheint groß. Vielleicht klopfen Seuchenopfer bei Euch an. Könnt Ihr Euch vorstellen, sie aufzunehmen, oder werdet Ihr sie abweisen?»

Ein Flackern zieht über Annas Gesicht. Dann wird sie ruhig und blickt Elsa an. «Ich habe in den letzten Monaten hin und her überlegt zur Zukunft meines Hauses. Jetzt ist es klar: Ich werde mein Haus für die Elenden öffnen. Es soll zum Spital werden, wenn der Schwarze Tod mächtig wird in Bern und Not herrscht. In meinem Kopf habe ich das Spital bereits eingerichtet. Dreizehn Betten kann ich in verschiedenen Räumen in meinem und dem ehemaligen Haus von Mathis bereitstellen. Dreizehn – das ist die Zahl von Jesus und den zwölf Jüngern, eine heilige Zahl. Zusätzlich habe ich drei Spannbetten für pflegende Schwestern. Willst du für die Pflege zuständig sein, Elsa?»

«Das Pflegen ist meine Aufgabe vor Gott», meint Elsa ernst. «Ich übernehme die Pflege gern – unabhängig davon, woran die Kranken leiden.»

«Danke, Elsa.» Die Begine hat eine schwierige Zeit hinter sich. Als sich der Deutsche Orden vom Niederen Spital zurückzog, das jetzt draußen vor dem Stadttor liegt, durfte Elsa bleiben, weil man auf sie nicht verzichten konnte. Der neue Spitalvogt schränkte ihre Zuständigkeit aber ein, und die Stadt verlangte, dass sie sich wieder einem Beginenhaus anschließe. Sie wählte das Haus der Willigen Armen, die Meisterin gab ihr ein graues Gewand. Dieses zog sie noch am gleichen Abend an und verließ das Niedere Spital. Weil sie den Segen der Franziskaner hatte und bei der Seilerin aushelfen wollte, ließen die Stadtoberen sie gewähren.

Ita kommt herein, stellt ihnen Becher mit Wein hin. Auf Itas Arm bemerkt Anna ein bläulichschwarzes Mal. «Was ist das?», fragt sie.

«Ach, ein Floh hat mich gebissen.» Ita schaut ihren Arm an und kratzt.

Bewegung kommt ins sonst stille Haus, Staub fliegt durch die Luft. Ienni und die Mägde tragen die Spannbetten herunter, die zum Teil im Dachstock lagerten, reinigen sie, stellen sie nach Annas Anweisung auf und versehen sie mit Decken. Elsa hat Mia im Haus der Willigen Armen geholt und Elli Dorfman, eine Frau mit bäurischem Gesicht und Gewand, die vom Land kommt und erst vor kurzem ins Beginenhaus eingetreten ist. Alle drei sind von der Meisterin freigegeben für die Pflege im Seilerin-Spital, wie Anna es jetzt nennen will. Sie zeigt den drei Schwestern die Räume, die im ersten Stock liegen. «Neben mir, in der ehemaligen Kammer meines Mannes, können drei Kranke untergebracht werden.» Sie gehen durch den neu ausgebrochenen Durchgang ins Nebenhaus. «Im Hinter- und Vorderzimmer ist je Platz für sechs Kranke. Die drei Betten in der Kammer neben dem Vorderzimmer sind für euch Schwestern.» Sie überlegt. «Wenn möglich, werden wir Männer und Frauen auf die Zimmer aufteilen.»

Ienni kommt die Treppe heraufgerannt, sein Haar leuchtet wie in Flammen. «Ein Dominikaner steht vor der Tür mit ein paar wankenden Gestalten. Der Mönch fragt, ob wir die Kranken aufnehmen – Kreuzgang und Hof bei den Predigern sind bereits überbelegt.»

«Das geht in Ordnung. Bitte den Bruder, dass er dir hilft, die Kranken nach oben zu bringen.»

Anna atmet tief durch. Es fängt an. Sie ist bereit.

Innerhalb weniger Tage ist das Seilerin-Spital voll belegt. Seufzen, Stöhnen, manchmal Schreie der Kranken, Tag und Nacht. Gestank setzt sich in der Nase fest, er durchdringt alles. Wenn Anna die Augen schließt, nur horcht und riecht, denkt sie, dass sie in der Hölle ist. Wenn sie sie wieder aufmacht, sieht sie, dass die Betreuung der Kranken diese Hölle hienieden verhindert. Die Kranken werden gepflegt, sie sind nicht sich selbst überlassen in ihrem Elend. Die drei Schwestern sprechen sie an, huschen durch den Gang mit Wasser, Tüchern und Bettpfannen. Elsa gibt Anweisungen, sie flüstern zusammen, tauschen sich aus. Mia hat bei der Kräuterfrau Wacholder geholt. Sie räuchert Beeren und Holz in Glutschalen, die sie in die Krankenzimmer stellt. Der würzige Duft ist angenehm und säubert die Luft.

Der Medicus, den Anna geholt hatte, blieb unter der Tür stehen und nahm den Hut nicht ab. «Man weiß aus Städten, die vom Großen Tod bereits heimgesucht wurden, dass der Atem und die Ausdünstung der Kranken gefährlich sind. Reinigt die Luft, kommt den Kranken nicht zu nahe, schafft die Toten schnell weg.» Er hatte sich umgedreht und ihr Haus fast fluchtartig verlassen. Wie soll man pflegen, ohne den Kranken nahe zu kommen?

Anna schaut ins Frauenzimmer. Eine ältere Frau rollt die Augen im Fiebertraum. Zwei junge Frauen – es sind Schwestern – liegen zusammen im Bett, die Decke hochgezogen, die Augen glasig. Die blauschwarzen Beulen an ihrem Hals sind schnell gewachsen. Sie weiß aus den Erfahrungen der vergangenen Tage, dass diese Frauen nicht überleben werden. Wenigstens können sie hier würdig sterben, in einem Bett, umsorgt von den Beginen.

Ins Seilerin-Spital kommen Personen, die keine Familie haben oder von ihren Leuten nicht gepflegt werden. Einige Frauen sind kinderlose Witwen wie sie selbst. Andere haben ihre Männer und Kinder in den Tod gepflegt und sind nun ebenfalls sterbenskrank. Viele sind Dienstboten oder Arme, die nirgends unterkommen.

Bern stirbt. In den letzten Tagen hat es Dutzende von Toten gegeben. Sie werden nicht mehr auf Friedhöfen bestattet, sondern auf Karren vor die Stadt hinausgefahren und dort in Gruben verscharrt. Man hat Angst vor Ansteckung, will den Tod nicht zu nahe haben. Trotzdem ist er mitten unter ihnen. Man sagt, der Geldverleiher Werner Cauwersi sei ihm erlegen. Reichtum schützt nicht vor dem Schwarzen Tod.

Sie schaut ins Zimmer der Männer. Auch dort: Röcheln, Schnarchen, Stöhnen. Einer hat Schüttelfrost, das Spannbett rüttelt. Sie sieht schwärzliche Beulen in seinen Armbeugen – auch er wird nicht überleben. Ein anderer fuchtelt mit den Armen im Fieberwahn. «Wasser, Wasser!», röchelt er. Mia kniet sich neben ihn hin, versucht, ihm Wasser aus einem Becher einzuflößen.

In Heinrichs Kammer haben Stina und Ita diesen Morgen drei Tote in Tücher eingenäht, Ienni hat sie weggebracht. Jetzt reinigen sie die Betten, fegen den Boden, schütteln die Decken aus. Plötzlich fällt Ita auf die Knie, wiegt sich vor und zurück, ihre Augen sind so glasig wie jene der Schwerkranken im Frauenzimmer. Stina starrt erschrocken auf ihre Schwester. Anna gibt Anweisungen. Zusammen heben sie Ita auf das frisch gereinigte Bett, ziehen sie aus. Anna erschrickt, Stina beginnt zu weinen. Ita hat große Knoten unter den Armen und Beulen in der Leistengegend und am Arm, dort, wo sich vor ein paar Tagen das kleine Mal des Flohbisses abzeichnete. Sie waschen sich die Hände am Aquamanile, das jetzt immer dort steht, wo gepflegt wird. «Deine Schwester ist krank», sagt Anna zu Stina und legt den Arm um sie. Stina fällt neben Itas Bett auf die Knie.

Ienni ruft von unten: «Zwei kranke Frauen sind da. Haben wir Platz?»

«Ja, führe sie herauf, wir sind in Heinrichs Kammer.»

Zwei Frauen stehen unter der Tür, die junge stützt die ältere. Diese hat die Haube tief ins Gesicht gezogen, die junge trägt das Haar offen, ist ein Mädchen von vielleicht fünfzehn Jahren. Wieso glaubt sie, die Gesichter der beiden zu kennen?

«Ich heiße Greda, ich bin nicht krank», sagt das Mädchen zu Anna. «Bitte nehmt meine Mutter auf, ich kann bei der Pflege helfen.»

Anna nickt. Sie helfen der Mutter aufs Bett, beginnen, sie zu entkleiden – auch sie hat große Knoten unter den Armen. Die Frau hat die Augen geschlossen, windet sich unter ihren Händen. Die Haube, die das Gesicht verdeckt hat, verrutscht, rötlichgraue, vom Fieberschweiß verklebte Haare kommen zum Vorschein – und Züge, die Anna kennt. Ihre Augen werden groß: «Grit!»

Grit öffnet die Augen. «Ich habe nicht gedacht, jemals in dieses Haus zurückzukehren», murmelt ihre ehemalige Dienstmagd. «Nirgendwo kam ich unter. Da klopfte meine Tochter beim Seilerin-Spital an; das Schicksal sollte entscheiden. Ihr habt mich aufgenommen, könnt aber immer noch anders entscheiden, jetzt, wo Ihr wisst, dass ich es bin.»

Anna muss nicht überlegen. «Du bist willkommen wie alle anderen Kranken.»

«Danke. Und du, Greda, weißt jetzt, wo ich gedient habe – zuerst bei Heinrich Seiler und dann auch bei seiner Frau. Der Herr lebt nicht mehr.» Grits Gesicht verzieht sich, sie schließt die Augen. «Diese Kopfschmerzen. Ich hätte nicht gedacht, dass Kopf und Glieder so schmerzen können. Habe ich das verdient? Damit muss ich allein fertigwerden. Greda, mach dich nützlich in der Küche – du wirst den Ort kennenlernen, wo ich viele Jahre gearbeitet habe.»

Anna beugt sich zu den Mägden. Ita starrt fiebrig an die Decke und gibt ihrer Schwester, die auf sie einredet, keine Antwort. «Stina, geh mit Greda in die Küche – sie kann uns eine Hilfe sein, jetzt, da Ita krank ist. Elsa wird nach Grit und deiner Schwester sehen.»

Am Abend sitzt Anna am Stubentisch und schreibt Angaben zu den Kranken auf ein Pergament. Sie notiert ihre Namen, den Fortgang der Krankheit und das Todesdatum. Niemand soll namenlos verschwinden. Alle leiden an der Beulenpest – ihr Haus ist voll vom Schwarzen Tod. Er ist mächtig, hat bis jetzt alle zu sich geholt in kurzer Zeit. Sie hofft, ihm einige zu entreißen. Das liegt in Gottes Hand.

Elsa setzt sich zu ihr, ihr rundliches Gesicht ist von Müdigkeit gezeichnet, sie hat kaum geschlafen in den letzten Nächten. «Es ist fast nicht auszuhalten – diese Seuche rafft alle dahin. Womit haben wir das verdient?»

«In der Stadt sagen die einen, es handle sich um eine Strafe Gottes für die sündige Menschheit. Die anderen meinen, die Sterne ständen ungünstig oder die Luft sei verpestet.» Anna steht auf und öffnet das Fenster. Frische Luft strömt herein. Die Dämmerung legt sich wie ein grauweißes Tuch über die Dächer.

«Ich verstehe diese Seuche nicht», sagt Elsa, «wir sind machtlos. Wie steckt man sich an? Wenn wir das nur wüssten.»

Anna denkt an die toten Ratten. «Zuerst sind die Ratten gestorben – vielleicht haben sie uns den Tod gebracht? Ich rate allen, sich beim Aquamanile die Hände zu waschen.»

«Sauberkeit ist auf jeden Fall gut», sinniert Elsa. «Die Wundärzte können uns nicht helfen. Erinnert Ihr Euch? Der Bader hat nach einem Blick auf die Kranken etwas vom Schwarzen Tod gemurmelt, da sei er machtlos. Er hat das

Haus ebenso schnell verlassen wie der Medicus. Hätte der jüdische Arzt helfen können? Sie haben ihn letzten Herbst aus Bern verjagt, zusammen mit anderen Juden. Einige Juden hat man gar auf dem Scheiterhaufen verbrannt.»

Ein Schatten zieht über Annas Gesicht. «Eine fürchterliche Geschichte. Man sagte, die Juden hätten unsere Brunnen vergiftet, sie seien schuld am Schwarzen Tod. Vergangenen Herbst war die Seuche aber noch gar nicht hier – wir haben aus den Brunnen getrunken, niemand wurde krank. Erst jetzt ist die Seuche in der Stadt.» Sie überlegt. «Wie geht es Ita und Grit?»

«Ich weiß nicht, ob Ita es schaffen wird. Sie hat das Bewusstsein verloren, die Beulen sind gewachsen. Auch Grits Zustand ist nicht gut.» Sie knetet die Hände. «Ich gehe ins Männerzimmer, Mia ist bei den Frauen. Wir dürfen nicht untätig sein.»

Elsa steht schon unter der Tür, als Anna fragt: «Hast du keine Angst, dich anzustecken?»

Die Begine dreht sich zu ihr. «Mein Leben ist in Gottes Hand, ich bin nicht wichtig. Aber Ihr müsst aufpassen, Anna. Dieses Spital und so viele Leben hängen von Euch ab.»

Anna nickt, erhebt sich ebenfalls. «Ich sehe nach Ita und Grit.» Sie geht zum Aquamanile, hält inne. Angst verspürt sie kaum, aber großen Respekt vor dieser fürchterlichen Seuche, die sich hinterrücks in ihrer aller Leben geschlichen hat und so viel Schrecken und Elend verursacht. Sie nimmt den Löwen, gießt Wasser über ihre Hände, schüttelt sie, dass die Tropfen nur so fliegen. Es bleibt wenig Zeit zum Nachdenken, darüber ist sie froh. Ihre Gedanken wandern zu Grit. Sie kann es kaum glauben, dass ihre frühere Magd plötzlich im Haus ist. Krank, mit einer Tochter. Sie betritt Heinrichs Kammer.

Stina kniet wieder am Bett ihrer Schwester, redet auf sie ein – und hat Erfolg: Ita erwacht, sie antwortet – die beiden sprechen miteinander, Ita keucht und stöhnt manchmal. Anna nimmt sich einen Stuhl und setzt sich an Grits Bett. Greda sitzt neben ihrer Mutter.

«Es ist gut, dass Ihr kommt», keucht Grit. «Ich will etwas sagen. Ihr sollt es wissen.»

«Grit, ich habe damals verstanden. Du musst es nicht wiederholen vor deiner Tochter.» Anna senkt den Blick.

Grit reißt ihre fiebrigen Augen auf, die zufallen wollen. «Ich weiß nicht, wie lange ich noch lebe. Da ist etwas, das Ihr und auch Greda wissen sollt, ich will es nicht mit mir in die Ewigkeit nehmen. Greda ist Heinrichs Kind. Damals, gegen Ende des Jahres 1333, habe ich sie geboren, als ich bei meiner Mutter in der Matte lebte. Heinrich wusste davon, er ließ mir Geld zukommen.» Ihr Atem kommt stoßweise. «Als ich wieder bei Euch in Diensten war, ist er nie mehr zu mir gekommen. Und dann ist er gestorben – nur meine Tochter ist mir geblieben.»

Greda ist errötet, Anna bleich. Ihr Kopf wirbelt, droht zu zerspringen. Sie spürt, dass Grit die Wahrheit gesprochen hat. Nach all den Jahren stellt sich heraus, dass Heinrich doch ein Kind hat. Aber nicht von ihr – ihr kleiner Engel lebt nicht. Es gibt eine sündige Tochter von Heinrich, sie sitzt an Grits Bett. Sündig – ach, was soll das. Greda trägt keine Schuld. Die Schuld liegt bei Grit – und bei Heinrich. Sie schüttelt den Kopf. Es ist nicht an ihr, zu richten. Wäre es an ihr, zu vergeben? Sie kann es nicht. Auf einmal begreift sie: Damals, als sie Grit in der Matte aufsuchte, war die Magd hochschwanger – darum öffnete sie ihr die Tür nicht. Das ist verrückt. Es ist ihr alles zu viel. Wie froh ist sie, dass Ita und Stina pausenlos geredet und nichts gehört haben, Itas Kopf ist hochrot.

Anna erhebt sich und verlässt die Kammer. Sie geht die Treppe hinunter in den Hof, setzt sich auf den Brunnenrand und schaut in den Nachthimmel. Dunkel ist er – dunkelblau, nicht schwarz. Und jetzt, als sie genauer hinschaut, erblickt sie die Sterne: Da ist einer, da, da und da. Die Sterne leuchten, sie durchdringen das Dunkel. Sie glitzern, auch wenn man es nicht immer sieht. Auch in der dunkelsten Nacht gibt es Hoffnung. Die Sterne sind ewig am Firmament.

Sie erhebt sich, geht zurück nach oben in Heinrichs Kammer. Die Kerze flackert, als sie eintritt. Die Mägde sind eingeschlafen, Stinas Kopf liegt auf dem Bett ihrer Schwester, Ita atmet röchelnd. Greda ist wach, sie schaut furchtsam. Und Grit? Sie hat die Augen geschlossen, dunkle Schatten liegen auf ihrer Haut, Flecken zeichnen ihren Hals. Anna tritt an ihr Bett: «Ich vergebe dir, Grit.» Ist Grit bei Bewusstsein, hat sie die Worte gehört? Hat sie selbst, Anna, wirklich verziehen oder nur diese Worte gesagt? Sie ist froh, sie über die Lippen gebracht zu haben.

Weder Grit noch Ita erleben das Morgengrauen. Als Anna erwacht, hört sie das Klagen von Tochter und Schwester. Sie fällt vor der Nische mit der Jungfrau Maria auf die Knie, betet für das Seelenheil der beiden Frauen. Dann kleidet sie sich an, geht in Heinrichs Kammer. Die beiden Toten liegen friedlich da, sind aber durch blauschwarze Beulen auf Hals und Armen verunstaltet, Grits Gesicht ist spitz. Sie spricht Greda ihr Beileid aus, nimmt die aufgelöste Stina in den Arm. Grit. Ita. Zwei Leben, die mit ihr verbunden waren, sind nicht mehr. Greda hat ihre Mutter, Stina ihre Schwester verloren. Noch einmal kniet Anna nieder, betet für die beiden.

Stina und Greda werden die Leichname in Säcke einnähen, wie es vorgeschrieben ist. Anna möchte, dass die beiden würdig begraben werden. Sie sucht die Dominikaner auf, ein Laienmönch holte den Prior, dieser bleibt in einigem Abstand zu ihr stehen. Sie verbeugt sich, bringt ihre Bitte vor. Weil sie viele Kranke vom Kloster übernommen hat, sagt ihr der Prior Gräber auf dem Friedhof der Predigerkirche zu. Die Beerdigung muss sofort geschehen – man hat Angst, dass die Seuchenopfer die Luft verpesten.

Nur Stina, Greda, Mia und Anna stehen am Nachmittag an den Gräbern, Elsa und Elli kümmern sich um die Kranken. Es sind so viele Tote zu beklagen in diesen Tagen. Man hat Angst, sich bei den Angehörigen anzustecken, schaut bei den Begräbnissen von weitem zu, bekreuzigt sich verstohlen. Der Priester sagt ein paar Worte, er segnet die Toten. In ihren Säcken werden sie in die Erde gelassen. Der Totengräber schaufelt die Gräber zu.

Mit gesenkten Köpfen, in Gedanken und Trauer versunken, verlassen sie den Klosterfriedhof. Mia und Stina gehen voraus. Greda spricht Anna vor der Haustür an. «Ich ahnte, dass ich ein Kind der Sünde bin. Meine Mutter hat nie davon gesprochen. Auch meine inzwischen verstorbene Großmutter, die mich aufgezogen hat, während meine Mutter in Haushalten in der Matte diente, wollte mir nicht sagen, woher ich komme. Jetzt weiß ich, dass sich meine Mutter durch ihre Unzucht an Euch versündigt hat. Gern würde ich etwas gutmachen und Ita ersetzen. Ich verstehe aber, wenn Ihr mich nicht in Eurem Haus haben wollt.»

Anna schaut auf ihr feuerrotes Haar, das weit mehr leuchtet als Grits rotbraune Strähnen, die manchmal unter der Haube hervorlugten, und in die hellen Augen in Gredas Gesicht, das von Sommersprossen gesprenkelt ist. Ita ist tot. Grit ist tot. «Ich könnte dich als Stütze von Stina gut brauchen im Haus, Greda.» Sie nickt nach kurzem Zögern: «Wir versuchen es zusammen.»

Am Tag nach der Sonnenwende, als Anna die Namen der Kranken und den Verlauf ihres Leidens eingetragen hat, fällt ihr der Gänsekiel aus der Hand. Sie schließt das Tintenfässchen, lehnt sich zurück, ihr Blick geht ins Leere. Das Elend um sie herum ist schwer zu ertragen. Die Seuche will nicht weichen. Wenn der Tod seine Opfer geholt hat, stehen neue Kranke vor der Tür mit geschwollenen Knoten oder Beulen am Hals, viele wanken im Fieberrausch. Manchmal muss sie Leute abweisen, weil alle Betten besetzt sind. Die Schwestern kommen fast nicht nach mit der Pflege, die Mägde nicht mit dem Reinigen der Betten und Kammern, auf das Anna ebensolchen Wert legt wie auf das Händewaschen.

Greda ist eine große Hilfe, sie packt an, scheint keine Angst vor einer Ansteckung zu haben. Ihr rotes Haar ist jetzt unter einer Haube verborgen. Wenn Anna einen Blick von Greda auffängt, fühlt sie sich an Heinrichs helle Augen erinnert. Gredas Gestalt ist kräftiger als jene von Grit – auch das mag sie von Heinrich haben. Die ersten Male, als sie diese Ähnlichkeiten bemerkte, schmerzten. Jetzt fühlt sie sich durch Greda manchmal Heinrich nah.

Heinrich. Er hat sie mit Grit hintergangen im eigenen Haus und dabei ein Kind gezeugt. Von Grits Liebe zu ihm hatte sie nach seinem Tod erfahren. Vom Kind erst jetzt, da Grit nahe am Tod bei ihr untergekommen war. Sie weiß nicht, ob das Kind es schlimmer macht – Greda als Person jedenfalls nicht. Die Liebe zu Heinrich ist Grits Geschichte. Sie selbst hat ihre eigene Geschichte mit Heinrich. Elf Jahre sind vergangen seit seinem Tod.

Sie schaut vor sich nieder. Ihre Glieder sind schwer, sie ist erschöpft. In den letzten Wochen hat sie das Haus nur kurz verlassen, um in der Predigerkirche oder am Grab ihres kleinen Engels zu beten. Sein Tod liegt noch viel länger zurück als jener von Heinrich. Trotzdem ist ihr der Kleine nah. Fast alle ihre Lieben sind im Himmel. Darum hat sie auch keine Angst, sich anzustecken. Bis jetzt haben sie Glück – keine der Schwestern ist erkrankt.

Mit ihrem Spital kann sie manche Not lindern. Wenn die Schwestern nichts mehr tun können, setzt sie sich selbst ans Bett der Todgeweihten, spricht tröstliche Worte. Manchmal singt sie ein Lied vom Himmelreich, das ihnen versprochen ist, und merkt am Leuchten der Augen, dass das Lied zu ihnen gefunden hat.

Anna steht auf. Licht braucht sie, Sonnenwärme – etwas, das sie dem Dunklen entgegensetzen kann. Sie verlässt das Haus allein, ohne Korb am Arm. Die Märkte sind fast zum Erliegen gekommen. Die Bauern haben Angst, sich in der Stadt anzustecken, und die Städter fürchten, dass die Fische mit ihrem starken Geruch, die zum Verkauf ausliegen, verseucht sein könnten. Trotzdem bieten einige ihre Waren an. Man mustert sich misstrauisch, greift schnell nach den Waren, wirft das Geld hin. Durch die Gasse vor den Predigern ziehen Seuchenopfer, man erkennt sie an den fiebrigen Augen und dem schwankenden Gang, macht einen Bogen um sie.

In den Gassen und Gässchen ist es beklemmend still. Es ist, als halte die Welt den Atem an. Einige Behausungen sind mit schwarzen Tüchern verhängt. Bettler schleichen durch die Gasse und verängstigte Mägde. Kein Ritter spornt sein Pferd zum Trab an, kein Kleinrat mit Akten unter dem Arm läuft keuchend zum Rathaus. Priester huschen herum mit der Bibel in der Hand, sie eilen hierhin und dorthin und sind doch fast immer zu spät. Plötzlich ertönt ein Rumpeln, unanständig laut: Der Totengräber zieht einen Karren mit Leichen durch die Gasse. Tote Ratten, bereits verwest, liegen an den Hausmauern, es stinkt schlimm. Rasch geht sie weiter, wischt sich den Schweiß von der Stirn. Die Sonne sengt die verseuchte Stadt.

Sie zieht die Haube tiefer ins Gesicht, will über die steinerne Brücke zum Gefängnistor abbiegen. Da hört sie Schreie, Schlagen, Peitschenknallen. Die wenigen Leute, die unterwegs sind, laufen zum Marzilitor, wo die Wachen breit im Tor stehen, die Speere gezückt. Auch Anna geht hin. Über die Schultern der Wachen hinweg sieht sie ein Schauspiel, wie sie es noch nie gesehen hat. Auf der anderen Seite des Tors steht eine große Anzahl Männer. Einige sind in lange weiße Gewänder gehüllt, halten Fahnen und Kerzen in der Hand. Der Oberkörper anderer ist nackt, sie schlagen sich mit Gerten, Geißeln und Peitschen, sind mit blutigen Striemen überzogen. «Die Pest ist eine Strafe Gottes für uns sündige Menschen», rufen sie. «Wir strafen uns selbst, um Gottes Zorn zu besänftigen. Schließt euch uns an!»

«Die Geißler», stöhnt ein Mann neben Anna auf, «sie sind selbst eine Pest in ihrem Wahn!»

«Die Priester mögen sie nicht, weil die Geißler sich gegen die Pfaffen stellen und sagen, denen gehe es zu gut, sie sollten in Armut leben, statt sich Pfründe zu schaffen», meint ein anderer. Als er einen Priester in der Nähe bemerkt, zieht er die Kapuze über den Kopf und geht raschen Schrittes davon.

«Das Elend ist groß, man muss etwas tun!», stellt ein Dritter fest. Er drosselt seine Stimme und flüstert: «Unsere Klein- und Großräte haben sich auf ihre Güter auf dem Land zurückgezogen, dort fühlen sie sich sicher – einige hat aber die Seuche trotzdem erwischt, geschieht ihnen recht.»

Die Peitschen knallen, einem Geißler hängt die Haut in Fetzen vom Kopf. Anna ist froh, dass die Stadtmauer sie von den Geißlern trennt. Sie kann das Schauspiel nicht mehr mitansehen, flieht vor dem Knallen und Schreien, der Hetze, dem Gemurmel, Wimmern und Weinen. Auf dem Weg zum Kloster hat sie kein Auge für den Laden des Paternosterers. Das Tor des Barfüßerklosters ist offen wie immer. Sie kennt den Weg, wartet nicht auf Begleitung, betritt die Kirche und seitlich des Chors ihre Kapelle.

Conrad steht am Altar, er liest die Messe. Sie taucht die Finger ins Weihwasser, bekreuzigt sich, kniet neben den anderen Gläubigen nieder. Ihre kleine Kapelle ist fast voll. Conrad predigt in deutscher Sprache. Er hat die Bergpredigt ausgewählt und spricht von Jesus, der sagt: «Selig sind, die da Leid tragen; denn sie sollen getröstet werden.» Die Gläubigen horchen auf, ein Raunen geht durch die Reihen, denn alle haben jemanden verloren. Die Tröstung, von Jesus versprochen, von Bruder Conrad wiederholt, tut gut. Trost wird kommen. Niemand ist allein, alle sind von Gott getragen.

Auch Anna atmet auf. Sie hat ihre Liebsten schon früher verloren und weiß, dass es stimmt: Sie hat Trost erfahren, indem sie anderen, die in Not sind, beisteht. Conrad hat weitergesprochen. «Ihr seid das Salz der Erde», sagt er; und dann: «Ihr seid das Licht der Welt.»

Das Salz der Erde, denkt sie – das sind wir, wenn wir etwas tun, wenn wir unsere Gaben zugunsten von anderen einsetzen. Dann haben wir teil am Licht der Welt. Sie schaut an diesem Tag nicht die Altarbilder an und auch nicht Conrad, den Priester – seine Stimme genügt. Es braucht keine Sprechchöre, keine Geißelung. Es braucht Vertrauen in Gott, dass diese Seuche ein Ende findet.

22

Bern, April 1350

Anna stellt den Rest des Osterfladens beiseite. Die Fastenzeit, die heilige Woche, die jährliche Beichte und die große Ostermesse mit Feier der Eucharistie für alle Gläubigen sind vorbei. In Bern waren es keine Ostern wie andere. Am Ostermontag tagten die Räte in der Predigerkirche, dem größten Versammlungsraum in Bern. Dann gab es plötzlich einen tumultartigen Aufruhr vor der Kirche, sie trat ans Fenster. Schultheiß Johann von Bubenberg trat heraus, wutentbrannt. Er bestieg sein Pferd, eingekreist von berittenen Wachen, die ihn aus der Stadt geleiteten.

Wenig später erschien Philipp von Kien bei ihr, der sein Pferd in Iennis Obhut gelassen hatte. Seine vom Alter gebückte Haltung fiel ihr diesmal nicht auf, er nahm mehrere Treppenstufen auf einmal.

«Johann von Bubenberg ist abgewählt!», schmetterte er in den Raum, so laut, wie sie ihn noch nie vernommen hatte. «Er hat mich 1338 aus dem Amt vertrieben und saß zwölf Jahre auf dem Schultheißenthron, obwohl ein jährlicher Wechsel vorgesehen ist. Jetzt haben ihn die Räte abgewählt und aus der Stadt verbannt. Er kann sich auf seinem Schloss Spiez zur Ruhe setzen, oder in der Berner Matte, die ihm gehört, aber wohl zu nah an der Stadt liegt.»

«Was wirft man Bubenberg vor?», fragte sie vorsichtig.

«Der Sieg in der Schlacht bei Laupen unter seiner politischen Führung hat die Leute lange geblendet – man ließ ihn schalten und walten auf seinem Thron. Letztes Jahr ist es ihm nicht gelungen, die Pest von Bern fernzuhalten – fast jeder Dritte in der Stadt sei der Seuche zum Opfer gefallen, sagt man. Zudem hat er die Stadt in Darlehensgeschäfte verstrickt.

Sich selbst ließ er es gut gehen, steckte Geschenke und vielleicht gar Bestechungsgelder ein, wie einige munkeln. Jetzt muss er dafür büßen.»

Kien hatte sich in Fahrt geredet, sie wagte nicht, ihn zu unterbrechen und weiter nachzufragen. Der ehemalige Schultheiß wollte sich nicht setzen. «Ienni hat mein Pferd gesattelt. Ich muss weiter, will die Kunde von Bubenbergs Abwahl verbreiten.»

Die Abwahl des Schultheißen, vor dem alle in Ehrfurcht erstarrten, wenn er mit dem hohen Hut auf dem Kopf durch die Stadt ritt oder auf seinem Thron am Kreuzplatz richtete, bewegt auch sie. Was ist das aber gegen die Pest, die letztes Jahr die Stadt ergriff und so viele Opfer forderte? Sie blickt auf die Pergamente, auf denen sie in der Seuchenzeit die Namen der Kranken und den Verlauf ihres Leidens festhielt. Einigen Angehörigen konnte sie später helfen und Auskunft geben. So viele Namen sind auf diesen Pergamenten, so viele Schicksale.

Wenn sie die Augen schließt, ist alles wieder da. Die toten Ratten. Das Rattern der Wagen, auf denen man die Toten aus der Stadt karrte. Die schwarzen Tücher, mit denen die Wohnungen und Häuser der Opfer zugehängt waren. Die Klage- und Wehlaute. Die Hitze. Die schlechten Gerüche. Erst als es im Spätherbst kalt wurde, ließ die Seuche nach.

So viele Tote. Man brachte ihr oft Leute ins Spital, die nur noch wenige Stunden lebten. Da waren die verzweifelten Angehörigen. Das Seufzen, Stöhnen, Sterben. Die starren Augen, aufgeplatzten Beulen. Der mörderische Gestank, der alles durchdrang. Ienni, der die Säcke mit den Toten wegbrachte. Die Aufnahme neuer Kranker. Die Pflege durch Elsa, Mia, Elli – kaum fanden sie Schlaf. Sie selbst saß oft am Bett der Sterbenden. Angst um ihr eigenes Leben empfand sie kaum. Aber Verzweiflung ob des unendlichen Leids und Leidens, dem sie bei aller Anstrengung zu wenig entgegenzusetzen hatten. Die Verzweiflung behielt sie für sich. In den wenigen, stilleren Momenten vertraute sie ihre Verzweiflung der heiligen Maria an, legte sie gleichsam zu ihren Füßen und fand Trost darin. Und dann wieder ging einer geheilt aus ihrem Spital, sie folgte mit dem Blick seinem erhobenen Haupt. Die große Zahl der anderen vertraute sie in ihren Gebeten der Muttergottes an.

Stina und Greda hielten den Haushalt aufrecht, sie besorgten die Küche und die Wäsche und das Putzen. Wie durch ein Wunder erkrankte nach Ita keine der Schwestern oder Mägde mehr. Bis ganz am Schluss. Eines Tages brach Mia zusammen – vor Erschöpfung, meinten sie. Dann aber zeigten sich bei ihr die Knoten und Beulen aller Erkrankten. Stina, die den Tod Itas nicht vergessen konnte, kümmerte sich besonders um Mia, wachte an ihrem Bett. Sie erkrankte ebenfalls. Mia genas, Stina starb. Sie gaben Stina das letzte Geleit, Mia stützte ihre große, hagere Gestalt auf einen Stock. Bald erfreute sie alle wieder mit der Räucherung von Wacholder.

Wieso Stina und nicht Mia? Das liegt in Gottes Hand. Sie schaut hinüber zur Kirche. Das Glöcklein der Predigerkirche, der Gesang der Mönche, der Duft von Weihrauch, die Sakramente, die Bilder der Heiligen, der Marienaltar – das alles spendete Trost. Der Lesemeister verwies immer von neuem auf das Wort Jesu, dass sein Reich nicht von dieser Welt sei. Das war so klar. Die Stadt wurde während der Seuche zur Hölle. Alle hatten Angst, fürchteten sich voreinander, vor der Ansteckung. Nächstenliebe zählte wenig. Einige Kranke wurden von ihren Angehörigen ausgesetzt. Die Wohlhabenden flohen aus der Stadt aufs Land, blieben aber nicht alle verschont.

Die Ernte fiel klein aus im vergangenen Jahr, die Preise für Dinkel, Hafer, Roggen und Gerste stiegen fast so stark an wie der Preis des Wachses für Totenkerzen. Die Armen konnten sich das Essen nicht mehr leisten und aßen Abfälle, die oft verseucht waren. Sie erzielte weniger Einkünfte fürs Spital von ihren Gütern, aber mehr Spenden. Die Leute hatten Angst vor dem Schwarzen Tod, steckten den Schwestern Geld zu und machten großzügige Vergabungen zugunsten ihres Seelenheils.

Das Seelenheil? Für sie selbst gab es fast nur noch die Arbeit. Manchmal warf sie einen Schleier über den Kopf, huschte in die Predigerkirche. Ihre Kapelle in der Barfüßerkirche hat sie nur wenige Male besucht, sie war zu weit weg. Conrad hat dort weiter täglich die Messe gelesen, die Leute haben ihr von seinen aufwühlenden Predigten erzählt. Die Menschen müssten sich bessern, man solle in Armut leben, nicht nach irdischen Gütern streben und alles aufgeben – das hat er gepredigt. Die Seuche trug dazu bei, dass seine Worte Früchte trugen. Viele Häuser von Verstorbenen wurden den Klöstern vermacht.

In ihrem Spital lebte sie wie auf einer Insel inmitten in der Stadt. Die Kranken und Sterbenden wurden ans Ufer der Insel getrieben und von ihr aufgenommen. Sie verließen die Insel als Tote, einige wenige als Geheilte. Sie selbst hatte kaum je Zeit, von der Insel zu gehen. Sie musste zusehen, dass ihre Rettungsinsel nicht unterging, dass sie weiterhin der Aufnahme von Gestrandeten diente. Es ist ihr gelungen, die Insel durch schwierige Zeitläufte zu steuern. Sie kann nur staunen, dass sie selbst, Elsa, Elli, Greda und letztlich auch Mia heil davonkamen. Man weiß nicht, wieso den einen das Leben und den anderen der Tod beschieden ist. Das Rad des Schicksals dreht und dreht. Gottes Wille ist unergründlich.

Töne dringen in ihr Ohr, ein Lied. Greda – sie singt so rein wie einst Grit. Anna selbst mag nicht mehr singen. So viel Elend gibt es auf der Welt – die Seuche hat sie niedergedrückt. Ungläubig hörte sie in den ersten Tagen dieses Frühlings nach der Seuche, wie die Vögel ihr Lied anstimmten. Erst war da nur ein Vögelchen, das zaghaft eine Melodie in den Morgen sang, dann folgten weitere. Sie, die noch im Bett lag und nicht an einen neuen Tag, an neues Licht glaubte, hörte diesem Jubilieren der verschiedensten Vogelstimmen zu. Dann brach er herein, der neue Tag – sein Licht schwappte in ihre Kammer. Zaghaft stellte sie die Füße auf den Boden, horchte auf die Vogelstimmen und erhob sich, zum ersten Mal seit langem mit einem Lächeln auf den Lippen.

Man kann dem Elend etwas entgegensetzen. Eine Vogelstimme. Ein Lied. Greda ist jung. Sie singt, während sie ihrer Arbeit nachgeht. Die Magd arbeitet für zwei, macht alle Arbeiten, die Stina und Ita vorher zusammen erledigten. Und singt ein Lied dazu. Sie ist froh, dass sie Greda zu sich genommen hat. Das Mädchen steht ihr nah. Es ist frisch und unverbraucht und arbeitet so rasch und umsichtig wie Grit, ist aber nicht launisch wie seine Mutter.

Anna macht ein paar Schritte und steht unter der Tür der Küche, ohne dass die Magd sie bemerkt. Greda nimmt einen gusseisernen Topf vom Haken über dem Feuer, setzt ihn ab und wischt Reste des Haferbreis heraus. Die Melodie ihres Lieds bricht während der Arbeit nicht ab. Eine rote Strähne schaut unter Gredas Haube hervor, sie leuchtet wie eine Flamme im Licht des Feuers. Die junge Magd bewegt sich leicht in der Küche, wie ein Vögelchen ist sie bald da und dort, macht sich an diesem und jenem zu schaffen.

«Greda», sagt Anna. Die Magd schreckt auf, das Lied bricht ab. Als Anna sie auffordert, sich bereitzumachen für einen Gang über den Markt, nickt sie begeistert, das Lied setzt wieder ein und findet zu einem Ende, während sie ihre Küchenschürze abnimmt und nach dem Korb greift. «Ich bin bereit», sagt sie und hüpft leichtfüßig vor Anna die Treppe hinunter.

Die Gasse vor den Predigern ist von der Sonne hell ausgeleuchtet. Keine dunklen Gestalten mit Beulen am Hals drücken sich mehr an die Wand der Klostermauer. Eine Schar Wallfahrer mit Pilgerstäben, gekleidet in bodenlange Mäntel, kommt heran, sie murmeln Gebete, klopfen an die Klosterpforte, werden eingelassen. Anna denkt einen Moment an den Geißlerzug mit dem schrillen Geschrei und dem Peitschenknallen vor dem Stadttor. Wie froh ist sie, dass die Geißler sich aufgelöst haben und verschwunden sind.

Anna und Greda überqueren den Badergraben auf der schmalen Steinbrücke. Der Bader im Graben unten zieht einem Mann mit der Zange einen Zahn, unterdrückte Schreie dringen herauf. Der Geselle des Baders schneidet einem Kunden das Haar. Eine junge Frau bereitet ein Bad zu, sie schöpft Wasser in einen großen Zuber. Das Leben geht wieder seinen Gang, man flieht nicht mehr voreinander. Doch das geschäftige Leben von früher ist noch nicht zurück in der Stadt. Es sind weniger Menschen in den Gassen; Wohnungen und ganze Häuser stehen leer. Nur vereinzelt treffen Handelsreisende ein, schauen sich vorsichtig um; die Bauern, die mit weniger Waren als üblich vom Land kommen, tun es ihnen gleich. Nur die Anzahl Bettler ist gewachsen – sie greift in die Tasche ihres Rocks und steckt einer Schar Kinder, dreckig und in Lumpen gewickelt, ein paar Pfennige zu.

Herrin und Magd biegen in die Hormansgasse ein und wechseln in die obere Marktgasse. Die meisten Marktstände sind wieder da, Pferde scharren auf dem Viehmarkt, Schafe blöken, Rinder muhen, weiter unten liegen Fleisch und Brot in den Auslagen. Auf dem Kornmarkt bieten die Bauern wie eh und je ihr Getreide an, allerdings kostet der Dinkel deutlich mehr als im Frühling vor einem Jahr, und auch das Brot hat einen höheren Preis. Sie kaufen Fleisch vom Rind und Schwein und Schaf – nach dem Ende der Fastenzeit ist wieder alles erlaubt.

Da – lüpfige Töne! Sie stammen aus der Kreuzgasse, wo heute nicht der neue Schultheiß Peter von Balm Urteile fällt, sondern Musikanten aufspielen. Anna merkt, dass Greda aufhorcht und den Schritt verlangsamt, und auch sie selbst ist von den Tönen in den Bann gezogen. Während der Pest waren Musikanten aus der Stadt verbannt. Am Stephanstag nach Weihnachten aber, als die Seuche besiegt war, spielten einige in den Gassen auf. Man wagte sich an diesem milden Tag aus den Häusern, scharte sich um die Musikanten, schwatzte und lachte zusammen. Die Welt war genesen und verrückt – es war, als ob es den Schwarzen Tod nie gegeben hätte. Und doch war er noch nicht weit fort: Da und dort glaubte man noch, ihn durch die Gassen huschen zu sehen.

Anna und Greda stehen im Kreis der Leute, die sich um die Musikanten geschart haben. Ein Minnesänger spielt auf seiner Laute. Er singt vom Leben, von der Liebe, die im Frühling mit aller Macht nach Mann und Frau greift. Anna denkt an die Lieder des Minnesängers Heinrich von Strättligen im Schloss Spiez. Die Leute klatschen. Spielleute setzen ein, sie spielen auf zum Tanz, einige Paare machen tänzelnde Schritte. Vor Annas Augen tauchen schon wieder Bilder auf – der Tanz damals auf dem Jahrmarkt in Zurzach, als sie so alt war wie ihre Magd jetzt. Ein Bauernknecht neben Greda blinzelt ihr zu, fordert sie auf, mit ihm zu tanzen. Greda blickt zu Anna, die Herrin nickt, Greda stellt den vollen Korb nieder. Der Knecht hakt seinen Arm in ihren, immer schneller drehen sie sich ringsum und ringsum wie die anderen Paare.

Anna hebt den Blick zu den Fenstern des Hauses. Niemand steht dort, weder Niklaus von Muhleren, der jetzige Besitzer, noch seine Frau oder eines ihrer vielen Kinder. Lange ist es her. Trotzdem glaubt sie das Gesicht der kleinen Anna dort oben zu sehen, wie sie lacht über die hüpfenden Tänzer und weint, als am Gerichtstag ein Kopf davonrollt.

Sie schüttelt den Kopf, dreht sich den Tanzpaaren zu. Gredas Gesicht ist gerötet, sie löst sich vom Knecht, stößt ihn weg, als er nach ihr greifen will, kommt zurück zu Anna, nimmt den Korb. Sie brechen auf, die Musik noch im Ohr.

23

Bern, November 1354

Das Pergament, das der Bote des Stadtschreibers eben gebracht hat, zittert in ihren Händen. Es ist ihr Testament. Am Vorabend des Tags der heiligen Elisabeth, die ihr Leben den Armen und Kranken gewidmet hat, soll es vom Schultheiß, dem Rat und den zweihundert Großräten genehmigt werden. Der Schultheiß selbst will sein Siegel daran hängen, Philipp von Kien und andere Ratsherren werden Zeugen sein.

Alles stimmt. Wirklich? Jetzt ist die letzte Gelegenheit, etwas zu ändern. Hat sie auch niemanden vergessen? Ist alles so festgehalten, wie sie es besprochen haben? Sie hat mit dem Notarius an diesem Tisch gesessen, Philipp von Kien und Niklaus von Muhleren waren als Berater zugegen. Viele Entwürfe sind entstanden. Schließlich kam der Stadtschreiber dazu – die vorliegende Niederschrift ist entstanden. Sie wird sie noch einmal durchsehen.

Das Pergament zittert noch stärker in ihren Händen. Sie leidet nicht an Fallsucht – nur das Gewicht ihrer Handlung lässt sie zittern. Man hat ihr – Witwe Anna Seilerin, Berner Burgerin, freie Frau – zugestanden, dass sie dieses Testament verfassen und ihre Güter vergeben darf, wie und wem sie will, geistlichen und weltlichen Personen. Vom Schultheiß hat sie einen zusätzlichen Brief verlangt, der die Rechtmäßigkeit des Testaments bezeugt.

Das alles ist nicht selbstverständlich. Die Rechte von Frauen sind beschränkt. Aber ihr Wort hat Geltung in Bern. Weil sie das Spital geschaffen hat. Das wird von allen anerkannt. Sie hat Bern eine Last abgenommen, denn das Niedere und das Heiliggeistspital hätten die Pflege der Kranken gerade zur Seuchenzeit niemals bewältigen können. Nach der Seuche ist

Bern wieder etwas gewachsen – es braucht das Seilerin-Spital. Und es ist gut geführt, das erkennen die Herren an. Die Freiheit, das Testament in ihrem eigenen Namen und ohne Vogt zu verfassen, ist ihr auch zugestanden worden, weil sie ihr Spital stiften wird. Diese Urkunde ist in Arbeit.

Schwester Elsa kommt herein, sie stützt eine großgewachsene, hagere Frau.

Anna springt auf: «Frau von Ergöw – was ist mit Euch?»

Die Frau hat nicht die Kraft zu antworten, sie schwankt.

Anna legt ihr die Hand auf die Stirn. «Ihr habt hohes Fieber, ein Rückfall – wir nehmen Euch auf», bestimmt sie. «Eure Kinder könnt Ihr mitnehmen, damit sie nicht auf der Gasse sind.» Die Frau nickt dankbar.

«Ich nehme Frau von Ergöw und die Kinder zu mir in die Kammer, so werden die anderen Kranken nicht gestört», bietet Elsa an.

Anna bedankt sich. Frau von Ergöw stammt aus einer angesehenen Berner Familie, die von der Seuche fast gänzlich dahingerafft wurde. Die Witwe ist mittellos und auf Pflege im Seilerin-Spital angewiesen.

Die Begine entfernt sich, die wankende Frau am Arm. Anna folgt ihr mit den Augen. Die klein gewachsene Elsa ist noch rundlicher und älter geworden. Sie arbeitet flink, ist tüchtig und umsichtig in der Pflege dank ihrer großen Erfahrung. Mia und Elli sind nach Abklingen der Seuche ins Haus der Willigen Armen zurückgekehrt und oft nur tagsüber da, Elsa lebt im Haus.

Die Stadt hat verlangt, dass ein Vogt die Aufsicht über das Spital einnimmt. Man hat Konrad vom Holz, genannt von Schwarzenburg, für dieses Amt ernannt. Der von Schwarzenburg kommt einmal im Monat zu ihr, gemeinsam sehen sie die Bücher durch. Ins tägliche Geschäft mischt er sich nicht ein – als ehemaliger Schultheiß hat er noch viele andere

Ämter. Sie allein entscheidet über die Aufnahmen, Elsa über die Pflege.

Anna legt das Pergament vor sich auf den Tisch und geht Zeile für Zeile durch. Schwester Elsa Reber und ihrer Magd Greda vermacht sie dieses Haus samt Hausrat. Sie hört, wie Greda in der Küche mit den Töpfen hantiert. Elsa und Greda sind die Seele des Hauses. Es soll an die beiden gehen, wenn sie selbst nicht mehr da ist, und erst nach deren Tod soll es zurückfallen ans Spital, das sie im Testament «Haus vor den Predigern» nennt. So hat sie es bestimmt, und so ist es festgehalten. Witwe von Ergöw wird nach der Genesung mit ihren Kindern im Haus von Kramburg leben dürfen bis zu ihrem Tod – erst dann fällt das Haus zurück in den Besitz des Spitals. Das hat sie zur Regel all ihrer Vergaben gemacht: Nach dem Ableben der Begünstigten fallen die Güter wieder ans Spital. Nur die Vergabungen an die Geistlichen gehen nach deren Tod ans jeweilige Kloster.

Sie schaut auf. Diesen Sommer hat sie Nonne Anna ein drittes und wohl letztes Mal im Kloster besucht. Knecht Ienni hat sie nach Fraubrunnen gefahren durch die Landschaft, die sie nach zehn Jahren noch gut wiedererkannte. Am Eingang des Klosters Fraubrunnen zog sie am Glockenstrang und verlangte, Anna zu sehen. Die Pförtnerin führte sie zu ihrer Base.

Anna kam durch den Kreuzgang heran, gealtert, das Gewand der Zisterzienserinnen schlotterte an ihrem Körper. Kein Blondhaar vermutete sie unter dem Schleier der Nonne, sondern widerspenstige, weiße Borsten.

«Schön, dass du deine alte Base nicht vergessen hast», stellte Nonne Anna zur Begrüßung fest. «Was bringt dich her?»

«Dieses Jahr bin ich vierzig geworden, ich bin nur wenig jünger als du. Ich wollte dich noch einmal sehen.»

«Wir sind der Endlichkeit preisgegeben. Und weißt du was? Es ist mir recht.» Sie schaute sich um, sprach leiser. «Ich kenne dieses Kloster in- und auswendig, habe seine Mauern nie mehr verlassen. Das ist der Weg, der für mich vorgezeichnet war, und ich bin ihn gegangen. Eine Spur werde ich nicht hinterlassen. Äbtissin bin ich nie geworden. Ich habe einige Male aufbegehrt und mich unsinnigen Anweisungen widersetzt. Dafür wurde ich bestraft. Ich hoffe, dass der Himmel mir trotzdem offen steht. Ich bin bereit.» Sie schaute vor sich nieder, dann zu ihrer Base. «Und du, Anna Seilerin? Du wolltest ein tätiges Leben führen, anderen helfen. Hast du etwas erreicht?»

Anna erzählte von den wenigen Kranken, mit denen sie begonnen hatte, von der Seuche und vom Spital mit den dreizehn Betten, das sie jetzt führt.

Nonne Annas Augen weiteten sich während ihrer Erzählung, sie nahm ihre Hände. «Dein Weg war richtig, du hast vielen Menschen helfen können und tust es noch. Wird dein Spital weiterbestehen, wenn du einmal nicht mehr da bist?»

«Ich denke schon. Da ist Schwester Elsa, die pflegt, meine Magd Greda, die den Haushalt besorgt. Philipp von Kien, früherer Schultheiß, der mich seit vielen Jahren kennt, wird eine schützende Hand über das Spital halten ...»

«Das genügt nicht», sagte Nonne Anna bestimmt. «Mein Vater hatte das gesamte Familiengeld verjubelt, als er starb – auch das Erbe unserer Mutter. Mein Bruder Hans muss eng durch, und mein Kloster, das wohl einiges Geld aus dem Erbe erwartete, ging leer aus. Man muss zu Lebzeiten alles schriftlich festhalten und von den Würdenträgern beglaubigen lassen. Eine Frau noch viel mehr als die Männer, denn unser Wille zählt nicht.»

Sie hatten noch über dies und jenes gesprochen und einander zum Abschied umarmt, obwohl das nicht üblich war in einem Kreuzgarten. «Sichere dein Spital ab. Du kannst Gutes tun auch für die Nachwelt – Arme und Kranke wird es immer geben», hatte ihr die große Anna ans Herz gelegt und ihr zugewinkt, bevor sie sich abkehrte.

Der Rat von Nonne Anna hat sie überzeugt. Philipp von Kien und Niklaus von Muhleren, denen sie ihre Absicht kundtat, zeigten sich skeptisch. Sie, Anna Seilerin, eine Frau, wolle alles regeln – ihr Erbe und das Spital? «Würdet Ihr selbst das nicht tun in meinem Fall?», hatte sie etwas widerborstig gefragt. Die beiden Männer haben sie in den letzten Monaten unterstützt.

In ihrem Testament hat sie Anna von Kiental die Mühle und ihren übrigen Besitz in Urtenen und zwei Kleinbauernhöfe in Häutligen vermacht. Letztlich wird das Kloster davon profitieren, und damit auch Annas Ansehen. Annas Bruder Hans von Kiental hat sie ihren Besitz zu Worb verschrieben; den jährlichen Nutzen soll er mit Bruder Conrad von den Barfüßern teilen. Neben Anna und Conrad hat sie noch andere vom geistlichen Stand bedacht, so die Barfüßer, die Nonnen in Frauenkappelen und die Klosterbrüder und Nonnen in Interlaken. Die Prediger erhalten hundert Pfund, die Deutschordensherren immerhin zwanzig Pfund – sie will niemanden vor den Kopf stoßen. Auch das Äußere – vormals Niedere – Spital, das Heiliggeistspital und das Siechenhaus hat sie berücksichtigt. Am Herzen liegen ihr einige Witwen und andere Bedürftige, die sie kennt. Natürlich hat sie die Schwestern und Dienstboten nicht vergessen: Neben Elsa und Greda hat sie auch Schwester Mia und Schwester Elli Dorfman bedacht und ihrem Knecht Ienni und seiner Mutter in Wattenwil die Scheune ob dem Haus und den Geldwert von fünf Säcken Dinkel vermacht.

Ihr Kopf schwirrt: Hat sie auch wirklich an alles und alle gedacht? Sie kann keine Versäumnisse feststellen.

Es ist kalt an diesem Vorabend des Tages des heiligen Andreas. Mehrmals hat sich Anna erhoben und ihre Hände auf die Kacheln des Ofens gelegt, den Greda eingeheizt hat. Sie hat die Hände so lange auf den Kacheln belassen, bis die Wärme über ihre Arme in den ganzen Körper geströmt ist. Das Testament wurde bewilligt. Eine Last ist von ihr genommen – ihr Erbe ist geregelt. Jetzt kommt der zweite, noch wichtigere Schritt: Das Spital. Es soll ewig erhalten bleiben, über viele Generationen, soweit man denken kann und darüber hinaus. Wie wird Bern dann aussehen? Niemand weiß es. Es wird aber immer Menschen geben, die bedürftig sind und Not leiden. Für diese ist ihr Spital da. Dafür ist sie bereit, den größten Teil ihrer Güter einzusetzen.

Sie wartet auf Niklaus von Muhleren – er ist ihr Vogt. So steht es in der Stiftungsurkunde, die er frisch aus der Stube des Schreibers mitbringen wird. Muhleren ist ihr Freund und Berater. Als Frau braucht sie aber einen Vogt, der die Schaffung ihrer Stiftung beglaubigt. Mit dem Aufführen des Vogts ist dem Recht Genüge getan, haben ihr alle gesagt, man kann die Urkunde auch in dieser Hinsicht nicht angreifen. Das ist ihr wichtigstes Anliegen.

Es klopft an der Haustür. Greda huscht nach unten, öffnet und bringt Muhleren mit nach oben.

«Niklaus – auch dieses Mal habt Ihr Eure Frau nicht mitgebracht», begrüßt sie ihn. So viele Male ist er zu Besprechungen bei ihr gewesen, immer allein, ohne Frau und Kinder, und sie selbst war nie bei ihm zu Gast, obwohl sie das Haus ihrer Kindheit gern wiedergesehen hätte.

Muhleren ist überrascht: «Es geht um Geschäftliches – meine Frau kümmert sich um die Kinder und das Haus, mit Geschäften hat sie nichts zu tun. Keine wahre Frau tut das.» Er merkt, dass er seine Gastgeberin beleidigt hat, und korrigiert sich schnell: «Junge Frauen haben andere Aufgaben, als sich in die Geschäfte ihres Mannes zu mischen. Ihr seid eine Ausnahme, Anna Seilerin – eine Frau, die zugleich Respektsperson ist. Ihr versteht die Geschäfte, seid Witwe und habt ein wichtiges Werk geschaffen. Ich stehe Euch gern zur Seite, um es zu sichern. Die Urkunde liegt vor – wir können sie zusammen durchgehen.»

Anna nickt, sie hat verstanden, will nicht empfindlich sein. Das Spital ist das Wichtigste – darum geht es. Sie setzt sich neben Muhleren, beginnt zu lesen und ist überrascht, wie mutig diese Worte tönen. Teilweise hat sie diese diktiert, teilweise wurden sie ihr als feste Bestandteile einer Rechtsschrift vorgeschlagen.

«In gottes namen, amen. Ich Anna Seilerin, burgerin und gesessen ze Berne ...» Es folgen verschiedene Angaben; und dann: « ... han geordnet, gestift und gemachet, mit hant und willen Niclaus von Muoleron, burgers ze Berne mines vogtes, einen ewigen spitale, dar inne sin sullent eweclichen dritzehen geligeringe und dürftigen, und drii ander erber personen, die der selben dürftigen und geligeringen mit dienste pflegen sullen.»

Wer gesund werde, solle durch einen neuen Kranken ersetzt werden, steht dort weiter. Wenn jemand Unfrieden unter die Kranken bringe, solle man ihn fortweisen können. Nach ihrem Tod sollen die Stadtoberen mit Hilfe des Spitalvogtes diese Bedingungen durchsetzen. Anna schaut auf. Sie ist stolz auf diese Vorschriften, die andere Spitäler nicht kennen. Nur wer bedürftig ist und solange er es ist, soll im Seilerin-Spital einen Platz finden.

Muhleren unterbricht ihre Gedanken. «Ihr sprecht von ‹Personen›. Ist das richtig – wollt Ihr Männer und Frauen aufnehmen?»

«Ich mache keinen Unterschied im Geschlecht», bestätigt Anna. «Sowohl bedürftige Frauen wie auch Männer sollen in meinem Spital unterkommen. So habe ich es immer gehalten.»

Zusammen sehen sie die Vergabungen durch. «Ihr gebt Eure Häuser hier, den Hof und die Hofstatt her für das Spital. Die Erträge Eurer Güter in Diemtigen, Gurzelen, Utzigen, Uetendorf, Kirchdorf, Hindelbank, Münchringen, Jegenstorf, Eggiwil, Biglen, Höchstetten und Eurer Häuser beim Niederen Spital sollen nicht mehr an Euch fallen, sondern den Kranken und Bedürftigen zugutekommen.»

«So ist es», bekräftigt Anna. «Das Geld, die vielen Säcke Dinkel, Hafer und Gerste, das Holz, die Schweine, das Fleisch, der Ziger und Anken, das Brot und das Talglicht, die mir geschuldet sind – das alles wird nützlich sein für den Betrieb des Spitals. Solange ich persönlich nicht Not leide, bin ich bereit, alles zugunsten der Notleidenden einzusetzen.»

Muhleren mustert sie. «Ihr verzichtet auf Euren Reichtum, gebt fast alles weg in andere Hände. Als Euer Ratgeber und Vogt muss ich Euch warnen: Es geht sehr weit, was Ihr zu tun beliebt. Ich kenne keinen Mann, der seine Güter auf diese Art aus der Hand gibt.»

Anna lehnt sich auf ihrer Stabelle zurück. «Ich weiß, was ich tue.»

Nachdenklich meint Muhleren: «Man wird Euch Respekt zollen, vielleicht aber auch denken, dass Ihr als Frau allzu leichtfertig mit Geld und Gütern umgeht.»

«Wir wissen, dass das nicht stimmt – es ist alles bedacht.» Sie wird auf einmal blass. «Nein, vielleicht doch nicht! Was geschieht, wenn Bern meine Bedingungen in künftigen Jahren nicht mehr erfüllt? Wenn die Stadt die Bedürftigen wegschickt, das Spital schließt, die Güter an sich nimmt? Philipp von Kien ist betagt, er kann nicht mehr lange über die Einhaltung der Regeln wachen. Ihr seid jünger als ich, lebt jedoch auch nicht ewig. Das Spital aber soll ewiglich erhalten bleiben.» Sie überlegt. Ihre Augen sprühen auf einmal. «Ich diktiere Euch jetzt Forderungen, die in der Urkunde erscheinen müssen – ansonsten ziehe ich meine Stiftung zurück.»

Niklaus von Muhleren ist überrascht. «Warum seid Ihr auf einmal so streng, Anna – ich kenne Euch nicht so. Ihr könnt Euch auf die Obrigkeit von Bern verlassen.»

«Nein!» Sie staunt über sich selbst und dieses zweite Nein, es muss aber sein. «Die Stadt ist groß geworden, es gab Machtwechsel, seit einem Jahr ist Bern im Bündnis der Eidgenossen. Der Schultheiß wechselt jedes Jahr, die Räte werden neu bestellt. Einigen traue ich, anderen nicht. Bitte nehmt mein Diktat auf.» Sie schiebt Muhleren ein noch unbeschriebenes Pergament, Tinte und Feder hin, er fügt sich.

«Ich wil ouch und ordenon daz mit disem brief, mit hant des vorgen. mins vogtz, daz der vorgen. spital und die egenanten dürftigen nach aller der ordnung als da vor stät stet und ewiclich also sullent beliben, daz weder der schultheiz, der rät noch die zweihundert von Berne, noch nieman anders, den selben spital, noch die dürftigen ab sullent lässen gän, noch verendron in dehein weg än alle geverd; mit der pena …»

«Ihr wollt eine Strafe einschließen? Das ist zu stark.» Muhleren runzelt die Stirn, Anna besteht aber auf diesem Zusatz, und er hält ihn für sie fest. Dann legt er die Feder nieder, liest das Geschriebene durch: «Wenn Bern Eure Bedingungen für das Seilerin-Spital nicht erfüllt, erhalten Spitäler in Basel, Freiburg, Thun und Burgdorf je einen Viertel der Güter und Gelder, die Ihr für Euer Spital vorgesehen habt, steht hier. Das würde Bern wehtun. Ist das Euer Wille?»

«Das sind die Bedingungen für meine Stiftung.»

«Ihr sichert Euer Werk gründlich ab für alle Ewigkeit», stellt Muhleren fest.

«Es ist doch nur die Ewigkeit, die zählt.» Anna lächelt auf einmal entspannt.

«Und Eure Erben – wie stehen sie zu Euren Vergabungen?»

«Ich habe keine mir nah verwandten Erben. Alle, die mir sonst nahestehen, habe ich im Testament bedacht.» Rasch sieht sie das Praktische durch, die Anzahl Betten, Decken, Kissen und Leinenlaken für ihr Spital, die Pfannen, Häfen und Kessel. Alles ist vollständig. Rechtlich ist die Stiftung abgesichert, namhafte Zeugen sind aufgeführt. Der Schultheiß und die Stadt sollen ihr Siegel geben. Auf ihre besondere Bitte hin wird Philipp von Kien sein Siegel an die Urkunde hängen, der als ehemaliger Schultheiß allseitig geachtet ist. Mehr kann sie nicht tun.

Niklaus von Muhleren verspricht, dass der Schreiber den Zusatz in die Urkunde einschließen wird, und verabschiedet sich. «Nach der Sitzung in der Predigerkirche vernehmt Ihr gleich die Neuigkeiten.»

Die Predigerkirche. So manches Mal hat sie dort Trost gefunden. Ihr kleiner Engel ist an der Außenwand des Chors begraben. Immer noch sucht sie das Grab auf, rückt das kleine Kreuz zurecht, wenn es schief steht. Vieles wäre anders gekommen, hätte er gelebt. Gott beschied es so. Sie hat ein Spital geschaffen. Wer hätte das gedacht? Sie war ein neugieriges Mädchen, eine junge, unbedarfte Ehefrau an der Seite ihres älteren Mannes, eine reiche, noch junge Witwe, die keinen Sinn sah im Leben, außer dem Sinn in Gott.

Dann gingen ihr die Augen auf, sie sah das Elend der Kranken und Bedürftigen. An der Seite von Heinrich, dem Spitalvogt, erhielt sie Einblick in ein Spital. Ihr wurde bewusst, wie viel ungenutzten Raum sie hatte. Beginen waren in der Nähe, die ihren Lebenszweck darin sahen, in Armut zu leben und anderen zu helfen. Sie hatte im Laupenkrieg Verletzte aufgenommen und später andere Kranke. Rechtzeitig vor Ausbruch der Seuche war Elsa in ihr Haus gekommen. Sie hatte das Nachbarhaus dazugekauft und Höfe und Hofstatt zusammengelegt.

Reichtum muss keine Belastung sein. Auch Frauen können etwas tun mit ihrem Geld. Es gibt Vorbilder, Ausnahmefrauen wie Königin Agnes, die dem Kloster Königsfelden vorsteht, in Konflikten vermittelt und das Spital in Baden stiftete – von ihr hat sie in den vergangenen Jahren öfter gehört. Meist werden Frauen zurückgebunden. Sie selbst besitzt das bernische Bürgerrecht. Frauen, die einem Haushalt vorstehen, zahlen wie alle anderen Steuern und Abgaben und leisten Geldersatz für Wach- und Frondienste. Warum haben sie nicht auch die gleichen Rechte wie die Männer? Eine Frau kann nur ausnahmsweise ein Handwerk oder Handel betreiben – oft nur, wenn sie den Betrieb ihres verstorbenen Mannes weiterführt, und auch das nur auf Zeit. Frauen werden in der Regel nicht in die Zünfte aufgenommen, die alles bestimmen.

Wahrscheinlich ist es leichter für eine ältere Frau, wie sie es ist, sich Respekt zu verschaffen. Eine junge Frau wird an einen Mann vergeben, eine Witwe ohne Vermögen ebenfalls. Die meisten Frauen verfügen nicht über genügend Mittel, um sich allein durchzubringen. Ihnen möchte sie helfen.

Sie geht ans Fenster, schaut zu den erleuchteten Fenstern der Predigerkirche. Was geschieht dahinter – verhandeln sie gerade ihr Werk, oder befassen sie sich mit ganz anderen Dingen? Als Frau hat man keinen Zugang zu den Entscheidungen in der Politik. Eine Frau kann nur über verständnisvolle Männer etwas erreichen. Vertreten Niklaus von Muhleren und Philipp von Kien ihre Sache gut? Kien war ein langjähriger Freund ihres Vaters und ihres Mannes – sie konnte sich seine Freundschaft sichern, weil sie zuhört und mitdenkt. Muhleren hat sie einen guten Preis gemacht für den Kauf ihres Vaterhauses, er hat ihr Vertrauen nicht enttäuscht.

Das Licht in den Kirchenfenstern flackert auf einmal, das Portal steht offen. Die Ratsherren strömen heraus, drei Männer nähern sich ihrem Haus. Sie hat Greda bereits in die Kammer geschickt, geht selbst nach unten und bittet Kien, Muhleren und den Stadtschreiber in ihre Stube. Sie gießt Wein in die bereitgestellten Becher.

«Auf Euer Wohl, Anna Seilerin», sagt der Stadtschreiber, hält mit seiner tintenbefleckten Schreibhand den Becher in die Höhe und mit der anderen eine Pergamentrolle. «Der Kleine und Große Rat und der Schultheiß haben Eurer Stiftung zugestimmt.»

Niklaus von Muhleren lacht vor sich hin. «Die Räte haben gestaunt, wie umsichtig Ihr Euer Spital absichert. Besonders die Strafe bei Nichteinhalten Eurer Bedingungen gab zu reden. Keinesfalls will man, dass Euer Geld an die Spitäler anderer Städte fließt. ‹Nur eine Frau kann so misstrauisch sein›, meinte ein Ratsherr. ‹Unter Männern schlägt man ein, und dann gilt es.› Ich erklärte, dass Frauen bei Geschäften und Beschlüssen ja nie dabei sind. Als Euer Vogt sei mir die Strafe verständlich, mit der Ihr Euer großzügiges Werk absichert. Es gab Murren, aber auch Stimmen, die Euren Verzicht auf den Reichtum lobten und als Beispiel hinstellten.»

«Die große Mehrheit des Rates stimmte am Schluss zu. Ich habe mein Siegel an die Urkunde gehängt, dann folgten Stadt und Schultheiß.» Philipp von Kien zeigt auf die drei Siegel, die an der Urkunde baumeln, eines zeigt den Berner Bären. «Auf das Seilerin-Spital!»

Die Männer prosten einander zu. Anna ist sich bewusst, dass sie nicht wirklich Teil dieser Runde ist, für einmal aber gehört sie dazu. Sie lächelt, hebt ebenfalls ihren Becher.

Das Kerzenlicht funkelt in den Steinen der roten Kette, die sie zur Feier des Tages um den Hals gelegt hat.

24

Bern, Oktober 1356

Dumpf schlagen die Glocken – es ist nicht der hallende Klang, der die Gläubigen üblicherweise zur Messe ruft. Anna will die Messe in der Leutkirche besuchen, obwohl sie sonst die Gottesdienste der Prediger und Barfüßer vorzieht, was sie aber nie laut sagen würde. Der Deutsche Orden legt Wert auf strenge Formen. Darum strömen den Bettelorden, die mit Predigt und Seelsorge näher beim Volk sind, mehr Leute zu. Das ärgert die Deutschordenspriester.

Jetzt aber braucht die Leutkirche ihre Unterstützung. Am Lukastag wurde die Kirche von einem Erdbeben versehrt, Teile des Chors und die Wendeltreppe zum Turm stürzten ein. Nun hängen die Glocken behelfsmäßig in einem hölzernen Gestell vor der Kirche, hell glänzt die Silberglocke. Der Klang ist nicht gleich. Man ist aber froh in der Stadt, dass die Glocken wieder schlagen. Die Kirchen der Bettelorden haben nur Dachreiter mit Glöcklein. Man braucht die Glocken der Leutkirche, nach ihnen richtet man sein Tagwerk, steht auf, arbeitet, nimmt das Mittagessen und die Vespermahlzeit ein, beschließt die Arbeit mit der Feierabendglocke, beerdigt Angehörige mit der Totenglocke und wird vor einem Brand mit der Feuerglocke gewarnt.

Anna betritt mit Greda die Kirche, taucht die Finger ins Weihwasser, bekreuzigt sich. Sie gehen nach vorne, bleiben unweit der Altäre stehen. Der Chor, vom Schiff durch die Zwischenwand des Lettners abgetrennt, ist nur teilweise sichtbar. Anna erblickt Steinhaufen, es fällt mehr Licht in die Kirche, weil das Dach des Chors eingebrochen ist. Vor dem großen Kreuz brennen seit einigen Jahren fünfzehn helle Lichter, diese sind unversehrt. Der Leutpriester erscheint, bald ertönen die üblichen Messgesänge in der Kirche. Die Stimmung aber ist anders als sonst.

Baselwind, im weißen Messgewand mit violetter Stola, spricht zur Gemeinde. Er, der sonst kaum Regungen zeigt, erzählt erschüttert vom großen Erdbeben, das Basel getroffen habe und auch seine engere Heimat, das Elsass – er habe die Stadt aufgesucht, mit Leuten gesprochen und sich ein Bild gemacht. Wie in Bern sei auch in Basel der Lukastag mild gewesen, Kühe hätten vor der Stadt gegrast. Plötzlich habe die Vesperglocke schrill geschlagen, die Erde habe gebebt, Steine seien heruntergepoltert, Balken geborsten, Ziegel und Glas zersplittert. Staub sei herumgewirbelt, die Leute hätten geschrien und seien aus der Stadt gerannt, um sich zu retten. Man habe vor den Stadtmauern ausgeharrt, auch, als längst die Dunkelheit eingebrochen sei. Um die zehnte Stunde in der Nacht sei der große Erdstoß gekommen – Holzhäuser hätten sich vorgeneigt, die Türme und der Chor der Kirche, Teile der Stadtmauer und etliche Steinhäuser seien eingestürzt. Weil viele ihre Feuerstellen nicht gelöscht hätten, seien Brände ausgebrochen, welche die Stadt zusätzlich verwüstet hätten.

So schlimm hat es Basel getroffen, die Stadt am Rhein, denkt Anna. In Bern hat niemand das Leben verloren. Schäden gibt es aber nicht nur an der Leutkirche, sondern auch an Steinhäusern. An ihren eigenen Häusern vor den Predigern hat sie feine Risse entdeckt.

Zur Vesperzeit am Lukastag saß sie mit Elsa, Elli und Mia am Tisch, Greda hatte Mus gebracht. Auf einmal war ein eigenartiger Ton in der Luft, ein leichtes Schaukeln in der Stube, es hatte geklirrt, Wasser war aus den Bechern geschwappt. Die Löffel waren ihnen aus der Hand gefallen, sie starrten einander an. Dann erhob sie sich, öffnete den Fensterflügel. Auf der Straße waren die Leute vor Schreck erstarrt – es schien einen Moment, als ob sie am Boden festgefroren wären. «Die Erde bebt!», schrie einer. Dann setzten sich die Leute wieder in Bewegung, begannen zu laufen, zu rennen, sie schauten über die Schulter, wie wenn sie der Ruhe nicht trauen würden. Wo sollte man hin? Bis zur Stadtmauer war es weit. Die Leute rannten nicht mehr, sie gingen vorsichtigen Schrittes durch die Gassen, als ob sich jederzeit eine klaffende Erdspalte vor ihnen öffnen könnte. Und das hätte ja auch geschehen können. Es folgte aber kein weiterer Erdstoß. Anna und die Beginen hatten die Kranken beruhigt, dann das Mus fertig gelöffelt. In der Gasse wusste niemand von Schäden oder Verletzten. Man war in Bern früh zu Bett gegangen nach diesem Schreck.

Anna hatte geschlafen, als ihr Traum auf und ab wogte. Sie schlug die Augen auf, wieder lag dieses Sirren in der Luft, ihr Bett schien sich in der Kammer zu bewegen. Ein klirrendes Geräusch folgte – der Spiegel zerbrach am Boden. Dann Stille und Aufruhr zugleich. Einige Kranke hatten geschrien, Elsa hatte nach ihnen gesehen. Sie selbst hatte sich wieder hingelegt, aber keinen Schlaf mehr gefunden, einige feine Erschütterungen glaubte sie noch wahrzunehmen. Am Morgen wurde klar, dass die Leutkirche am meisten betroffen war.

Der Tod hätte sie alle holen können. Manchmal schreckt sie der Tod, meist nicht. Wenn sie die Hand eines Sterbenden hält, kommt er oft friedlich des Weges – ein letzter Atemzug, fertig. Manchmal geht ihm aber auch ein Kampf voraus. Es wäre schön, wenn ihr der Tod tanzend begegnen würde. Es gibt Bilder, die ihn beim Tanz zeigen. Bettler und König, Mann und Frau, Begine und Papst – alle fordert er auf, vor dem Tod sind alle gleich. Die Vorstellung eines letzten Tanzes mit dem Tod gefällt ihr.

Der Leutpriester hat weitergesprochen. Er steht am Hauptaltar neben den Kästen mit den Heiligenreliquien, die Klöster aus Basel und dem Elsass vor einigen Jahren auf seine Veranlassung hin der Leutkirche geschenkt haben. Baselwinds sonst tiefe, tragende Stimme ist brüchig, das Unglück seiner Heimat hat ihn getroffen. Die fünf Türme, die Orgel, die Altäre und die Bilder im Basler Münster seien zerstört, sagt er mit bewegter Stimme, ebenso weite Teile der Stadt, einige Hundert Leute hätten ihr Leben verloren. Man frage sich in Basel, womit man Gottes Zorn auf sich gezogen habe. Einige sähen das Beben als göttliche Strafe, weil man in Basel 1349 vor Beginn der Pest Juden hingerichtet habe. Das sehe er, Leutpriester Baselwind, anders. Bern habe 1348 auch Juden verbrannt, sei aber weit weniger schwer getroffen worden. Es könne indes nicht schaden, poltert er auf einmal in gewohnter Art, wenn man sich in Demut übe. Jegliche Eitelkeit, das Tragen von Gold- und Silberschmuck und Samt und Seide, sei verwerflich.

Hat Baselwind einen strafenden Blick auf die Frauen geworfen? An ihrem Hals wird er keine Kette entdecken, an ihrem Körper keinen Purpur – sie trägt ein schlichtes Kleid in Dunkelgrün. Das rote Kleid hat sie für immer in der Truhe versorgt. Die kostbare, rote Kette, ein Geschenk von Heinrich, hat sie am Abend, als die Spitalstiftungsurkunde genehmigt wurde, ein letztes Mal getragen. Ein paar Tage danach war ihr Vetter Hans von Kiental zu Besuch gekommen, um sich zu bedanken, dass sie ihn im Testament berücksichtigt hatte. Er hatte seine Tochter Hanna mit, die sie an Anna von Kiental mahnte. Sie hatte sich einen Moment entschuldigt, in der Kammer die Kette geholt und sie dem Mädchen um den Hals gelegt. Die Fünfzehnjährige mit dem blonden Kraushaar war errötet, Vater und Tochter hatten ihr mehrfach gedankt. «Alles Gute, Hanna», hatte sie der jungen Verwandten gewünscht, «möge die Kette dich auf deinem Weg begleiten.»

Sie hatte den beiden nachgeschaut, die Kette hatte geglitzert an Hannas Hals und war mit ihr in der Gasse verschwunden.

Sie hat der Kette nicht nachgetrauert und auch nicht all den Gütern, die sie im Testament und der Stiftungsurkunde weggegeben hat oder weggeben wird. Im Gegenteil. Sie fühlt sich leicht, erleichtert. Das Erdbeben hat ein weiteres Mal gezeigt, wie schnell es geht. Man erreicht nicht das Glück, wenn man am Irdischen festhält.

Der zerbrochene Spiegel – ist sie überzeugt – war ein Zeichen. Sie hat schon vorher nicht mehr oft in den Spiegel gesehen. Sie kennt ihr Gesicht, die feinen Linien, die sich eingegraben haben, die braunen Augen, die nicht mehr leuchten wie früher, die dunklen Haare, die von Weiß durchzogen sind. Sie kann das Haar am Morgen flechten, ohne in den Spiegel zu sehen. Auch zum Feststecken der Haube braucht sie keinen Spiegel. Sie ist alt – zweiundvierzig Jahre zählt sie.

Das Alter macht ihr nichts aus. Wie ungewiss war ihr Schicksal als junge Frau: Würde sie verheiratet oder ihr Leben als Nonne verbringen? Es war ihr Vater, der entschied. Ihr Los war das einer Ehefrau, Kinder waren ihr nicht beschieden. Sie verlor ihren Mann. Erst als reiche Witwe konnte sie selbst entscheiden. Sie ging ihren Weg allein weiter, auch wenn er einsam war und sie sich manchmal einen Mann an ihrer Seite gewünscht hätte. Das Leben mit Heinrich liegt weit zurück, sie kann es sich kaum mehr vorstellen. In den letzten Jahren hat sie Gemeinsamkeit und Wärme erlebt mit den Beginen. Es gefällt ihr, jüngere Frauen um sich zu haben, an deren Leben und jenem der Kranken teilzunehmen. In ihrem Alter nimmt man sich nicht mehr so wichtig. Man begreift, dass man nur ein kleines Rad ist im großen Räderwerk der Welt. Und doch kann dieses Rädchen etwas bewirken und sich zum Nutzen von anderen drehen.

Anna hört einen Moment Baselwind zu, er hat jetzt aber ins Lateinische gewechselt. Ihre Gedanken wandern aufs neue. Die Bilder und Altäre in der Leutkirche sind nicht zerstört wie jene in Basel. Da ist der Elisabethen-Altar, da ist das Bild von Ursula und den 11 000 Jungfrauen. Die Altäre und Bilder sind ihr weniger wichtig als früher. Sogar vor dem kleinen Marienaltar in ihrer Kammer verschließt sie oft die Augen. Es sind innere Bilder, die zählen. Vor ihrem inneren Auge sieht sie die heilige Elisabeth, die auf ihren Reichtum verzichtet und sich mit Hingabe den Armen widmet.

Sie hofft, dass sie selbst im Kleinen mit dem Spital auch Gutes geschaffen hat. Gut ist nur, was nicht aus Eigennutz geschieht. Peter von Krattingen hat dieses Frühjahr in Bern ein zusätzliches Beginenhaus gestiftet. Sechs Beginen, die dem Laienorden der Barfüßer angehören, wohnen im von ihm gestifteten Haus. Sie sollen ein gottgefälliges Leben führen und täglich sieben Paternoster und sieben Ave Maria für ihn, seine Frau, seine Kinder und seine Eltern beten, hat Krattingen festgehalten. Jahrzeiten der Familie sollen die Beginen mit je fünfzig Paternoster und Ave Maria begehen und am Vorabend und Morgen der Jahrzeit das Grab aufsuchen. Konrad vom Holz hat ihr von dieser Stiftung erzählt, er ist dieses Jahr wieder Schultheiß und zudem Vogt in ihrem Spital. Er habe sein Siegel an Krattingens Stiftungsurkunde gehängt, sagte er, ihr Spital gefalle ihm aber besser, weil sie nicht nur auf ihr eigenes Seelenheil aus sei.

Vögel schwirren durch die Kirche. Alle schauen hoch. Der Herrgott hat mit einem Erdbeben gestraft – sendet er nun Friedenstauben? Es sind in der Tat Tauben! Die Vögel verschwinden so rasch, wie sie gekommen sind. Der Leutpriester hat nicht aufgeschaut, er wendet den Gläubigen den Rücken zu, liest weiter die Messe in Latein.

Das Weltliche und das Geistige – es muss im Einklang sein. Das Weltliche ist ihr weniger wichtig als früher. Diesen Sommer gab es in Bern einen Jahrmarkt mit allem, was dazugehört: Krämer, Narren, Händler, Musikanten, Menschen am Pranger, ja sogar Tänzer, die ein Seil zwischen den Häuserzeilen befestigten und mit einer Stange in der Hand wagemutig von einer Seite zur anderen tänzelten. Noch mehr als früher war auf diesem Markt zu kaufen – Leder, Häute und Pelze, Werkzeuge, Beschläge und Nadeln, Bilder, Federn, Farben, Papier und Bücher, Mehl, Öl, Lichter, Gewürze, Gemüse, Südfrüchte und Süßigkeiten. Der große Markt rief Bilder in ihr hoch vom Jahrmarkt in Zurzach, der noch viel größer und wichtiger geworden ist, sagt man – von weither strömen die Leute alljährlich dorthin, um sich mit Waren einzudecken.

Auch in Bern war alles zu kaufen, alles. Aber braucht man alles? Sie kam sich ein bisschen verloren vor beim Anblick all der Waren und Auslagen, im Gedränge der Leute, inmitten der Händler, laute Stimmen im Ohr, Pferdewiehern und Drehleierklänge.

Stille. Der Leutpriester vollzieht die Wandlung, alle sind erstarrt in Ehrfurcht.

Im Chor prasselt auf einmal Regen nieder. Die Orgel setzt ein, die Klänge brausen durch die Kirche, der Priester segnet die Gemeinde, die Gläubigen stehen auf und strömen aus der Kirche.

Anna spürt die Tropfen auf ihrer Haut und hält ihnen ihr Gesicht entgegen. Greda zieht die Herrin unter die nächste Laube, Bettlerkinder nähern sich und erhalten von Anna ein paar Pfennige und Brot, das Greda aus dem Rock zieht. Der Regen frischt noch einmal auf.

«Komm!», sagt Anna und zieht die Magd mit sich auf die Gasse hinaus, beide halten das Gesicht in den Regen, die kühlen Tropfen tun gut. Sie schaut zur jungen Frau neben sich, nasse, rote Strähnen rahmen Gredas Gesicht, fast meint Anna, Grit vor sich zu haben. Es ist aber nicht Grit, die ist in die Ewigkeit eingegangen, und dort sind auch alle anderen, die ihr näher sind als Grit, die sie hintergangen hat. Ihre Liebsten warten auf sie, und sie weiß, dass sie bald unter ihnen sein wird, ihr bleibt nicht mehr viel Zeit hier unten, wenn sie sich auch täuschen mag.

25

Bern, Dezember 1359

Anna schaut auf die Scheibchen des Fensters, die vom Tageslicht durchdrungen sind. Die Scheibchen sind dick und in Blei gefasst, man kann sie mit den Augen kaum durchdringen. Sie weiß aber, dass dahinter die Predigerkirche aufragt, die größte Kirche in Bern – so breit ist sie, so hoch, nur das Glöcklein auf dem Dach ist bescheiden. Dieses Wissen, dass etwas da ist, auch wenn man es nicht sieht, ist wichtig. Ist nicht darin aller Glaube begründet? Das Verweilen der Augen auf dem Licht erlaubt sie sich nur, wenn sie allein ist.

Sie hört die Stimmen der Beginen, dreht sich zur Tür. Elsa, Elli und Mia treten ein, sie waschen sich die Hände beim Aquamanile, dem bronzenen Löwen. Manchmal ist sie noch überrascht, dass sich auf den Gesichtern der Beginen Falten eingegraben haben, nur ihre Stimmen sind noch jung. Wenn Greda ihnen Tranksame aufgestellt hat, setzt auch sie sich mit an den Tisch, sie hat von den Beginen gelernt und pflegt ebenfalls. Jeden Morgen treffen sie sich in der Stube zu fünft. Dieser Tagesbeginn ist wichtig für Anna, sie fühlt sich wohl in dieser Frauengemeinschaft, in der sie nicht einfach die Herrin ist, sondern alle eine Stimme haben. Ihr Leben war immer von Männern bestimmt – nun ist sie von lauter Frauen umgeben. Nicht immer sind sie einer Meinung, haben sich aber noch immer gefunden. Sie braucht kein warmes Bad beim Bader – diese Runde gibt ihr Wärme, ihrem Leben Sinn.

In der Frauenrunde sprechen sie über die Kranken und den Fortgang ihrer Genesung oder Erkrankung. Von den dreizehn Betten sind zurzeit zwölf durch je sechs Männer und Frauen belegt. Es sind meist einfache Leute, die im Seilerin-Spital unterkommen – Knechte, Mägde, Bettler, auch mal ein Handwerker, Witwen, ledige Mütter.

«Ueli Grunder macht mir Sorgen», sagt Elsa. «Sein Fieber ist hoch, er hustet und hustet, kann fast nicht mehr atmen.»

Sie überlegen, ob der Bader oder die Kräuterfrau die richtige Wahl für Grunder ist, entscheiden sich für den Bader, der ihn wohl zur Ader lassen wird, weil die Säfte im Ungleichgewicht sind.

«Kennt ihr das besondere Schicksal von Ueli Grunder?», fragt Anna. «Er erzählte mir davon, als ich an seinem Bett saß. Er war einer der beiden Männer, die sich vor ein paar Jahren aus der Leibeigenschaft freikaufen konnten. Vier Pfund zahlte er, und der Ratsherr Cuno von Seedorf ließ ihn ziehen. Grunder arbeitet als Gehilfe bei einem Fuhrmann, der ihn zu uns brachte, als er wegen hohen Fiebers vom Fuhrwerk gefallen war. Hoffentlich wird er genesen.»

«Sein Bettnachbar, der alte Mann, der die Paternoster herstellte, wird immer schwächer. Ihm ist wechselnd heiß und kalt. Manchmal ist er im Delirium. Letzthin erzählte er in einem klaren Moment, wie Ihr das Aquamanile bei ihm gekauft habt. Er verehrt Euch.»

«Ich ihn auch», sagt Anna. «Ich habe ihm letzthin den bronzenen Löwen ans Bett gebracht mit einer Schüssel, und er konnte sich die Hände waschen. Ich habe ihm zwei knöcherne Paternoster abgekauft, die er mit sich trug, als er ins Spital eintrat – er wollte damit seine Krankenkosten zahlen. Wir können nichts für ihn tun, außer ihn in Frieden sterben lassen. Er hat keine Familie mehr, sie sind zur Zeit der großen Seuche weggestorben.»

Elli berichtet von der Magd Susa, die gestern vor der Tür stand, bereits in Wehen – ihre Herrschaft hatte sie weggejagt.

«Die Geburt war nicht schwierig, dem Kleinen geht es gut. Jetzt hat Susa aber hohes Fieber.»

«Greda wird die Kräuterfrau holen», bestimmt Anna. «Diese ist auch Hebamme und kennt sich mit Frauenleiden aus.»

Elsa nickt zustimmend.

«Vielleicht können wir Frau von Ergöw entlassen», meint Mia. «Heute konnte sie aufstehen und ging recht sicher.»

Anna hat die beiden im Hof gesehen, Frau von Ergöw stützte sich schwer auf die ebenfalls hochgewachsene Begine, sie gingen Arm in Arm. «Wir behalten sie noch zwei bis drei Tage», erklärt sie. «Sie ist sehr geschwächt von ihrer wiederkehrenden Krankheit. Zu Hause wird sie von der Kinderschar gefordert. Gut, dass die älteste Tochter jetzt nach den Kleinen sehen kann.»

Auf dem Tisch steht Backwerk. Es ist Sonntag, der Tag des Herrn – sie nehmen sich etwas länger Zeit. Durchdringendes Geschrei des Neugeborenen dringt an ihre Ohren. Greda erhebt sich ohne Aufforderung und kehrt mit dem Kleinen im Arm zurück, wiegt ihn, bis er einschläft. «Ich werde nie Kinder haben», hat sie kürzlich zu Anna gesagt, «diese Kleinen im Haus sind meine Kinder auf Zeit.» Als Greda aufsteht, um die Kräuterfrau zu holen, streckt Anna die Arme aus und nimmt den Kleinen zu sich. Er öffnet seine blauen Augen, atmet ruhig. Jedes Mal, wenn sie ein Kind in den Armen hält, denkt sie an ihren kleinen Engel. Wie froh ist sie, dass die meisten Kinder gesund sind. Ihr Kleiner hat nie geatmet. Ihr selbst dagegen ist ein so langes Leben beschieden.

Wenn man allerdings den Lauf der Welt anschaut, hat auch sie nur ein kleines Stück Zeit erlebt. Da war ihr Leben als Mädchen, Ehefrau, Witwe, Spital-Stifterin. Am Leben ihrer Nächsten hat sie teilgenommen und an jenem ihrer Heimatstadt. Bern wurde groß in dieser Zeit, die Stadt und die

Bevölkerung wuchsen, neue Mauern wurden emporgezogen, um sie zu schützen. Gegen den Schwarzen Tod nützten die Mauern nichts, er ist noch mehrmals kurz zurückgekehrt. Feinde sind aber nie eingedrungen in die Stadt, Bern gewann den Laupenkrieg und hat seinen Besitz im Oberland erweitert. Es lässt sich gut leben in dieser Stadt, wenn man nicht bedürftig ist. Es ist der Herrgott, der über die Schicksale der Menschen bestimmt, über ihre Geburt und ihr Fortkommen. Mit ihrem Spital kann sie das Los von einigen Bedürftigen erleichtern.

Als das Kind zu schreien anfängt, steht sie auf und geht mit ihm ins Zimmer der Beginen, wo die Geburt stattgefunden hat. Mutter Susas Augen glänzen vom Fieber, sie nimmt den Kleinen entgegen und legt ihn an ihre Brust.

«Frau Seilerin», sagt sie eindringlich zu Anna, «bitte lasst den Kleinen zu meiner Mutter in die Matte bringen, falls ich sterbe – Greda weiß, wo sie wohnt.» Anna gibt ihr Wort. «Bei meiner Mutter wird er auch aufwachsen, wenn ich überlebe – ich muss eine neue Stellung finden, den Kleinen kann ich nicht mitnehmen», fügt Susa an.

Wie sich die Schicksale wiederholen, denkt Anna. So ist auch Greda aufgewachsen. Nur Anna weiß um die besonderen Umstände. Sie ist froh, dass sie für Greda in ihrem Testament vorgesorgt hat. Greda ist ihr fast so lieb wie eine Tochter.

Sie verabschiedet sich von Susa, betritt das Zimmer der Frauen gegenüber. Der Geruch von Ausdünstungen, Blut und Eiter schlägt ihr entgegen. Sie grüßt die Frauen und geht zum Fenster, öffnet es für einen Moment weit. In anderen Spitälern sind die Krankenzimmer mit dicken Vorhängen zugehängt. Sie ist überzeugt, dass frische Luft und Licht den Kranken guttun. Frau von Ergöw hat die Augen geschlossen, sie schläft wohl. Sie setzt sich stattdessen ans Bett der stummen Bettlerin, nimmt ihre Hand. Ein Zucken geht durch die Frau – will sie die Hand wegziehen? Nein, die Frau erwidert den leichten Druck ihrer Hand.

Später am Vormittag macht sie sich mit den Beginen auf den Weg zur Barfüßerkirche, Greda übernimmt den Dienst im Spital. Anna geht nicht mehr regelmäßig aus dem Haus, nur ihre Kapelle bei den Franziskanern besucht sie öfter. Vor zwei Jahren hat der Barfüßerorden für sie etwas Wichtiges erreicht beim Papst: Beginen, die nach den Regeln für Laien der Franziskaner leben, dürfen das Sakrament in ihrer Kapelle empfangen, mit Ausnahme von Weihnachten, Ostern und Pfingsten. Sie nimmt gern mit den Beginen an der Feier der Eucharistie teil – Schwestern aus dem Haus der Willigen Armen, jenem an der Brügg und dem Krattingerhaus stoßen oft dazu. Ihr dunkelgrünes oder dunkelblaues Kleid – das sind die Farben, die sie noch trägt – ist ein Farbtupfer unter den schlichten grauen Gewändern der Beginen.

An diesem Adventssonntag liest Bruder Conrad die Messe. Conrad. Wie lange ist sie mit ihm schon verbunden. Er hat sie lesen gelehrt, trat dann ins Kloster ein. Ihre Wege haben sich über die Jahre immer wieder gekreuzt. Sie hat Anteil daran, dass er nicht im Skriptorium blieb, sondern sich der Predigt und der Seelsorge zuwandte, weil sie beim Guardian der Barfüßer wünschte, dass er in ihrer Kapelle die tägliche Messe lese. Conrad ist alt geworden, fällt ihr auf, seine gebogene Nase tritt scharf aus dem Gesicht hervor. Er predigt auch an diesem Sonntag mit eindringlichen Worten – vom Seelenheil, das viel wichtiger sei als das Leben, alles Gut und die Sicherheit. «Mag uns auch der Tod zum letzten Tanz auffordern», sagt er, «unsere Seele ist unsterblich. Wir leben fort im Jenseits. Die Ewigkeit ist das Maß aller Dinge.»

Es sind nur Frauen in der Kapelle an diesem Sonntag. Anna mag die Frauengemeinschaft, wie sie sie auch in ihrem Haus lebt. Frauen führen ein Leben unter ähnlichen Bedingungen, man ist sich verbunden, kann etwas weitergeben an junge Frauen. Gemeinsam gehen sie nach vorn, jede empfängt von Bruder Conrad das Sakrament, er segnet sie alle. Wärme breitet sich in ihr aus.

Als die Messe zu Ende ist, schließen sich Elsa, Mia und Elli den anderen Beginen von den Willigen Armen an – sie werden das Mittagsmahl im Beginenhaus einnehmen und am Nachmittag gemeinsam singen und beten. Anna bittet Bruder Conrad, der mit der Bibel unter dem Arm die Kapelle verlässt, um ein kurzes Gespräch. Conrad ist einverstanden, er begleitet sie in den Vorraum.

«Conrad», fragt sie, als sie ihm gegenübersitzt, «bin ich der irdischen Eitelkeit noch zu sehr verpflichtet?»

«Dein Spital ist wertvoll, Anna Seilerin – du verhilfst vielen einfachen Menschen zu einem besseren Leben hienieden.» Seine Augen streifen über sie und den dunkelblauen Surkot, ihr Überkleid. «Du schmückst dich nicht unnötig, verzichtest aber nicht auf Weltlichkeit. Deinen Weg musst du selbst verantworten – du hast genug Verstand, es zu tun.» Er überlegt. «Ich werde mich bald aus der Öffentlichkeit zurückziehen, das Lesen der Messe und Predigen aufgeben. Auch der Guardian und du werden mich nicht umstimmen können. In meinen letzten Jahren werde ich wieder Gottes Wort schreiben und malen im Skriptorium. Das ist mein Weg.»

«Ich verstehe», sagt Anna. «Hab Dank, dass du viele Jahre in meiner Kapelle so eindringlich zu uns Gläubigen gesprochen hast. Vielleicht wird mir der Weg hierher mit dem Alter zu beschwerlich, und ich werde nur noch in der Predigerkirche gegenüber meinem Haus beten.» Sie denkt nach.

«Wenn ich spüre, dass es bald so weit ist – würdest du zu mir kommen in mein Haus vor den Predigern, falls es dir möglich ist?»

«Versprochen.» Er steht auf, drückt ihr die Hand, segnet sie. «Du bist einen erstaunlichen Weg gegangen, Anna Seilerin – Gott sei mit dir.»

An diesem dunklen Abend entfacht Anna einen Kienspan an der Glut im Herd und zündet in ihrer Kammer alle Lichter an, die sie besitzt – das Licht in der Laterne aus Eisenblech, das Talglicht in der Schale, die verschiedenen Kerzen. Alle Lichter sollen brennen, bald ist Weihnachten.

Es klopft. Greda kommt herein, ihr Rock raschelt, sie stellt ein Glutbecken neben das Bett. Diese weitere Quelle von Wärme und Licht ist willkommen – sie dankt der Magd, wünscht ihr eine gute Nacht.

Eine Stimme dringt aus der Gasse herauf. Sie öffnet das Fenster einen Spalt, die Lichter flackern. Es ist die Stimme des Nachtwächters, er ruft die siebte Stunde aus. Sie schließt den Fensterflügel, setzt sich auf ihr Bett. Das rote Paternoster liegt in ihrer Hand, die Kügelchen gleiten aber nicht durch ihre Finger, sie betet kein Ave Maria, vielleicht später.

Die Flammen haben sich noch nicht beruhigt, mit den Augen folgt sie den tanzenden Schatten. Früher machte ihr dieses Flackern Angst, sie sah Geister über die Wände tanzen.

Jetzt nicht mehr. Die Lichter leuchten in ihr. In ihrem Spital werden sie nie ausgehen.

Testament Anna Seilerin, 18. November 1354

«Ich Anna Seilerin enphilch uch Entzen Buwlin, Peter Swab, Ioh. Zimmerwalt, Niclaus von Muoleron, Heinrich Amptzen, dis nachgeschriben ordenung ze tuenne. Ist daz got nuzemal über mich gebüttet, zue dem ersten sollent alle min zinse von disem iare by ein ander beliben, daz min geltschulde werde vergolten. Item sol daz beliben in siner kraft, der spital vor den Predyern, darüber der von Swarzenburg ist vogt. Item sol Elsen Reberen swoester und Greden miner iunkfrowen beliben min hus, dar inne ich wonende bin und aller husrat. ane daz zue dem obern hus hoeret, untz an ir beider tode, und nach ir beider tode sol es vallen dem obern hus vor den Predyern. Item waz ich han ze Vechingen und ze Wichtrach, sol och beliben den vorgenanten Elsen und Greden ze lipdinge, und nach ir beider tode sol es vallen an daz egen, huse vor den Predyern. Item der von Ergoewe und ir kinden daz hus von Kramburg ze ir aller lebenne allein (...)

Item ze Urtinon die müli, und waz ich da han, sol werden miner muomen swoester Annen von Kiental, klosterfrowen ze Frowenbrunnen, und nach ir tode sol es vallen dem convente ze Frowenbrunnen. (...)

Item waz ich hab ze Toffen, sol werden Reberen ze lipdinge, und nach ir tode sol es vallen dem vorgen. hus vor den Predyern. (...)

Item ze lipdinge Iennin minem knecht und siner muoter ze Wattenwile fünf müt dinkel geltz und die schüre ob minem huse, und nach ir beider tode sol es werden dem egen. huse. Item swoester Ellinen Dorfmans ze lipding sol werden ze Linden VI koerst dinkel. Item Henslin von Kiental waz ich han ze Worwe, in den gedingen, daz der nutz sol halber ierlich werden ze lipding bruoder Cuonrat ze den Barfuessen (...)

Item der egenant swoester Annen von Kiental von Frowenbrunnen ze lipding zwo schuoppossen und nach ir tode dem egen, hus vor den Predyern, gelegen ze Hütlingen. Item min bigine Iennin minem knecht. (...)

Item viertzig phunt Niclin ir knecht, der bi Krochtal waz, denn swoester Mijen zechen phunt, dem Just vier guldin, dem lessmeister vier guldin.»

(Auszüge aus dem Original, aus: Fontes Rerum Bernensium/ 8, Nr. 182, 74ff., 18.11.1354)

Stiftungsurkunde Seilerin-Spital, 29. November 1354

In Gottes Namen, Amen! Ich, Anna Seilerin, Burgerin und wohnhaft zu Bern, tue kund allen, die diese Urkunde sehen oder lesen hören:

1. In Anbetracht, dass nichts gewisser als der Tod, aber nichts ungewisser als die Stunde des Todes, habe ich, von niemandes Arglist bewogen, sondern wissend, gesund und wohlbedacht und nach reiflicher Überlegung, sowie mit dem Rat und der Erlaubnis des Schultheissen, des Rates und der Zweihundert (= Grossrat), lediglich um Gottes willen und zum Heil und Trost und stetem ewigem Glück meiner Seele und der Seelen meiner Vorfahren und aller Gläubigen, zum Trost der Stadt und Burgerschaft Berns, und damit die sechs Werke der Barmherzigkeit umso besser erfüllt werden, ein ewiges Spital gestiftet; dies mit Ermächtigung und Zustimmung meines Beistandes Niklaus von Muhleren, Burgers zu Bern.

2. In diesem Spital sollen ständig dreizehn bettlägerige und dürftige Personen aufgenommen sein, sowie drei weitere ehrbare Personen, die den Dienst als Pfleger der armen Bettlägerigen versehen sollen. Stirbt ein Pflegling oder Pfleger, so soll man an seiner Stelle eine andere bettlägerige und dürftige Person oder einen andern Pfleger aufnehmen, wie es der Schultheiss und beide Räte oder der von diesen bestellte Vogt beschliessen werden.

3. Ich bestimme und verordne nämlich mit dieser Urkunde und mit Handen meines Beistandes, dass nach meinem Tod der Schultheiss mit Kleinem und Grossem Rat, und niemand sonst, das Spital in alle Zukunft mit Vögten besetzen und alles vorkehren sollen, was sie dem Spital und den Dürftigen als

nützlich und notwendig erachten und womit sie Gottes Lohn gewinnen wollen.
4. Sobald ein Pflegling wieder so zu Kräften kommt, dass es die andern Dürftigen sowie Schultheissen und Rat bzw. deren Mehrheit dünkt, er bedürfe der Spitalpflege nicht mehr, soll der jeweilige Vogt ihn entlassen und an dessen Stelle einen andern Dürftigen aufnehmen.
5. Wenn ein Pflegling so unverträglich wäre, dass die übrigen Dürftigen sich über ihn beklagten und auch Schultheiss und Rat mehrheitlich fänden, man sollte ihn aus dem Spital weisen, so soll der Spitalvogt dies tun und an seiner Stelle einen andern mit Zustimmung des Schultheissen und Rates aufnehmen – in guten Treuen, ohne Gefährde (d.h. ohne Arglist).
6. Für den notwendigen Lebensunterhalt der Dürftigen habe ich ihnen mit Handen meines Beistandes folgende Güter verordnet, vorausgesetzt, dass ich sie während meines Lebens behalten kann und dass mich nicht dringende eigene Not zu einer andern Verfügung zwingt: a) mein Wohnhaus mit Hofstätte in der Neuen Stadt vor dem Predigerkloster und die übrigen Häuser und Hofstätten, die mir dort gehören; dort sollen die Dürftigen ihr Spital haben und nach Notdurft wohnen und verpflegt werden; b) den bei den genannten Häusern liegenden Krautgarten, zwischen dem Garten und der Scheune des Mathias von Wichtrach und dem Garten des Willi Matter; c) die Alp Tärfeten (Diemtigtal): Sie wirft jährlich an Zins ab: 24 Ziger und den entsprechenden Anken; d) an Bodenzinsen: «Auf dem Berg» (Kirchhöre Amsoldingen) 6 lb. Und 14 ß an Geld, 7 Mütt 3 Körst Dinkel, dazu Vogtei Twing, Gericht und Bann daselbst; zu Gurzelen 10 Mütt Dinkel, zu Utzigen 16 Mütt Dinkel, 4 Mütt und Bann daselbst; zu Gurzelen 10 Mütt Dinkel, zu Utzigen 16 Mütt Dinkel, 4 Mütt Haber und 10 ß Geld; zu Uetendorf 7 Mütt Dinkel und 1 lb. 1 ß Geld; zu Kirchdorf 8 Mütt Din-

kel, 1 lb. 1 ß Geld und ein Schwein; zu Hindelbank 9 Mütt 1 Körst Dinkel und 1 lb. 14 ß Geld; zu Münchringen 4 Mütt Dinkel und 1 lb. Geld; zu Jegistorf 26 Mütt 1 Körst Dinkel, 17 ß, zwei Schweine sowie ¼ des Gerichts; zu Eggiwil 2 Mütt Dinkel, 10 ß und meinen dortigen Wald; zu Biglen 4 Mütt Dinkel und 1 lb. Geld; zu Höchstetten 26 Mütt 1 Körst Dinkel, 1 lb. 16 ß Geld; ferner 8 lb. Geldzinsen von meinen Häusern vor dem äusseren Spital (= oberes, Heiliggeistspital) zu Bern; schliesslich meinen Achtel des Gerichts, Twinges und Bannes zu Kirchdorf, mit Häusern, Hofstätten, Äckern, Matten, Wäldern, Feld, mit allen Rechten und allen Dingen, die nach Recht und Gewohnheit dazu gehören – alles das zu haben, zu besitzen und zu geniessen, zu besetzen und zu entsetzen (d.h. Lehen- oder andere Bauern darauf zu dingen oder ihnen die Güter zu entziehen), frei und ruhig auf ewig.

7. An Einkünften haben die Dürftigen somit von der Tärfetenalp 24 Ziger und den Anken davon; davon sollen sie die Hälfte um Salz vertauschen und die andere Hälfte im Spital brauchen und geniessen: von den Dinkelzinsen sollen sie 8 Mütt vertauschen gegen 2 Mütt Erbsen und 5 Mütt Gerste; für Fleisch haben sie die vier Zinsschweine und können von den Geldzinsen 16 lb. Jährlich zum Kauf anderen Fleisches verwenden; für Brot können sie 80 Mütt Dinkel brauchen; für Licht 8 lb. Geld; 20 Mütt Dinkel sollen alljährlich für eine Spende (an Arme ausserhalb des Hauses) ausgegeben werden, wobei das, was von der Spende übrigbleibt, ihnen zukommt; für andere Bedürfnisse haben sie noch 12 Mütt Dinkel sowie (zu Brennholz) meinen Privatwald zu Jegistorf.

8. Sodann vermache und verordne ich aus meinem Hause den genannten Dürftigen 16 Betten, 16 Federkissen, 16 Kissen, 16 Decken, 34 Leintücher, die dazu passen, ohne Gefährde; ferner zwei grosse Kessel aus einem Haus, jedoch ohne den grössten; sodann meinen grössten ehernen Hafen und vier

andere eherne Häfen, vier Pfannen und eine grosse Aufhängekette in das Herdkamin.

9. Ich verordne auch mit dieser Urkunde und mit Handen meines Beistandes, dass das Spital und seine Dürftigen in dem hievor beschriebenen Stand stets und ewig verbleiben sollen, so dass weder der Schultheiss, der Rat noch die Zweihundert von Bern noch sonst jemand das Spital mit seinen Dürftigen abgehen lassen oder irgendwie verändern sollen, ohne Gefährde, dies unter der Strafdrohung, dass, wenn die Burger von Bern jemals dawiderhandelten, ein Viertel des vorerwähnten Stiftungsvermögens ohne Widerrede dem Spital und den Dürftigen [von Basel], von Fryburg im Uechtland, von Thun und von Burgdorf – in Treuen und ohne Gefährde.

10. Doch behalte ich den Burgern von Bern vor, dass sie das Spital wohl äufnen und mehren mögen mit ihren Almosen und mit anderen guten Dingen, wozu ihnen Gott Gnade gibt; doch so, dass das Spital nach meiner vorstehenden Ordnung ewig ohne Widerspruch bestehen bleiben soll und dass den dreizehn Dürftigen und den drei Personen, die sie pflegen sollen, an ihrer Pfründe und ihren Gütern und gemäss vorstehender Ordnung nichts abgehe oder gemindert werde – in guten Treuen, ohne Gefährde.

11. Ich gelobe auch für mich und meine Erben mit Handen meines Beistandes, den Dürftigen und ihren Nachfolgern rechte Währschaft zu leisten für das freie unbeschwerte Eigentum aller ihnen zugedachten Güter, gegen jedermann, auf unsere eigenen Kosten, vor geistlichem und weltlichem Gericht und ausser Gerichts, wo, wann und sooft sie hievor Gesagte stet zu halten, verpflichte ich mich und meine sämtlichen Erben mit Handen meines Beistandes, sowie alle vorgenannten Güter den Dürftigen und ihren Nachfolgern, in rechtskräftiger Weise als rechte Bürgern und Schuldner mit dieser Urkunde: hiezu bin ich denn auch völlig ermäch-

tigt worden durch das von Schultheiss, Rat und Zweihundert gefällte Urteil, welches der hierüber bestehenden gesetzlichen Ordnung entspricht. Zudem verzichte ich mit rechtem Wissen für mich und meine Erben, mit Handen meines Beistandes, auf alle Einreden, Listen und Spitzfindigkeiten und auf alle Hilfe geistlichen oder weltlichen Rechts, wodurch diese Urkunde im ganzen oder in einzelnen Teilen irgendwie widerrufen oder geschwächt werden könnte – in guten Treuen, ohne Gefährde.

Zeugen dieser Verfügungen sind: Herr Johann von Kramburg, Herr Konrad von Burgistein, Ritter; Peter von Krauchtal, Peter von Balm, Conrad vom Holz und andere genug. Zu Bekräftigung und Sicherheit dieser Verfügung habe ich, Anna Seiler, den weisen Peter von Seedorf, Schultheissen zu Bern, gebeten, dass er sein Siegel, und den Rat und die Zweihundert von Bern, dass sie das Stadtsiegel für mich an diese Urkunde gehängt haben. Wir, der Schulheiss, der Rat und die Zweihundert von Bern, bekennen, dass wir dies auf ihre Bitte hin getan haben, und namentlich, dass dies alles vor uns mit unserem Urteil vor sich gegangen ist. Hinwieder ich, Niklaus von Muhleren, bekenne hiermit öffentlich, dass alles Vorstehende mit meiner Hand und meinem guten Willen geschehen ist, und gelobe als Beistand, es stets zu halten: zum Beweis hiefür habe ich den frommen Ritter, Herrn Philipp von Kien, gebeten, dass er für mich sein Siegel an diese Urkunde gehängt hat. Dies alles geschah und diese Urkunde wurde darüber ausgestellt am Tag vor St. Andreas des Apostels Tag, im Jahr 1354 nach Gottes Geburt (= 29. November 1354).

(Aus: Rennefahrt/Hintzsche: 600 Jahre Inselspital. Bern 1954. Die Abschrift der Stiftungsurkunde in diesem Jubiläumsbuch ist sprachlich modernisiert und in Abschnitte unterteilt.)

Literatur / Quellen

Amiet, Joseph Ignaz: Die französischen und lombardischen Geldwucherer des Mittelalters, namentlich in der Schweiz. Zürich 1877.

Bärtschi, Ernst: Die Stadt Bern im Jahre 1353, in: Festgabe des Historischen Vereins des Kantons Bern zum 600. Jahrestag des Eintrittes Berns in den Bund der Eidgenossen. Archiv des Historischen Vereins des Kantons Bern, Bd. 42, H. 1. Bern 1953, S. 29 – 128.

Bergdolt, Klaus: Der Schwarze Tod in Europa. Die Grosse Pest und das Ende des Mittelalters. 4. Aufl. München 1994.

Berns mutige Zeit. Das 13. und 14. Jahrhundert neu entdeckt, Reihe «Berner Zeiten», hrsg. Rainer C. Schwinges. Bern 2003.

Dieses umfangreiche Werk ist eine fast unerschöpfliche Quelle. Besonders wichtig mit Blick auf Anna Seiler die Beiträge von Kathrin Utz Tremp ‹Spitäler und Beginenhäuser›, S. 410 – 415, und ‹Anna Seiler, eine Franziskanerbegine?›, S. 415.

Borst, Otto: Alltagsleben im Mittelalter. Frankfurt a. Main 1983.

Ennen, Edith: Frauen im Mittelalter. 6. Aufl. München 1999.

Fontes Rerum Bernensium. Berns Geschichtsquellen. 10 Bde. Bern 1883 ff.

Gerber, Roland: Gott ist Burger zu Bern. Eine spätmittelalterliche Stadtgesellschaft zwischen Herrschaftsbildung und sozialem Ausgleich. Weimar 2001.

Gerber, Roland: Münzer contra Bubenberg: Verwandtschaften und Faktionen im Berner Rat zu Beginn des 14. Jahrhunderts, in: Berner Zeitschrift für Geschichte und Heimatkunde, Bd. 68 (2006), H. 4, S. 179 – 234.

Gerber, Roland: Der Spiezer Coup: der Übergang der Herrschaft Spiez von den Strättligen an die Bubenberg 1334 bis 1338, in: Berner Zeitschrift für Geschichte, Bd. 75 (2013), H. 2, S. 51 – 68.

Gutscher-Schmid, Charlotte: Exklusive Bilderwelt. Das Berner Udelbuch von 1466. Baden 2018.

Howald, Karl: Die alte Leutkirche Berns: eine historischtopographische Studie, in: Berner Taschenbuch, Bd. 21, Bern 1872, S. 160 – 237.

Jankrift, Kay Peter: Krankheit und Heilkunde im Mittelalter. 2.Aufl. Darmstadt 2012.

Niederhäuser, Peter: Zwischen Reich und Region: die Herren von Strättligen, in: Berner Zeitschrift für Geschichte, Bd. 75 (2013), H. 2, S. 33 – 50.

Pacik, Rudolf: Mysterienspiel statt Feier der Gemeinde. Liturgie im Mittelalter. Ringvorlesung «Rituale – Feste – Zeremonien. Kulturen und Ästhetiken der Repräsentation im Mittelalter». Universität Salzburg 29. 11. 2010.

Rennefahrt, Hermann/Hintzsche, Erich: 600 Jahre Inselspital. Bern 1954.

Schnyder, André: Die Erfahrung der Liebe als Leiden: die drei Lieder Heinrichs von Strättligen: mit Originaltext und Übersetzung, in: Berner Zeitschrift für Geschichte, Bd. 75 (2013), H. 2, S. 133 – 142.

Testament der Anna Seiler 1354.11.18 / Stiftungsurkunde Spital 1354.11.29 (Urkunden im Inselarchiv, Staatsarchiv des Kantons Bern / Inselspital)

Utz Tremp, Kathrin: Zwischen Ketzerei und Krankenpflege. Die Beginen in der spätmittelalterlichen Stadt Bern, in: Zwischen Macht und Dienst. Beiträge zur Geschichte und Gegenwart von Frauen im kirchlichen Leben der Schweiz, hrsg. von Sophia Bietenhard u. a. Bern 1991, S. 27 – 52.

Weber, Berchtold: Historisch-topographisches Lexikon der Stadt Bern. Bern 2016.

Dank

Drei Mittelalter-Spezialistinnen möchte ich meinen Dank aussprechen: Mit der Kulturvermittlerin und Museumspädagogin Gabi Moshammer und der Kunsthistorikerin Charlotte Gutscher-Schmid führte ich interessante und informative Gespräche. Von der Historikerin Kathrin Utz Tremp erhielt ich ein paar wertvolle Hinweise.

Dem Zytglogge-Team mit Verlagsleiter Thomas Gierl danke ich für die wichtige Arbeit rund ums Buch und das Durchhalten auch in schwierigen Zeiten.

Mein Mann war Erstleser des Manuskripts und unterstützte mich in allen Belangen – herzlichen Dank, Hannes.

Von Therese Bichsel bei Zytglogge erschienen

Überleben am Red River
Roman
ISBN: 978-3-7296-0985-3

Angelockt von den Beschreibungen des verschuldeten Berner Patriziers Rudolf von May wanderten im frühen 19. Jahrhundert rund 170 Personen nach Kanada in die Gegend des heutigen Winnipeg aus. Die hoffnungsvoll begonnene Reise in ein neues Leben stand unter keinem guten Stern. Als die völlig erschöpften Auswanderer bei Wintereinbruch endlich die Kolonie am Roten Fluss erreichten, erwartete sie große Not. Die Frauen traf es besonders hart: Mädchen ab fünfzehn und alleinstehende Frauen wurden mit älteren Siedlern vor Ort zwangsverheiratet.

Der Roman basiert auf einer wahren Geschichte, die in Briefen, Zeitungsartikeln und Erinnerungen gut dokumentiert ist. Der Maler Peter Rindisbacher hat alle Stationen der Auswanderung in Bildern festgehalten. Peters Schwester Elisabeth sowie Anni Scheidegger, bei Beginn der großen Reise zehnjährig, stehen im Zentrum des Geschehens, das aus ihrer Perspektive erzählt wird.

Von Therese Bichsel bei Zytglogge erschienen

Die Walserin
Roman
ISBN 978-3-7296-0898-6

Die Walser brachen aus dem spätmittelalterlichen Wallis auf, um sich andernorts eine bessere Existenz zu schaffen. Eine Gruppe wanderte vom Lötschental ins Lauterbrunnental und gründete die Orte Mürren, Gimmelwald und Ammerten. Die Landnahme war anspruchsvoll, das Leben hart. Nach Schicksalsschlägen zog die junge Walserin Barbara ihren Sohn allein auf und erwarb sich Anerkennung als Hebamme.

Viel spätere Nachkommen finden im Lauterbrunnental kein Auskommen mehr und wandern als Käser in den Kaukasus aus, darunter Elisabeth, Anna und Martha Ammeter. Die Folgen der russischen Revolution zwingen die Familien zur Rückkehr in die Schweiz oder erneuten Auswanderung nach Kanada ...

Die Geschichten der dokumentarisch belegten Auswanderinnen Elisabeth, Anna und Martha spiegeln jene der Romanfigur Barbara – und doch ist jede der Frauenbiografien individuell geprägt.

Von Therese Bichsel bei Zytglogge erschienen

Großfürstin Anna
Flucht vom Zarenhof in die Elfenau
Roman
ISBN 978-3-7296-0851-1

Prinzessin Juliane von Sachsen-Coburg ging als Großfürstin Anna Feodorowna (1781 – 1860) in die Geschichte ein. Mit vierzehn wurde sie von Zarin Katharina der Großen nach Russland beordert und mit deren Enkel Konstantin verheiratet. Juliane musste zum russisch-orthodoxen Glauben übertreten und wurde zu Anna Feodorowna, Großfürstin von Russland. Ihr junger Mann, stellte sich heraus, war psychisch krank, die Ehe wurde zum Albtraum. Anna floh zurück nach Coburg und weiter in die Schweiz, wo sie sich freier fühlte. In Bern begründete sie ihr schönes Gut Elfenau. Die Regierung in Bern hofierte der Großfürstin, deren Schwager der mächtige Zar Alexander war. Anna führte nicht nur ihr offizielles Leben. Sie war Mutter von zwei unehelichen Kindern, die sie verbergen musste. Das Leben, das sie sich erträumte, gelang nur in Ansätzen und jenseits der Konventionen ...

Von Therese Bichsel bei Zytglogge erschienen

Nahe den Eisriesen
Prominenz in der Alpenprovinz von Goethe bis Hodler
Porträts
ISBN 978-3-7296-0760-6

Gletscher, Seen, Wasserfälle lockten die Fremden schon vor 200 Jahren in die Nähe der Berge. Wichtige Kunstwerke entstanden, inspiriert durch die Eindrücke in der Natur. Johannes Brahms komponierte am Thunersee, Clara Schumann musizierte in Interlaken, Clara von Rappard malte lieber in Matten als in München. Heinrich von Kleist erlebte eine erfolgreiche Schaffensphase auf der Aareinsel in Thun. Goethe ließ sich vom Staubbachfall im Lauterbrunnental zum berühmten Gedicht «Gesang der Geister über den Wassern» inspirieren, Mark Twain lästerte über Edelweiss und Kuckucksuhren im Berner Oberland. Felix Mendelssohn komponierte ein Liebeslied, Ferdinand Hodler wagte sich endlich an Gemälde des Dreigestirns Eiger, Mönch und Jungfrau...

In zehn amüsanten Texten spürt die Autorin den Porträtierten und ihrem Alltag nahe den Eisriesen nach.

Von Therese Bichsel bei Zytglogge erschienen

Ihr Herz braucht einen Mann
Marianne Ehrmann-Brentano,
Schriftstellerin und Denkerin
Roman
ISBN 978-3-7296-0707-1

Eine Frau meldete sich Ende 18. Jahrhundert zu Wort: Marianne Ehrmann-Brentano. Ins Rampenlicht trat sie mit ihrer in keckem Ton verfassten «Philosophie eines Weibs». Bekannt wurde sie als eine der ersten Schriftstellerinnen und Herausgeberin von Frauenzeitschriften. Marianne Brentano schlug sich ein paar Jahre als Wanderschauspielerin durchs Leben, heiratete einen Spieler und in zweiter Ehe den Publizisten Theophil Ehrmann. Das Paar adoptierte einen kleinen Jungen und versuchte, sich schreibend über Wasser zu halten. Als Frau, die es wagte, als Schriftstellerin in die Öffentlichkeit zu treten, musste Marianne Ehrmann viel Kritik einstecken. Anerkennung erhielt sie von ihren begeisterten Leserinnen.

Von Therese Bichsel bei Zytglogge erschienen

Catherine von Wattenwyl
Amazone, Pfarrfrau und Spionin
Roman
ISBN 978-3-7296-0668-5

Eine Verhaftung wirbelte Ende 17. Jahrhundert in ganz Europa viel Staub auf: Die Berner Patrizierin Catherine von Wattenwyl wurde als Spionin des großen Franzosenkönigs Louis XIV festgenommen. Der folgende Prozess rückte das Leben einer Frau ins Zentrum, die sich nie an die Vorgaben ihrer Zeit gehalten hatte: Catherine spielte lieber mit Pistolen als mit Puppen, sie ritt besser als viele Männer, war der Medizin kundig und mischte gern in der Politik mit, auch wenn das nur hinter den Kulissen möglich war. Zweimal wurde Catherine von ihren Brüdern verheiratet. Die erste Ehe führte sie als Pfarrfrau ins Simmental, die zweite als Frau eines Gerichtsschreibers nach Neuenburg. Catherine wurde Mutter eines Sohnes. Und sie betätigte sich ein weiteres Mal politisch, ließ dem französischen Botschafter Informationen aus der Berner Regierung zukommen – mit fatalen Folgen ...